Tout est illuminé

JONATHAN SAFRAN FOER

Tout est illuminé

traduit de l'anglais (États-Unis)
par Jacqueline Huet et Jean-Pierre Carasso

ÉDITIONS DE L'OLIVIER

L'éditeur remercie Emmanuel Moses
pour ses précieux conseils.

L'édition originale de cet ouvrage est parue
chez Houghton Mifflin Company en 2002,
sous le titre : *Everything is illuminated.*

ISBN 2. 87929. 311. 1

En toute simplicité et en toute impossibilité :

POUR MA FAMILLE

OUVERTURE AU COMMENCEMENT D'UN TRÈS RÉTIF VOYAGE

Légalement, je m'appelle Alexandre Perchov. Mais mes nombreux amis me surnomment tous Alex, version plus flasque à articuler de mon nom légal. Ma mère me surnomme Alexi-arrête-de-me-morfondre !, parce que je suis toujours à la morfondre. Si vous voulez savoir pourquoi je suis toujours à la morfondre, c'est parce que je suis toujours ailleurs avec des amis, à disséminer tant de numéraire, et à accomplir tant de choses qui peuvent morfondre une mère. Mon père soulait de me surnommer Chapka pour le bonnet de fourrure dont je me chapeaute même pendant les mois d'été. Il cessa de me surnommer ainsi parce que je lui ai demandé de cesser de me surnommer ainsi. Cela m'avait une résonance gamine et je me suis toujours considéré comme très puissant et génératif. Maintenant il me surnomme Alex, comme mes amis, mais il n'est pas de mes amis. J'ai beaucoup de filles, croyez-moi, et toutes me dénomment d'un nom différent. L'une me surnomme Bébé, non que j'en sois un, mais parce qu'elle s'occupe de moi. Une autre me surnomme Toute-la-Nuit. Voulez-vous savoir pourquoi ? J'ai une fille qui me surnomme Numéraire, parce que j'en dissémine tant avec elle. Elle me pourlèche les babines pour cela. J'ai un frère miniature qui me surnomme Alli. Je ne kife guère ce nom mais comme je le kife beaucoup lui, bon, je lui permets de me surnommer Alli. Quant à son nom, c'est Mini-Igor, mais mon père le surnomme L'Empoté, parce qu'il est toujours à se promener contre les choses. Il y a seulement trois jours précédemment qu'il s'est fait l'œil noir, d'une mauvaise gestion d'un mur de brique. Si vous conjecturez comment peut se dénommer ma chienne, c'est Sammy Davis Junior,

Junior. Elle se dénomme ainsi parce que Sammy Davis Junior était le chanteur bien-aimé de mon grand-père et que la chienne est à lui, pas à moi, parce que je ne suis pas celui qui se croit aveugle.

Quant à moi, je fus engendré en 1977, la même année que le héros de cette histoire. En vérité, ma vie a été très ordinaire. Comme je l'ai déjà mentionné, je fais beaucoup de bonnes choses avec moi-même et avec les autres, mais ce sont des choses ordinaires. Je kife les films américains. Je kife les nègres, en particulier Michael Jackson. Je kife de disséminer tant de numéraire dans des boîtes de nuit célèbres d'Odessa. Les Lamborghini Countach sont excellentes, et de même les cappuccinos. Beaucoup de filles veulent être charnelles avec moi dans beaucoup de bonnes configurations, nonobstant le Kangourou Pompette, le Chatouillis à la Gorki, et le Gardien de Zoo Inébranlable. Si vous voulez savoir pourquoi tant de filles veulent être avec moi, c'est parce que je suis très extra comme personne à être avec. Je suis douillet, et aussi gravement drôle, et ce sont des points gagnants. Mais néanmoins, je connais tant de gens qui kifent les voitures rapides et les discothèques célèbres. Il y en a tant qui accomplissent le Badinage des Seins à la Spoutnik – qui se termine toujours par une sous-couche gluante – que je ne peux les répertorier sur toutes mes mains. Il y a même tant de gens qui se dénomment Alex. (Trois rien que dans ma maison !) C'est pourquoi j'étais si effervescent d'aller à Loutsk, faire la traduction pour Jonathan Safran Foer. Ce ne serait pas ordinaire.

J'avais réussi à tombeau ouvert ma deuxième année d'anglais à l'université. C'était une chose très majestueuse que j'avais faite, parce que mon instructeur avait de la merde dans le crâne. Ma mère était tant fière de moi, elle a dit, « Alexi-arrête-de-me-morfondre ! tu m'as rendue tant fière de toi. » Je lui enquis de m'acheter un pantalon de cuir mais elle dit non.

« Un short ? »

« Non. »

Mon père aussi était tant fier. Il dit, « Chapka », et je dis, « Ne me surnomme pas ainsi », et il dit, « Alex, tu as rendu ta mère tant fière. »

Ma mère est une femme humble. Très, très humble. Elle besogne dans un petit café à une heure de distance de notre foyer. Elle présente l'aliment et le boire à des clients et elle me dit, « Je chevauche l'autobus pendant une heure pour aller travailler tout le jour à faire des choses que je déteste. Tu veux savoir pourquoi ? C'est pour toi, Alexi-arrête-de-me-morfondre ! Un jour tu feras pour moi des choses que tu détestes. C'est ce que veut dire être une famille. » Ce qu'elle n'embraye pas, c'est que je fais déjà pour elle des choses que je déteste. Je l'écoute quand elle me parle. Je résiste de me plaindre de mon numéraire de poche pygmée. Et ai-je mentionné que je la morfonds bien moins que je ne le désire ? Mais je ne fais pas ces choses parce que nous sommes une famille. Je les fais parce que c'est un minimum de savoir-vivre. C'est une expression que le héros m'a enseignée. Je les fais parce que je ne suis pas un gros enfoiré. C'est une autre expression que le héros m'a enseignée.

Mon père besogne pour une agence de voyages, dénommée Heritage Touring. Elle est pour les juifs, comme le héros, qui ont des aspirations à quitter ce noble pays l'Amérique pour visiter d'humbles villes en Pologne et en Ukraine. L'agence de mon père calcule un traducteur, un guide et un chauffeur pour les juifs qui essayent de déterrer les endroits où leur famille existait jadis. Bon, je n'avais jamais rencontré de personne juive jusqu'au voyage. Mais c'était leur faute, pas la mienne, parce que j'avais toujours voulu, on pourrait même écrire, avec tiédeur, en rencontrer une. Je serai véridique encore une fois, et je mentionnerai qu'avant le voyage j'avais l'opinion que les juifs ont de la merde dans le crâne. C'est parce que tout ce que je savais des juifs était qu'ils payaient à mon père tant de numéraire pour venir d'Amérique passer des vacances en Ukraine. Mais après j'ai rencontré Jonathan Safran Foer et je vous le dis il n'a pas de merde dans le crâne. C'est un juif ingénieux.

Quant à L'Empoté, que jamais, jamais, je ne surnomme L'Empoté mais toujours Mini-Igor, c'est un garçon de premier ordre. Il est maintenant évident pour moi qu'il deviendra un homme très puissant et génératif et que son cerveau aura tant de muscles. Nous ne parlons pas en volumes, parce que c'est une personne si silencieuse, mais je suis certain que nous sommes amis et je ne crois pas que je mentirais en écrivant que nous sommes des amis suprêmes. J'ai précepté Mini-Igor pour lui apprendre à être un homme qui connaît les usages de notre monde. Par un exemple, je lui ai exhibé un magazine cochon voilà trois jours jadis, pour qu'il soit prévenu des nombreuses configurations dans lesquelles je suis charnel. « C'est le soixante-neuf », lui dis-je en présentant le magazine devant lui. Je mis mes doigts – deux – sur l'action pour qu'il ne la néglige pas. « Pourquoi on le surnomme soixante-neuf ? » demanda-t-il parce que c'est une personne sur les charbons ardents de curiosité. « On l'a inventé en 1969. Mon ami Gregory connaît un ami du neveu de l'inventeur. » « Qu'est-ce que les gens faisaient avant 1969 ? » « Seulement des pipes et de la mastication de mottes mais jamais en chœur. » Il sera fait un VIP si j'ai mon mot à dire.

C'est ici que l'histoire commence.

Mais d'abord j'ai le fardeau de réciter ma bonne apparence. Je suis catégoriquement grand. Je ne connais aucune femme qui est plus grande que moi. Les femmes que je connais qui sont plus grandes que moi sont des lesbiennes, pour qui 1969 fut une année très considérable. J'ai de belles chevelures, qui sont rayées par le milieu. C'est parce que ma mère les rayait sur le côté quand j'étais petit, et pour la morfondre je les raye par le milieu. « Alexi-arrête-de-me-morfondre ! dit-elle. Tu parais mentalement déséquilibré avec tes chevelures rayées ainsi. » Ce n'est pas ce qu'elle intentionne, je le sais. Très souvent ma mère prononce des choses que je sais qu'elle n'intentionne pas. J'ai un sourire aristocratique et j'aime donner des coups de poing aux gens. Mon abdomen est très fort bien que présentement il manque de muscles. Mon père est un gros et ma mère aussi. Cela ne me trouble pas, parce que mon abdomen est très fort, même s'il paraît très gras. Je décrirai mes yeux puis je commencerai l'histoire. Mes yeux sont bleus et resplendissants. Maintenant je commencerai l'histoire.

Mon père obtint un appel téléphonique du bureau américain d'Heritage Touring. On requérait un chauffeur guide et traducteur pour un jeune homme qui serait à Loutsk à l'aube du mois de juillet. C'était une supplique embarrassante parce qu'à l'aube de juillet, l'Ukraine devait célébrer le premier anniversaire de sa Constitution ultramoderne qui nous fait sentir très nationalistes, et que tant de gens seraient en vacances dans des endroits étrangers. C'était une situation impossible, comme les Jeux olympiques de 1984. Mais mon père est un homme surimpressionnant qui obtient toujours ce qu'il désire. « Chapka, me dit-il au téléphone à moi qui étais chez nous à me délecter du plus génial de tous les documentaires, le *Making of de* Thriller, quelle était la langue que tu as étudiée cette année à l'école ? » « Ne me surnomme pas Chapka », dis-je. « Alex, dit-il, quelle était la langue que tu as étudiée cette année à l'école ? » « La langue de l'anglais », lui dis-je. « Es-tu bel et bon dans cette langue ? » me demanda-t-il. « Je suis coulant », lui dis-je, espérant peut-être le rendre assez fier pour m'acheter les housses de siège en peau de zèbre de mes rêves. « Excellent, Chapka », dit-il. « Ne me surnomme pas ainsi », dis-je. « Excellent, Alex. Excellent. Tu dois nullifier tous les projets que tu possèdes pour la première semaine du mois de juillet. » « Je ne possède aucun projet », lui dis-je. « Si, tu en possèdes », dit-il.

C'est maintenant le moment bienséant de mentionner grand-père, qui est lui aussi un gros, mais encore plus gros que mes parents. Bon, je vais le mentionner. Il a des dents en or et cultive d'amples chevelures sur son visage qu'il peigne au crépuscule de chaque jour. Il a besogné pendant cinquante ans à de nombreux emplois, principalement l'agriculture et, plus tard, la manutention de machines. Son emploi final était à Heritage Touring où il commença à besogner dans les années 1950 et persévéra jusqu'à ces derniers temps. Mais maintenant, il est retardé et vit dans notre rue. Ma grand-mère est morte deux années jadis d'un cancer dans son cerveau et grand-père devint très mélancolique et aussi, dit-il, aveugle. Mon père ne le croit pas, mais acheta Sammy Davis Junior,

Junior pour lui néanmoins, parce qu'une chienne Voyante de Non-Voyant n'est pas seulement pour les aveugles mais pour les gens qui aspirent avec ardeur au négatif de la solitude. (Je n'aurais pas dû utiliser « acheta », parce que en vérité mon père n'acheta pas Sammy Davis Junior, Junior mais la reçut seulement du foyer des chiens oublieux. À cause de cela, elle n'est pas une vraie chienne Voyante de Non-Voyant et est aussi mentalement dérangée.) Grand-père disperse la plupart de la journée chez nous, à voir la télévision. Il me hurle souvent. « Sacha ! hurle-t-il. Sacha, ne sois pas si paresseux ! Ne sois pas si vaurien ! Fais quelque chose ! Fais quelque chose de valable ! » Je ne le riposte jamais, et jamais ne le morfonds par intention et jamais je ne comprends ce que valable veut dire. Il n'avait pas l'habitude inappétissante de hurler Mini-Igor et moi avant la mort de grand-mère. Voilà comment nous sommes certains qu'il ne le fait pas exprès, et c'est pourquoi nous pouvons le pardonner. Je l'ai découvert une fois qui pleurait devant la télévision. (Jonathan, cette partie sur grand-père doit rester parmi toi et moi, oui ?) La météorologie s'exhibait, j'étais donc certain que ce n'était pas quelque chose de mélancolique à la télévision qui le faisait pleurer. Je ne l'ai jamais mentionné, parce que c'est un minimum de savoir-vivre de ne pas le mentionner.

Grand-père s'appelle Alexandre aussi. Supplémentairement, mon père aussi. Nous sommes tous les enfants primogénitoires de notre famille, ce qui nous apporte un honneur prodigieux, à l'échelle du sport de base-ball, qui fut inventé en Ukraine. Je dénommerai mon premier enfant Alexandre. Si vous voulez savoir ce qui arrivera si mon premier enfant est une fille, je vais vous le dire. Il ne sera pas une fille. Grand-père fut engendré à Odessa en 1918. Il ne s'est jamais départi d'Ukraine. Le plus loin qu'il ait jamais voyagé était Kiev, et c'était pour quand mon oncle épousa La Vache. Quand j'étais petit, grand-père préconisait qu'Odessa est la plus belle ville du monde, parce que la vodka est bon marché et aussi les femmes. Il manufacturait des drôleries avec grand-mère avant qu'elle meure à propos qu'il était amoureux d'autres femmes qui n'étaient pas elle. Elle savait que c'était seulement des drôleries parce qu'elle riait en volumes. « Anna, disait-il, je vais marier celle qui a le chapeau rose. » Et elle disait, « À qui vas-tu la marier ? » Et il disait, « À moi. » Je riais beaucoup sur le siège arrière, et elle lui disait, « Mais tu n'es pas curé. » Et il disait, « Aujourd'hui si. » Et elle disait, « Aujourd'hui tu crois en Dieu ? » Et il disait, « Aujourd'hui, je crois en l'amour. » Mon père me commanda de ne jamais mentionner grand-mère à grand-père. « Ça le fera mélancolique, Chapka », disait mon père. « Ne me surnomme pas ainsi », disais-je. « Ça le fera mélancolique, Alex, et ça le fera penser qu'il est encore plus aveugle. Il faut qu'il oublie. » Donc, je ne la mentionne jamais, parce qu'à moins de ne pas vouloir, je fais ce que mon père me dit de faire. Et aussi, c'est un cogneur de premier ordre.

Après m'avoir téléphoné, mon père téléphona grand-père pour l'informer qu'il serait le chauffeur de notre voyage. Si vous voulez savoir qui serait le guide, la réponse est qu'il n'y aurait pas de guide. Mon père dit qu'un guide n'était pas une chose indispensable, parce que grand-père savait une robuste quantité à cause de toutes ses années à Heritage Touring. Mon père le préconisa un expert. (Au moment où il le dit, cela semblait une chose très raisonnable à dire. Mais quel est ton sentiment, Jonathan, à la luminescence de tout ce qui s'est produit ?)

Quand nous trois, les trois hommes dénommés Alex, nous rassemblâmes chez mon père ce soir-là pour converser le voyage, grand-père dit, « Je ne veux pas le faire. Je suis retardé, et je n'ai pas pris mon retardement pour avoir à accomplir des merdes de ce genre. J'en ai fini. » « Peu m'importe ce que tu veux », lui dit mon père. Grand-père cogna du poing sur la table avec beaucoup de violence et hurla, « N'oublie pas qui est qui ! » Je pensai que ce serait la fin de la conversation. Mais mon père dit quelque chose de bizarre. « S'il te plaît. » Et puis il dit quelque chose de plus bizarre encore. Il dit, « Papa. » Je dois confesser qu'il y a beaucoup que je ne comprends pas. Grand-père retourna à son fauteuil et dit, « C'est le dernier. Je ne le ferai plus jamais. »

Donc nous fîmes des combinaisons pour procurer le héros à la gare de Lvov le 2 juillet, à quinze heures de l'après-midi. Ensuite, nous serions pendant deux jours dans la zone de Loutsk. « Loutsk? dit grand-père. Tu n'avais pas dit que c'était Loutsk. » « C'est Loutsk », dit mon père. Grand-père devint dans ses pensées. « Il cherche la ville dont son grand-père venait, dit mon père, et quelqu'un, qu'il appelle Augustine, qui a sauveté son grand-père de la guerre. Il désire écrire un livre sur le village de son grand-père. » « Ah, dis-je, donc il est intelligent ? » « Non, corrigea mon père. Il a un cerveau de troisième ordre. Le bureau américain m'informe qu'il leur téléphone tous les jours pour manufacturer de nombreuses questions mi-débiles sur la possibilité de trouver des aliments correspondants. » « Il y aura certainement de la saucisse », dis-je. « Bien sûr, dit mon père. C'est un mi-débile. » Ici, je répéterai que le héros est un très ingénieux juif. « Où est la ville ? » demandai-je. « Le nom de la ville est Trachimbrod. » « Trachimbrod ? » demanda grand-père. « C'est à cinquante kilomètres près de Loutsk, dit mon père. Il possède une carte et est très optimiste des coordonnées. Cela devrait être simple. »

Grand-père et moi contemplâmes la télévision pendant plusieurs heures après que mon père était allé reposer. Nous sommes tous les deux des gens qui restent conscients très tardifs. (J'étais à portée de main d'écrire que nous adorons tous les deux rester conscients tardifs mais cela n'est pas digne de foi.) Nous contemplâmes une émission de télévision américaine qui avait les mots en russe en bas de l'écran. C'était au sujet d'un chinetoque qui était débrouillard avec un bazooka. Nous contemplâmes aussi le bulletin météorologique. Le météorologiste dit que la météorologie serait très anormale le lendemain mais que le lendemain après ça serait normal. Parmi grand-père et moi était un silence qu'on aurait pu couper avec un cimeterre. Le seul moment où l'un ou l'autre parla fut quand il fit une rotation vers moi durant une publicité pour les McPorkburgers de McDonald's pour dire, « Je ne veux pas conduire pendant dix heures jusqu'à une ville affreuse pour m'occuper d'un juif trop gâté. »

Le commencement du monde arrive souvent

Ce fut le 18 mars 1791 que le chariot à double essieu de Trachim B le coinça, ou ne le coinça pas, au fond de la rivière Brod. Les jeunes jumelles W furent les premières à voir les curieuses épaves qui remontaient à la surface : serpents errants de ficelle blanche, un gant de velours frappé aux doigts étendus, bobines vides, pince-nez boueux, framboises, mûroises, fèces, fanfreluches, les éclats d'un vaporisateur brisé, les lignes tracées à l'encre rouge comme du sang d'une résolution : *Je m'engage... je m'engage...*

Hannah fondit en larmes. Chana entra dans l'eau froide, tirant sur les cordons qui nouaient le bas de ses pantalons pour les retrousser au-dessus du genou, s'ouvrant un chemin à travers ces débris de vie à mesure qu'elle pataugeait plus avant. *Qu'est-ce que vous fabriquez là-bas!* lança l'usurier couvert d'opprobre Yankel D, faisant gicler sous ses pas la boue de la berge en clopinant vers les fillettes. Il tendit une main à Chana tandis que de l'autre il cachait, comme toujours, la boule de boulier accusatrice qu'il était contraint par une proclamation du shtetl de porter à une cordelette autour du cou. *Éloignez-vous de l'eau! Vous allez vous faire mal!*

Le bon marchand de carpes farcies Bitzl Bitzl R observait cette agitation depuis sa barque qui était amarrée par un filin à l'une de ses nasses. *Qu'est-ce qui se passe là-bas?* vociféra-t-il vers la berge. *C'est toi, Yankel? Y a-t-il des ennuis?*

C'est les jumelles du Rabbin Bien Considéré, lança Yankel en réponse. *Elles jouent dans l'eau et j'ai peur qu'elles se fassent mal!*

Il remonte les choses les plus insolites! Chana riait, éclaboussant la masse qui poussait comme un jardin autour d'elle. Elle repêcha les mains d'une poupée et les aiguilles d'une horloge. Des baleines de parapluie. Une clé. Ces articles s'élevaient sur les couronnes de bulles qui éclataient quand elles atteignaient la surface. L'à peine cadette et la moins prudente des jumelles passait ses doigts en râteau à travers l'eau et y repêchait chaque fois quelque chose de nouveau : un petit moulin jaune, un miroir de poche boueux, les pétales de quelque myosotis naufragé, de la vase et du poivre noir broyé, un paquet de graines...

Mais sa sœur à peine aînée et plus prudente, Hannah – identique en tout point sauf les poils qui reliaient ses sourcils – l'observait de la berge en pleurant. L'usurier couvert d'opprobre Yankel D la prit dans ses bras, lui pressa la tête contre sa poitrine et murmura, *Là... là...* et cria à Bitzl Bitzl : *Rame jusque chez le Rabbin Bien Considéré et ramène-le avec toi. Ramène aussi Menasha le médecin et Isaac l'homme de loi. Vite !*

Le hobereau fou Sofiowka N, dont le shtetl prendrait plus tard le nom pour les cartes et pour les registres du recensement mormon, surgit de derrière un arbre. *J'ai vu tout ce qui s'est passé,* dit-il d'un ton hystérique. *J'ai été témoin de tout. Le chariot allait trop vite pour ce chemin de terre – la seule chose qui soit pire que d'être en retard à ses propres noces est d'être en retard aux noces de la fille qui aurait dû être votre épouse – et il a versé soudain, et si telle n'est pas l'exacte vérité, alors le chariot n'a pas versé de lui-même mais a été lui-même renversé par un vent de Kiev ou d'Odessa ou de je ne sais où, et si cela ne semble pas parfaitement juste, alors il s'est passé ceci – et je suis prêt à en jurer sur mon nom blanc comme lys – un ange aux ailes emplumées de pierres tombales est descendu des cieux pour emporter Trachim avec lui, car Trachim valait mieux que ce monde. C'est l'évidence, qui ne vaut mieux ? Tous, nous valons mieux que les autres.*

Trachim ? demanda Yankel, laissant Hannah tripoter la boule accusatrice. *Trachim n'était-il pas le cordonnier de Loutsk qui mourut voilà six mois d'une pneumonie ?*

Regardez ça ! lança Chana en gloussant, brandissant au-dessus de sa tête le valet de cunnilingus d'un jeu de cartes obscène.

Non, dit Sofiowka. *Cet homme s'appelait Trachum avec un* u. *Celui-ci, c'est avec un* i. *Et ce Trachum mourut la Nuit de la Plus Longue Nuit. Non, attendez. Non, attendez. Il mourut d'être un artiste.*

Et ça ! Chana glapissait de joie, brandissant une carte fanée de l'univers.

Sors de l'eau ! lui hurla Yankel, élevant plus la voix qu'il ne l'eût souhaité pour s'adresser à la fille du Rabbin Bien Considéré, ou d'ailleurs à toute jeune fille. *Tu vas te faire mal !*

Chana courut jusqu'à la berge. Les profondeurs de l'eau verte obscurcirent le zodiaque à mesure que la carte des étoiles coulait vers le fond de la rivière pour venir se poser comme un suaire sur le chanfrein du cheval.

Les volets des fenêtres du shtetl s'ouvraient peu à peu sur cette agitation (la curiosité étant l'unique chose que partageaient tous les citoyens). L'accident s'était produit au niveau des petites chutes – la partie de la berge qui marquait à l'époque la division du shtetl en deux sections, le Quart juif et les Trois-Quarts d'humanité. Toutes les activités dites sacrées – études religieuses, abattage casher, marchandage, etc. – étaient confinées dans le Quartier juif. Les activités qui tenaient au train-train de l'existence quotidienne – études séculières, justice communale, achats et ventes, etc. – avaient lieu dans les Trois-Quartiers humains. À cheval sur les deux, se dressait la Synagogue Verticale. (L'arche elle-même était bâtie le long de la ligne de fracture Juif/Humain, de façon à ce que l'un des deux rouleaux de la Torah existât dans l'une des deux zones.) À mesure que les parts respectives du sacré et du séculier se modifiaient – guère plus d'ordinaire que de l'épaisseur d'un cheveu dans telle ou telle direction, en dehors de cette heure exceptionnelle de 1764 qui suivit immédiatement le Pogrom des Coulpes Battues, au cours de laquelle le shtetl fut complètement séculier –, la ligne de fracture se déplaçait d'autant, tracée à la craie de la forêt de Radziwell à la rivière. Et de même la synagogue était-elle soulevée et déplacée.

Ce fut en 1783 qu'on y adjoignit des roues, diminuant ainsi le côté assommant de cette négociation perpétuelle entre la juiverie et l'humanité du shtetl.

Je crois savoir qu'il y a eu un accident, dit, tout pantelant, Shloim W, l'humble marchand d'antiquités qui survivait de la charité publique, incapable de se séparer d'un seul de ses chandeliers, d'une seule de ses figurines et d'un seul de ses sabliers depuis la mort prématurée de son épouse.

Comment l'as-tu su ? demanda Yankel.

Bitzl Bitzl me l'a crié de sa barque en allant chercher le Rabbin Bien Considéré. J'ai frappé à toutes les portes que j'ai pu en venant ici.

Bien, dit Yankel. *Il va nous falloir une proclamation du shtetl.*

Est-on sûr qu'il est mort ? demanda quelqu'un.

Tout à fait, assura Sofiowka. *Aussi mort qu'avant la rencontre de ses parents. Voire plus mort, car du moins était-il alors une balle dans la verge de son père et un vide dans le ventre de sa mère.*

Avez-vous tenté de le secourir ? demanda Yankel.

Non.

Couvre-leur les yeux, dit Shloim à Yankel en désignant du geste les fillettes. Il se dévêtit à la hâte – révélant un ventre plus gros que la plupart et un dos couvert d'une épaisse toison de boucles noires – et plongea dans l'eau. Les ailes déployées de l'eau l'engloutirent dans des remous de plumes. Perles désenfilées, dents déchaussées. Caillots de sang, merlot, éclats d'un lustre de cristal. Les débris qui s'élevaient devinrent de plus en plus denses au point qu'il ne voyait plus ses mains devant lui. *Où ? Où ?*

L'as-tu trouvé ? demanda l'homme de loi Isaac M quand Shloim refit enfin surface. *Sait-on précisément depuis combien de temps il est au fond ?*

Était-il seul ou avec une épouse ? demanda l'affligée Shanda T, veuve du défunt philosophe Pinchas T qui, dans son unique article digne d'intérêt, « À la poussière : Tu n'es qu'homme et tu retourneras à l'homme », avait soutenu qu'il serait possible, en théorie, de renverser le rapport de l'art et de la vie.

Un vent puissant balaya le shtetl, le faisant siffler. Ceux qui étudiaient des textes obscurs dans des pièces chichement éclairées levèrent les yeux. Les amants qui tentaient de se racheter en débitant excuses, compromis et promesses se turent. Le fabricant de bougies solitaire Mordechai C engloutit ses mains dans une cuve de cire chaude et bleue.

Oui, il avait une épouse, intervint Sofiowka, plongeant la main gauche dans les profondeurs de sa poche de pantalon. *Je me la rappelle fort bien. Elle possédait une paire de nichons si voluptueux. Dieu, les beaux nichons qu'elle avait. Qui pourrait les oublier ? Ils étaient, oh mon Dieu, ils étaient beaux. J'échangerais tous les mots que j'ai appris depuis pour retrouver ma jeunesse, oh oui, oui, et téter tout mon soûl ces tétons. Et comment ! Et comment !*

Comment savez-vous ces choses ? demanda quelqu'un.

J'étais allé à Rivne jadis, enfant, faire une course pour mon père. C'était chez ce Trachim. Son nom de famille m'échappe mais je me rappelle fort bien que c'était Trachim avec un i, *et qu'il avait une jeune épouse avec une belle paire de nichons, un petit appartement plein de bibelots et une cicatrice de l'œil à la bouche, ou de la bouche à l'œil. L'un ou l'autre.*

TU AS PU VOIR SON VISAGE ALORS QU'IL PASSAIT EN CHARIOT ? demanda le Rabbin Bien Considéré de sa voix tonnante tandis que ses filles couraient se cacher sous les coins opposés de son châle de prière. *LA CICATRICE ?*

Et puis, aïe aïe aïe, je l'ai revu quand j'étais jeune homme et que je m'évertuais à Lvov. Trachim livrait des pêches, si je me rappelle bien, ou peut-être des prunes, à un collège de filles de l'autre côté de la rue. Ou était-il facteur ? Oui, c'étaient des lettres d'amour.

Évidemment, il n'est plus possible qu'il soit encore vivant, dit Menasha le médecin, ouvrant sa trousse médicale. Il en tira de nombreux feuillets de constats de décès qui furent emportés par une autre brise et expédiés dans les arbres. Certains tomberaient avec les feuilles en septembre de cette année-là. D'autres tomberaient avec les arbres, des générations plus tard.

Et même s'il était vivant, nous ne pourrions pas le dégager, dit Shloim qui se séchait derrière un gros rocher. *Il sera impossible d'atteindre le chariot avant que tout son chargement soit remonté.*

IL FAUT FAIRE UNE PROCLAMATION DU SHTETL, proclama le Rabbin Bien Considéré, mettant dans le tonnerre de sa voix toute l'autorité qu'il put trouver.

Alors, quel était exactement son nom ? demanda Menasha en portant sa plume à la langue.

Peut-on dire avec certitude qu'il avait une épouse ? demanda l'affligée Shanda en se touchant le cœur de la main.

Les fillettes ont-elles vu quelque chose ? demanda Avrum R, le lapidaire (qui ne portait pas de bague lui-même alors que le Rabbin Bien Considéré lui avait promis qu'il connaissait une jeune femme à Lodz qui pourrait le rendre heureux [à jamais]).

Les fillettes n'ont rien vu, dit Sofiowka. *J'ai vu qu'elles n'avaient rien vu.*

Et les jumelles, toutes deux cette fois, se mirent à pleurer.

Mais nous ne pouvons nous en remettre entièrement à sa parole, dit Shloim avec un geste vers Sofiowka, qui lui rendit la pareille en un geste de son cru.

N'interrogez pas les fillettes, dit Yankel. *Laissez-les tranquilles. Elles en ont supporté assez.*

Entre-temps, la presque totalité des quelque trois cents citoyens du shtetl s'était rassemblée pour débattre de ce dont ils ne savaient rien. Moins il ou elle en savait, plus le citoyen ou la citoyenne discutait avec passion. Il n'y avait là rien de nouveau. Un mois auparavant, il y avait eu la question du *bagel,* le message transmis aux enfants serait-il amélioré si l'on en bouchait, en définitive, le trou central. Deux mois encore auparavant, il y avait eu le débat cruel et comique sur la question typographique et, avant cela, la question de l'identité polonaise, qui en avait conduit plus d'un à pleurer, plus d'un à rire, et tous à poser d'autres questions encore. Et il viendrait encore d'autres questions à débattre, puis d'autres après celles-là. Des questions depuis le commencement des temps – quand que cela pût être – jusqu'à la fin des temps – à quelque moment qu'elle pût se produire. De la cendre ? À la cendre ?

PEUT-ÊTRE, dit le Rabbin Bien Considéré élevant les mains encore plus haut et tonitruant plus encore, *N'AVONS-NOUS PAS À RÉGLER LA QUESTION DU TOUT. ET SI NOUS NE REMPLISSIONS PAS DE CONSTAT DE DÉCÈS ? SI NOUS DONNIONS AU CORPS UNE SÉPULTURE DÉCENTE, BRÛLIONS TOUT CE QUE L'EAU REJETTERA SUR LA BERGE ET LAISSIONS LA VIE CONTINUER FACE À CETTE MORT ?*

Mais il nous faut une proclamation du shtetl, dit Froida Y, le confiseur.

Pas si le shtetl proclame qu'il n'en faut pas, corrigea Isaac.

Peut-être devrions-nous tenter de contacter son épouse, dit Shanda l'affligée.

Peut-être devrions-nous commencer à rassembler les restes, dit Eliezar Z, le dentiste.

Et dans l'entrecroisement de la discussion, la voix de la jeune Hannah passa presque inaperçue quand, sortant la tête de dessous le pan frangé du châle de prière paternel, elle dit :

Je vois quelque chose.

QUOI ? demanda son père, faisant taire les autres. *QUE VOIS-TU ?*

Là-bas, montrant du doigt l'eau écumante.

Au milieu de la ficelle et des plumes, entourée de bougies et d'allumettes détrempées, de supions, de pions et de glands de soie ondulant en révérences de méduses, il y avait une fillette nouveau-née, encore couverte de mucosités, rose encore comme l'intérieur d'une prune.

Les jumelles cachèrent leur corps sous le châle de leur père comme des fantômes. Le cheval au fond de la rivière, sous le linceul du ciel nocturne qui avait coulé, ferma ses yeux lourds. La fourmi préhistorique de la bague de Yankel, qui gisait immobile dans l'ambre couleur de miel depuis longtemps avant que Noé eût cloué la première planche, cacha sa tête entre ses nombreuses pattes, honteuse.

La loterie, 1791

Bitzl Bitzl R put récupérer le chariot quelques jours plus tard avec l'aide d'un groupe d'hommes vigoureux de Kolki. Et ses nasses connurent plus d'animation que jamais. Mais en triant les restes, on ne trouva pas de corps. Pendant les cent cinquante années qui suivirent, le shtetl fut le théâtre d'un concours annuel pour « retrouver » Trachim, bien qu'une proclamation du shtetl eût supprimé la récompense en 1793 – conformément à l'avis de Menasha selon lequel un cadavre ordinaire commencerait à se rompre au bout de deux années passées dans l'eau, de telle sorte que la recherche ne serait pas seulement inutile, mais risquait de résulter en trouvailles assez répugnantes et, pire encore, en récompenses multiples – et le concours devint plutôt un festival pour lequel la lignée des boulangers irritables P allaient créer des pâtisseries de circonstance et les filles du shtetl s'habiller comme les jumelles étaient vêtues le jour du drame, en pantalons de laine noués de cordons et blouse de toile à col papillon frangé de bleu. Des hommes venaient de distances considérables pour plonger récupérer les sacs de coton que la Reine du Char jetait dans la Brod et qui tous à l'exception d'un seul, le sac d'or, étaient remplis de terre.

Il y en avait pour penser que Trachim ne serait jamais retrouvé, que le courant avait accumulé assez de sédiments sur lui pour enterrer convenablement son corps. Ceux-là posaient des cailloux sur la berge quand ils faisaient leur tournée mensuelle du cimetière, disant des choses comme :

Pauvre Trachim, je ne le connaissais pas bien
mais j'aurais certainement pu
ou
Tu me manques, Trachim. Je ne t'ai jamais rencontré
et pourtant tu me manques
ou
Repose, Trachim, repose. Et protège notre moulin.

Il y en avait pour soupçonner qu'il n'avait pas été coincé sous son chariot mais emporté jusqu'à la mer, les secrets de sa vie à jamais enclos en lui comme un message d'amour dans une bouteille que retrouverait un matin à l'improviste un couple en promenade amoureuse sur la plage. Il est possible qu'il ait été, ou qu'une partie de lui ait été, déposés sur les sables de la mer Noire, ou à Rio, ou qu'il ait fait tout le voyage jusqu'à Ellis Island.

Ou peut-être une veuve le retrouva-t-elle pour l'emmener chez elle : lui acheter un fauteuil, changer son gilet tous les matins, le raser jusqu'à ce que sa barbe cesse de pousser, l'emmener fidèlement au lit avec elle chaque soir, lui chuchoter de doux petits riens dans ce qu'il lui restait d'oreilles, rire avec lui en buvant du café noir, pleurer avec lui en regardant des photos jaunies, parler naïvement d'avoir des enfants à elle, commencer à souffrir de son absence avant de tomber malade, tout lui laisser par testament, ne penser qu'à lui en mourant, ayant toujours su qu'il n'était qu'une fiction mais ayant cru en lui tout de même.

Certains avançaient qu'il n'y avait pas eu de corps du tout. Trachim voulait être mort sans être mort, le maître-filou. Il avait empli un chariot de tout ce qu'il possédait, l'avait conduit à ce shtetl insignifiant, innommé – qui serait bientôt connu à travers toute la Pologne orientale pour son festival annuel, le Jour de Trachim, et porterait son nom comme un orphelin (à l'exception des cartes et des registres du recensement mormon, pour lesquels il serait Sofiowka) –, avait flatté son cheval innommé d'une dernière tape avant de le pousser dans le courant. Fuyait-il une dette ? Quelque mariage arrangé et défavorable ? Des mensonges qui l'avaient rattrapé ? Sa mort était-elle une étape essentielle de la poursuite de sa vie ?

Bien sûr il y a ceux qui rappelaient la folie de Sofiowka, l'habitude qu'il avait de s'asseoir nu dans la fontaine de la sirène couchée pour caresser les écailles de son popotin comme la fontanelle d'un nouveau-né tout en caressant son propre appendice comme s'il n'y avait aucun mal à se branler n'importe où, n'importe quand. Ou le fait qu'on l'avait un jour retrouvé sur la pelouse devant la maison du Rabbin Bien Considéré, ligoté de ficelles blanches, expliquant qu'il s'était enroulé une ficelle autour de l'index pour se rappeler quelque chose de terriblement important puis, craignant d'oublier son index, il s'était ligoté le petit doigt, puis de la taille au cou, et craignant d'oublier cette ficelle-là, il s'en était entortillé une de l'oreille à la dent, de la dent au scrotum, du scrotum au talon, utilisant son corps pour se rappeler son corps mais ne s'étant rappelé pour finir que la ficelle. Peut-on se fier au récit d'un tel individu ?

Et le nourrisson ? Mon arrière-arrière-arrière-arrière-arrière-grand-mère ? C'est un problème plus délicat, car il est relativement facile de raisonner sur la façon dont une vie peut être perdue dans une rivière, mais qu'une vie puisse en surgir ?

Harry V, maître logicien et pervers attitré du shtetl – qui avait travaillé aussi longtemps et avec aussi peu de succès qu'on peut l'imaginer à son grand œuvre, « Le Seigneur des Ascensions », qui, assurait-il, contenait les plus serrées des preuves logiques de ce que Dieu aime sans discrimination celui qui aime sans discrimination –, produisit une interminable suite d'arguments concernant la présence d'une autre personne dans le chariot fatal : l'épouse de Trachim. Peut-être, supputait Harry, avait-elle perdu les eaux tandis que le couple pique-niquait d'œufs à la diable dans une prairie entre deux shtetls, et peut-être Trachim avait-il lancé son chariot à des vitesses dangereuses afin de l'amener à un médecin avant que le bébé ne sorte en se tortillant comme un poisson palpitant échappe à la poigne d'un pêcheur. Comme elle s'engloutissait dans les lames de fond de ses contractions, Trachim, tourné vers son épouse, avait peut-être posé sa main calleuse sur son doux visage, peut-être avait-il quitté des yeux la route creusée d'ornières et peut-être avait-il par inadvertance versé dans la rivière. Peut-être le chariot s'était-il retourné, enfonçant les corps sous son poids, et peut-être, entre le dernier soupir de sa mère et l'ultime tentative de son père pour se dégager, l'enfant était-elle née. Peut-être. Mais même Harry ne pouvait expliquer l'absence de cordon ombilical.

Les Volutes d'Ardisht – ce clan d'artisans fumeurs de Rivne qui fumaient tant qu'ils fumaient même quand ils n'étaient pas en train de fumer et avaient été condamnés par une proclamation du shtetl à vivre sur les toits comme poseurs de bardeaux et ramoneurs – croyaient que mon arrière-arrière-arrière-arrière-arrière-grand-mère était la réincarnation de Trachim. À l'instant du jugement dans l'autre monde, comme son corps amolli était présenté devant le Gardien des Portes glorieuses et barbelées, quelque chose s'était mal passé. Il restait une affaire pendante. L'âme n'était pas prête pour la transcendance et avait été renvoyée, se voyant offrir une chance encore de redresser le tort d'une génération précédente. C'est absurde, bien sûr, ça n'a pas de sens. Mais ni plus ni moins que tout le reste.

Plus soucieux de l'avenir de la petite que de son passé, le Rabbin Bien Considéré n'offrit d'interprétation officielle de ses origines ni pour le shtetl ni pour le *Livre des antécédents*, mais la prit chez lui et s'en rendit responsable jusqu'à ce que l'on eût décidé de lui attribuer un foyer définitif. Il l'emmena à la Synagogue Verticale – car, jurait-il, pas même un bébé ne devait mettre le pied à la Synagogue Avachie (où qu'elle pût bien se trouver ce jour-là) – et installa son berceau de fortune dans l'arche tandis que les hommes en long habit noir s'époumonaient à vociférer des prières. *SAINT, SAINT, SAINT EST LE SEIGNEUR DES ARMÉES INNOMBRABLES ! LE MONDE ENTIER EST EMPLI DE SA GLOIRE !*

Ceux qui fréquentaient la Synagogue Verticale hurlaient ainsi depuis plus de deux cents ans, depuis que le Rabbin Vénérable avait éclairé de ses lumières le fait que nous sommes sans cesse en train de nous noyer et que nos prières ne sont rien de moins que des appels au secours venus du plus profond des eaux spirituelles. *ET SI NOTRE SORT EST SI DÉSESPÉRÉ,* disait-il (commençant toujours ses phrases par « et » comme si ce qu'il exprimait verbalement était une continuation logique de ses pensées intimes), *NE DEVONS-NOUS PAS NOUS COMPORTER EN CONSÉQUENCE ? ET N'EST-IL PAS JUSTE QUE NOTRE VOIX SOIT CELLE DE GENS DÉSESPÉRÉS ?* Aussi hurlaient-ils, et avaient-ils hurlé ainsi tout au long des deux cents ans qui avaient suivi.

Et ils hurlaient pour l'heure, ne laissant jamais au nourrisson un instant de repos, suspendus – une main sur le livre de prière, l'autre agrippée à une corde – à des poulies qui s'accrochaient à leur ceinture, le sommet de leur chapeau noir effleurant le plafond. *ET SI NOUS ASPIRONS À NOUS RAPPROCHER DE DIEU,* avait éclairé de ses lumières le Rabbin Vénérable, *NE DEVONS-NOUS PAS AGIR EN CONSÉQUENCE ? ET NE DEVONS-NOUS PAS NOUS EN RAPPROCHER ?* Ce qui était assez raisonnable. Ce fut une veille de Yom Kippour, le plus saint des jours saints, qu'une mouche entra sous la porte de la synagogue et se mit à importuner la congrégation suspendue. Elle volait de visage en visage en bourdonnant, se posant sur de longs nez, entrant dans des oreilles poilues pour en ressortir. *ET SI C'EST UNE ÉPREUVE,* éclaira de ses lumières le Rabbin Vénérable, s'efforçant de maintenir la cohésion de sa congrégation, *NE DEVONS-NOUS PAS RELEVER LE DÉFI ? ET JE VOUS EN CONJURE : ÉCRASEZ-VOUS SUR LE SOL AVANT DE LÂCHER LE SAINT LIVRE !*

Mais que cette mouche était importune, chatouillant comme elle le faisait certains des endroits les plus chatouilleux. *ET DE MÊME QUE DIEU DEMANDA À ABRAHAM DE MONTRER À ISAAC LA POINTE DU COUTEAU, DE MÊME NOUS DEMANDE-T-IL DE NE PAS NOUS GRATTER LE CUL ! ET S'IL LE FAUT ABSOLUMENT, ALORS ET COÛTE QUE COÛTE, QUE CE SOIT DE LA MAIN GAUCHE !*

La moitié d'entre eux fit ainsi que le Rabbin Vénérable avait éclairé de ses lumières et lâcha la corde avant le Saint Livre. C'étaient les ancêtres des membres de la communauté de la Synagogue Verticale, qui persistèrent pendant deux cents ans à affecter une démarche claudicante, pour se rappeler – ou, plus important encore, pour rappeler aux autres – leur réaction à L'Épreuve : que la Parole Sacrée avait prévalu. (*EXCUSE-MOI, RABBIN, MAIS DE QUELLE PAROLE AU JUSTE S'AGIT-IL ?* Le Rabbin Vénérable frappa son disciple de l'extrémité contondante d'un yad : *ET S'IL FAUT QUE TU LE DEMANDES !?)* Certains Verticalistes allaient jusqu'à refuser de marcher tout de bon, signe d'une chute plus spectaculaire encore. Ce qui signifiait bien sûr qu'ils ne pouvaient se rendre à la synagogue. *C'EST EN NE PRIANT PAS QUE NOUS PRIONS*, disaient-ils. *C'EST EN TRANSGRESSANT LA LOI QUE NOUS LA RESPECTONS.*

Ceux qui avaient lâché le livre de prières plutôt que de tomber étaient les ancêtres des membres de la communauté de la Synagogue Avachie – ainsi nommée par les Verticalistes. Ils tripotaient les franges cousues à l'extrémité de leurs manches de chemise, qu'ils avaient mises là pour se rappeler – ou, plus important encore, pour rappeler aux autres – leur réaction à L'Épreuve : qu'on emporte en tout lieu avec soi les liens qui nous lient à la Parole Sacrée, que l'esprit de la Parole Sacrée devrait toujours prévaloir. (*Excusez-moi, mais est-ce que quelqu'un comprend ce que cette histoire de la Parole Sacrée signifie ?* Les autres haussèrent les épaules et retournèrent à leur discussion sur la meilleure manière de partager treize petits pâtés entre quarante-trois personnes.) C'étaient les coutumes des Avachistes qui avaient changé : les poulies avaient été remplacées par des coussins, le livre de prières en hébreu par un livre en yiddish plus compréhensible. Et le Rabbin par une célébration et une discussion de groupe, suivies, mais plus souvent encore interrompues, par la consommation d'aliments, de boissons et de ragots. Les membres de la Communauté Verticale regardaient de haut les Avachistes, qui semblaient prêts à sacrifier toutes les lois juives au nom de ce qu'ils appelaient piètrement *la grande et nécessaire réconciliation de la religion et de la vie.* Les Verticalistes leur donnaient des noms d'oiseaux et leur promettaient une éternité de souffrances dans l'autre monde pour l'avidité avec laquelle ils avaient recherché le confort dans le nôtre. Mais, comme Shmul S, le laitier constipé, les Avachistes n'en avaient rien à chier. En dehors des rares occasions où Verticalistes et Avachistes poussaient sur la Synagogue de deux directions opposées, cherchant à rendre le shtetl plus sacré ou plus séculier, ils apprirent à s'ignorer.

Six jours durant, les citoyens du shtetl, Verticalistes comme Avachistes, firent la queue devant la Synagogue Verticale pour avoir une chance de contempler ma très-arrière-grand-mère. Ils furent plus d'un à revenir plus d'une fois. Les hommes pouvaient examiner le nourrisson, le toucher, lui parler et même le prendre dans leurs bras. Les femmes n'étaient pas admises dans la Synagogue Verticale, bien sûr, car ainsi que le Rabbin Vénérable l'avait voilà si longtemps éclairé de ses lumières, *ET COMMENT POURRAIT-ON S'ATTENDRE À CE QUE NOUS GARDIONS L'ESPRIT ET LE CŒUR AVEC DIEU QUAND CETTE AUTRE PARTIE NOUS DIRIGE VERS LES PENSÉES IMPURES DE CE QUE VOUS SAVEZ?*

On était parvenu à un compromis apparemment raisonnable en 1763, quand les femmes furent autorisées à prier dans une petite salle humide sous une plaque de verre installée pour l'occasion. Mais il ne fallut pas longtemps pour que les hommes accrochés détournent les yeux du Saint Livre afin de profiter du chœur de décolletés en contrebas. Les pantalons noirs devenaient ajustés, il y eut plus de collisions et de ballant que jamais tandis que ces *autres parties* saillaient en imaginant *ce que vous savez,* et une nuance supplémentaire fut ajoutée clandestinement à la plus sainte des prières, *SEINS, SAINT, SAINT, SAINT EST LE SEIGNEUR DES ARMÉES INNOMBRABLES! LE MONDE ENTIER EST EMPLI DE SA GLOIRE!*

Le Rabbin Vénérable consacra à ce sujet déconcertant un de ses nombreux sermons du milieu de l'après-midi. *ET À TOUS DOIT*

NOUS ÊTRE FAMILIÈRE LA PLUS GRAVE ET LA PLUS SOLENNELLE DES PARABOLES BIBLIQUES, LA PERFECTION DU PARADIS ET DE L'ENFER. ET AINSI QUE NOUS LE SAVONS TOUS OU DEVRIONS TOUS LE SAVOIR, CE FUT LE DEUXIÈME JOUR QUE LE SEIGNEUR NOTRE DIEU CRÉA LES RÉGIONS OPPOSÉES DU PARADIS ET DE L'ENFER, DANS LESQUELLES NOUS ET LES AVACHISTES – QU'ILS PUISSENT N'Y EMPORTER QU'UN TRICOT – SERONS RESPECTIVEMENT ENVOYÉS. ET MAIS NOUS NE DEVONS PAS OUBLIER CE JOUR SUIVANT ET TROISIÈME, QUAND DIEU VIT QUE LE PARADIS NE RESSEMBLAIT PAS TANT AU PARADIS QU'IL L'EÛT SOUHAITÉ ET L'ENFER PAS TANT À L'ENFER. ET AUSSI, LES TEXTES MOINS IMPORTANTS ET MOINS DIFFICILES À TROUVER NOUS LE DISENT, LE PÈRE DU PÈRE DES PÈRES LEVA LE STORE QUI SÉPARAIT LES RÉGIONS OPPOSÉES, PERMETTANT AU BIENHEUREUX ET AU DAMNÉ DE SE VOIR L'UN L'AUTRE. ET AINSI QU'IL L'AVAIT ESPÉRÉ, LES BIENHEUREUX SE RÉJOUIRENT DE LA SOUFFRANCE DES DAMNÉS ET LEUR JOIE S'ACCRUT D'AUTANT EN FACE DE LA PEINE. ET LES DAMNÉS VIRENT LES BIENHEUREUX, VIRENT LEURS QUEUES DE HOMARD ET LEUR PROSCIUTTO, VIRENT QU'ILS PÉNÉTRAIENT LA FOUFOUNE DES SHIKSAS PENDANT LEURS MENSTRUES, ET SENTIRENT QUE LEUR SORT EMPIRAIT D'AUTANT. ET DIEU VIT QUE CELA ÉTAIT MIEUX. ET MAIS L'ATTRAIT DE LA FENÊTRE DEVINT TROP PUISSANT. ET PLUTÔT QUE DE JOUIR DU ROYAUME DES CIEUX, LES BIENHEUREUX S'OBNUBILÈRENT SUR LES CRUAUTÉS DE L'ENFER. ET PLUTÔT QUE DE SOUFFRIR DE CES CRUAUTÉS, LES DAMNÉS JOUIRENT PAR PROCURATION DES PLAISIRS DU PARADIS. ET AVEC LE TEMPS, LES DEUX PARVINRENT À UN ÉQUILIBRE, CONTEMPLANT LES AUTRES, SE CONTEMPLANT EUX-MÊMES. ET LA FENÊTRE DEVINT UN MIROIR DONT NI LES BIENHEU-

REUX NI LES DAMNÉS NE POUVAIENT OU NE VOULAIENT SE DÉTACHER. ET AUSSI DIEU REFERMA-T-IL LE STORE, SÉPARANT À JAMAIS LE PORTAIL ENTRE LES ROYAUMES, ET DE MÊME DEVONS-NOUS, DEVANT NOTRE FENÊTRE TROP TENTATRICE, FERMER LE STORE ENTRE LES ROYAUMES DE L'HOMME ET DE LA FEMME.

La cave fut comblée avec le limon de la Brod et un trou de la taille d'un œuf fut percé dans le mur du fond de la synagogue, trou par lequel une femme à la fois pouvait voir seulement l'arche et les pieds des hommes accrochés, dont certains, pour ajouter l'insulte à l'insulte, étaient encroûtés de merde.

Ce fut par ce trou que les femmes du shtetl purent contempler chacune à son tour mon arrière-arrière-arrière-arrière-arrière-grand-mère. Nombre d'entre elles furent convaincues, peut-être à cause des traits parfaitement adultes du nourrisson, qu'elle était d'une mauvaise nature – signe du diable lui-même. Mais il est plus vraisemblable que leurs sentiments mitigés leur furent inspirés par le trou. D'une telle distance – les paumes appuyées contre le mur, l'œil dans un œuf absent – elles ne pouvaient satisfaire leurs instincts maternels. Le trou n'était même pas assez grand pour leur permettre de voir le bébé entier d'un seul coup et elles devaient en réaliser un collage mental à partir de leurs visions fragmentaires – les doigts reliés à la paume, qui était articulée au poignet, qui terminait le bras, qui s'insérait dans l'épaule… Elles apprirent à haïr ce caractère inconnaissable, intouchable, ce collage.

Le septième jour, le Rabbin Bien Considéré paya quatre quarts de poulet et une poignée de billes d'agate bleues pour faire imprimer l'avis suivant dans la gazette hebdomadaire de Shimon T : pour une cause qui n'était pas connue avec précision, un bébé était advenu au shtetl, il s'agissait d'une fillette tout à fait belle, bien élevée, et pas du tout malodorante, et il était, lui, résolu, dans l'intérêt du bébé et de lui-même, à la remettre au juste qui serait prêt à l'appeler sa fille.

Le lendemain matin, il trouva cinquante-deux mots déployés comme le plumage d'un paon sous le porche de la Synagogue Verticale.

Du fabricant de bibelots en fil de cuivre Peshel S, qui avait perdu son épouse depuis deux mois seulement dans le Pogrom des Habits Déchirés : *Si ce n'est pas pour la fillette, pour moi. Je suis quelqu'un de vertueux, et il y a des choses que je mérite.*

Du fabricant de bougies solitaire Mordechai C, dont les mains étaient emprisonnées dans des gants de cire qu'il était impossible de laver : *Je suis si seul dans mon atelier tout au long de la journée. Il n'y aura plus de fabricants de bougies après moi. Cela ne constitue-t-il pas une espèce de raison ?*

De l'Avachiste chômeur Lumpl W, qui s'alitait pour Pessah non parce que c'était une coutume religieuse mais parce qu'il n'y avait aucune raison que cette nuit soit différente des autres : *Je ne suis sans doute pas la personne la plus accomplie qui ait jamais vécu mais je ferais un bon père et tu le sais.*

Du défunt philosophe Pinchas T, qui avait reçu sur la tête une poutre tombée du plafond du moulin : *Remets-la dans l'eau pour qu'elle me rejoigne.*

Le Rabbin Bien Considéré était excessivement érudit pour tout ce qui touchait aux grandes, très grandes et très très grandes questions de la foi juive, et était capable de s'appuyer sur les textes les plus obscurs et les plus indéchiffrables pour raisonner autour des dilemmes religieux apparemment les plus inextricables, mais il ne savait presque rien de la vie elle-même et, pour cette raison, parce que la naissance du bébé n'avait pas de précédent textuel, parce qu'il ne pouvait solliciter le conseil de personne – de quoi aurait l'air la source même de tous les conseils si elle s'avisait de demander conseil ? –, parce que la fillette relevait de la vie, était la vie, le problème était pour lui totalement insoluble. *CE SONT TOUS DES HOMMES CONVENABLES*, songea-t-il. *TOUS UN PEU AU-DESSOUS DE LA MOYENNE, PEUT-ÊTRE, MAIS RIEN QU'AU FOND ON NE PUISSE TOLÉRER. LEQUEL D'ENTRE EUX A LE MOINS DÉMÉRITÉ ?*

LA MEILLEURE DÉCISION À PRENDRE EST DE NE PAS PRENDRE DE DÉCISION, décida-t-il. Et il mit les lettres dans le berceau, faisant vœu de donner mon arrière-arrière-arrière-arrière-arrière-grand-mère – et, en un certain sens, moi – à l'auteur du premier mot qu'elle saisirait. Mais elle n'en saisit aucun. Elle ne leur accorda aucune attention. Pendant deux jours, elle ne bougea pas un muscle, ne pleurant jamais, n'ouvrant jamais la bouche pour s'alimenter. Les hommes chapeautés de noir continuèrent à vociférer des prières accrochés à leur poulie (*SAINT, SAINT, SAINT...*), continuèrent à se balancer au-dessus des alluvions de la Brod, continuèrent à tenir plus fermement le Saint Livre que la corde, priant pour que quelqu'un écoute leurs prières, jusqu'à ce qu'au beau milieu d'un service du début de soirée, le bon marchand de carpes farcies Bitzl Bitzl R se mette à vociférer ce que tous les hommes de la congrégation pensaient : *L'ODEUR EST INTOLÉRABLE ! COMMENT PUIS-JE AGIR POUR ME RAPPROCHER DE DIEU QUAND JE ME SENS SI PROCHE DE LA MERDEUSE ?*

Le Rabbin Bien Considéré, qui n'était pas en désaccord, interrompit les prières. Il se laissa descendre jusqu'au plancher de verre et ouvrit l'arche. Une puanteur des plus épouvantables en surgit, un remugle inexcusable, inhumain, impossible à ignorer, qui engouffra tout dans une répugnance suprême. Cela s'écoula de l'arche, balaya toute la synagogue, parcourut toutes les rues, toutes les ruelles du shtetl, s'insinua sous tous les oreillers dans toutes les chambres à coucher – entrant dans les narines des dormeurs assez longtemps pour détourner leurs rêves avant d'en ressortir avec le ronflement suivant – et se déversa, pour finir, dans la Brod.

La petite était toujours parfaitement silencieuse et immobile. Le Rabbin Bien Considéré posa le berceau par terre, en tira un unique bout de papier détrempé et hurla, *IL SEMBLERAIT QUE LE BÉBÉ A CHOISI YANKEL POUR PÈRE !*

Nous serions en de bonnes mains.

20 juillet 1997

Cher Jonathan,

J'aspire à ce que cette lettre soit bonne. Comme tu le sais, je ne suis pas de premier ordre avec l'anglais. En russe mes idées sont affirmées anormalement bien, mais ma seconde langue n'est pas si extra. J'ai entreprendu d'ingérer les choses que tu m'as conseillées et j'ai fatigué le dictionnaire que tu m'as présenté, comme tu me l'as conseillé, quand mes mots paraissaient trop menus ou pas convenants. Si tu n'es pas heureux avec ce que j'ai accompli, je te commande de me le retourner. Je persévérerai de besogner dessus jusqu'à ce que tu sois apaisé.

J'ai engainé dans cette enveloppe les articles que tu enquérais, nonobstant des cartes postales de Loutsk, les registres du recensement des six villages d'avant la guerre, et les photographies que tu m'as fait garder pour cause de précaution. C'était une très, très, très bonne chose, non ? Je dois m'excuser aplati pour ce qui t'est encouru dans le train. Je sais combien la boîte était considérable pour toi, pour nous deux, et combien ses ingrédients n'étaient pas échangeables. Voler est une chose ignominieuse, mais une chose que les gens encourent très répétitivement dans le train d'Ukraine. Puisque tu n'as pas sur les extrémités de ton doigt le nom du garde qui vola la boîte, il sera impossible de la recouper, donc tu dois confesser qu'elle est perdue pour toi à jamais. Mais s'il te plaît ne laisse pas ton expérience en Ukraine blesser la façon dont tu perçois Ukraine, qui doit être en tant que totalement impressionnante ex-république soviétique.

Voilà mon occasion d'articuler merci pour avoir été si longtemps souffert et stoïque avec moi pendant notre voyage. Tu avais peut-être comptabilisé sur un traducteur avec plus de facultés mais je suis certain que j'ai fait un médiocre travail. Je dois m'aplatir d'excuses pour n'avoir pas trouvé Augustine, mais tu embrayes combien c'était rétif. Peut-être si nous avions plus de jours, nous aurions pu la découvrir. Nous aurions pu enquêter les six villages et interroger beaucoup de gens. Nous aurions pu soulever chaque rocher. Mais nous avons articulé toutes ces choses tellement de fois.

Merci pour la reproduction de la photographie d'Augustine avec sa famille. J'ai pensé sans fin à ce que tu disais au sujet de tomber amoureux d'elle. En vérité, je ne l'ai jamais saisi quand tu l'articulas en Ukraine. Mais je suis certain que je le saisis maintenant. Je l'examine une fois quand c'est le matin, et une fois avant de manufacturer des RRR, et à chaque moment je vois quelque chose nouveau, quelque manière de laquelle ses chevelures produisent des ombres, ou ses lèvres résument des angles.

Je suis si si heureux parce que tu étais apaisé par la première division que je t'ai postée. Tu dois savoir que j'ai accompli les corrections que tu demandais. Je m'excuse pour la dernière ligne au sujet de comment tu es un juif trop gâté. Elle a été changée et est maintenant écrite, « Je ne veux pas conduire pendant dix heures jusqu'à une ville affreuse pour m'occuper d'un juif gâté. » J'ai fait plus prolongée la première partie sur moi, et me suis délesté du mot « nègre » comme tu m'as ordonné, malgré que c'est vrai que je suis très affectueux d'eux. Cela me fait heureux que tu adorais la phrase « Un jour, tu feras pour moi des choses que tu détestes. C'est ça que veut dire être une famille. » Je dois t'enquérir toutefois qu'est-ce qu'un truisme ?

J'ai ruminé ce que tu m'as dit au sujet de faire la partie sur ma grand-mère plus prolongée. Parce que tu ressentais avec tellement de gravité à ce sujet, j'ai pensé bon d'inclure les parties que tu m'as postées. Je ne peux pas dire que j'ai caressé ces choses, mais je peux dire que je convoiterais d'être la variété de personne qui caresse ces choses. Elles étaient très belles, Jonathan, et je les ai senties vraies.

Et merci, je me sens endetté d'articuler, pour n'avoir pas mentionné la non-vérité au sujet de comment je suis grand. Je pensais qu'il pouvait apparaître supérieur si j'étais grand.

Je m'efforçai d'accomplir la section suivante comme tu m'as ordonné, plaçant en primordial dans mes pensées tout ce que tu m'as précepté. J'ai aussi tenté de n'être pas évident ou indûment subtil comme tu démontrais. Pour le numéraire que tu as envoyé, tu dois être informé que j'écrirais ceci même en son absence. C'est un honneur mammouth pour moi d'écrire pour un écrivain, surtout quand il est un écrivain américain, comme Ernest Hemingway ou toi.

Et mentionnant que tu écris, « Le commencement du monde arrive souvent » était un commencement très exalté. Il y avait des parties que je ne comprenais pas, mais je conjecture que c'est parce qu'elles étaient très juives, et que seulement une personne juive pouvait comprendre quelque chose de si juif. Est-ce pourquoi vous pensez que vous êtes choisis par Dieu, parce que seulement vous pouvez comprendre les drôleries que vous faites sur vous-mêmes ? J'ai une petite requête sur cette section qui est : sais-tu que beaucoup de noms que tu exploites ne sont pas des noms véridiques pour Ukraine ? Yankel est un nom que j'ai entendu et aussi Hannah, mais le reste sont très étranges. Les inventas-tu ? Il y avait beaucoup de mésaventures comme ça, je te l'informe. Es-tu là un écrivain humoristique ou mal informé ?

Je n'ai aucune autre remarque additionnelle lumineuse, parce que je dois posséder plus du roman de façon à luminer. Pour le présent, sois conscient que je suis ravi. Je te conseillerais que même après que tu m'en auras présenté plus, je peux ne pas posséder beaucoup de choses intelligentes à articuler, mais je pourrais peut-être être de quelque néanmoins utilité. Peut-être que si je pense que quelque chose est très mi-débile, je pourrais te le dire et tu pourras la rendre non-débile. Tu m'as informé de tellement à son sujet que je suis certain que j'adorerais beaucoup lire les restes, et penser encore plus hautain de toi, si c'est une possibilité. Ah oui, qu'est-ce que cunnilingus ?

Et maintenant, pour une petite affaire privée. (Tu peux décider de ne pas lire cette partie si elle te fait une personne ennuyante. Je comprendrai malgré que s'il te plaît ne m'en informe pas.)Grand-père n'a pas été en santé. Il s'est altéré à notre résidence en permanent. Il reposait au lit de Mini-Igor avec Sammy Davis Junior, Junior et Mini-Igor reposait sur le sofa. Cela ne morfond pas Mini-Igor parce que c'est un si bon garçon qui comprend beaucoup plus de choses que quiconque croit. J'ai l'opinion que la mélancolie est ce qui rend grand-père malsain, et que c'est ce qui le rend aveugle, malgré qu'il n'est pas aveugle véridique, bien sûr. C'est devenu prodigieusement pire depuis que nous sommes rentrés de Loutsk. Comme tu sais, il était très défait au sujet d'Augustine, plus que même toi ou moi étions défaits. C'est rétif de ne pas parler de la mélancolie de grand-père avec mon père, parce que nous l'avons tous deux rencontré à pleurer. Hier soir, nous étions perchés à la table de la cuisine. Nous mangions du pain noir en conversant d'athlétisme. Il y eut un bruit au-dessus de nous. La chambre de Mini-Igor est au-dessus de nous. J'étais certain que c'étaient les pleurs de grand-père et mon père était aussi certain de cela. Il y avait aussi une petite batterie contre le plafond (dans la normale, la batterie est excellente comme celle du Dniepropetrovsk Crew, qui sont totalement sourds, mais de celle de ce genre je n'étais pas amouraché.) Nous essayions très rétivement de la négliger. Le bruit a déménagé Mini-Igor de son repos et il vint dans la cuisine. « Bonsoir, L'Empoté », a dit mon père parce que Mini-Igor était encore tombé et s'était fait encore l'œil noir, cette fois son œil gauche. « J'aimerais aussi manger du pain noir », dit Mini-Igor sans regarder mon père. Malgré qu'il a seulement treize ans, presque quatorze, il est très malin. (Tu es la seule personne à qui j'ai remarqué ceci. S'il te plaît ne le remarque à aucune autre personne.)

J'espère que tu es heureux et que ta famille est en santé et prospère. Nous sommes devenus comme amis pendant que tu étais en Ukraine, oui ? Dans un monde différent, nous aurions pu être des amis réels. Je serai en suspens pour ta prochaine lettre, et je serai aussi en suspens pour la division suivante de ton roman. Je ressens l'oblongation de m'aplatir encore d'excuses (je commence à être tant aplati) pour la nouvelle sec-

tion que je te confère, mais comprends que j'ai essayé meilleurement et fait de mon mieux, ce qui était le mieux que je pouvais faire. C'est si rétif pour moi. S'il te plaît sois véridique, mais aussi s'il te plaît sois bénévole, s'il te plaît.

Ingénument,
Alexandre

Une ouverture à la rencontre du héros, et puis la rencontre du héros

Comme j'avais attendu, il fit mes filles très tristes que je ne sois pas avec elles pour la célébration du premier anniversaire de la nouvelle Constitution. « Toute-la-Nuit, me dit une de mes filles, comment suis-je attendue de me plaisurer moi-même dans ton vide ? » J'avais une idée. « Bébé, me dit une autre de mes filles, ce n'est pas bon. » Je leur dis à toutes, « Si possible, je serais ici avec seulement vous pour toujours. Mais je suis un homme qui besogne, et je dois aller où je dois. Nous avons besoin de numéraire pour les boîtes célèbres, oui ? Je fais pour vous quelque chose que je déteste. C'est ce que veut dire être amoureux. Alors ne me morfondez pas. » Mais pour être véridique, je n'étais pas même dans la plus petite partie triste d'aller à Loutsk traduire pour Jonathan Safran Foer. Comme j'ai mentionné avant, ma vie est ordinaire. Mais je n'avais jamais été à Loutsk ou à aucun de la multitude de menus villages qui endurent encore après la guerre. Je désirais de voir des choses nouvelles. Je désirais d'expérimenter en volumes. Et je serais électrique de rencontrer un Américain.

« Il faudra emporter avec vous des aliments pour la route, Chapka », me dit mon père. « Ne me surnomme pas ainsi », dis-je. « Et aussi de la boisson et des cartes, dit-il. Il y a presque dix heures à Lvov où vous ramasserez le juif à la gare. » « Combien de numéraire je recevrai pour mes besognes ? » j'enquis, parce que cette requête a tant de gravité pour moi. « Moins que tu ne crois mériter, dit-il, et plus que tu ne mérites. » Cela me morfondit tant et je dis à mon père, « Alors peut-être que je ne veux pas le faire. » « Je me moque de ce que tu veux », dit-il, et il étendit pour mettre sa main sur mon épaule. Dans ma famille, mon père est le champion du monde pour finir les conversations.

Il était d'accord que grand-père et moi partirions à minuit du 1er juillet. Cela nous présenterait avec quinze heures. Il était d'accord, pour tout le monde excepté pour grand-père et moi, que nous devions voyager jusqu'à la gare de Lvov dès que nous entrerions dans la ville de Lvov. Il était d'accord pour mon père que grand-père lambinerait avec patience dans la voiture, pendant que je lambinerais sur les voies pour le train du héros. Je ne savais pas quelle apparence il aurait et il ne savait pas combien je suis grand et aristocratique. C'est quelque chose dont nous avons fait beaucoup de reparties après. Il était très anxieux, dit-il. Il disait qu'il faisait chier une brique. Je lui dis que moi aussi je faisais chier une brique. Mais si vous voulez savoir pourquoi, ce n'était pas parce que je ne le reconnaîtrais pas. Un Américain en Ukraine est si flasque à reconnaître. Je faisais chier une brique parce qu'il était américain et que je désirais lui montrer que moi aussi je pouvais être un Américain.

J'ai donné anormalement tant de pensées à altérer mes résidences pour Amérique quand je suis plus vieilli. Ils ont beaucoup d'écoles supérieures pour la comptabilité, je le sais. Je le sais parce qu'un ami à moi, Gregory, qui est accointé avec un ami du neveu de la personne qui inventa le soixante-neuf, m'a dit qu'ils ont beaucoup d'écoles supérieures pour la comptabilité en Amérique, et il sait tout. Mes amis sont apaisés de rester à Odessa pour la vie entière. Ils sont apaisés de vieillir comme leurs parents, et de devenir parents comme leurs parents. Ils ne désirent rien de plus que tout ce qu'ils ont connu. Bon, mais ce n'est pas pour moi, et ce ne sera pas pour Mini-Igor.

Quelques jours avant que le héros devait arriver, j'ai enquis mon père si je pouvais procéder en Amérique quand j'aurai fini de diplômer à l'université. « Non », dit-il. « Mais c'est ce que je veux », l'ai-je informé. « Je me moque de ce que tu veux », dit-il, et c'est habituellement la fin de la conversation mais ce n'était pas la fin cette fois. « Pourquoi ? » ai-je demandé. « Parce que ce que tu veux n'est pas important pour moi, Chapka. » « Non, dis-je, pourquoi je ne peux pas procéder en Amérique après que j'ai diplômé ? » « Si tu veux savoir pourquoi tu ne peux pas procéder en Amérique, dit-il en épanouissant le réfrigérateur pour investiguer des aliments, c'est parce que ton arrière-grand-père était d'Odessa, ton grand-père était d'Odessa et ton père, moi, était d'Odessa, et tes fils seront d'Odessa. Aussi, tu vas besogner à Heritage Touring quand tu auras diplômé. C'est un emploi nécessaire, assez extra pour ton grand-père, assez extra pour moi et assez extra pour toi. » « Mais si ce n'est pas ce que je désire ? dis-je. Si je ne veux pas besogner à Heritage Touring, mais besogner quelque part où je peux faire quelque chose de pas ordinaire et gagner tant de numéraire au lieu de juste une menue quantité ? Si je ne veux pas que mes fils grandissent ici mais qu'ils grandissent dans un endroit supérieur avec des choses supérieures et plus de choses ? Et si j'ai des filles ? » Mon père a retiré trois morceaux de glace du réfrigérateur, a fermé le réfrigérateur et m'a donné un coup de poing. « Mets-toi ça sur la figure, dit-il en me donnant la glace, pour ne pas être affreux et manufacturer un désastre à Lvov. » Ça, c'était la fin de la conversation. J'aurais dû être plus malin.

Et je n'ai pas encore mentionné que grand-père demanda d'apporter Sammy Davis Junior, Junior avec lui. C'était encore autre chose. « Tu te montres un imbécile », l'informa mon père. « J'ai besoin d'elle pour m'aider à voir la route, dit grand-père, remuant ses doigts vers ses yeux. Je suis aveugle. » « Tu n'es pas aveugle, et tu n'apportes pas la chienne. » « Je suis aveugle et la chienne vient avec nous. » « Non, a dit mon père. Ce n'est pas professionnel que la chienne aille avec vous. » J'aurais articulé quelque chose en favorisant grand-père, mais je ne voulais pas être idiot encore une fois. « C'est soit je vais avec la chienne, soit je ne vais pas. » Mon père était dans une position. Pas comme l'Étirement Lituanien Maison, mais comme parmi un rocher et un endroit rétif, ce qui est, en vérité, un peu similaire à l'Étirement Lituanien Maison. Il y avait le feu parmi eux. J'avais vu cela avant, et rien au monde ne m'effrayait plus. Pour finir mon père a cédé, mais il fut d'accord que Sammy

Davis Junior, Junior devrait revêtir un maillot spécial que mon père ferait fabriquer, qui dirait : OFFICIEUSE CHIENNE VOYANTE DE NON-VOYANT D'HERITAGE TOURING. C'était de façon qu'elle apparaisse professionnelle.

Nonobstant que nous avions une chienne dérangée dans la voiture, qui faisait une inclinaison à jeter son corps contre les fenêtres, le trajet était aussi dur parce que la voiture est tant de merde qu'elle ne voyage pas plus vite que le plus vite que je peux courir, qui est soixante kilomètres pour l'heure. Tant de voitures nous dépassaient, ce qui me faisait sentir de deuxième ordre, surtout quand les voitures étaient lourdes de familles et quand c'étaient des bicyclettes. Grand-père et moi n'articulèrent pas de mots le voyage pendant, ce qui n'est pas anormal, parce que nous n'avons jamais articulé une multitude de mots. Je faisais des efforts pour ne pas le morfondre, mais le morfondis néanmoins. Par un exemple, j'oubliai d'examiner la carte, et nous ratâmes notre entrée sur l'autoroute. « S'il te plaît ne me donne pas de coup de poing, dis-je, mais j'ai fait une erreur miniature avec la carte. » Grand-père enfonça la pédale d'arrêt et ma figure donna une claque à la fenêtre de devant. Il ne dit rien pendant la majorité d'une minute. « T'ai-je demandé de conduire la voiture ? » demanda-t-il. « Je n'ai pas un permis de conduire la voiture », dis-je. (Garde cela secret, Jonathan.) « T'ai-je demandé de me préparer le petit déjeuner pendant que tu es perché là ? » demanda-t-il. « Non », dis-je. « T'ai-je demandé d'inventer une nouvelle sorte de roue ? » demanda-t-il. « Non, dis-je, je n'aurais pas été très bon à ça. » « Combien de choses t'ai-je demandé de faire ? » demanda-t-il. « Seulement une », dis-je, et je savais qu'il avait des boules et qu'il allait me hurler pendant un temps durable et peut-être même me violenter, ce que je méritais, il n'y a rien de nouveau. Mais il ne le fit pas. (Ainsi tu es conscient, Jonathan, qu'il ne m'a jamais violenté, ni Mini-Igor.)Si vous voulez savoir ce qu'il a fait, il a donné une rotation complète à la voiture et nous sommes revenus là où j'avais façonné l'erreur. Cela captura vingt minutes. Quand nous arrivâmes à l'endroit, je l'informai que nous y étions. « En es-tu outrecuidant ? » demanda-t-il. Je lui dis que j'en étais outrecuidant. Il déménagea la voiture sur le côté de la route. « Nous nous arrêterons ici pour manger le petit déjeuner », dit-il. « Ici ? » demandai-je, parce que c'était un endroit modeste, avec seulement quelques mètres de terre parmi la route et un mur de béton séparant la route des champs agricoles. « Je pense que c'est un endroit extra », dit-il, et je sus que ce serait un minimum de savoir-vivre de ne pas discuter. Nous nous perchâmes sur l'herbe pour manger, pendant que Sammy Davis Junior, Junior faisait la tentative d'effacer les lignes jaunes de l'autoroute en les léchant. « Si tu gaffes de nouveau, dit grand-père pendant qu'il mastiquait une saucisse, j'arrêterai la voiture et tu sortiras avec un pied dans la partie arrière. Ce sera mon pied. Ce sera ta partie arrière. Est-ce une chose que tu comprends ? »

Nous arrivâmes à Lvov en onze heures seulement, mais pourtant voyageâmes aussitôt à la gare comme mon père l'avait ordonné. Elle était rétive à trouver et nous devînmes des personnes perdues tant de fois. Cela donna à grand-père de la colère. « Je déteste Lvov », dit-il. Nous y étions depuis dix minutes. Lvov est grande et impressionnante, mais pas comme Odessa. Odessa est très belle, avec tant de plages célèbres où des filles sont couchées sur le dos pour exhiber leur poitrine de premier ordre. Lvov est une ville comme New York en Amérique. New York City, en vérité, fut conçue sur le modèle de Lvov. Il y a de très hauts immeubles (avec jusqu'à six étages) et des rues étendues (avec assez de place pour jusqu'à trois voitures) et tant de téléphones mobiles. Il y a beaucoup de statues à Lvov, et beaucoup d'endroits où des statues étaient autrefois emplacées. Je n'ai jamais été témoin d'un endroit façonné d'autant de béton. Tout était en béton, partout, et je vous dirai que même le ciel, qui était gris, apparaissait comme du béton. C'était quelque chose au sujet de quoi le héros et moi parlerions plus tard, quand nous avions une absence de mots. « Tu te rappelles tout ce béton, à Lvov ? » demanda-t-il. « Oui », dis-je. « Moi aussi », dit-il. Lvov est une ville très importante dans l'histoire d'Ukraine. Si vous voulez savoir pourquoi, je ne sais pas pourquoi, mais je suis certain que mon ami Gregory le sait.

Lvov n'est pas très impressionnante depuis l'intérieur de la gare. C'est là que je lambinai pour le héros pendant plus de quatre heures. Son train était dilatoire, donc ce fut cinq heures. J'étais morfondu d'avoir à lambiner là sans rien à faire, même pas une stéréo, mais j'étais de très bonne humeur de ne pas avoir à être dans la voiture avec grand-père, qui était vraisemblablement en train de devenir une personne dérangée, et avec Sammy Davis Junior, Junior qui était déjà dérangée. La gare n'était pas ordinaire, parce qu'il y avait des papiers bleus et jaunes pendus au plafond. Ils étaient là pour le premier anniversaire de la première Constitution. Cela ne me rendait pas tant fier, mais j'étais apaisé que le héros les verrait en débarquant du train de Prague. Il obtiendrait une excellente image de notre pays. Peut-être il penserait que les papiers jaunes et bleus étaient pour lui, parce que je sais qu'ils sont les couleurs des juifs.

Quand son train arriva enfin, mes deux jambes étaient des aiguilles et des clous d'avoir été une personne debout pendant une telle durée. Je me serais perché, mais le sol était très sale et je portais mon blue-jean sans égal pour surimpressionner le héros. Je savais de quel wagon il débarquerait parce que mon père me l'avait dit et j'essayais de marcher jusque-là quand le train arriva mais c'était très difficile avec deux jambes qui étaient tout aiguilles et clous. Je tenais un écriteau avec son nom devant moi et tombais tant de fois sur mes jambes et regardais dans les yeux de toutes les personnes qui passaient.

Quand nous nous sommes trouvés, je fus très ahuri par son apparence. C'est ça, un Américain ? pensai-je. Et aussi, C'est ça un juif ? Il était gravement petit. Il portait des lunettes et avait des chevelures minuscules qui n'étaient rayées nulle part mais reposaient sur sa tête comme une chapka. (Si j'étais comme mon père, je l'aurais peut-être même surnommé Chapka.) Il n'apparaissait ni comme les Américains que j'avais témoignés dans les magazines, avec des chevelures jaunes et des muscles, ni comme les juifs des livres d'histoire, avec pas de chevelures et des os proéminents. Il ne portait ni blue-jean ni uniforme. En vérité, il n'avait l'air de rien de particulier du tout. J'étais déthousiasmé au maximum.

Il devait avoir témoigné l'écriteau que je tenais parce qu'il me donna un coup de poing sur l'épaule et dit, « Alex ? » Je lui dis oui. « Vous êtes mon traducteur, c'est ça ? » Je lui demandai d'être lent parce que je ne le comprenais pas. En vérité, je faisais chier un mur de briques. Je tentai d'être pondéré. « Première leçon. Hello. Comment allez-vous aujourd'hui ? » « Quoi ? » « Deuxième leçon. OK, le temps n'est-il pas délicieux ? » « Vous êtes mon traducteur, dit-il en manufacturant des mouvements, oui ? » « Oui, dis-je en lui présentant ma main. Alexandre Perchov. Je suis votre humble traducteur. » « Je suis enchanté de perdre connaissance », dit-il. « Quoi ? » dis-je. « J'ai dit, dit-il, je suis enchanté de perdre connaissance. » « Ah oui, je ris, je suis enchanté de perdre connaissance aussi. Je vous implore de pardonner mon parler de l'anglais. Je n'y suis pas si extra. » « Jonathan Safran Foer », dit-il, et il me présenta la main. « Quoi ? » « Je suis Jonathan Safran Foer. » « Jon-fen ? » « Safran Foer. » « Et moi, Alex », dis-je. « Je sais », dit-il. « Quelqu'un vous a frappé ? » enquit-il, témoignant mon œil droit. « Mon père m'a fait enchanté de perdre connaissance », dis-je. Je pris ses bagages et nous avançâmes à la voiture.

« Le voyage en train vous a apaisé ? » demandai-je. « M'en parlez pas, vingt-six heures sur cette putain de banquette ! » Cette fille Banquette doit être très majestueuse, pensai-je. « Vous avez été capable de RRRRR ? » demandai-je. « Quoi ? » « Vous avez manufacturé des RRR ? » « Je ne comprends pas. » « Reposer. » « Quoi ? » « Vous avez reposé ? » « Ah. Non, dit-il. J'ai pas reposé du tout. » « Quoi ? » « Je... n'ai... pas... reposé... du... tout. » « Et les gardes, à la frontière ? » « Rien du tout, dit-il. On m'en avait tellement parlé, qu'ils allaient, vous voyez, me compliquer la vie. Mais ils sont entrés, ils ont regardé mon passeport et ils m'ont pas ennuyé du tout. » « Quoi ? » « On m'avait dit que je risquais d'avoir des problèmes mais j'ai pas eu de problèmes. » « On vous avait parlé d'eux ? » « Oh oui, on m'avait dit que c'étaient des gros enfoirés. » Gros enfoiré. J'écrivis cela dans mon cerveau.

En vérité, j'étais ahuri que le héros n'ait eu aucune audition légale ni tribulation avec les gardes-frontières. Ils ont une habitude de mauvais goût de prendre des choses sans les demander aux gens dans le train. Mon père alla à Prague une fois, comme partie de sa besogne pour Heritage Touring, et pendant qu'il reposait les gardes retirèrent beaucoup de choses extra de son sac, ce qui est terrible parce qu'il n'a pas beaucoup de choses extra. (C'est tant étrange de penser que quelqu'un blesse mon père. Plus ordinairement, je pense que les rôles sont immuables.) On m'a aussi informé d'histoires de voyageurs qui doivent présenter de la numéraire aux gardes afin de recevoir leurs papiers en retour. Pour les Américains, ça peut être très mieux ou très pire. C'est très mieux si le garde est amoureux d'Amérique et veut surimpressionner l'Américain en étant un garde extra. Ce genre de garde pense qu'il rencontrera encore l'Américain un jour en Amérique et que l'Américain offrira de l'emmener à un match des Chicago Bulls et lui achètera un blue-jean, du pain blanc et du papier hygiénique délicat. Ce garde rêve de parler anglais sans accent et d'obtenir une épouse avec une poitrine non malléable. Ce garde confessera qu'il n'aime pas où il vit.

L'autre genre de garde est aussi amoureux d'Amérique, mais il détestera l'Américain d'être un Américain. C'est le très pire. Ce garde sait qu'il n'ira jamais en Amérique et sait qu'il ne rencontrera jamais encore l'Américain. Il volera l'Américain et terreurera l'Américain seulement pour lui apprendre qu'il peut. C'est la seule occasion de sa vie d'avoir son Ukraine au-dessus d'Amérique et de s'avoir lui-même au-dessus de l'Américain. Mon père me l'a dit et je suis certain qu'il est certain que c'est digne de foi.

Quand nous arrivâmes à la voiture, grand-père lambinait avec patience comme mon père avait ordonné. Il était très patient. Il ronflait. Il ronflait avec tant de volume que le héros et moi l'entendions même que les fenêtres étaient élevées et le bruit était comme si la voiture était en opération. « C'est notre chauffeur, dis-je. C'est un expert à conduire. » J'observai de la détresse dans le sourire de notre héros. C'était la deuxième fois. En quatre minutes. « Il est OK? » demanda-t-il. « Quoi? dis-je. Je ne fais pas pour comprendre. Parlez plus moins vite, s'il vous plaît. » Je peux être apparu non compétent au héros. « Le... chauf... feur... est... il... en... bonne... san... té ? » « Avec certitude, dis-je. Mais je dois vous dire, je suis très familier avec ce chauffeur. Il est mon grand-père. » À ce moment Sammy Davis Junior, Junior se rendit évidente parce qu'elle sauta en l'air du siège arrière et aboya en volumes. « Mon Dieu ! » dit le héros avec terreur, et il se bougea distant de la voiture. « Ne soyez pas en détresse, l'informai-je pendant que Sammy Davis Junior, Junior cognait sa tête contre la fenêtre. C'est seulement la chienne voyante du chauffeur. » Je montrai le maillot qu'elle avait revêtu mais elle en avait mastiqué la majorité de sorte qu'il disait seulement : OFFICIEUSE CHIENNE. « Elle est dérangée, dis-je, mais si si joueuse. »

« Grand-père, dis-je, bougeant son bras pour l'éveiller. Grand-père, il est là. » Grand-père fit une rotation de sa tête de là à là. « Il est toujours à reposer », dis-je au héros, espérant que cela pourrait le faire moins dans la détresse. « Quel beau lilas », dit le héros. « Quoi ? » demandai-je. « Je disais quel beau lilas. » « Qu'est-ce que ça veut dire, quel beau lilas ? » « Que ça doit lui rendre service. Vous comprenez, lui être utile. Mais... et ce chien ? » J'utilise cette expression américaine très souvent maintenant. J'ai dit à une fille dans une discothèque célèbre, « Quel beau lilas sont mes yeux quand j'observe ta poitrine sans égale. » J'ai perçu qu'elle percevait que j'étais une personne extra. Plus tard nous devînmes très charnels et elle renifla ses genoux et aussi mes genoux.

Je fus capable de tirer grand-père de son repos. Si vous voulez savoir comment, j'amarrai son nez avec mes doigts pour qu'il ne pouvait pas respirer. Il ne savait pas où il était. « Anna ? » demanda-t-il. C'était le nom de ma grand-mère qui mourut deux ans jadis. « Non, grand-père, dis-je. C'est moi, Sacha. » Il était très honteux. Je perçus cela parce qu'il fit une rotation de sa figure loin de moi. « J'ai acquis Jon-fen », dis-je. « Hum, c'est Jon-a-than », dit le héros qui observait Sammy Davis Junior, Junior lécher les fenêtres. « Je l'ai acquis. Son train arriva. » « Ah », fit grand-père, et je perçus qu'il était encore en train de se départir d'un rêve. « Nous devrions aller de l'avant à Loutsk, suggérai-je, comme mon père a ordonné. » « Quoi ? » enquit le héros. « Je lui ai dit que nous devrions aller de l'avant à Loutsk. » « Oui, à Loutsk. C'est là qu'on m'a dit que nous irions. Et de là à Trachimbrod. » « Quoi ? » j'enquis. « Loutsk, et ensuite Trachimbrod. » « Correct », dis-je. Grand-père mit les mains sur le volant. Il regarda devant lui un temps prolongé. Il respirait de très vastes respirations et ses mains tremblaient. « Oui ? » l'enquis-je. « Ta gueule », m'informa-t-il. « Où va-t-on mettre le chien ? » enquit le héros. « Quoi ? » « Où... va-t-on... mettre... le... chien ? » « Je ne comprends pas. » « J'ai peur des chiens, dit-il. J'ai d'assez mauvais souvenirs avec des chiens. » Je dis ceci à grand-père qui était encore une moitié de lui-même dans le rêve. « Personne n'a peur des chiens », dit-il. « Grand-père m'informe que personne n'a peur des chiens. » Le héros leva sa chemise pour m'exhiber les restes d'une blessure. « C'est une morsure de chien », dit-il. « Quoi ? » « Ça. » « Quoi ? » « Cette chose. » « Quelle chose ? » « Ici. Les deux lignes qui se croisent. » « Je ne vois rien. » « Là », dit-il. « Où ? » « Mais là », dit-il, et je dis, « Ah oui », malgré qu'en vérité je ne témoignais toujours rien. « Ma mère a peur des chiens. » « Et alors ? » « Et alors j'ai peur des chiens. Je n'y peux rien. » J'embrayais la situation maintenant. « Sammy Davis Junior, Junior doit percher à l'avant avec nous », dis-je à grand-père. « Montez dans cette putain de voiture, dit-il, ayant égaré toute la patience qu'il avait pendant qu'il ronflait. La chienne et le juif partageront le siège arrière, il est assez vaste pour les deux. » Je ne mentionnai pas que le siège arrière n'était même pas assez vaste pour un seul. « Qu'est-ce que nous allons faire ? » demanda le héros, effrayé de devenir proche de la voiture, pendant que sur le siège arrière Sammy Davis Junior, Junior avait fait sa bouche avec du sang d'avoir mastiqué sa propre queue.

Le Livre des rêves récurrents, 1791

La nouvelle de sa bonne fortune parvint à Yankel D pendant que les Avachistes terminaient leur service hebdomadaire. *Il est de la plus grande importance que nous nous rappelions*, dit le cultivateur de pommes de terre atteint de narcolepsie Didl S, à l'assemblée dont les membres étaient étendus sur des coussins tout autour de son salon. (La congrégation des Avachistes était nomade, élisant domicile pour chaque shabbat chez un membre différent.)

Que nous nous rappelions quoi ? demanda le maître d'école Tzadik P, expulsant un nuage de craie jaune à chaque syllabe.

Le quoi, dit Didl, *n'est pas si important. Ce qui compte c'est que nous devrions nous rappeler. C'est l'acte de se rappeler, le processus de mémoire, la reconnaissance de notre passé... Les souvenirs sont de petites prières à Dieu, si nous croyons à ce genre de choses... car il est dit quelque part quelque chose à ce sujet précisément, ou quelque chose qui y ressemble... j'avais le doigt dessus il y a quelques minutes... je jure que c'était là... Quelqu'un a-t-il vu le* Livre des antécédents *? J'en avais un des premiers volumes voilà une seconde... Merde !... Quelqu'un peut-il me dire où j'en étais ? Je suis totalement perdu et gêné et il faut toujours que je merde quand c'est chez moi...*

Le souvenir, dit Shanda l'affligée pour l'aider. Mais Didl avait sombré dans un sommeil irrépressible. Elle le réveilla et murmura, *Le souvenir.*

Allons-y, dit-il, sans perdre une seconde tout en feuilletant le tas de papiers qu'il avait sur sa chaire qui était en réalité un poulailler. *Le souvenir. Le souvenir et sa reproduction. Et les rêves évidemment.*

Qu'est-ce qu'être éveillé sinon interpréter nos rêves, ou que rêver sinon interpréter notre veille ? Cercle des cercles ! Les rêves, oui ? Non ? Oui. Oui, c'est le premier shabbat. Le premier du mois. Et puisque c'est le premier shabbat du mois, nous devons faire nos ajouts au Livre des rêves récurrents. *Oui ? Que quelqu'un me dise si je déconne.*

Je fais un rêve des plus intéressants, dit Lilla F, descendante du premier Avachiste à avoir lâché le Saint Livre.

Parfait, dit Didl, tirant le tome IV du *Livre des rêves récurrents* de l'arche de fortune qui était en réalité son poêle à bois.

Comme moi, ajouta Shloim. *J'en ai fait plusieurs.*

Moi aussi, j'ai fait un rêve récurrent, dit Yankel.

Parfait, dit Didl. *Tout à fait parfait. Nous aurons tôt fait de compléter un autre tome !*

Mais d'abord, murmura Shanda, *il faut passer en revue les rêves du mois dernier.*

Mais d'abord, dit Didl, qui jouait le rôle du rabbin, *il faut passer en revue les rêves du mois dernier. Il faut retourner en arrière pour pouvoir aller de l'avant.*

Mais que ce ne soit pas trop long, dit Shloim, *sinon je vais oublier. C'est ébahissant que j'aie pu m'en souvenir si longtemps.*

Il mettra exactement aussi longtemps qu'il le faut, dit Lilla.

Je mettrai aussi longtemps qu'il le faut, dit Didl, et il se noircit la main avec la cendre qui s'était accumulée sur la couverture du lourd volume relié de cuir, prit le yad d'argent, qui était en réalité un couteau de fer, et se mit à psalmodier, suivant la lame qui tranchait au cœur de la vie rêvée des Avachistes :

> 4 :512 – *Le rêve du coït sans douleur.* J'ai rêvé il y a quatre nuits d'une pluie d'aiguilles d'horloge qui tombait de l'univers, de la lune qui était un œil vert, de miroirs et d'insectes, d'un amour qui ne se retirait jamais. Ce n'était pas le sentiment d'être complète dont j'avais tant besoin, mais le sentiment de n'être pas vide. Ce rêve s'est terminé

quand j'ai senti mon époux me pénétrer. 4 :513 – *Le rêve des anges rêvant des hommes.* C'était pendant la sieste que j'ai rêvé d'une échelle. Des anges somnambules montent et descendent sur les barreaux, les yeux clos, le souffle lourd et sourd, les ailes ballant mollement à leur côté. Je bouscule un vieil ange au passage et je le réveille en sursaut. Il ressemblait à mon grand-père juste avant sa mort l'an dernier, quand il priait chaque soir de mourir dans son sommeil. Ah, me dit l'ange, je rêvais justement de toi. 4 :514 – *Le rêve, aussi bête que ça en ait l'air, de voler.* 4 :515 – *Le rêve de la valse du festin, de la famine, et du festin.* 4 :516 – *Le rêve des oiseaux désincarnés (46).* Je ne sais pas si vous considérerez que c'est un rêve ou un souvenir, parce que c'est vraiment arrivé, mais quand je m'endors, je vois la pièce dans laquelle j'ai porté le deuil de mon fils. Ceux d'entre vous qui étaient là se rappelleront que nous ne parlions pas et que nous ne mangions quc lc strict minimum. Vous vous rappellerez qu'un oiseau est entré en brisant un carreau et est tombé par terre. Vous vous rappellerez, ceux d'entre vous qui étaient là, qu'il a agité les ailes avant de mourir et laissé une tache de sang sur le sol après qu'on l'a enlevé. Mais lequel d'entre vous fut le premier à remarquer le négatif d'oiseau qu'il avait laissé dans le carreau ? Qui fut le premier à voir l'ombre que l'oiseau avait laissée derrière lui, l'ombre qui faisait saigner le doigt dont on osait en suivre le contour, l'ombre qui était une meilleure preuve de l'existence de l'oiseau que l'oiseau lui-même ne l'avait jamais été ? Qui était avec moi quand je portais le deuil de mon fils et que j'ai demandé qu'on m'excuse pour aller enterrer cet oiseau de mes mains ? 4 :517 – *Le rêve de tomber amoureux, du mariage, de la mort, de l'amour.* Ce rêve a l'air de durer des heures alors qu'il se produit toujours pendant les cinq minutes entre mon retour des champs et le moment où l'on me réveille pour dîner. Je rêve de quand j'ai connu ma femme, il y a cinquante ans, et c'est exactement comme c'est arrivé. Je rêve de notre mariage et je vois même les larmes de fierté de mon père. Tout est là, exactement comme c'était. Mais après je rêve de ma propre mort, alors que j'ai entendu dire que c'est impossible, mais il faut me croire. Je rêve que ma femme me dit sur mon lit de mort qu'elle m'aime, elle croit que je ne l'entends pas mais je l'entends, et elle dit qu'elle n'aurait rien changé. J'ai l'impression que c'est un moment que j'ai vécu un millier de fois déjà, dont chaque détail est familier, jusqu'à l'instant de ma mort, et que cela arrivera encore un nombre infini de fois, que nous nous rencontrerons, que nous nous marierons, que nous aurons nos enfants, que nous réussirons comme nous avons réussi, que nous échouerons comme nous avons échoué, tout exactement pareil, sans qu'on y puisse jamais changer quoi que ce soit. Je me retrouve encore au bas d'une roue que rien ne peut arrêter et quand je sens mes yeux se fermer pour mourir, comme ils l'ont fait et le feront mille fois, je me réveille. 4 :518 – *Le rêve du mouvement perpétuel.* 4 :519 – *Le rêve des fenêtres basses.* 4 :520 – *Le rêve de la sécurité et de la paix.* J'ai rêvé que je suis né du corps d'une inconnue. Elle me donne naissance en un lieu secret qu'elle habite, loin de tout ce que je vais connaître en grandissant. Immédiatement après ma naissance, elle me donne à ma mère, pour sauver les apparences, et ma mère dit, Merci. Tu m'as donné un fils, le don de la vie. Et pour cette raison, parce que je viens du corps d'une inconnue, je ne crains pas le corps de ma mère et je peux l'embrasser sans honte, avec seulement de l'amour. Parce que je ne viens pas du corps de ma mère, mon désir de rentrer chez moi ne ramène jamais à elle et je suis libre de dire Mère sans que cela dise autre chose que Mère. 4 :521 – *Le rêve des oiseaux désincarnés (47)*. C'est le crépuscule dans ce rêve que je fais chaque nuit et je fais l'amour à mon épouse, ma vraie épouse, c'est-à-dire celle à qui je suis marié depuis trente ans et vous savez tous combien je l'aime, je l'aime tant. Je masse ses cuisses dans mes mains, je les remonte jusqu'à sa taille et à son ventre et je caresse ses seins. Mon épouse est une si belle femme, vous le savez tous, et dans mon rêve elle est pareille, exactement aussi belle. Je regarde mes mains sur ses seins – calleuses, usées, des mains d'homme, veinées, tremblantes, hésitantes – et je me rappelle, je ne sais pas pourquoi, mais c'est ainsi toutes les nuits, je me rappelle deux oiseaux blancs que ma mère avait rapportés de Varsovie pour moi quand je n'étais qu'un enfant. Nous les laissions voler dans la maison et se percher où ils voulaient. Je me rappelle le dos de ma mère pendant qu'elle faisait cuire des œufs pour moi et je me rappelle les oiseaux perchés sur ses épaules, le bec tendu près de ses oreilles comme s'ils s'apprêtaient à lui dire un secret. Elle lève la main droite dans le placard, cherchant sans regarder une épice

> sur une étagère haute, saisissant quelque chose qui lui échappe, quelque chose de fuyant, prenant garde de ne pas faire brûler mes aliments. 4 :522 – *Le rêve de se rencontrer soi-même quand on était plus jeune.* 4 :523 – *Le rêve des animaux, deux par deux.* 4 :524 – *Le rêve de je n'aurai pas honte.* 4 :525 – *Le rêve que nous sommes nos pères.* Je vais au bord de la Brod sans savoir pourquoi et je regarde mon reflet dans l'eau. Je ne peux pas en détourner le regard. Quelle est l'image qui m'attire ainsi ? Qu'est-ce que j'aime tant ? Et puis je la reconnais. C'est si simple. Dans l'eau je vois le visage de mon père, et ce visage voit le visage de son père, et ainsi de suite, ainsi de suite, le reflet remonte au commencement des temps, jusqu'au visage de Dieu, à l'image duquel nous fûmes créés. Nous brûlons d'amour pour nous-mêmes, tous tant que nous sommes, allumant le feu dont nous souffrons – notre amour est la maladie pour laquelle notre amour seul est le remède.

La psalmodie fut interrompue par des coups frappés à la porte. Deux hommes en chapeau noir entrèrent en claudiquant avant qu'aucun des membres de la congrégation ait eu le temps de se lever.

NOUS REPRÉSENTONS ICI LA CONGRÉGATION VERTICALE! vociféra le plus grand des deux.

LA CONGRÉGATION VERTICALE! vociféra en écho le petit trapu.

Chut! dit Shanda.

YANKEL EST-IL PRÉSENT? vociféra le plus grand des deux comme en réponse à cette requête.

OUI, YANKEL EST-IL PRÉSENT? vociféra en écho le petit trapu.

Ici. Je suis là, dit Yankel en se levant de son coussin. Il supposait que le Rabbin Bien Considéré faisait appel à ses services financiers, comme cela s'était produit si souvent dans le passé, la piété coûtant ce qu'elle coûtait en ce temps-là. *Que puis-je pour vous ?*

TU SERAS LE PÈRE DU BÉBÉ DE LA RIVIÈRE ! vociféra le plus grand.

TU SERAS LE PÈRE ! fit en écho le petit trapu.

Parfait ! dit Didl, refermant le tome IV du *Livre des rêves récurrents* qui lâcha un nuage de poussière quand la couverture claqua. *Voilà qui est tout à fait parfait ! Yankel sera le père !*

Mazel tov ! entonnèrent les membres de la congrégation. *Mazel tov !*

Soudain, Yankel fut envahi d'une peur de mourir plus forte que celle qu'il avait éprouvée quand ses parents étaient morts de mort naturelle, plus forte que quand son unique frère avait été tué dans le moulin, que quand ses enfants étaient morts, plus forte même que quand il était petit et s'était pour la première fois avisé qu'il devait essayer de comprendre ce que cela pouvait bien vouloir dire de ne pas être vivant – d'être non pas dans le noir, non pas privé de toute sensation –, d'être n'étant pas, de ne pas être.

Les Avachistes le félicitèrent sans remarquer, en lui tapant dans le dos, qu'il était en larmes. *Merci,* disait-il et disait-il encore, sans une seule fois se demander qui au juste il remerciait. *Merci beaucoup.* On lui avait donné un bébé, et à moi un arrière-arrière-arrière-arrière-arrière-arrière-grand-père.

UNE HISTOIRE D'AMOUR, 1791-1796

L'usurier couvert d'opprobre Yankel D emporta la fillette chez lui, ce soir-là.

Allez, dit-il, *montons les marches du perron. Nous y voilà. Voici ta porte. Et voici, là, ta poignée de porte, que j'ouvre. Et là, c'est l'endroit où nous posons les souliers quand nous entrons. Et c'est là que nous accrochons les vestes.* Il lui parlait comme si elle le comprenait, jamais d'une petite voix aiguë ou par monosyllabes, et jamais en bêtifiant. *C'est du lait que je te donne. Il vient de Mordechai, le laitier, que tu rencontreras un jour. C'est une vache qui lui donne le lait, ce qui est une chose très bizarre et troublante, quand on y pense, alors n'y pense pas... C'est ma main, qui caresse ton visage. Il y a des gens qui sont gauchers et d'autres droitiers. Toi, nous ne savons pas encore, parce que tu te contentes d'être là et de me laisser faire tout le travail manuel... Ça, c'est un baiser. C'est ce qui se produit quand les lèvres sont serrées l'une contre l'autre et appuyées contre quelque chose, parfois d'autres lèvres, parfois une joue, parfois d'autres choses encore, ça dépend... Ça, c'est mon cœur. Tu le touches avec ta main gauche, pas parce que tu es gauchère, encore que tu puisses l'être, mais parce que je la tiens contre mon cœur. Ce que tu sens, c'est les battements de mon cœur. C'est ce qui me fait vivre.*

Il fit un lit de papier journal froissé au creux d'un panier à pain profond et le disposa douillettement dans le four afin qu'elle ne soit pas dérangée par le bruit des petites chutes devant la maison. Il laissait la porte du four ouverte et s'asseyait pendant des heures pour la regarder, comme on pourrait regarder lever une miche de pain. Il regardait sa poitrine se soulever et s'abaisser rapidement, tandis que ses petits doigts se refermaient et s'ouvraient et qu'elle plissait les yeux sans raison apparente. *Se pourrait-il qu'elle rêve ?* se demandait-il. *Et si oui, à quoi rêve un bébé ? Elle doit rêver de l'avant-vie – tout comme je rêve de l'après-vie.* Quand il la prenait pour la nourrir ou simplement pour la tenir dans ses bras, son corps était tatoué par l'encre du journal. ENFIN, ON NE SE TEINT PLUS LES MAINS ! LA SOURIS SERA PENDUE ! Ou SOFIOWKA, ACCUSÉ DE VIOL, PLAIDE QUE POSSÉDÉ PAR LE POUVOIR DE PERSUASION DE SON PÉNIS IL « NE SE MAÎTRISAIT PLUS ». Ou encore, AVRUM R, TUÉ DANS UN ACCIDENT AU MOULIN, LAISSE UN CHAT SIAMOIS DE QUARANTE-HUIT ANS QUI S'EST ÉGARÉ, FAUVE, POTELÉ MAIS PAS GRAS, PERSONNALITÉ SYMPATHIQUE, PEUT-ÊTRE UN PEU GRAS, RÉPOND AU NOM DE « MATHUSALEM », D'ACCORD, GRAS COMME UN COCHON. QUI LE TROUVE PEUT LE GARDER. Parfois il la berçait pour l'endormir dans ses bras et, la lisant de gauche à droite, apprenait tout ce qu'il avait besoin de savoir sur le monde. Ce qui n'était pas écrit sur elle n'avait pas d'importance pour lui.

Yankel avait perdu deux enfants au berceau, l'un de la fièvre et l'autre dans un accident au moulin industriel qui avait pris la vie d'un habitant du shtetl chaque année depuis son ouverture. Il avait aussi perdu une épouse, ce n'était pas la mort mais un autre homme qui la lui avait prise. Il était rentré d'un après-midi à la bibliothèque pour découvrir un mot posé sur le SHALOM ! du paillasson de bienvenue devant leur maison : *Il fallait que je le fasse pour moi.*

Lilla F tripotait la terre autour d'une de ses marguerites. Debout devant la fenêtre de sa cuisine, Bitzl Bitzl faisait mine de récurer la paillasse. Shloim W épiait à travers la tulipe supérieure d'un de ses sabliers dont il ne trouvait plus la force de se séparer. Personne n'avait rien dit pendant que Yankel lisait le mot et jamais personne ne dit rien après, comme si la disparition de son épouse n'avait strictement rien d'inhabituel ou comme s'ils n'avaient jamais remarqué qu'il avait été marié.

Pourquoi ne pouvait-elle le glisser sous la porte ! se demandait-il. *Pourquoi ne pouvait-elle le plier ?* On aurait dit n'importe lequel des mots qu'elle lui laissait d'ordinaire, comme, *Pourrais-tu essayer d'arranger le heurtoir qui est cassé ?* ou *Je reviens tout de suite, ne t'inquiète pas.* Il trouvait extrêmement étrange qu'un mot d'un genre si différent – *Il fallait que je le fasse pour moi* – puisse avoir exactement la même apparence : banale, futile, rien. Il aurait pu la haïr de l'avoir laissé là à la vue de tous, et il aurait pu la haïr de la simplicité même du message, sans ornement, sans le moindre indice de ce que oui, c'est important, oui, c'est le mot le plus douloureux que j'aie jamais écrit, oui, j'aimerais mieux mourir que d'avoir à l'écrire encore une fois. Où étaient les larmes séchées ? Où, le tremblement de l'écriture ?

Mais son épouse était son premier, son seul amour, et c'était dans la nature des gens de ce shtetl minuscule d'oublier leurs premières, leurs seules amours, alors il se contraignit à comprendre, ou à faire semblant de comprendre. Pas une fois il ne lui reprocha de s'être enfuie à Kiev avec le fonctionnaire itinérant et moustachu qu'on avait appelé comme médiateur dans la procédure brouillonne du honteux procès de Yankel ; le fonctionnaire pouvait promettre d'assurer son avenir, de l'emmener loin de tout, de l'installer en un lieu plus tranquille, débarrassée des soucis, des aveux, ou des plaidoyers. Non, ce n'est pas ça. Débarrassée de Yankel. Elle voulait être débarrassée de Yankel.

Il passa les semaines qui suivirent à chasser de son esprit les images du fonctionnaire baisant sa femme. Par terre au milieu des ustensiles de cuisine. Debout, encore en chaussettes. Sur la pelouse du jardin de leur nouvelle et immense demeure. Il l'imaginait faisant des bruits qu'elle n'avait jamais faits pour lui, éprouvant des plaisirs qu'il n'avait jamais pu lui donner parce que le fonctionnaire était un homme, et que lui n'était pas un homme. *Est-ce qu'elle lui suce le pénis ?* se demandait-il. *Je sais que c'est une pensée idiote, une pensée qui ne m'apportera que de la douleur, mais je ne peux pas m'en libérer. Et quand elle lui suce le pénis, parce qu'elle le fait, c'est sûr, que fait-il, lui ? Lui tire-t-il les cheveux en arrière, pour regarder ? Est-ce qu'il lui pelote la poitrine ? Est-ce qu'il pense à une autre ? Je le tuerai, s'il pense à une autre.*

Le shtetl épiant encore – Lilla tripotant encore, Bitzl Bitzl récurant encore, Shloim faisant encore semblant de mesurer le temps avec du sable –, il avait plié le mot en forme de larme, l'avait glissé dans son revers et était entré. *Je ne sais pas quoi faire,* songeait-il. *Je devrais sans doute me tuer.*

Il ne supportait pas de vivre mais il ne supportait pas de mourir. Il ne supportait pas la pensée qu'elle faisait l'amour avec un autre mais ne supportait pas non plus l'absence de cette pensée. Quant au mot, il ne supportait pas de le garder mais il ne supportait pas de le détruire non plus. Aussi essaya-t-il de le perdre. Il l'abandonnait près des chandeliers pleurant leur cire, le déposait entre les matzoth à Pessah, le laissait tomber sans considération parmi les papiers froissés qui encombraient son bureau, dans l'espoir qu'il n'y serait plus quand il reviendrait. Mais il était toujours là. Massant sa cuisse, il espérait le faire tomber de sa poche quand il s'asseyait sur le banc devant la fontaine de la sirène couchée, mais quand il y glissait la main pour prendre son mouchoir, il était là. Il le cachait comme un signet dans l'un des romans qu'il détestait le plus mais le mot réapparaissait quelques jours plus tard entre les pages d'un des livres de l'Ouest, qu'il était seul à lire au shtetl. Un des livres que le mot lui avait désormais gâtés à jamais. Il en était du mot comme de sa vie, dût sa vie en dépendre, il ne pouvait le perdre. Il lui revenait sans cesse. Il demeurait avec lui, comme une part de lui, comme une tache de naissance, comme un membre, il était sur lui, en lui, il était lui, son hymne : *Il fallait que je le fasse pour moi.*

Il avait perdu tant de feuilles de papier au long des années, tant de clés, de plumes, de chemises, de lunettes, de montres, d'argenterie. Il avait perdu un soulier, ses boutons de manchettes d'opale préférés (les franges d'Avachiste de ses manches s'épanouissaient en désordre), trois années loin de Trachimbrod, des millions d'idées qu'il avait eu l'intention de noter (certaines totalement originales, d'autres pleines de sens et de profondeur), ses cheveux, son maintien, ses parents, deux enfants au berceau, une épouse, une fortune en petite numéraire, plus d'occasions qu'il n'en pouvait compter. Il avait même perdu son nom : il était Safran, avant sa fuite du shtetl, Safran de la naissance à sa première mort. Il n'était rien, aurait-on dit, qu'il ne puisse perdre. Mais ce bout de papier ne disparaissait décidément pas, et jamais non plus l'image de son épouse prosternée, ni la pensée que s'il l'avait pu, il aurait grandement amélioré sa vie en y mettant fin.

Avant le procès, Yankel-alors-Safran était l'objet d'une admiration inconditionnelle. Il était président (et trésorier et secrétaire et unique membre) du Comité pour les Beaux-Arts et le fondateur, président plusieurs fois reconduit et seul enseignant de l'École pour un Enseignement plus Élevé, qui se réunissait chez lui, et aux cours de laquelle assistait Yankel lui-même. Il n'était pas rare qu'une famille reçoive à dîner et serve plusieurs plats en son nom (sinon en sa présence), ou qu'un des membres les plus riches de la communauté commande à un artiste itinérant un portrait de lui. Et les portraits étaient toujours flatteurs. C'était quelqu'un que tout le monde admirait et aimait mais que nul ne connaissait. Il était comme ces livres qu'on trouve flatteur de posséder, dont on peut parler sans les avoir jamais lus et que l'on peut recommander.

Sur le conseil de son avocat, Isaac M, qui dessinait du geste des points d'interrogation dans les airs sur chaque syllabe de chaque mot qu'il prononçait, Yankel plaida coupable de toutes les exactions dont on l'accusait dans l'espoir que cela pourrait atténuer son châtiment. Pour finir, il perdit sa licence d'usurier. Et plus que sa licence. Il perdit sa bonne réputation, ce qui est, comme on dit, la seule chose qui soit pire que de perdre sa bonne santé. Les passants ricanaient à sa vue ou marmottaient entre leurs dents des mots comme canaille, escroc, fumier, jean-foutre. On ne l'aurait pas tant haï si on ne l'avait tant aimé auparavant. Mais avec le Rabbin de la Variété Potagère et Sofiowka, il était l'un des sommets de la communauté – son sommet invisible – et avec sa honte vint un sentiment de déséquilibre, de vide.

Safran parcourut les villages du voisinage, trouvant à s'employer comme maître de clavecin (théorique et pratique), conseiller en parfum (feignant la surdité et la cécité qui lui conféreraient une certaine légitimité en l'absence de toute autre référence), et même, pour une brève tentative malheureuse, comme le plus lamentable diseur de bonne aventure qui soit au monde – *Je ne vais pas mentir, te raconter que ton avenir est plein de promesses...* Il s'éveillait chaque matin avec le désir de bien faire, d'être quelqu'un de bien et dont la vie aurait un sens, d'être, aussi simple que cela paraisse et aussi impossible que c'était en réalité, heureux. Et dans le cours de chacune de ses journées, son cœur descendait de sa poitrine à son ventre. Dès le début de l'après-midi, il était envahi par le sentiment que rien n'était bon, ou bon pour lui en tout cas, et par le désir d'être seul. Quand venait le soir, son désir était satisfait : seul dans l'immensité de son chagrin, seul dans sa culpabilité sans but, seul même dans sa solitude. *Je ne suis pas triste*, se répétait-il sans cesse, *je ne suis pas triste.* Comme s'il avait pu réussir à s'en convaincre un jour. Ou à se duper. Ou à en convaincre les autres – la seule chose qui soit pire qu'être triste, c'est que les autres sachent qu'on est triste. *Je ne suis pas triste. Je ne suis pas triste.* Car sa vie aurait pu accueillir un bonheur sans limites dans la mesure où c'était une pièce vide, blanche. Il s'endormait avec son cœur au pied du lit, comme un quelconque animal domestique qui n'aurait pas fait partie de lui du tout. Et chaque matin il s'éveillait avec son cœur de retour dans le placard de sa cage thoracique, devenu un peu plus lourd, un peu plus faible, mais pompant toujours. Et quand arrivait le milieu de l'après-midi il était de nouveau envahi du désir d'être ailleurs, d'être quelqu'un d'autre, quelqu'un d'autre ailleurs. *Je ne suis pas triste.*

Au bout de trois ans il était revenu au shtetl – je suis la preuve définitive que tous les citoyens qui partent reviennent un jour – pour mener une existence discrète, comme une frange d'Avachiste cousue à la manche de Trachimbrod, contraint de porter cette horrible boule autour du cou comme une marque de sa honte. Il avait changé son nom pour celui de Yankel, le nom du fonctionnaire qui était parti avec son épouse, et demandé que nul ne l'appelle plus jamais Safran (encore qu'il crût entendre ce nom de temps à autre, marmonné dans son dos). Nombre de ses anciens clients lui étaient revenus, et s'ils refusaient d'acquitter les taux de sa période faste, du moins avait-il réussi à se réétablir dans le shtetl natal – comme tous les exilés tentent un jour ou l'autre de le faire.

Quand les hommes chapeautés de noir lui donnèrent l'enfant, il eut le sentiment que lui-même n'était qu'un bébé, qui avait une chance de vivre sans honte, sans besoin de consolation pour une vie vécue dans le mal, une chance d'être de nouveau innocent, simplement et impossiblement heureux. Il la nomma Brod, comme la rivière de son étrange naissance, et lui offrit un collier fait d'une cordelette avec une minuscule boule de boulier, afin qu'elle ne se sentît jamais déplacée dans ce qui serait sa famille.

Quand mon arrière-arrière-arrière-arrière-arrière-grand-mère grandit, elle ne se rappela évidemment rien et il ne lui fut rien dit. Yankel inventa une histoire sur la mort prématurée de sa mère – *sans souffrir, en couches* – et répondit aux nombreuses questions qui se présentaient de la façon qu'il estimait devoir lui causer le moins de chagrin. C'était de sa mère qu'elle tenait ses grandes et belles oreilles. C'était le sens de l'humour de sa mère que tous les garçons admiraient tant chez elle. Il parlait à Brod des vacances que son épouse et lui avaient passées (quand elle lui avait retiré une écharde du talon, à Venise, quand il avait dessiné d'elle un portrait au crayon rouge devant une haute fontaine à Paris), lui montrait les lettres d'amour qu'ils avaient échangées (écrivant de la main gauche celles de la mère de Brod) et, pour l'endormir, lui racontait l'histoire de leur amour.

C'était un coup de foudre, Yankel ?

J'ai aimé ta mère avant même de la voir – c'était son odeur !

Dis-moi encore comment elle était.

Elle était comme toi. Elle était belle avec ces yeux dépareillés, comme toi. Un bleu, un marron, comme les tiens. Elle avait tes hautes pommettes et aussi ta peau douce.

Quel était son livre préféré ?

La Genèse, bien sûr.

Croyait-elle en Dieu ?

Elle n'a jamais voulu me le dire.

Quelle était la longueur de ses doigts ?

Longs comme ça.

Et ses jambes ?

Comme ça.

Raconte-moi encore comment elle te soufflait sur la figure avant de t'embrasser.

Eh bien voilà, c'est ça, elle soufflait sur mes lèvres avant de m'embrasser, comme si j'étais quelque chose de très chaud et qu'elle allait me manger !

Elle était drôle ? Plus drôle que moi ?

C'était la personne la plus drôle du monde. Exactement comme toi.

Elle était belle ?

C'était inévitable : Yankel tomba amoureux de cette épouse rêvée. Il s'éveillait de son sommeil pour regretter l'absence du poids qui jamais n'avait creusé le lit à côté de lui, se rappeler réellement le poids de gestes qu'elle ne faisait jamais, désirer le non-poids de son non-bras passé en travers de sa poitrine à lui, trop réelle, rendant ses souvenirs de veuf d'autant plus convaincants et sa douleur d'autant plus réelle. Il éprouvait le sentiment de l'avoir perdue. Il l'avait bel et bien perdue. La nuit, il relisait les lettres qu'elle ne lui avait jamais écrites.

Yankel chéri,

Je rentrerai bientôt chez nous et je serai près de toi, alors ce n'est pas la peine que tu continues à dire que je te manque tant, aussi gentil que cela puisse être. Que tu es bête. Le sais-tu ? Sais-tu combien tu es bête ? Peut-être est-ce pour cela que je t'aime tant, parce que je suis bête aussi.

Ici tout est merveilleux. C'est très beau, exactement comme tu me l'avais promis. Les gens sont gentils et je mange bien – je n'en parle que parce que je sais que tu es toujours inquiet à l'idée que je ne prends pas assez soin de moi. Eh bien si, alors ne t'inquiète pas.

Tu me manques vraiment. C'est à peu près insupportable. Chaque instant de chaque jour, je pense à ton absence et cela me tue presque. Mais je serai bientôt avec toi évidemment, et tu ne me manqueras plus, et je n'aurai plus besoin de savoir que quelque chose, que tout, me manque, que ce qu'il y a ici, c'est seulement ce qu'il n'y a pas ici. J'embrasse mon oreiller avant de m'endormir en m'imaginant que c'est toi. On dirait une chose que tu pourrais faire, je sais. C'est sans doute pourquoi je la fais.

Cela fonctionnait presque. Il avait répété les détails si souvent qu'il était presque impossible de les distinguer des faits. Mais le vrai mot ne cessait de lui revenir et c'était cela, il en était sûr, qui lui interdisait cette chose la plus simple et la plus impossible. Le bonheur. *Il fallait que je le fasse pour moi.* Brod le découvrit un jour, quand elle n'était encore âgée que de quelques années. Il s'était mystérieusement retrouvé dans sa poche droite, comme si le billet avait une volonté propre, comme si ces huit mots griffonnés étaient capables de vouloir affecter la réalité. *Il fallait que je le fasse pour moi.* Soit qu'elle en pressentît l'immense importance, soit qu'elle l'estimât dénué de toute importance, elle ne lui en parla jamais mais le déposa sur la table de chevet de Yankel, où il le trouva cette nuit-là après avoir relu une autre lettre qui n'était pas de la mère de Brod, qui n'était pas de son épouse. *Il fallait que je le fasse pour moi.*

Je ne suis pas triste.

Une autre loterie, 1791

Le Rabbin Bien Considéré paya une demi-douzaine d'œufs – sur la base de treize à la douzaine – et une poignée de myrtilles pour faire imprimer l'avis suivant dans la gazette hebdomadaire de Shimon T : un magistrat irascible de Lvov avait demandé un nom pour ce shtetl anonyme, ce nom servirait pour les nouvelles cartes et pour les registres du recensement, il ne devrait pas offenser la sensibilité raffinée de la noblesse ukrainienne ou polonaise, ni être trop difficile à prononcer, et devait impérativement être choisi avant la fin de la semaine.

UN VOTE! avait proclamé le Rabbin Bien Considéré. *NOUS EN DÉCIDERONS PAR UN VOTE.* Car ainsi que le Rabbin Vénérable l'avait jadis éclairé de ses lumières, *ET SI NOUS CROYONS QUE TOUT ADULTE JUIF PRATIQUANT, DE SEXE MASCULIN, SAIN, D'UNE STRICTE MORALITÉ, SUPÉRIEUR À LA MOYENNE ET PROPRIÉTAIRE, EST NÉ AVEC UNE VOIX QUI DOIT ÊTRE ENTENDUE, NE LES ENTENDRONS-NOUS PAS TOUTES ?*

Le lendemain matin, une urne fut déposée devant la Synagogue Verticale et les citoyens habilités firent la queue le long de la ligne de fracture Juif/Humain. Bitzl Bitzl R vota pour « Farcieville » ; le défunt philosophe Pinchas T pour « Isolat Temporel de Poussière et de Ficelle ». Le Rabbin Bien Considéré donna sa voix à « *SHTETL DES PIEUX VERTICALISTES ET DES INNOMMABLES AVACHISTES AVEC LESQUELS NUL JUIF RESPECTABLE NE DEVRAIT AVOIR AFFAIRE À MOINS QUE LA*

FOURNAISE NE SOIT SA CONCEPTION DES VACANCES ».

Le hobereau fou Sofiowka N, qui avait tant de temps et si peu de choses à faire, se chargea de monter la garde devant l'urne tout l'après-midi puis de la livrer au bureau du magistrat de Lvov ce soir-là. Le lendemain matin c'était officiel : situé à vingt-trois kilomètres au sud-est de Lvov, à quatre au nord de Kolki et chevauchant la frontière polono-ukrainienne comme une brindille tombée sur une clôture, se trouvait le shtetl de Sofiowka. Ce nouveau nom était, au grand dam de ceux qui devaient le porter, officiel et irrévocable. Il serait attaché au shtetl tant qu'il existerait.

Bien sûr, personne à Sofiowka ne l'appelait Sofiowka. Jusqu'à ce qu'il possède un nom officiel aussi désagréable, nul n'éprouvait le besoin de l'appeler de quelque manière que ce soit. Mais maintenant qu'il y avait cette insulte – que le shtetl avait ce connard pour éponyme –, les citoyens disposaient d'un nom à ne pas porter. Certains appelèrent même le shtetl Pas-Sofiowka et continuèrent à le faire après qu'un nouveau nom avait été choisi.

Le Rabbin Bien Considéré convoqua de nouveau les votants. *ON NE PEUT CHANGER LE NOM OFFICIEL*, dit-il, *MAIS NOUS DEVONS DISPOSER D'UN NOM RAISONNABLE POUR NOTRE PROPRE USAGE À DES FINS PERSONNELLES.* Si nul ne savait trop ce que ces fins signifiaient – *Est-ce qu'on avait des fins, avant ? Quelle est au juste ma fin parmi nos fins ?* –, ce deuxième vote semblait indiscutablement nécessaire. L'urne fut installée devant la Synagogue Verticale et ce furent les jumelles du Rabbin Bien Considéré, cette fois, qui montèrent la garde.

Le serrurier arthritique Yitzhak W vota pour « Zonefrontière ». L'homme de loi Isaac M pour « Prudenceville ». Lilla F, descendante du premier Avachiste à avoir lâché le Livre, persuada les jumelles de la laisser glisser frauduleusement dans l'urne un bulletin sur lequel était écrit « Pinchas ». (Les jumelles votèrent aussi : Hannah pour « Chana », et Chana pour « Hannah ».)

Le Rabbin Bien Considéré compta les bulletins ce soir-là. C'était l'impasse ; chacun des noms ne disposait que d'une voix : Loutsk

Mineur, *VERTICALEVILLE,* Nouvelle Promesse, Ligne de Fracture, Joshua, Pêne-et-Serrure... Considérant que le fiasco avait assez duré, il décida, ayant raisonné que c'était ce que Dieu aurait fait dans une telle situation, de prendre un bout de papier au hasard dans l'urne et de donner au shtetl le nom, quel qu'il fût, qui y serait inscrit.

Il hocha du chef en lisant ce qui était devenu une écriture familière. *YANKEL A ENCORE GAGNÉ,* dit-il. *YANKEL NOUS A NOMMÉS TRACHIMBROD.*

23 septembre 1997

Cher Jonathan,

Cela m'a fait une personne rose de chatouillis de recevoir ta lettre et de savoir que tu es régressé à l'université pour ton année concluante. Quant à moi, j'ai encore deux années d'études au nombre des restes. Je ne sais pas ce que j'accomplirai après ça. Beaucoup des choses que tu m'as informées en juillet sont encore considérables pour moi, comme ce que tu as articulé au sujet de la quête des rêves, et que si l'on a un bon et significatif rêve, on est dans l'oblongation de le quêter. Ça doit être plus un gâteau pour toi, je dois dire.

Je n'aspirais pas à mentionner ceci, mais je vais le faire. Bientôt, je posséderai assez de numéraire pour acquérir un bon d'avion pour Amérique. Mon père ne sait pas cela. Il pense que je dissémine tout ce que je possède dans des discothèques célèbres, mais c'est par procuration car je vais souvent à la plage me percher pendant tant d'heures, de sorte que je n'aie pas à disséminer de numéraire. Quand je me perche à la plage, je pense à la chance que tu as.

C'était le quatorzième anniversaire de Mini-Igor hier. Il a fait son bras cassé le jour jadis, parce qu'il est tombé encore, cette fois d'une clôture sur laquelle il faisait de la marche à pied, si tu peux le croire. Nous avons tous essayé très inflexiblement de le faire une personne heureuse, et ma mère a préparé un gâteau extra qui avait tant de plafonds et nous avons même tenu un petit festival. Grand-père était présent, bien sûr. Il a enquis comment tu vas, et je lui ai dit que tu régresserais à l'université en septembre, qui est maintenant. Je ne l'ai pas informé au sujet de comment le garde a volé la boîte d'Augustine, parce que je savais qu'il se serait senti honteux et que ça l'avait rendu heureux d'avoir tes nouvelles et il n'est jamais heureux. Il voulait que j'enquiers s'il serait une chose possible pour toi de poster une autre reproduction de la photographie d'Augustine. Il a dit qu'il te présenterait du numéraire pour toute dépense. Je suis très en détresse à propos de lui, comme je t'ai informé dans la dernière lettre. Sa santé est en train d'être défaite. Il ne possède pas l'énergie de devenir morfondu souvent et il est d'ordinaire en silence. En vérité, je favoriserais qu'il me hurle, et même qu'il me donne des coups de poing.

Mon père a acquis une bicyclette neuve pour Mini-Igor pour son anniversaire, qui est un présent supérieur, parce que je sais que mon père ne possède pas assez de numéraire pour des présents comme des bicyclettes. « Le pauvre Empoté, il a dit en étendant sa main sur l'épaule de Mini-Igor, il faut qu'il soit heureux à son anniversaire. » J'ai engainé une image de la bicyclette dans l'enveloppe. Dis-moi si elle est impressionnante. S'il te plaît, sois véridique. Je ne serai pas en colère si tu me dis qu'elle n'est pas impressionnante.

J'ai résolu de n'aller nulle part de célèbre hier soir. Au lieu, je me suis perché à la plage. Et je n'étais pas dans ma solitude normale parce que j'avais pris la photographie d'Augustine avec moi. Je dois te confesser que je l'examine avec tant de récurrence, et persévère de penser au sujet de ce que tu as dit au sujet de tomber amoureux d'elle. Elle est belle. Tu es juste.

Assez de conversation miniature. Je suis en train de te faire une personne très ennuyante. Je vais maintenant parler au sujet de cette affaire de l'histoire. J'ai perçu que tu n'étais pas aussi apaisé par la seconde division. Je m'aplatis encore pour ceci. Mais tes corrections étaient si faciles. Merci de m'informer que c'est « chier des briques », et aussi « quel bol il a ». C'est très utile pour moi de connaître les expressions correctes. C'est nécessaire. Je sais que tu m'as demandé de ne pas altérer les fautes parce qu'elles font humoristique, et qu'humoristique est la seule véridique façon de raconter une histoire triste, mais je pense que je vais les altérer. S'il te plaît ne me déteste pas.

J'ai bien façonné toutes les autres corrections que tu commandais. J'ai inséré ce que tu as ordonné dans la partie de quand je t'ai rencontré la première fois. (Penses-tu en vérité que nous sommes comparables ?) Comme tu l'as commandé, j'ai retiré la phrase « Il était gravement petit », et inséré à sa place, « Comme moi, il n'était pas grand. » Et après la phrase « "Oh", dit grand-père, et j'ai perçu qu'il se départait encore d'un rêve », j'ai ajouté, comme tu commandais, « Au sujet de grand-mère ? »

Avec ces changements, j'ai confiance que la deuxième partie de l'histoire est parfaite. J'ai été incapable d'ignorer d'observer que tu m'as encore posté de la numéraire. Pour cela, encore je te remercie. Mais je perroquette ce que j'ai articulé avant : si tu n'es pas apaisé par ce que je te poste, et aimerais avoir ton numéraire posté en retour, je le posterai en retour immédiatement. Je ne pourrais pas me sentir fier d'aucune autre manière.

J'ai besogné très dur sur la prochaine section. C'était la plus rétive jusqu'ici. J'ai tenté de deviner certaines des choses que tu me ferais altérer et je les ai altérées moi-même. Par exemple, je n'ai pas utilisé le mot « morfondre » avec une telle habitualité, parce que j'ai perçu qu'il te mettait sur les nerfs par la phrase dans ta lettre quand tu disais, « Arrête d'utiliser le mot "morfondre", ça me tape sur les nerfs. » J'ai aussi inventé des choses que je croyais t'apaiser, des choses drôles et des choses tristes. Je suis certain que tu m'informeras quand j'ai voyagé trop loin.

Concerné au sujet de ton écriture, tu m'as envoyé beaucoup de pages mais je dois te dire que je les ai toutes lues chacune. Le Livre des rêves récurrents *était une très belle chose et je dois dire que le rêve que nous sommes nos pères m'a rendu mélancolique. C'est ce que tu avais l'intention, oui ? Bien sûr, je ne suis pas mon père, donc peut-être je suis l'oiseau rare de ton roman. Quand je regarde dans le reflet, ce que je contemple n'est pas mon père mais le négatif de mon père.*

Yankel. C'est un brave homme, oui ? Pourquoi tu penses qu'il a fait d'escroquer cet homme tant d'années avant ? Peut-être qu'il avait besoin du numéraire très gravement. Je sais comment c'est, malgré que jamais je n'escroquerais aucune personne. J'ai trouvé stimulant que tu aies fait une autre loterie, cette fois pour dénommer le shtetl. Ça m'a fait penser au sujet de ce que je dénommerais Odessa si on me donnait le pouvoir. Je pense que je la dénommerais Alex, parce que alors tout le monde saurait que je suis Alex et que le nom de la ville est Alex, donc je dois être une personne très extra. Je pourrais aussi l'appeler Mini-Igor, parce que les gens penseraient que mon frère est une personne extra, ce qu'il est, mais ce serait bien que les gens le pensent. (C'est une chose bizarre comment je souhaite tout pour mon frère ce que je souhaite pour moi-même, encore plus rétivement.) Peut-être que je l'appellerais Trachimbrod, parce que alors Trachimbrod pourrait exister et aussi tout le monde ici acquerrait ton livre et tu pourrais devenir célèbre.

Je suis regretté de finir cette lettre. C'est ce que nous avons d'aussi proximal de la conversation. J'espère que tu es apaisé par la troisième division et, comme toujours, je demande ta mansuétude. J'ai tenté d'être véridique et beau, comme tu me l'as dit.

Ah, oui. Il y a un article additionnel. Je n'ai pas amputé Sammy Davis Junior, Junior de l'histoire, malgré que tu m'as conseillé que je devrais l'amputer. Tu as articulé que l'histoire serait plus « raffinée » avec son absence, et je sais que raffiné est comme cultivé, poli et bien élevé, mais je t'informerai que Sammy Davis Junior, Junior est un personnage très distingué avec des appétits très bigarrés et des sièges de passion. Contemplons son évolution et nous résoudrons ensuite.

Ingénument,
Alexandre

Aller de l'avant à Loutsk

Sammy Davis Junior, Junior convertit son attention de mastiquer sa queue à tenter de nettoyer les lunettes du héros en les léchant, et je vous dirai qu'elles avaient besoin de nettoyage. J'écris qu'elle essayait parce que le héros ne se montrait pas sociable. « Pourriez-vous m'enlever ce chien, s'il vous plaît ? dit-il, faisant son corps en une boule. S'il vous plaît. Je n'aime vraiment pas les chiens. » « Elle est seulement en train de faire des jeux avec vous, lui dis-je quand elle mit son corps sur le sien et lui donna des coups avec ses pattes arrière. Ça signifie qu'elle vous aime bien. » « S'il vous plaît », dit-il en tentant de l'ôter. Elle faisait maintenant des bonds et aussi en retombant sur sa figure. « Je ne l'aime vraiment pas. Je n'ai pas envie de jeux. Elle va casser mes lunettes. »

Je mentionnerai maintenant que Sammy Davis Junior, Junior est très souvent sociable avec ses nouveaux amis, mais que je n'avais jamais témoigné une chose comme celle-là. Je raisonnai qu'elle était amoureuse du héros. « Endossez-vous de l'eau de Cologne ? » demandai-je. « Quoi ? » « Endossez-vous de l'eau de Cologne ? » Il fit une rotation de son corps de sorte que sa figure était dans le siège, détournée de Sammy Davis Junior, Junior. « Peut-être un peu », dit-il, défendant les arrières de sa tête avec ses mains. « Parce qu'elle adore l'eau de Cologne. Ça la fait sexuellement stimulée. » « Seigneur. » « Elle essaye de faire le sexe avec vous. C'est un bon signe. Ça signifie qu'elle ne mordra pas. » « Au secours ! » dit-il quand Sammy Davis Junior, Junior fit une rotation pour faire un soixante-neuf. Pendant tout ceci, grand-père retournait encore de son repos. « Il ne l'aime pas », lui dis-je. « Mais si », dit grand-père, et ce fut tout. « Sammy Davis Junior, Junior ! lançai-je. Assis ! » Et voulez-vous savoir ? Elle s'assit. Sur le héros. Dans la position soixante-neuf. « Sammy Davis Junior, Junior ! Assieds-toi de ton côté du siège arrière ! Descends du héros ! » Je crois qu'elle me comprendit parce qu'elle s'ôta du héros et revint à cogner sa figure contre la fenêtre de l'autre côté. Ou peut-être qu'elle avait léché toute l'eau de Cologne du héros et n'était plus intéressée à lui sexuellement mais seulement comme ami. « Vous sentez cette odeur épouvantable ? » enquit le héros ôtant l'humidité de sa nuque. « Non », dis-je. Une bienséante non-vérité. « Il y a une odeur épouvantable. Ça pue comme s'il y avait un mort dans la voiture. Qu'est-ce que c'est ? » « Je ne sais pas », dis-je, malgré que j'avais une idée.

Je ne cogite pas qu'il y avait une personne dans la voiture qui était surprise quand nous devînmes perdus parmi la gare de Lvov et l'autoroute de Loutsk. Grand-père fit une rotation pour dire au héros, « Je déteste Lvov. » « Qu'est-ce qu'il dit ? » me demanda le héros. « Il a dit que ce ne sera pas long », lui dis-je, encore une non-vérité bienséante. « Long avant quoi ? » demanda le héros. Je dis à grand-père, « Tu n'es pas obligé d'être gentil avec moi. Mais ne gaffe pas avec le juif. » Il dit, « Je peux lui dire tout ce que je veux. Il ne comprend pas. » Je fis une rotation verticale de ma tête pour bénéficier le héros. « Il dit que ce ne sera pas long avant d'arriver à l'autoroute de Loutsk. » « Et de là ? demanda le héros. Combien de temps de là jusqu'à Loutsk ? » Il apposa son attention sur Sammy Davis Junior, Junior qui cognait encore sa tête contre la fenêtre. (Mais je mentionnerai qu'elle était une bonne chienne, parce qu'elle cognait sa tête contre sa fenêtre seulement, et quand on est en voiture, chienne ou pas chienne, on peut faire tout ce qu'on désire du moment qu'on reste de son côté. Et aussi elle ne pétait pas beaucoup.) « Dis-lui de fermer sa bouche, dit grand-père. Je ne peux pas conduire s'il parle tout le temps. » « Notre chauffeur dit qu'il y a tant d'immeubles à Loutsk », dis-je au héros. « Nous sommes payés prodigieusement pour l'écouter parler », dis-je à grand-père. « Pas moi », dit-il. « Moi non plus, dis-je, mais quelqu'un l'est. » « Quoi ? » « Il dit que par l'autoroute ce n'est pas plus que deux heures pour Loutsk, où nous trouverons un hôtel terrible pour la nuit. » « Qu'entendez-vous par terrible ? » « Quoi ? » « Je dis, qu'entendez-vous... quand... vous... dites... que... l'hôtel... sera... terrible ? » « Dis-lui de fermer sa bouche. » « Grand-père dit que vous devriez regarder par votre fenêtre si vous voulez voir quoi que ce soit. » « Et alors, l'hôtel terrible ? » « Ah, je vous implore d'oublier que j'ai dit ça. » « Je déteste Lvov. Je déteste Loutsk. Je déteste le juif sur la banquette arrière de cette voiture que je déteste. » « Tu ne rends pas tout ceci plus un gâteau. » « Je suis aveugle. Je suis censé avoir pris mon retardement. » « Qu'est-ce que vous racontez tous les deux ? Et qu'est-ce que c'est que cette saloperie d'odeur ? » « Quoi ? » « Dis-lui de fermer sa bouche ou je nous conduirai hors de la route. » « Qu'est-ce... que... vous... ra... con... tez... tous... les... deux ? » « Le juif doit être contraint au silence. Je vais nous tuer. » « Nous disions que le voyage va peut-être être plus long que nous ne le désirions. »

Cela captura cinq très longues heures. Si vous voulez savoir pourquoi, c'est parce que grand-père est d'abord grand-père et seulement ensuite chauffeur. Il nous fit perdre souvent et devint sur ses nerfs. Je devais traduire sa colère en informations utiles pour le héros. « Putain », disait grand-père. Je disais, « Il dit que si vous regardez les statues, vous verrez que certaines n'endurent plus. Ce sont celles où il y avait des statues communistes avant. » « Putain de putain de putain de putain de merde ! » hurlait grand-père. « Ah, disais-je, il veut que vous savez que cet immeuble, cet immeuble et cet immeuble sont tous importants. » « Pourquoi ? » enquit le héros. « Putain ! » dit grand-père. « Il ne se rappelle pas », dis-je.

« Pourriez-vous mettre la climatisation ? » commanda le héros. Je fus humilié au maximum. « Cette voiture n'a pas la climatisation, dis-je. Je m'aplatis d'excuses. » « Bon, peut-on ouvrir les fenêtres ? Il fait vraiment chaud. Et ça pue la chose morte. » « Sammy Davis Junior, Junior sautera par la fenêtre. » « Qui ? » « La chienne. Elle s'appelle Sammy Davis Junior, Junior. » « C'est une blague ? »

« Non, elle sautera en vérité de la voiture. » « Mais comment il s'appelle ? » « *Elle* s'appelle », le rectifiai-je, parce que je suis de premier ordre avec les pronoms. « Dis-lui de se coller les lèvres au velcro », dit grand-père. « Il dit que la chienne fut nommée d'après son chanteur préféré qui était Sammy Davis Junior. » « Un juif », dit le héros. « Quoi ? » « Sammy Davis Junior était juif. » « Ce n'est pas possible », dis-je. « Converti. Il avait trouvé le Dieu juif. C'est drôle. » Je dis ceci à grand-père. « Sammy Davis Junior n'était pas juif ! hurla-t-il. C'était le nègre du *Rat Pack* ! » « Le juif en est certain. » « Le *Music Man* ? Un juif ? Ce n'est pas une chose possible ! » « C'est ce qu'il m'informe. » « Viens ici, Dean Martin Junior ! hurla-t-il vers le siège arrière. Viens ici ! Viens, ma fille ! » « Est-ce qu'on peut ouvrir la fenêtre, s'il vous plaît ? dit le héros. Je ne peux pas vivre dans cette odeur. » Alors je dus m'aplatir plus plat d'excuses que je ne m'étais jamais aplati. « Ce n'est que Sammy Davis Junior, Junior. Elle fait terrible pétage dans la voiture parce qu'elle n'a ni amortisseurs ni traverses, mais si nous ouvrons la fenêtre, elle sautera dehors et nous avons besoin d'elle parce qu'elle est la chienne voyante de notre chauffeur aveugle qui est aussi mon grand-père. Qu'est-ce que vous ne comprenez pas ? »

Ce fut pendantes ces cinq heures de voiture de la gare de Lvov à Loutsk que le héros m'expliqua pourquoi il venait en Ukraine. Il excava plusieurs articles de son sac de flanc. D'abord il m'exhiba une photographie. Elle était jaune et pliée et avait tant de morceaux d'adhésif pour l'apposer ensemble. « Vous voyez ? dit-il. C'est mon grand-père Safran. » Il montrait un jeune homme qui je dirai apparaissait beaucoup comme le héros, et aurait pu être le héros. « Elle a été prise pendant la guerre. » « À qui ? » « Non, pas prise dans ce sens-là. La photographie a été faite. » « Je comprends. » « Ces gens qui sont avec lui sont la famille qui l'a sauvé des nazis. » « Quoi ? » « Ils... l'ont... sauvé... des... na... zis. » « À Trachimbrod ? » « Non, quelque part en dehors de Trachimbrod. Il a échappé au raid nazi sur Trachimbrod. Tous les autres ont été tués. Il a perdu son épouse et un bébé. » « Perdu ? » « Ils ont été tués par les nazis. » « Mais si ce n'était pas Trachimbrod, pourquoi nous allons à Trachimbrod ? Et comment trouverons-nous cette famille ? » Il m'expliqua que nous ne cherchions pas la famille mais cette fille. Elle serait la seule survivante.

Il remua son doigt le long de la figure de la fille sur la photographie en la mentionnant. Elle était à côté de son grand-père à lui dans l'image. Un homme qui j'en suis certain était son père était à côté d'elle et une femme qui j'en suis certain était sa mère était derrière elle. Ses parents apparaissaient très russes mais pas elle. Elle apparaissait américaine. Elle était jeune, peut-être quinze ans. Mais il est possible qu'elle avait plus d'âge. Elle aurait pu être aussi âgée que le héros et moi, comme aurait pu être le grand-père du héros. J'ai regardé la fille tant de minutes pendantes. Elle était si si belle. Ses cheveux étaient bruns et reposaient seulement sur ses épaules. Ses yeux apparaissaient tristes et pleins d'intelligence.

« Je veux voir Trachimbrod, dit le héros. Voir à quoi ça ressemble, comment mon grand-père a grandi. Où je serais aujourd'hui s'il n'y avait pas eu la guerre. » « Vous seriez ukrainien. » « C'est ça. » « Comme moi. » « Oui. » « Seulement pas comme moi parce que vous seriez un fermier d'une ville non impressionnante et que je vis à Odessa qui est beaucoup comme Miami. » « Et je veux voir ce que c'est devenu, maintenant. Je crois qu'il ne reste pas de juifs, mais peut-être que si. Et il n'y avait pas que des juifs dans les shtetls, alors on devrait trouver d'autres gens avec qui parler. » « Les quoi ? » « Les shtetls. Un shtetl, c'est comme un village. » « Pourquoi ne pas l'appeler simplement un village ? » « C'est un mot juif. » « Un mot juif ? » « Yiddish. Comme schmock. » « Qu'est-ce que ça veut dire, schmock ? » « Quelqu'un qui fait quelque chose avec quoi on n'est pas d'accord est un schmock. » « Apprenez-moi un autre. » « Putz. » « Qu'est-ce que ça veut dire ? » « C'est comme schmock. » « Apprenez-moi un autre. » « Schmendrik. » « Qu'est-ce que ça veut dire ? » « C'est aussi comme schmock. » « Vous connaissez un seul mot qui ne soit pas comme schmock ? » Il réfléchit un moment. « Shalom, dit-il, c'est en fait trois mots, mais c'est de l'hébreu, pas du yiddish.

Tout ce que je trouve est plus ou moins schmock. Les Eskimos ont quatre cents mots pour neige et les juifs quatre cents pour schmock. » Je me demandai, Qu'est-ce qu'un Eskimo ?

« Alors, nous allons visiter le shtetl ? » enquis-je au héros. « Je me suis dit que c'était un bon endroit pour commencer nos recherches. » « Recherches ? » « D'Augustine. » « Qui est Augustine ? » « La fille de la photographie. C'est la seule qui serait encore en vie. » « Ah. Nous rechercherons Augustine qui vous croyez sauva votre grand-père des nazis. » « Oui. » Ce fut très silencieux un moment. « J'aimerais la trouver », dis-je. Je perçus que cela apaisait le héros, mais je ne le disais pas pour l'apaiser. Je le disais parce que c'était digne de foi. « Et ensuite, dis-je, si nous la trouvons ? » Le héros fut une personne pensive. « Ensuite je ne sais pas. J'imagine que je la remercierai. » « D'avoir sauvé votre grand-père ? » « Oui. » « Ce sera très étrange, oui ? » « Quoi ? » « Quand nous la trouverons. » « Si nous la trouvons. » « Nous la trouverons. » « Probablement pas », dit-il. « Alors pourquoi nous recherchons ? j'enquis, mais avant qu'il puisse répondre, je l'interrompis avec une autre enquête. Et comment savez-vous qu'elle s'appelle Augustine ? » « Je ne le sais pas vraiment. Derrière, vous voyez, là, il y a quelques mots de l'écriture de mon grand-père, je crois. Peut-être pas. C'est du yiddish. Ça dit : "Moi avec Augustine, 21 février 1943." » « C'est très difficile à lire. » « Oui. » « Pourquoi vous pensez qu'il remarque seulement au sujet d'Augustine et pas des deux autres personnes sur la photographie ? » « Je ne sais pas. » « C'est étrange, oui ? C'est étrange qu'il remarque seulement elle. Vous pensez qu'il l'aimait ? » « Quoi ? » « Parce qu'il remarque seulement elle. » « Et alors ? » « Alors peut-être qu'il l'aimait. » « C'est drôle que vous pensiez ça. Nous devons penser de la même façon. » (Merci, Jonathan.) « En fait, j'y ai beaucoup pensé, sans avoir de bonnes raisons. Il avait dix-huit ans et elle avait, quoi, dans les quinze ? Il venait de perdre sa femme et sa fille dans le raid des nazis sur le shtetl. » « Trachimbrod ? » « C'est ça. Après tout, ce qui est écrit n'a peut-être rien à voir avec la photo. Il aurait pu s'en servir comme brouillon. »

« Brouillon ? » « Du papier sans importance. N'importe quoi pour écrire dessus. » « Ah. » « En fait, je n'en ai pas la moindre idée. Ça semble si improbable qu'il ait pu l'aimer. Mais est-ce qu'il n'y a pas quelque chose d'étrange dans cette photo, ils sont si près l'un de l'autre, alors même qu'ils ne se regardent pas ? La *façon* qu'ils ont de ne pas se regarder. L'air distant. C'est très fort, vous ne pensez pas ? Et ce qu'il a écrit au dos. » « Oui. » « Et que nous pensions tous les deux à la possibilité de cet amour, c'est étrange aussi. » « Oui », dis-je. « Une part de moi voudrait qu'il l'ait aimée et une autre part de moi déteste cette idée. » « Quelle est la part de vous qui déteste s'il l'aimait ? » « Vous savez, c'est bien de penser qu'il y a des choses irremplaçables. » « Je ne comprends pas. Il a marié votre présente grand-mère, alors quelque chose doit avoir été remplacé. » « Mais ce n'est pas pareil. » « Pourquoi ? » « Parce que c'est ma grand-mère. » « Augustine aurait pu être votre grand-mère. » « Non, elle aurait pu être la grand-mère de quelqu'un d'autre. Je n'en sais rien, elle l'est peut-être. Peut-être qu'il a eu des enfants avec elle. » « Ne dites pas cela de votre grand-père. » « Mais puisque je sais qu'il a eu d'autres enfants avant, en quoi cela serait-il si différent ? » « Et si nous révélions un de vos frères ? » « Ça n'arrivera pas. » « Et comment avez-vous obtenu cette photographie ? » demandai-je en la tenant près de la fenêtre. « Ma grand-mère l'a donnée à ma mère il y a deux ans et elle lui a dit que c'était la famille qui avait sauvé mon grand-père des nazis. » « Pourquoi seulement deux ans ? » « Que voulez-vous dire ? » « Pourquoi c'était si nouvellement qu'elle l'a donnée à votre mère ? » « Ah, je comprends. Elle avait ses raisons. » « Que sont ses raisons ? » « Je ne sais pas. » « L'avez-vous enquise sur l'écriture derrière ? » « Non. On ne pouvait rien lui demander là-dessus. » « Pourquoi ? » « Elle a gardé cette photographie pour elle pendant cinquante ans. Si elle avait voulu nous en dire quoi que ce soit, elle l'aurait fait. » « Maintenant je comprends ce que vous dites. » « Je n'ai même pas pu lui dire que j'allais en Ukraine. Elle me croit encore à Prague. » « Pourquoi cela ? » « Elle n'a pas de bons souvenirs d'Ukraine. Son shtetl, Kolki, est à quelques kilomètres seulement de Trachimbrod. Je pense que nous irons aussi. Mais toute sa famille a été tuée, tout le monde, mère, père, sœurs, grands-parents. » « Un Ukrainien l'a sauvée ? » « Non, elle avait fui avant la guerre. Elle était jeune, elle a quitté sa famille. » Elle a quitté sa famille. J'écrivis ceci dans mon cerveau. « Cela me surprend que personne n'ait sauvé sa famille », dis-je. « Ça n'a rien de surprenant. Les Ukrainiens, à cette époque, ont été terribles avec les juifs. Presque aussi mauvais que les nazis. Le monde était différent. Au début de la guerre, beaucoup de juifs voulaient s'adresser aux nazis pour être protégés des Ukrainiens. » « Ce n'est pas vrai. » « C'est vrai. » « Je ne peux pas croire ce que vous dites. » « Regardez dans les livres d'histoire. » « Cela n'est pas dit dans les livres d'histoire. » « Bien, mais c'est comme ça. Les Ukrainiens étaient connus pour être terribles avec les juifs. Comme les Polonais. Écoutez, je ne veux pas vous offenser. Cela n'a rien à voir avec vous. Nous parlons de ce qui se passait il y a cinquante ans. » « Je crois que vous vous trompez », dis-je au héros. « Je ne sais pas quoi dire. » « Dites que vous vous trompez. » « Je ne peux pas. » « Vous le devez. »

« Voilà mes cartes », dit-il, excavant quelques bouts de papier de son sac. Il en montrait une qui était mouillée de Sammy Davis Junior, Junior. Sa langue, j'espérais. « Voilà Trachimbrod, dit-il. On l'appelle aussi Sofiowka sur certaines cartes. Voilà Loutsk. Là, c'est Kolki. C'est une vieille carte. La plupart des endroits que nous cherchons ne figurent pas sur les nouvelles cartes. Tenez », dit-il. Et il me la présenta. « Vous verrez où nous devons aller. C'est tout ce que j'ai. Ces cartes et la photographie. Ce n'est pas beaucoup. » « Je peux vous promettre que nous trouverons cette Augustine », dis-je. Je perçus que cela apaisait le héros. Cela m'apaisait aussi. « Grand-père », dis-je en faisant de nouveau une rotation vers l'avant. J'expliquai tout ce que le héros venait de m'articuler. Je l'informai au sujet d'Augustine et des cartes et de la grand-mère du héros. « Kolki ? » demanda-t-il. « Kolki », dis-je. Je fus certain d'impliquer chaque détail, et aussi j'inventai plusieurs nouveaux détails, pour que grand-père comprenne l'histoire plus. Je perçus que cette histoire faisait grand-père très mélancolique. « Augustine », dit-il, et il poussa Sammy Davis Junior, Junior sur moi. Il scruta la photographie pendant que j'amarrais le volant. Il la mit près de sa figure, comme s'il voulait la renifler ou la toucher avec ses yeux. « Augustine. » « C'est celle que nous cherchons », dis-je. Il remua sa tête ci et çà. « Nous la trouverons », dit-il. « Je sais », dis-je. Mais je ne savais pas, et grand-père non plus.

Quand nous atteignîmes l'hôtel, c'était déjà l'obscurité commencée. « Vous devez rester dans la voiture », dis-je au héros, parce que le propriétaire de l'hôtel saurait que le héros est américain et mon père m'avait dit qu'ils facturent les Américains en surplus. « Pourquoi ? » demanda-t-il. Je lui dis pourquoi. « Comment sauront-ils que je suis américain ? » « Dis-lui de rester dans la voiture, dit grand-père, ou ils le factureront deux fois. » « Je fais des efforts », lui dis-je. « J'aimerais entrer avec vous, dit le héros, pour voir un peu l'endroit. » « Pourquoi ? » « Pour voir un peu. Voir à quoi ça ressemble. » « Vous pourrez voir à quoi ça ressemble quand j'aurai pris les chambres. » « Je préférerais le faire tout de suite », dit-il, et je dois confesser qu'il commençait à être sur mes nerfs. « Mais qu'est-ce qu'il raconte encore, nom de Dieu de bordel de merde ? » demanda grand-père. « Il veut entrer avec moi. » « Pourquoi ? » « Parce que c'est un Américain. » « Vous êtes d'accord pour que j'y aille ? » demanda-t-il encore. Grand-père se tourna vers lui et me dit, « C'est lui qui paye. S'il veut payer en surplus, qu'il paye en surplus. » Alors je l'ai emmené avec moi quand je suis entré à l'hôtel pour payer deux chambres. Si vous voulez savoir pourquoi deux chambres, une était pour grand-père et moi, et l'autre était pour le héros. Mon père disait que ce devait être de cette manière.

Quand nous entrâmes l'hôtel, je dis au héros de ne pas parler. « Ne parlez pas », dis-je. « Pourquoi ? » demanda-t-il. « Ne parlez pas », dis-je sans beaucoup de volume. « Pourquoi ? » demanda-t-il. « Je vous le précepterai plus tard. Chut. » Mais il continua d'enquérir pourquoi il ne devrait pas parler et comme j'en étais certain il fut entendu par le patron de l'hôtel. « J'aimerais contempler vos documents », dit le patron. « Il faut qu'il contemple vos documents », dis-je au héros. « Pourquoi ? » « Donnez-les-moi. » « Pourquoi ? » « Si nous devons avoir une chambre, il faut qu'il contemple vos documents. » « Je ne comprends pas. » « Il n'y a rien à comprendre. » « Y a-t-il un problème ? m'enquit le patron. Parce que c'est le seul hôtel de Loutsk qui possède encore des chambres à cette heure du soir. Désirez-vous tenter votre chance dans la rue ? »

Je fus finalement capable de prévaloir sur le héros de donner ses documents. Il les remisait dans une chose à sa ceinture. Plus tard, il me dit que cela s'appelle une banane, et que les bananes ne sont pas cool en Amérique. Et s'il endossait une banane, c'était seulement parce qu'un guide disait qu'il devrait en endosser une pour garder ses documents près de sa section du milieu. Comme j'en étais certain, le patron de l'hôtel factura le héros un tarif étranger spécial. Je n'éclairai pas le héros de ceci, parce que je savais qu'il aurait manufacturé des requêtes jusqu'à ce qu'il ait à payer quatre fois et pas seulement deux, ou jusqu'à ce que nous ne recevions aucune chambre pour la nuit et que nous devions reposer dans la voiture, comme grand-père en avait fait une accoutumance.

Quand nous retournâmes à la voiture, Sammy Davis Junior, Junior mastiquait sa queue dans le siège arrière et grand-père s'était remis à manufacturer des RRR. « Grand-père, dis-je, ajustant son bras. Nous obtînmes une chambre. » Je dus le bouger avec beaucoup de violence de façon à le réveiller. Quand il épanouit les yeux, il ne savait pas où il était. « Anna ? » demanda-t-il. « Non, grand-père, dis-je. C'est moi, Sacha. » Il était tant honteux et cacha sa figure de moi. « Nous obtînmes une chambre », dis-je. « Il se sent bien ? » me demanda le héros. « Oui, il est moulu. » « Ça ira, pour demain ? » « Bien sûr. » Mais, en vérité, grand-père n'était pas dans son état normal. Ou peut-être il était dans son état normal. Je ne savais pas ce qu'était son état normal. Je me rappelais une chose que mon père m'avait dite. Quand j'étais petit, grand-père disait que j'avais l'air d'une combinaison de mon père, de ma mère, de

Brejnev et de moi-même. J'avais toujours pensé que cette histoire était très drôle jusqu'à cet instant dans la voiture devant l'hôtel à Loutsk.

Je dis au héros de ne laisser aucun de ses sacs dans la voiture. C'est une mauvaise et populaire habitude de gens en Ukraine de prendre les choses sans les demander. J'ai lu que New York City est très dangereux mais je dois dire qu'Ukraine est plus dangereuse. Si vous voulez savoir qui nous protège des gens qui prennent sans demander, c'est la police. Si vous voulez savoir qui nous protège de la police, c'est les gens qui prennent sans demander. Et très souvent, c'est les mêmes gens.

« Mangeons », dit grand-père, et il commença à conduire. « Vous avez faim ? » je demandai au héros, qui était encore l'objet sexuel de Sammy Davis Junior, Junior. « Enlevez-la-moi », dit-il. « Vous avez faim ? » répétai-je. « S'il vous plaît ! » implora-t-il. Je l'appelai, et comme elle ne répondit pas je lui mis un coup de poing dans la figure. Elle se déplaça de son côté du siège arrière, parce que maintenant elle comprendait ce que veut dire être idiot avec la mauvaise personne, et commença à pleurer. Est-ce que je me sentais très mal ? « Je suis affamé », dit le héros, levant la tête de ses genoux. « Quoi ? » « Oui, j'ai faim. » « Alors vous avez faim. » « Oui. » « Bon. Notre chauffeur... » « Dites grand-père. Ça ne me gêne pas. » « Il n'est pas Eugène. » « J'ai dit *me gêne*, pas Eugène. » « Qu'est-ce que ça veut dire, mogène ? » « Contrarier. » « Qu'est-ce que ça veut dire, contrarier ? » « Embêter, déranger, déplaire. » « Je comprends déplaire. » « Donc vous pouvez l'appeler grand-père, c'est ça que je vous disais. »

Nous devînmes très affairés à parler. Quand je fis une rotation vers grand-père, je vis qu'il examinait Augustine encore. Il y avait une tristesse parmi lui et la photographie, et rien au monde ne m'effrayait plus que cela. « Nous allons manger », lui dis-je. « Très bien », dit-il, tenant la photographie très près de sa figure. Sammy Davis Junior, Junior persévérait à pleurer. « Mais il y a une chose », dit le héros. « Quoi ? » « Je suis... » « Apaisé de manger, oui ? » « Je suis végétarien. » « Je ne comprends pas. » « Je ne mange pas de viande. » « Pourquoi ? » « C'est comme ça. » « Comment pouvez-vous ne pas manger de viande ? » « J'en mange pas, voilà. » « Il ne mange pas de viande », dis-je à grand-père. « Mais si », m'informa-t-il. « Mais si », informai-je de même le héros. « Non. Je vous dis que non. » « Pourquoi ? » lui enquis-je encore. « C'est comme ça. Jamais de viande. » « Du porc ? » « Non. » « La viande ? » « Pas de viande. » « Du bifteck ? » « Non. » « Des poulets ? » « Non. » « Vous mangez du veau ? » « Surtout pas ! » « Et la saucisse ? » « Pas de saucisse non plus. » Je dis cela à grand-père et il me présenta une expression très mogène. « Qu'est-ce qu'il a qui ne va pas ? » demanda-t-il. « Qu'est-ce que vous avez qui ne va pas ? » lui demandai-je. « Je suis comme ça, c'est tout », dit-il. « Des hamburgers ? » « Non. » « De la langue ? » « Qu'est-ce qu'il a dit qui n'allait pas ? » demanda grand-père. « Il est comme ça, c'est tout. » « Il mange de la saucisse ? » « Non. » « Pas de saucisse ? » « Non. Il dit qu'il ne mange pas de saucisse. » « En vérité ? » « C'est ce qu'il dit. » « Mais la saucisse... » « Je sais. En vérité, vous ne mangez pas de saucisse ? » « Pas de saucisse. » « Pas de saucisse », dis-je à grand-père. Il ferma les yeux et essaya de mettre les bras autour de son estomac, mais il n'y avait pas de place à cause du volant. Il apparaissait comme s'il devenait la nausée parce que le héros ne mangeait pas de saucisse. « Bon, qu'il déduise ce qu'il va manger. Nous allons au restaurant le plus proximal. » « Vous êtes un schmuck », informai-je le héros. « Vous n'utilisez pas ce mot correctement », dit-il. « Mais si », dis-je.

« Comment ça, il ne mange pas de viande ? » demanda la serveuse, et grand-père plaça la tête dans ses mains. « Ça ne va pas ? » demanda-t-elle. « Qui ? Celui qui ne mange pas de viande, celui qui a la tête dans ses mains, ou la chienne qui mastique sa queue ? » « Celui qui ne mange pas de viande. » « Il est comme ça, c'est tout. » Le héros demanda au sujet de quoi nous parlions. « Ils n'ont rien sans viande », l'informai-je. « Il ne mange pas de viande du tout ? » m'enquit-elle de nouveau. « C'est seulement qu'il est comme ça », lui dis-je. « De la saucisse ? » « Pas de saucisse », répondit grand-père à la serveuse, faisant une rotation de sa tête de là à là. « Vous pourriez peut-être manger un peu de viande, suggérai-je au héros, parce qu'ils n'ont rien qui n'est pas de la viande. » « Ils n'ont pas de pommes de terre ou je ne sais quoi ? » demanda-t-il. « Vous avez des pommes de terre ? demandai-je à la serveuse. Ou je ne sais quoi ? » « On reçoit une pomme de terre seulement avec la viande », dit-elle. Je le dis au héros. « Je ne pourrais pas avoir une assiette de pommes de terre tout simplement ? » « Quoi ? » « Je ne pourrais pas avoir deux ou trois pommes de terre sans viande ? » Je demandai à la serveuse et elle dit qu'elle irait au chef l'enquérir. « Demande-lui s'il mange du foie », dit grand-père.

La serveuse revint et dit, « Voici ce que j'ai à dire. Nous pouvons faire des concessions de lui donner deux pommes de terre, mais elles sont servies avec un morceau de viande sur l'assiette. Le chef dit que cela ne peut être négocié. Il faudra qu'il la mange. » « Deux pommes de terre c'est très bien ? » demandai-je au héros. « Oh, ce serait formidable. » Grand-père et moi commandâmes tous les deux la grillade de porc et en commandâmes une pour Sammy Davis Junior, Junior aussi, qui devenait sociable avec la jambe du héros.

Quand l'aliment arriva, le héros demanda que j'ôte la viande de son assiette. « Je préfère ne pas y toucher », dit-il. C'était sur mes nerfs au maximum. Si vous voulez savoir pourquoi, c'est parce que je percevais que le héros percevait qu'il était trop bien pour notre aliment. Je pris la viande de son assiette, parce que je sus que c'était ce que mon père aurait désiré que je fasse, et je n'articulai pas un mot. « Dis-lui que nous commencerons très tôt demain matin », dit grand-père. « Tôt ? » « Pour avoir autant de jour pour rechercher que possible. Ce sera rétif la nuit. » « Nous commencerons très tôt demain matin », dis-je au héros. « C'est bien », dit-il, donnant un coup de pied avec sa jambe. J'étais très ahuri que grand-père pouvait désirer aller de l'avant tôt le matin. Il détestait ne pas reposer tardif. Il détestait ne pas reposer à tout moment. Il détestait aussi Loutsk, la voiture, le héros et, depuis peu, moi. Partir tôt le matin lui procurerait plus du jour réveillé avec nous tous. « Fais-moi inspecter ses cartes », dit-il. Je demandai au héros pour les cartes. En tendant la main dans sa banane, il donna encore un coup de pied avec sa jambe qui fit Sammy Davis Junior, Junior devenir sociable avec la table et aussi fit remuer les assiettes. Une des pommes de terre du héros descendit sur le par terre. Quand elle frappa le par terre elle fit un bruit. POUM. Elle roula et puis fut inerte. Grand-père et moi nous examinâmes l'un l'autre. Je ne savais pas quoi faire. « Une terrible chose s'est produite », dit grand-père. Le héros continuait de contempler la pomme de terre par terre. C'était un par terre sale. C'était une de ses deux pommes de terre. « C'est atroce », dit grand-père silencieusement, et il bougea son assiette sur le côté. « Atroce. » Il était exact.

La serveuse revint à notre table avec les colas que nous avions commandés. « Voilà vos... » commença-t-elle, mais après elle témoigna la pomme de terre par terre et s'éloigna avec une vitesse biaisée. Le héros témoignait toujours la pomme de terre par terre. Je ne le tiens pas pour certain, mais j'imagine qu'il imaginait qu'il pouvait la ramasser, la remettre dans son assiette et la manger, ou qu'il pouvait la laisser par terre, illusionner que la mésaventure n'était jamais arrivée, manger sa seule pomme de terre et contrefaire d'être heureux, ou qu'il pouvait la pousser avec le pied à Sammy Davis Junior, Junior, qui était assez aristocratique pour ne pas la manger sur le par terre sale, ou dire à la serveuse pour une autre, qui signifierait qu'il devrait recevoir un autre morceau de viande que moi j'ôterais de son assiette parce que pour lui la viande est dégoûtante, ou qu'il pouvait simplement manger le morceau de viande que j'avais ôté de son assiette avant, comme j'aurais espéré qu'il le ferait. Mais ce qu'il fit n'était aucune de ces choses. Si vous voulez savoir ce qu'il fit, il fit rien du tout. Nous demeurâmes silencieux, témoignant la pomme de terre. Grand-père inséra sa fourchette dans la pomme de terre, la ramassa du par terre et la posa dans son assiette. Il la coupa en quatre morceaux et en donna un à Sammy Davis Junior, Junior sous la table, un à moi, et un au héros. Il coupa un morceau de son morceau et le mangea. Puis il me regarda. Je ne voulais pas mais je sus qu'il fallait que je le fasse. Dire qu'elle n'était pas délicieuse serait une exagération. Puis nous regardâmes le héros. Il regarda par terre, puis son assiette. Il coupa un morceau de son morceau et le regarda. « Bienvenue en Ukraine », lui dit grand-père, et il me cogna le poing dans le dos, qui est une chose que je savourais beaucoup. Puis grand-père se mit à rire. « Bienvenue en Ukraine », traduisis-je. Puis je me mis à rire. Puis le héros se mit à rire. Nous rîmes avec beaucoup de violence pendant longtemps. Nous obtînmes l'attention de toutes les personnes dans le restaurant. Nous rîmes avec violence, et puis avec plus de violence. Je témoignais que chacun de nous manufacturait des larmes à ses yeux. Ce n'était pas avant beaucoup dans le postérieur que j'ai comprendu que chacun de nous riait pour une raison différente, pour notre propre raison, et que pas une de ces raisons avait une chose à faire avec la pomme de terre.

Il y a une chose que je n'ai pas mentionnée avant, qu'il serait maintenant bienséant de mentionner. (S'il te plaît, Jonathan, je t'implore de ne jamais exhiber ceci à une âme. Je ne sais pas pourquoi j'écris ceci ici.) Je rentrais à la maison d'une célèbre discothèque une nuit et désirais contempler la télévision. Je fus surpris quand j'entendis que la télévision était déjà allumée, parce que c'était si tardif. Je cogitai que c'était grand-père. Comme j'ai illuminé avant, il venait très souvent chez nous quand il ne pouvait reposer. C'était avant qu'il est venu vivre chez nous. Ce qui se produisait est qu'il commençait à reposer en contemplant la télévision mais ensuite se levait quelques heures plus tard et retournait à sa maison. À moins que je ne puisse pas reposer, et parce que je ne pouvais pas reposer, j'entendais grand-père contempler la télévision, je n'aurais pas su le lendemain s'il avait été chez nous la nuit précédente. Peut-être a-t-il été là chaque nuit. Parce que je ne le sus jamais, je pensais à lui comme d'un fantôme.

Je ne disais jamais bonjour à grand-père quand il contemplait la télévision parce que je ne voulais pas me mêler avec lui. Donc je marchais lentement cette nuit-là et sans bruit. J'étais déjà sur l'escalier quatre quand j'entendis quelque chose d'étrange. Ce n'était pas exactement pleurer. C'était quelque chose un petit peu moins que pleurer. Je submergeai les quatre escaliers avec lenteur. Je marchai sur les orteils à travers la cuisine et observai depuis le coin parmi la cuisine et la pièce de télévision. D'abord je témoignai la télévision. Elle exhibait un match de football. (Je ne me rappelle pas qui était adverse mais je suis confiant que nous étions gagnants.) Je témoignai une main sur le fauteuil dans lequel grand-père aime contempler la télévision. Mais ce n'était pas la main de grand-père. Je tentai de voir plus et je tombai presque. Je sais que j'aurais dû reconnaître le bruit qui était un petit peu moins que pleurer. C'était Mini-Igor. (Je suis un tel imbécile idiot.)

Cela me fit une personne souffrante. Je vous dirai pourquoi. Je savais pourquoi il était en train d'un petit peu moins que pleurer. Je savais très bien et je voulais aller à lui pour lui dire que j'avais un petit peu moins que pleuré moi aussi, tout comme lui, et que n'importe comment qu'il semblait qu'il ne grandirait jamais pour devenir une personne extra comme moi, avec tant de filles et tellement d'endroits célèbres où aller, il le ferait. Il serait exactement comme moi. Et regarde-moi, Mini-Igor, les hématomes s'en vont, et aussi s'en va comment tu détestes, et aussi le sentiment que tout ce que tu reçois dans la vie est quelque chose que tu as gagné.

Mais je ne pouvais lui dire aucune de ces choses. Je me perchai sur le par terre de notre cuisine, à seulement plusieurs mètres de distance de lui, et je commençai à rire. Je ne savais pas pourquoi je riais mais je ne pouvais pas m'arrêter. Je pressai la main contre ma bouche afin de ne pas manufacturer le moindre bruit. Mon rire devint plus et encore plus jusqu'à ce que mon ventre ait mal. Je tentai de me lever, pour pouvoir aller dans ma chambre, mais j'avais peur que ce serait trop difficile de maîtriser mon rire. Je demeurai là tant, tant de minutes pendantes. Mon frère persévéra à un peu moins que pleurer, qui fit mon rire silencieux encore plus. Je suis capable de comprendre maintenant que c'était le même rire que j'ai eu dans le restaurant à Loutsk, le rire qui avait la même noirceur que le rire de grand-père et le rire du héros. (Je demande clémence pour écrire ceci. Peut-être je le retirerai avant de te poster cette partie. Pardon.) Quant à Sammy Davis Junior, Junior, elle ne mangea pas son morceau de la pomme de terre.

Le héros et moi parlâmes beaucoup au dîner, surtout d'Amérique. « Dites-moi au sujet des choses que vous avez en Amérique », dis-je. « Que voulez-vous savoir ? » « Mon ami Gregory m'informe qu'il y a tant de bonnes écoles pour la comptabilité en Amérique. Est-ce vrai ? » « Je crois. Je ne sais pas vraiment. Je pourrais me renseigner pour vous quand je rentrerai. » « Merci », dis-je parce que j'avais maintenant une connexion en Amérique et n'étais pas seul, et ensuite, « Que voulez-vous fabriquer ? » « Ce que je veux fabriquer ? » « Oui. Que deviendrez-vous ? » « Je ne sais pas. » « Sûrement vous savez. » « Ci et ça. » « Qu'est-ce que ça veut dire ci et ça ? » « C'est que je ne suis pas encore sûr. » « Mon père m'informe que vous écrivez un livre au sujet de ce voyage. » « J'aime écrire. » Je lui cognai le poing dans le dos. « Vous êtes écrivain ! » « Chut ! » « Mais c'est une bonne carrière, oui ? » « Quoi ? » « Écrire. C'est très noble. » « Noble ? Je ne sais pas. » « Avez-vous publié des quelconques livres ? » « Non, mais je suis encore très jeune. » « Vous avez publié des histoires ? » « Non. Enfin, une ou deux. » « Comment sont-elles titrées ? » « Laissez tomber. » « C'est un titre de premier ordre. » « Non. Je vous dis : laissez tomber. » « J'adorerais beaucoup lire vos histoires. » « Elles ne vous plairont sans doute pas. » « Pourquoi dites-vous ceci ? » « Même à moi, elles ne me plaisent pas. » « Ah. » « C'est un apprentissage. » « Qu'est-ce que ça veut dire apprentissage ? » « Ce ne sont pas de vraies histoires. J'apprenais à écrire, c'est tout. » « Mais un jour, vous aurez appris à écrire. » « C'est bien ce que j'espère. » « C'est comme devenir comptable. » « Peut-être. » « Pourquoi voulez-vous écrire ? » « Je ne sais pas. Avant, je pensais que j'étais né pour ça. Non, je ne l'ai jamais vraiment pensé. C'est un truc qu'on dit. » « Non, pas du tout. Je pense vraiment que je suis né pour être comptable. » « Vous avez de la chance. » « Peut-être vous êtes né pour écrire ? » « Je ne sais pas. Peut-être. C'est terrible à dire. Minable. » « Ce n'est ni terrible ni minable. » « C'est si difficile de s'exprimer. » « Je comprends ceci. » « Je veux m'exprimer. » « La même chose est vraie pour moi. » « Je cherche ma voix. » « Elle est dans votre bouche. » « Je veux faire quelque chose dont je n'aie pas honte. » « Quelque chose dont vous êtes fier, oui ? » « Même pas. Je me contenterais de ne pas en avoir honte. » « Il y a beaucoup d'écrivains russes extra, oui ? » « Oh oui, bien sûr. Des tonnes. » « Tolstoï, oui ? Il écrivit *Guerre* et aussi *Paix*, qui sont des livres extra, et il gagna aussi le Noble Prix de la Paix de littérature, si je ne suis pas erroné. » « Tolstoï. Bély. Tourgueniev. » « Une question. » « Oui ? » « Écrivez-vous parce que vous avez une chose à dire ? » « Non. » « Et si je peux participer dans un thème différent : combien de numéraire recevrait un comptable en Amérique ? » « Je n'en suis pas sûr. Beaucoup, j'imagine, si il ou elle sont bons. » « Elle ! » « Ou il. » « Y a-t-il des comptables nègres ? » « Il y a des comptables afro-américains. Mais il ne faut pas se servir de ce mot, Alex. » « Et des comptables homosexuels ? » « Il y a des homosexuels dans tous les métiers. Il y a des éboueurs homosexuels. » « Combien de numéraire recevrait un comptable homosexuel nègre ? » « Vous ne devriez pas vous servir de ce mot. » « Quel mot ? » « Celui qui vient après homosexuel. » « Quoi ? » « Celui qui commence par *n*, enfin, ce n'est pas le pire des mots commençant par *n*, mais... » « Nègre ? » « Chut. » « Je kife les nègres. » « Il ne faut pas dire ça, vraiment. » « Mais je kife tout du long. C'est des gens extra. » « Mais c'est ce mot. Ce n'est pas une chose gentille à dire. » « Nègre ? » « S'il vous plaît. » « Qu'est-ce qui vous mogène dans nègre ? » « Chut. » « Combien coûte une tasse de café en Amérique ? » « Oh, ça dépend. Un dollar, peut-être. » « Un dollar ! C'est gratuit ! En Ukraine, une tasse de café c'est cinq dollars ! » « Bah, je n'ai pas parlé des cappuccinos. Ils peuvent coûter jusqu'à cinq ou six dollars. » « Les cappuccinos, dis-je en élevant les mains au-dessus de ma tête, il n'y a pas de maximum ! » « On boit des laits russes en Ukraine ? » « Qu'est-ce que c'est lait russe ? » « Non, parce que c'est très à la mode en Amérique. Vraiment, on en trouve à peu près partout. »« Vous faites le mélange café-chocolat en Amérique ? » « Bien sûr, mais c'est seulement pour les enfants. Ce n'est pas très à la mode en Amérique. » « Oui, c'est tout à fait pareil ici. Nous avons aussi des mochaccinos. » « Oui, bien sûr. On a ça en Amérique. Ils peuvent coûter jusqu'à sept dollars. » « Sont-ils une chose très aimée ? » « Les mochaccinos ? » « Oui. » « Je pense que c'est pour les gens qui veulent boire du café mais apprécient plutôt le chocolat chaud. » « Je comprends ceci. Et les filles, en Amérique ? » « Oui, quoi ? » « Elles sont très informelles avec leur motte, oui ? » « Ces filles-là, tout le monde en entend parler, mais je ne connais personne qui en ait jamais rencontré une. » « Êtes-vous charnel très souvent ? » « Et vous ? » « Je vous ai enquis. L'êtes-vous ? » « Et vous ? » « J'ai enquis tout premier. L'êtes-vous ? » « Pas vraiment. » « Quelle est l'intention de pas vraiment ? » « Je ne suis pas curé, mais je ne suis pas John Holmes non plus. » « J'ai connaissance de ce John Holmes. » J'ai levé les mains à mes côtés. « Avec le pénis extra. » « C'est bien lui », dit-il, et il rit. Je l'avais fait rire avec une de mes drôleries. « En Ukraine tout le monde a un pénis comme ça. » Il rit encore. « Même les femmes ? » demanda-t-il. « Vous faites une drôlerie ? » demandai-je. « Oui », dit-il. Alors je ris. « Vous avez déjà eu une petite amie ? » demandai-je au héros. « Et vous ? » « C'est moi qui vous enquis. » « Plus ou moins », dit-il. « Qu'intentionnez-vous avec plus ou moins ? » « Rien d'officiel, voilà. Pas une petite amie pour de bon, quoi. Une fille avec laquelle je sortais, peut-être deux. Je ne veux rien d'officiel. » « C'est le même état de chose avec moi, dis-je. Moi aussi je ne veux rien d'officiel. Je ne veux pas être menotté à une fille seulement. » « Exactement », dit-il. « Enfin, je me suis amusé avec des filles. » « Bien sûr. » « Des pipes. » « Oui, bien sûr. » « Mais une fois qu'on a une petite amie, enfin, vous voyez. » « Je vois très bien. »

« Une question, dis-je. Pensez-vous que les femmes en Ukraine sont de premier ordre ? » « Je n'en ai pas vu beaucoup depuis que je suis ici. » « Avez-vous des femmes comme ça, en Amérique ? » « En Amérique, il y a toujours au moins un exemplaire de tout. » « J'ai entendu dire ceci. Avez-vous beaucoup de motocyclettes en Amérique ? » « Bien sûr. » « Et de fax ? » « Partout. » « Vous avez un fax ? » « Non. Ils sont très désuets. » « Qu'est-ce que ça veut dire, désuet ? » « Ils sont dépassés. Le papier, c'est tellement fastidieux. » « Fastidieux ? » « Fatigant. » « Je comprends ce que vous me dites et j'harmonise. Je ne me servirai jamais de papier. Cela me fait une personne endormante. » « C'est un tel désordre. » « Oui, c'est vrai, cela fait un désordre et on dort. Une autre question. La plupart des jeunes ont-ils des voitures impressionnantes en Amérique ? Des Lotus Esprit V8 double turbo ? » « Pas vraiment. Moi pas. J'ai une Toyota, une vraie merde. » « Elle est marron ? » « Non, c'est une expression. » « Comment votre voiture peut être une expression ? » « J'ai une voiture qui est comme un tas de merde. Vous comprenez, elle pue la merde et elle a une allure merdeuse comme la merde. » « Et si vous êtes un bon comptable, vous pourriez vous acheter une voiture impressionnante ? » « Absolument. On doit probablement pouvoir s'acheter à peu près tout ce qu'on veut. » « Quel genre de femme aurait un bon comptable ? » « Qui sait. » « Aurait-elle des nichons durs ? » « Je ne peux pas en être sûr. » « Mais probablement ? » « Je crois. » « Je kife ceci. Je kife les nichons durs. » « Mais il y a aussi des comptables, même très bons, qui ont une femme affreuse. C'est comme ça, c'est la vie. » « Si John Holmes était un comptable de premier ordre, il pourrait épouser n'importe quelle femme qu'il voudrait, oui ? » « Probablement. » « Mon pénis est très grand. » « D'accord. »

Après le dîner au restaurant, nous retournâmes en voiture à l'hôtel. Comme je le savais, ce n'était pas un hôtel impressionnant. Il n'y avait pas de zone pour nager et pas de discothèque célèbre. Quand nous épanouîmes la porte de la chambre du héros, je perçus qu'il était dans la détresse. « C'est pas mal, dit-il, parce qu'il perçut que je perçus qu'il était dans la détresse. C'est vrai, c'est seulement pour dormir. » « Vous n'avez pas d'hôtels ainsi en Amérique ! » C'était une drôlerie que je faisais. « Non », dit-il, et il riait. Nous étions comme des amis. Pour la première fois que je pouvais me rappeler, je me sentais entièrement bien. « Soyez certain d'assurer la porte après que nous serons partis dans notre chambre, lui dis-je. Je ne veux pas vous faire une personne pétrifiée, mais il y a tant de gens dangereux qui veulent prendre des choses sans les demander aux Américains, et aussi les kidnapper. Bonne nuit. » Le héros rit encore, mais il rit parce qu'il ne savait pas que je n'étais pas en train de faire une drôlerie. « Viens, Sammy Davis Junior, Junior », dit grand-père en appelant la chienne, mais elle refusait de quitter la porte. « Ici ! » Rien. « Viens ici ! » brailla-t-il, mais elle refusait de déloger. J'essayai de lui chanter, ce qu'elle savoure, surtout quand je chante « Billie Jean », de Michael Jackson. « *She's just a girl who claims that I am the one.* » Mais rien. Elle poussait seulement sa tête contre la porte de la chambre du héros. Grand-père tenta de l'enlever avec force, mais elle commença à pleurer. Je frappai à la porte, et le héros avait une brosse à dents dans la bouche. « Sammy Davis Junior, Junior va manufacturer des RRR avec vous, cette nuit », dis-je malgré que je savais que ce ne serait pas un succès. « Non », dit-il, et ce fut tout. « Elle ne se départira pas de votre porte », lui dis-je. « Alors, qu'elle dorme dans le couloir. » « Ce serait bénévole à vous. » « Ça m'intéresse pas. » « Cette nuit seulement. » « Ce serait une nuit de trop. Elle me tuera. » « C'est très invraisemblable. » « Elle est folle. » « Oui, je ne peux disputer qu'elle est folle. Mais elle est aussi compatissante. » Je savais que je ne prévaudrais pas. « Écoutez, dit le héros, si elle veut dormir dans la chambre, je veux bien dormir dans le couloir. Mais si je suis dans la chambre, je suis seul dans la chambre. » « Vous pourriez peut-être dormir tous les deux dans le couloir », suggérai-je.

Après avoir laissé le héros et la chienne reposer – héros dans la chambre, chienne dans le couloir –, grand-père et moi descendîmes au bar de l'hôtel pour des boissons de vodka. C'était une idée de grand-père. En vérité, j'étais terrifié en menue quantité d'être seul avec lui. « C'est un brave garçon », dit grand-père. Je ne perçus pas s'il m'enquérait ou me préceptait. « Il a l'air brave », dis-je. Grand-père bougea la main sur sa figure qui était devenue couverte de poils durant le jour. Ce fut seulement alors que je remarquai que ses mains tremblaient encore, qu'elles avaient tremblé tout le jour. « Nous devrions tenter très inflexiblement de l'aider. » « Nous devrions », dis-je. « J'aimerais beaucoup trouver Augustine », dit-il. « Moi aussi. »

Ce fut tout de parler pour la nuit. Nous bûmes trois vodkas chacun et regardâmes la météorologie qui était à la télévision derrière le bar. Elle dit que la météo du lendemain serait normale. J'étais apaisé que le temps serait normal. Cela rendrait nos recherches plus un gâteau. Après la vodka, nous montâmes dans notre chambre qui flanquait la chambre du héros. « Je reposerai sur le lit et tu reposeras par terre », dit grand-père. « Bien sûr », dis-je. « Je ferai mon réveil pour six heures du matin. » « Six ? » j'enquis. Si vous voulez savoir pourquoi j'enquis, c'est parce que six heures n'est pas très tôt le matin pour moi, c'est tardif la nuit. « Six », dit-il, et je sus que c'était la fin de la conversation.

Pendant que grand-père se lavait les dents, j'allai m'assurer que tout était acceptable avec la chambre du héros. J'écoutai à la porte pour détecter s'il était capable de manufacturer des RRR et je n'entendis rien d'anormal, seulement le vent pénétrant les fenêtres et le bruit des insectes. Bon, dis-je à mon cerveau, il repose bien. Il ne sera pas moulu demain matin. Je tentai d'épanouir la porte pour être certain que la porte était assurée. Je l'ouvris d'un pourcentage et Sammy Davis Junior, Junior, qui était encore consciente, entra. Je la regardai se coucher près du lit où le héros reposait en paix. Ceci est acceptable, pensai-je, et je fermai la porte avec silence. Je retournai à la chambre de grand-père et moi. Les lumières étaient déjà éteintes, mais je perçus qu'il ne reposait pas encore. Son corps faisait des rotations et les refaisait. Les draps de lit bougeaient et l'oreiller faisait des bruits pendant qu'il faisait des rotations et encore des rotations et puis encore d'autres. J'entendais sa vaste respiration. J'entendais son corps bouger. Ce fut ainsi toute la nuit. Je savais pourquoi il ne pouvait reposer. C'était la même raison pour laquelle je ne pouvais reposer. Nous concernions tous deux la même question : qu'avait-il fait pendant la guerre ?

Une histoire d'amour, 1791-1803

Quelque chose avait changé à Trachimbrod, par rapport au shtetl innommé qui avait existé jusqu'alors au même endroit. Les activités se poursuivaient comme à l'accoutumée. Les Verticalistes vociféraient toujours, se suspendaient, claudiquaient et regardaient toujours de haut les Avachistes, qui tripotaient toujours les franges cousues à l'extrémité de leurs manches de chemise et mangeaient toujours des sablés et des petits pâtés après, mais plus souvent encore pendant, les services. Shanda l'affligée s'affligeait toujours de la perte de son défunt philosophe de mari, Pinchas, qui jouait toujours un rôle actif dans la politique du shtetl. Yankel essayait toujours de bien faire, se répétait toujours et sans cesse qu'il n'était pas triste et finissait toujours immanquablement par être triste. La synagogue roulait toujours, essayant toujours de se situer sur la ligne de fracture errante Juif/Humain du shtetl. Sofiowka était aussi fou que jamais, se masturbait toujours à pleine poignée, s'entortillait toujours de ficelles, se servant de son corps pour se rappeler son corps, et se rappelant toujours la ficelle seulement. Mais avec le nom, vint une nouvelle conscience de soi qui se révélait souvent de façon honteuse.

Les femmes du shtetl levaient leur nez considérable quand elles rencontraient mon arrière-arrière-arrière-arière-arrière-grand-mère. Elles l'appelaient *la sale fille de la rivière* et *le bébé d'eau* entre leurs dents. Trop superstitieuses pour jamais lui révéler la vérité de son histoire, elles veillaient à ce qu'elle n'eût aucun ami de son âge (disant à leurs enfants qu'elle n'était pas aussi amusante qu'elle s'amusait ou aussi bonne que ses bonnes actions) et à ce qu'elle ne fréquentât que Yankel et tout homme du shtetl qui était assez brave pour risquer d'être vu par son épouse. Ceux-là ne manquaient pas. Le plus sûr de soi des messieurs perdait contenance en sa présence. À dix ans à peine, elle était déjà la créature la plus désirée du shtetl, et sa réputation s'était étendue comme un réseau de ruisselets aux villages du voisinage.

Je l'ai imaginée bien des fois. Elle est un peu petite, même pour son âge – pas petite d'une façon touchante et enfantine, mais plutôt comme une enfant mal nourrie serait petite. Il en va de même de sa maigreur. Chaque soir avant de l'endormir, Yankel lui compte les côtes, comme si l'une pouvait avoir disparu pendant la journée pour devenir le germe et le terreau du nouveau compagnon qui la lui ravirait. Elle mange assez bien et est en bonne santé, dans la mesure où elle n'est jamais malade, mais son corps semble celui d'une malade chronique, d'une fillette prisonnière de quelque étau biologique, ou d'une fillette affamée, qui n'aurait que la peau et les os, d'une fillette qui n'est pas entièrement libre. Sa chevelure est épaisse et noire, ses lèvres minces, brillantes et blanches. Comment pourrait-il en être autrement ?

Au grand dam de Yankel, Brod tint à couper elle-même son épaisse chevelure noire.

Tu n'as pas l'air d'une dame, dit-il. *On dirait un petit garçon, quand ils sont si courts.*

Ne sois pas bête, lui dit-elle.

Mais ça ne te dérange pas ?

Bien sûr que ça me dérange que tu sois bête.

Tes cheveux, dit-il.

Je les trouve très jolis.

Peuvent-ils être jolis si personne ne les trouve jolis ?

Je les trouve jolis.

Si tu es la seule ?

C'est déjà pas mal.

Et les garçons ? Tu ne veux pas qu'ils te trouvent jolie ?

Je ne voudrais pas qu'un garçon me trouve jolie s'il n'est pas le genre de garçon qui me trouverait jolie.

Je les trouve jolis, dit-il. *Je les trouve très beaux.*

Répète-le et je les laisse pousser.

Je sais, dit-il en riant et en lui embrassant le front tout en lui pinçant les oreilles entre ses doigts.

Son apprentissage de la couture (dans un manuel que Yankel avait rapporté de Lvov) coïncida avec son refus de porter tout vêtement qu'elle n'avait pas confectionné elle-même, et quand il lui acheta un livre sur la physiologie animale, elle lui mit les images sous le nez en disant, *Ne trouves-tu pas étrange, Yankel, que nous les mangions ?*

Jamais je n'ai mangé une image.

Les animaux. Tu ne trouves pas ça étrange ? Je n'arrive pas à croire que je ne trouvais pas ça étrange jusqu'ici. C'est comme notre nom, on ne le remarque pas pendant si longtemps, mais quand on finit par le remarquer on ne peut pas s'empêcher de le répéter sans cesse en se demandant pourquoi on n'avait jamais trouvé étrange de porter ce nom et que tout le monde nous ait appelé par ce nom pendant toute notre vie.

Yankel. Yankel. Yankel. Je ne vois rien de si étrange là-dedans.

Je ne les mangerai plus. En tout cas, aussi longtemps que ça continuera de me sembler étrange.

Brod résistait à tout, ne cédait à personne, refusait d'être défiée, ou de ne pas être défiée.

Je ne te trouve pas têtue, lui dit Yankel un après-midi qu'elle refusait de manger son dîner avant le dessert.

Mais je le suis !

Et on l'aimait pour cela. Tout le monde l'aimait, même ceux qui la haïssaient. Les curieuses circonstances de sa création intriguaient les hommes, mais c'étaient ses astucieuses manipulations, ses gestes coquets et ses pirouettes verbales, son refus de reconnaître ou d'ignorer leur existence, qui les faisaient la suivre dans les rues, la contempler de leur fenêtre, rêver d'elle – pas de leurs épouses, ni d'eux-mêmes – la nuit.

Oui, Yoske. Les hommes du moulin sont forts et braves.
Oui, Feivel. Oui, je suis bonne fille.
Oui, Saul. Oui, oui, j'adore les bonbons.
Oui, oh oui, Itzik. Oh oui.

Yankel n'avait pas le cœur de lui dire qu'il n'était pas son père. Ni que, si elle était La Reine du Char le jour de Trachim, ce n'était pas seulement parce qu'elle était, indiscutablement, la jeune fille la plus aimée du shtetl, mais parce que c'était son vrai père, au fond de la rivière éponyme, son papa, à la recherche duquel plongeaient les audacieux. Alors il créait encore des histoires – de folles histoires, avec une imagerie indomptée et des personnages flamboyants. Il inventait des histoires si fantastiques qu'elle devait y croire. Bien sûr, elle n'était qu'une enfant, elle se débarrassait encore de la poussière de sa première mort. Que pouvait-elle faire d'autre ? Et lui accumulait déjà la poussière de sa seconde mort. Que pouvait-il faire d'autre, lui ?

Avec l'aide des hommes du shtetl qui la désiraient et des femmes du shtetl qui la haïssaient, ma très-arrière-grand-mère grandit en intériorité, cultivant des intérêts privés : tissage, jardinage, lecture de tout ce qui lui tombait sous la main – c'est-à-dire d'à peu près tout ce que renfermait la prodigieuse bibliothèque de Yankel, pièce remplie de livres du sol au plafond, qui deviendrait un jour la première bibliothèque publique de Trachimbrod. Elle n'était pas seulement la plus intelligente citoyenne de Trachimbrod, à qui l'on demandait de résoudre des problèmes difficiles de mathématiques ou de logique – *LA PAROLE SACRÉE*, lui demanda un jour dans l'obscurité le Rabbin Bien Considéré, *QUELLE EST-ELLE, BROD ?*–, elle en était aussi la plus solitaire et la plus triste. C'était un génie de tristesse, elle s'y immergeait, triant ses courants innombrables, appréciant ses nuances les plus subtiles. Elle était un prisme à travers lequel le spectre infini de la tristesse pouvait être divisé.

Es-tu triste, Yankel ? lui demanda-t-elle un matin au petit déjeuner.

Bien sûr, dit-il en lui portant des tronçons de melon à la bouche d'une cuiller tremblante.

Pourquoi ?

Parce que tu bavardes au lieu de manger ton petit déjeuner.

Étais-tu triste avant ?

Bien sûr.

Pourquoi ?

Parce que tu mangeais, au lieu de bavarder, et que je deviens triste quand je n'entends pas ta voix.

Quand tu regardes des gens danser, est-ce que cela te rend triste ?

Bien sûr.

Moi aussi, cela me rend triste. Pourquoi, d'après toi ?

Il l'embrassa sur le front, lui mit la main sous le menton. *Il faut vraiment que tu manges*, dit-il. *Il est tard.*

Trouves-tu que Bitzl Bitzl est une personne particulièrement triste ?

Je ne sais pas.

Et Shanda l'affligée ?

Oh oui, elle est particulièrement triste.

Elle, c'est une évidence, n'est-ce pas ? Et Shloim est-il triste ?

Qui sait ?

Les jumelles ?

Peut-être. Cela ne nous regarde pas.

Dieu est-il triste ?

Il faudrait qu'Il existe pour être triste, n'est-ce pas ?

Je sais, dit-elle en lui donnant une petite tape sur l'épaule. *C'est pour ça que je t'ai posé la question, pour arriver peut-être à savoir enfin si tu es croyant !*

Eh bien, je me contenterai de dire ceci : si Dieu existe, Il a beaucoup de raisons d'être triste. Et s'Il n'existe pas, ça doit Le rendre tout à fait triste, j'imagine. Alors pour répondre à ta question, Dieu est forcément triste.

Yankel ! Elle lui referma les bras autour du cou comme si elle tentait d'entrer en lui ou de le faire entrer en elle.

Brod découvrit 613 tristesses, chacune parfaitement unique, constituant chacune une émotion singulière, aussi peu semblable à toute autre tristesse qu'à la colère, l'extase, la culpabilité ou la frustration. La tristesse du miroir. La tristesse des oiseaux domestiques. La tristesse d'être triste devant son père ou sa mère. La tristesse de l'humour. La tristesse de l'amour qui ne trouve pas à s'épancher.

Elle était comme une personne qui se noie, battant des bras, cherchant quelque chose à quoi se raccrocher pour se sauver. Sa vie était une lutte urgente, désespérée pour justifier sa vie. Elle apprit des mélodies d'une difficulté impossible sur son violon, des mélodies au-delà de ce qu'elle pensait pouvoir apprendre et, chaque fois, elle venait trouver Yankel en pleurant, *J'ai appris à jouer celle-là aussi ! C'est terrible ! Il faut que j'écrive quelque chose que même moi je ne peux pas jouer !* Elle passait ses soirées sur les livres d'art que Yankel avait achetés pour elle à Loutsk et chaque matin boudait au petit déjeuner, *Ils sont bel et bons, mais pas beaux. Non, pas si je suis sincère avec moi-même. Ils sont seulement ce qui existe de mieux.* Elle passa un après-midi à regarder fixement la porte de leur maison.

Tu attends quelqu'un ? demanda Yankel.

De quelle couleur est-elle ?

Il s'approcha tout près de la porte jusqu'à toucher le judas du bout du nez. Il lécha le bois et plaisanta, *Ça a sans aucun doute le goût du rouge.*

Oui, elle est rouge, n'est-ce pas ?

On dirait bien.

Elle enfouit la tête dans ses mains. *Mais est-ce qu'elle ne pourrait pas être rien qu'un peu plus rouge ?*

La vie de Brod était la lente compréhension du fait que le monde n'était pas pour elle, et que, sans en connaître au juste la raison, elle ne serait jamais heureuse et sincère en même temps. Elle avait le sentiment de déborder pour ainsi dire, produisant et accumulant toujours plus d'amour à l'intérieur d'elle. Mais il n'y avait pas moyen de l'épancher. Table, talisman en ivoire d'éléphant, arc-en-ciel, oignon, coiffure, mollusque, shabbat, violence, cuticule, mélodrame, fossé, miel, poupée… Rien de tout cela ne l'émouvait. Elle abordait son monde sincèrement, cherchant quelque chose qui mérite les volumes d'amour qu'elle savait avoir en elle, mais à tout, et chacun, elle devait dire, *Je ne t'aime pas.* Piquet de clôture à l'écorce brune : *Je ne t'aime pas.* Poème trop long : *Je ne t'aime pas.* Repas dans une écuelle : *Je ne t'aime pas.* Physique, ton idée même, tes lois : *Je ne t'aime pas.* Rien ne lui donnait le sentiment d'être un peu plus qu'il n'était en réalité. Toute chose n'était qu'une chose, complètement embourbée dans sa chositude.

Si nous devions ouvrir au hasard une page de son journal – qu'il lui fallait garder sans cesse sur elle, non par crainte de le perdre, ou qu'il fût découvert et lu, mais parce qu'elle tomberait un jour sur la chose qui vaudrait enfin d'être consignée et retenue, et découvrirait alors qu'elle n'avait nul endroit où la consigner –, nous trouverions sous une forme ou une autre le sentiment suivant : *Je ne suis pas amoureuse.*

Elle devait donc se satisfaire de l'idée d'amour – aimer l'amour de choses dont l'existence lui était parfaitement indifférente. L'amour lui-même devint l'objet de son amour. Elle s'aimait amoureuse, elle aimait aimer l'amour comme l'amour aime aimer et pouvait, de cette façon, se réconcilier avec un monde qui était si loin d'atteindre à ce qu'elle aurait espéré. Ce n'était pas le monde qui était le grand mensonge salvateur mais sa volonté de le rendre beau et juste, de vivre à l'écart, en deçà de la vie, dans un monde en deçà, à l'écart de celui dans lequel tous les autres semblaient exister. Les gamins, les jeunes gens, les hommes et les vieux du shtetl veillaient devant sa fenêtre à toute heure du jour et de la nuit, lui demandant s'ils pouvaient l'assister dans ses études (pour lesquelles elle n'avait nul besoin d'aide, bien sûr, pour lesquelles il leur eût été impossible de l'aider, même si elle les avait laissés essayer), ou au jardin (qui poussait comme par enchantement, où s'épanouissaient tulipes et roses rouges, impatiens orange et impatientes), ou si peut-être Brod aimerait aller se promener au bord de la rivière (au bord de laquelle elle était tout à fait capable d'aller se promener toute seule, merci). Elle ne disait jamais non et jamais ne disait oui, mais tirait puis relâchait puis tirait encore les ficelles de sa maîtrise.

Tirer : *Ce qui serait le plus agréable*, disait-elle, *ce serait un grand verre de thé glacé.* Ce qui arrivait ensuite : les hommes couraient lui en chercher un. Le premier à revenir avait peut-être droit à un bécot sur le front (relâcher), ou (tirer) la promesse d'une promenade (qu'on ferait plus tard), ou (relâcher) un simple *Merci, au revoir.* Elle maintenait soigneusement l'équilibre devant sa fenêtre, ne permettant jamais aux hommes de trop s'en approcher, ne les laissant jamais trop s'en éloigner. Elle avait désespérément besoin d'eux, pas seulement pour les services, pas seulement pour les choses qu'ils pouvaient fournir à Yankel et à elle et que Yankel n'avait pas les moyens d'acquérir, mais parce qu'ils étaient quelques doigts de plus pour boucher les trous de la digue qui retenait ce qu'elle savait être vrai : elle n'aimait pas la vie. Il n'y avait pas de raison convaincante de vivre.

Yankel avait déjà soixante-douze ans quand le chariot tomba dans la rivière, sa maison était plus prête pour des funérailles que pour une naissance. Brod lisait sous la sourde lumière canari des lampes à pétrole couvertes d'un châle de dentelle, et se baignait dans une baignoire tapissée de papier de verre pour empêcher les glissades. Il fut son précepteur en littérature et en mathématiques élémentaires jusqu'à ce qu'elle eût de loin surpassé son savoir, riait avec elle même quand il n'y avait rien de drôle, lui faisait la lecture avant de la regarder s'endormir et était la seule personne qu'elle pût considérer comme un ami. Elle acquit sa démarche heurtée, parlait avec ses inflexions de vieil homme, et frottait même une barbe naissante qui n'était jamais là à quelque heure que ce fût d'aucun jour de sa vie.

Je t'ai acheté des livres à Loutsk, lui dit-il, fermant la porte sur le début de la soirée et le reste du monde.

On ne peut pas se le permettre, dit-elle en prenant le sac pesant. *Il faudra que j'aille les rendre demain.*

Mais nous ne pouvons pas nous permettre de ne pas les avoir. Qu'est-ce que nous ne pouvons pas nous permettre le plus, les avoir ou ne pas les avoir ? D'après moi, nous y perdons dans les deux cas. Avec ma façon de faire, nous y perdons mais nous avons les livres.

Tu es ridicule, Yankel.

Je sais, dit-il, *parce que je t'ai aussi acheté un compas chez mon ami l'architecte et plusieurs volumes de poésie française.*

Mais je ne parle pas français.

Quelle meilleure occasion d'apprendre ?

Avoir un manuel de français.

Ah oui, je me disais aussi que j'avais une raison d'acheter celui-là ! dit-il, sortant un épais volume brun du fond du sac.

Tu es insupportable, Yankel !

Je suis supportablement supportable.

Merci, dit-elle, et elle l'embrassa sur le front, qui était le seul endroit qu'elle eût jamais embrassé et sur lequel on l'eût jamais embrassée, et qui aurait été, si elle n'avait pas lu tous ces romans, le seul endroit où elle croyait que les gens s'embrassent jamais.

Il lui fallait rendre en secret tant de choses que Yankel achetait pour elle. Il ne le remarquait jamais parce qu'il ne se rappelait pas les avoir jamais achetées. Brod aurait un jour l'idée de faire de leur bibliothèque personnelle une bibliothèque publique et de demander une petite somme pour prêter les livres. C'était avec cet argent, ajouté à ce qu'elle pouvait se procurer auprès des hommes qui l'aimaient, qu'ils arrivaient à survivre.

Yankel déployait tous ses efforts pour empêcher Brod de se sentir une étrangère, d'être consciente de leur différence d'âge et de sexe. Il laissait la porte ouverte quand il urinait (toujours assis, et toujours il s'essuyait après), et répandait parfois un peu d'eau sur son pantalon pour dire, *Regarde, ça m'arrive aussi à moi,* sans se rendre compte que c'était Brod qui répandait de l'eau sur sa culotte pour le réconforter. Quand Brod tomba de la balançoire, au parc, Yankel s'écorcha les genoux sur le papier de verre de sa baignoire et dit, *Moi aussi, je suis tombé.* Quand ses seins commencèrent à pousser, il souleva sa chemise pour montrer sa vieille poitrine affaissée et dit, *Il n'y a pas que toi.*

Tel était le monde dans lequel elle grandit et il vieillit. Ils se ménagèrent un sanctuaire à l'écart de Trachimbrod, un habitat complètement différent du reste du monde. Aucun mot de haine ne fut jamais prononcé, aucune main levée. Plus encore que cela, aucun mot de colère ne fut jamais prononcé et rien jamais ne fut refusé. Mais plus encore que cela, aucun mot dénué d'amour ne fut jamais prononcé et tout fut tenu pour une nouvelle petite preuve que cela peut être ainsi, que cela n'a pas à être autrement; s'il n'y a pas d'amour dans le monde, nous ferons un monde nouveau et nous le doterons d'épaisses murailles et nous le meublerons de doux intérieurs rouges du fond jusqu'au bord, et le munirons d'un heurtoir qui résonne comme un diamant tombant sur le feutre d'un joaillier de sorte que nous ne l'entendrons jamais. Aime-moi, parce que l'amour n'existe pas et que j'ai essayé tout ce qui existe.

Mais ma très-arrière-et-solitaire-grand-mère n'aimait pas Yankel, pas dans le sens simple et impossible de ce mot. En réalité, elle le connaissait à peine. Et il la connaissait à peine. Ils connaissaient intimement les aspects d'eux-mêmes dans l'autre, mais jamais l'autre. Yankel aurait-il pu deviner à quoi rêvait Brod? Brod pouvait-elle deviner, pouvait-elle s'intéresser à deviner le voyage que Yankel faisait la nuit? Ils étaient deux étrangers, comme ma grand-mère et moi.

Mais...

Mais chacun était ce que l'autre pouvait trouver de plus proche de ce qui fût digne de recevoir leur amour. Aussi se le donnaient-ils l'un à l'autre tout entier. Il s'écorchait les genoux et disait, *Moi aussi je suis tombé*. Elle répandait de l'eau sur sa culotte pour qu'il ne se sente pas seul. Il lui avait donné cette boule. Elle la portait. Et quand Yankel disait qu'il mourrait pour Brod, il le pensait certainement, mais cette chose pour laquelle il mourrait n'était pas Brod, pas exactement, mais son amour pour elle. Et quand elle disait, *Père, je t'aime,* elle n'était ni naïve ni malhonnête, mais tout le contraire : elle était assez sage et sincère pour mentir. Ils se donnaient réciproquement le grand mensonge salvateur – que notre amour pour les choses est plus grand que notre amour pour notre amour des choses –, jouant délibérément le rôle qu'ils écrivaient pour eux-mêmes, créant et croyant délibérément les fictions nécessaires à la vie.

Elle avait douze ans et lui au moins quatre-vingt-quatre. Même s'il vivait jusqu'à quatre-vingt-dix ans, raisonnait-il, elle en aurait seulement dix-huit. Et il savait qu'il ne vivrait pas jusqu'à quatre-vingt-dix ans. Il était secrètement faible, secrètement souffrant. Qui veillerait sur elle quand il mourrait ? Qui chanterait pour elle et continuerait à lui chatouiller le dos, de la façon particulière qu'elle aimait, longtemps après qu'elle se soit endormie ? Comment apprendrait-elle qui était son vrai père ? Comment pourrait-il être sûr qu'elle serait à l'abri de la violence quotidienne, de la violence non intentionnelle et de la violence intentionnelle ? Comment pourrait-il être sûr qu'elle ne changerait jamais ?

Il fit tout ce qu'il pouvait pour empêcher sa rapide détérioration. Il essayait de prendre un bon repas même quand il n'avait pas faim et de boire un peu de vodka entre les repas même quand il sentait que cela lui nouerait l'estomac. Il faisait de longues promenades chaque après-midi, sachant que la douleur de ses jambes était une bonne douleur, et fendait une bûche chaque matin, sachant que ce n'était pas de maladie que les bras lui faisaient mal mais de santé.

Redoutant les déficiences fréquentes de sa mémoire, il se mit à écrire des fragments de l'histoire de sa vie au plafond de sa chambre avec un des bâtons de rouge à lèvres de Brod qu'il avait trouvé enveloppé d'une chaussette dans un tiroir de son bureau. De cette manière, sa vie serait la première chose qu'il verrait en s'éveillant chaque matin et la dernière avant de s'endormir, chaque soir. *Tu étais marié, mais elle t'a quitté*, au-dessus de son bureau. *Tu détestes les légumes verts*, tout au bout du plafond. *Tu es Avachiste*, à la jonction du plafond et de la porte. *Tu ne crois pas en une vie après la mort*, écrit en rond autour de la suspension. Il voulait que Brod ne sache jamais à quel point son esprit était devenu semblable à une vitre, à quel point la confusion la brouillait comme une buée, à quel point ses pensées dérapaient dessus, qu'il ne comprenait pas tant des choses qu'il lui disait, qu'il oubliait souvent son propre nom et, comme si une petite part de lui mourait, son nom à elle.

> 4 :812 – *Le rêve de vivre à jamais avec Brod.* Je fais ce rêve chaque nuit. Même quand je ne me le rappelle pas le lendemain matin, je sais qu'il était là, comme le creux que la tête d'une amante imprime sur l'oreiller à côté de nous après qu'elle est partie. Je ne rêve pas de vieillir avec elle, mais je rêve que nous ne vieillissons ni l'un ni l'autre. Elle ne me quitte jamais, et je ne la quitte jamais. C'est vrai, j'ai peur de mourir. J'ai peur que le monde continue d'avancer sans moi, que mon absence passe inaperçue ou pire, soit une espèce de force naturelle prolongeant la vie. Est-ce égoïste ? Suis-je si mauvais de rêver d'un monde qui finit quand je finis ? Je ne veux pas dire que le monde finisse par rapport à moi, mais que tous les yeux se ferment en même temps que les miens. Parfois mon rêve de vivre à jamais avec Brod est le rêve de mourir ensemble. Je sais qu'il n'y a pas de vie après la mort. Je ne suis pas idiot. Et je sais qu'il n'y a pas de Dieu. Ce n'est pas de sa compagnie que j'ai besoin, mais de savoir qu'elle n'aura pas besoin de la mienne, ou qu'elle ne pourra pas ne pas en avoir besoin. J'imagine des scènes d'elle sans moi et je deviens si jaloux. Elle se mariera et aura des enfants et touchera ce que je n'ai jamais pu approcher – toutes choses qui devraient me rendre heureux. Je ne peux lui raconter ce rêve, bien sûr, mais je voudrais si désespérément le faire. Elle est la seule chose qui compte.

Il lui lisait une histoire quand elle se couchait et écoutait ses interprétations, sans jamais l'interrompre, pas même pour lui dire combien il était fier, combien elle était belle et intelligente. Après lui avoir dit bonne nuit, l'avoir embrassée et bénie, il allait à la cuisine, buvait les quelques gorgées de vodka que son estomac supporterait, et soufflait la lampe. Il longeait d'une démarche hésitante le corridor obscur, suivant la chaude lueur qui filtrait sous la porte de sa chambre. Il trébuchait une fois sur une pile de livres de Brod par terre devant sa chambre à elle, puis une autre fois, sur son sac. Entrant dans sa propre chambre, il imaginait qu'il mourrait dans son lit cette nuit-là. Il imaginait que Brod le trouverait le matin. Il imaginait la position dans laquelle il serait, l'expression de son visage. Il imaginait ce qu'il éprouverait, ou plutôt n'éprouverait pas. *Il est tard*, songeait-il, *et il faut que je me lève tôt demain matin pour préparer le petit déjeuner de Brod avant ses cours.* Il s'allongeait sur le plancher, faisait les trois pompes qu'il trouvait la force de faire et se relevait. *Il est tard*, songeait-il, *et je dois être reconnaissant pour tout ce que j'ai, et réconcilié avec tout ce que j'ai perdu et tout ce que je n'ai pas perdu. J'ai tenté de toutes mes forces d'être bon aujourd'hui, de faire les choses comme Dieu aurait voulu, s'Il avait existé. Merci pour les dons de la vie et pour Brod*, songeait-il, *et merci, Brod, de me donner une raison de vivre. Je ne suis pas triste.* Il se glissait sous les draps de laine rouge et regardait droit au-dessus de sa tête : *Tu es Yankel. Tu aimes Brod.*

SECRETS RÉCURRENTS, 1791-1943

C'était un secret quand Yankel enveloppa comme d'un linceul l'horloge dans du tissu noir. C'était un secret quand le Rabbin Bien Considéré s'éveilla avec ces mots sur le bout de la langue : *MAIS SI… ?* et quand celle des Avachistes qui parlait le plus ouvertement, Rachel F, s'éveilla en se demandant, *Mais si… ?* Ce n'était pas un secret quand Brod ne pensa pas à dire à Yankel qu'elle avait trouvé des taches rouges au fond de sa culotte et qu'elle était sûre d'être mourante et combien c'était poétique qu'elle mourût ainsi. Mais c'était un secret quand elle pensa bel et bien à le lui dire et puis n'en fit rien. C'étaient des secrets certaines des fois au moins où Sofiowka se masturbait, ce qui faisait de lui le plus grand gardien de secrets de Trachimbrod, et peut-être de partout, depuis toujours. C'était un secret quand Shanda l'affligée ne s'affligeait pas. Et c'était un secret quand les jumelles du rabbin laissaient entendre qu'elles n'avaient rien vu et ne savaient rien de ce qui s'était passé le 18 mars 1791, le fameux jour où le chariot de Trachim B l'avait, ou ne l'avait pas, coincé au fond de la rivière Brod.

Yankel parcourt la maison avec des draps noirs. Il drape l'horloge de tissu noir et enveloppe sa montre de gousset en argent d'une pièce de lin noir. Il cesse d'observer le shabbat, ne voulant pas marquer la fin d'une semaine de plus. Et il évite le soleil parce que les ombres, elles aussi, sont des pendules. *Je suis tenté, à l'occasion, de frapper Brod,* pense-t-il par-devers lui. *Pas parce qu'elle agit mal, mais parce que je l'aime tant.* Ce qui est aussi un secret. Il masque la fenêtre de sa chambre de tissu noir. Il emballe le calendrier de papier noir, comme si c'était un cadeau. Il lit le journal de Brod pendant qu'elle prend son bain, ce qui est un secret, ce qui est une chose épouvantable, il le sait, mais il y a des choses épouvantables qu'un père a le droit de faire, même une contrefaçon de père.

18 mars 1803
... Je me sens dépassée. Avant demain, il faut que je finisse de lire le premier volume de la biographie de Copernic, puisqu'il faut le rendre à l'homme à qui Yankel l'a acheté. Ensuite il y a les héros grecs et romains dont je dois faire le tri et les récits de la Bible auxquels je dois tenter de trouver une signification, et aussi – comme s'il y avait assez d'heures dans une journée – il y a les maths. C'est moi qui m'impose tout cela...

20 juin 1803
« ... Au fond, les jeunes sont plus seuls que les vieux. » J'ai lu ça dans un livre quelque part et ça m'est resté dans la tête. C'est peut-être vrai. Peut-être pas. Plus vraisemblablement, les jeunes et les vieux sont seuls de façon différente, chacun à sa façon...

23 septembre 1803
... Il m'est venu à l'esprit cet après-midi qu'il n'est rien au monde qui me plaise autant que d'écrire dans mon journal. Il ne me comprend jamais de travers et je ne le comprends jamais de travers. Nous sommes comme deux amants parfaits, nous ne faisons qu'un. Parfois, je l'emporte dans mon lit et je le tiens en m'endormant. Parfois j'embrasse ses pages, l'une après l'autre. Pour le moment, au moins, il faudra s'en contenter...

Ce qui est aussi un secret, bien sûr. Car la vie de Brod est un secret qu'elle garde jalousement vis-à-vis d'elle-même. Comme Yankel, elle répète des choses jusqu'à ce qu'elles soient vraies, ou jusqu'à ne plus pouvoir dire si elles sont vraies ou pas. Elle est devenue experte en l'art de confondre *ce qui est* avec *ce qui était* avec *ce qui devrait être* avec *ce qui aurait pu être.* Elle évite les miroirs et dresse un puissant télescope pour se trouver. Elle le braque sur le ciel et voit, du moins le croit-elle, au-delà du bleu, au-delà du noir, au-delà même des étoiles où elle retrouve un autre noir, et un autre bleu – arc qui commence avec son œil et finit sur une maison étroite. Elle en étudie la façade, remarque que le bois du cadre de la porte s'est gauchi et décoloré par endroits, que les gouttières ont laissé des traînées blanches, puis elle regarde par les fenêtres, l'une après l'autre. Par la fenêtre du bas, à gauche, elle voit une femme qui nettoie une assiette avec un chiffon. On dirait que la femme chantonne, et Brod imagine que la chanson est celle-là même que sa mère lui aurait chantée pour l'endormir si elle n'était morte, sans souffrir, en couches, comme l'a promis Yankel. La femme cherche son reflet dans l'assiette et la pose en haut d'une pile. Puis elle écarte les cheveux de son visage afin que Brod le voie, du moins est-ce ce que pense Brod. La femme a trop de peau pour les os et trop de rides pour son âge, comme si son visage était quelque animal distinct, descendant lentement du crâne, chaque jour, jusqu'au jour où il s'accrochera à sa mâchoire puis au jour où il se détachera entièrement et tombera, atterrissant dans les mains de la femme pour qu'elle puisse le regarder et dire, *Voilà le visage que j'ai arboré toute ma vie.* Il n'y a rien dans la fenêtre du bas à droite sinon un large bureau encombré de livres, de papiers et d'images – images d'un homme et d'une femme, d'enfants, et des enfants de ces enfants. *Quels portraits merveilleux,* songe-t-elle, *si petits, si précis et fidèles !* Elle règle la portée sur une des photographies en particulier. C'est celle d'une petite fille tenant la main de sa mère. Elles sont sur une plage, ou du moins est-ce ce qu'on croirait à une si grande distance. La fille, petite fille modèle, regarde dans une autre direction, comme si quelqu'un faisait des grimaces pour la faire sourire, et la mère – à supposer qu'elle est la mère de la fille – regarde la petite fille. Brod resserre le point, cette fois sur les yeux de la mère. Ils sont verts, suppose-t-elle, et profonds, assez semblables à la rivière dont elle tient son nom. *Pleure-t-elle ?* se demande Brod, appuyant son menton sur le rebord de la fenêtre. *Ou est-ce seulement que l'artiste a essayé de la rendre plus belle ?* Parce qu'elle était belle, aux yeux de Brod. Elle avait l'apparence exacte de ce que Brod avait imaginé de sa propre mère.

Plus haut... plus haut...

Elle regarde dans la chambre, à l'étage, et voit un lit vide. L'oreiller est un rectangle parfait. Les draps sont lisses comme de l'eau. *Il se peut que nul n'ait jamais dormi dans ce lit,* songe Brod. *Ou peut-être fut-il la scène de quelque chose d'inconvenant, et dans la hâte de se débarrasser des preuves, de nouvelles preuves ont été créées. Même si Lady Macbeth avait réussi à ôter cette tache maudite, ses mains n'auraient-elles pas été rouges d'avoir été tant frottées ?* Il y a un gobelet d'eau sur la table de chevet, et Brod croit y voir une vaguelette.

À gauche... à gauche...

Elle regarde dans une autre pièce. Une étude ? Une salle de jeux pour les enfants ? C'est impossible à dire. Elle s'en détourne puis y revient, comme si en cet instant elle avait pu acquérir une perspective nouvelle, mais la pièce lui demeure comme un puzzle. Elle tente d'en assembler les morceaux : Une cigarette à demi fumée en équilibre à la lèvre d'un cendrier. Un chiffon mouillé sur le rebord de la fenêtre. Un bout de papier sur le bureau, avec une écriture qui ressemble à la sienne : *Moi avec Augustine, 21 février 1943.*

Toujours plus haut...

Mais il n'y a pas de fenêtre au grenier. Alors elle regarde à travers le mur, ce qui n'est pas d'une difficulté terrible parce que les murs sont minces et son télescope puissant. Un garçon et une fille sont couchés sur le plancher face à la pente du toit. Elle règle la portée sur le jeune garçon qui a l'air, à cette distance, d'avoir son âge. Et même à une telle distance, elle voit que c'est un exemplaire du *Livre des antécédents* dont il lui fait la lecture.

Ah, se dit-elle. *C'est Trachimbrod que je vois !*

La bouche du garçon, les oreilles de la fille. Les yeux, la bouche du garçon, les oreilles de la fille. La main du scribe, les yeux du garçon, sa bouche, les oreilles de la fille. Elle remonte la chaîne causale jusqu'au visage de l'inspiration du scribe, jusqu'aux lèvres de l'amant et aux paumes des parents de l'inspiration du scribe, et aux lèvres de leurs amants, et aux paumes de leurs parents, et aux genoux et aux ennemis de leurs voisins, et aux amants de leurs amants, aux parents de leurs parents, aux voisins de leurs voisins, aux ennemis de leurs ennemis, jusqu'à ce qu'elle se convainque que ce n'est pas seulement le garçon qui fait la lecture à la fille dans ce grenier mais que tout le monde lui fait la lecture, tous ceux qui ont jamais vécu. Elle lit en même temps qu'eux :

LE PREMIER VIOL DE BROD D

Le premier viol de Brod D eut lieu au milieu des célébrations qui suivirent le treizième festival du jour de Trachim, le 18 mars 1804. Brod rentrait chez elle, descendue du char tout fleuri de bleu – sur lequel elle s'était tenue avec une si austère beauté au long de tant d'heures, faisant onduler sa queue de sirène au moment approprié seulement, jetant au fond de sa rivière éponyme les lourds sacs au moment où le rabbin lui adressait le signe de tête nécessaire – lorsqu'elle fut abordée par le hobereau fou Sofiowka N dont notre shtetl porte désormais le nom pour les cartes et les mormons.

Le garçon s'endort et la fille lui pose la tête sur la poitrine. Brod veut lire encore – elle veut crier, *LISEZ ! IL FAUT QUE JE SACHE !* – mais ils ne peuvent l'entendre de là où elle est, et de là où elle est elle ne peut tourner la page. De là où elle est, la page – son avenir mince comme une feuille de papier – est d'un poids infini.

Un défilé, une mort, une proposition, 1804-1969

Quand vint son douzième anniversaire, mon arrière-arrière-arrière-arrière-arrière-grand-mère avait reçu au moins une demande en mariage de chacun des citoyens de Trachimbrod : d'hommes qui avaient déjà une épouse, de vieillards tortus qui discutaient sur les vérandas de choses qui pouvaient ou ne pouvaient pas avoir eu lieu des dizaines d'années auparavant, de gamins sans poils aux aisselles, de femmes aux aisselles poilues, et du défunt philosophe Pinchas T, qui, dans son unique article digne d'intérêt, « À la poussière : Tu n'es qu'homme et tu retourneras à l'homme », avait soutenu qu'il serait possible, en théorie, de renverser le rapport de l'art et de la vie. Elle se contraignait à rougir, battait de ses longs cils et disait à chacun, *Peut-être pas. Yankel dit que je suis encore trop jeune. Mais c'est une offre bien tentante.*

Ce qu'ils sont bêtes, se tournant vers Yankel.

Attends que je sois mort, refermant son livre. *Tu pourras choisir celui que tu veux. Mais pas tant que je vivrai encore.*

Je n'en voudrais aucun, lui embrassant le front. *Ils ne sont pas pour moi. Et puis,* riant, *j'ai déjà le plus bel homme de tout Trachimbrod.*

Qui est-ce ? la tirant sur ses genoux. *Je vais le tuer.*

Lui taquinant le nez avec le petit doigt. *C'est toi, idiot.*

Ah non, tu me dis qu'il faut que je me tue ?

J'imagine.

Ne pourrais-je pas être un peu moins beau ? Si cela m'épargne de me tuer de ma propre main ? Ne pourrais-je pas être un peu laid ?

D'accord, riant, *on peut dire que ton nez est un peu crochu. Et à y regarder de plus près, ton sourire est carrément moins que beau.*

Maintenant c'est toi qui me tues, riant.

C'est mieux que si tu le faisais toi-même.

Tu dois avoir raison. De cette façon, je n'aurai pas à me sentir coupable, après.

Je te rends un grand service.

Alors, merci, chérie. Comment pourrais-je te revaloir ça ?

Tu es mort. Tu ne peux rien faire.

Je reviendrai pour cet unique service. Tu n'as qu'à dire lequel.

Bon, j'imagine que je devrais te demander de me tuer, alors. Pour m'épargner la culpabilité.

C'est comme si c'était fait.

Quelle chance nous avons de nous avoir l'un l'autre, non ?

Ce fut après la demande en mariage du fils du fils de Bitzl Bitzl – *Je regrette beaucoup, mais Yankel pense qu'il vaut mieux que j'attende* – qu'elle revêtit son costume de Reine du Char pour le treizième festival annuel du jour de Trachim. Yankel avait entendu les femmes parler de sa fille (il n'était pas sourd), et il avait vu les hommes la peloter (il n'était pas aveugle), mais l'aider à endosser son costume de sirène, avoir à en attacher les bretelles autour de ses épaules maigrichonnes rendait tout le reste facile, par comparaison (il n'était qu'un homme).

Tu n'es pas obligée de te déguiser si tu n'en as pas envie, dit-il en enfilant sur ses bras minces les longues manches du costume de sirène qu'elle avait redessiné chacune des huit dernières années. *Tu n'es pas obligée d'être la Reine du Char, tu sais.*

Mais bien sûr que si, dit-elle. *Je suis la plus jolie fille de Trachimbrod.*

Je croyais que tu ne voulais pas être jolie.

C'est vrai, dit-elle, sortant la boule de son collier pour la passer au-dessus de son costume. *C'est un tel fardeau. Mais qu'y puis-je ? Je suis maudite.*

Mais tu n'es pas obligée de le faire, dit-il, remettant la boule sous le costume. *Ils n'ont qu'à choisir une autre fille, cette année. Tu pourrais donner sa chance à une autre.*

Ça ne me ressemble pas.

Mais tu pourrais le faire quand même.

Non.

Mais nous étions d'accord que les cérémonies et les rituels sont ineptes.

Mais nous étions d'accord aussi qu'ils sont ineptes pour ceux qui sont à l'extérieur. Je suis au centre de cette cérémonie.

Je t'ordonne de ne pas y aller, dit-il, sachant que ça ne marcherait jamais.

Je t'ordonne de ne pas me donner d'ordres, dit-elle.

Mon ordre l'emporte.

Pourquoi ?

Parce que je suis le plus vieux.

C'est un sot qui parle.

Alors parce que j'ai ordonné le premier.

C'est toujours le même sot qui parle.

Mais ça ne te plaît même pas, dit-il. *Tu te plains toujours après.*

Je sais, dit-elle, ajustant la queue qui était couverte d'écailles faites de paillettes bleues.

Alors pourquoi ?

Cela te plaît-il de penser à maman ?

Non.

Cela te fait-il mal après ?

Oui.

Alors pourquoi continues-tu à le faire ? demanda-t-elle. Et pourquoi, s'étonna-t-elle, se rappelant la description de son viol, poursuivons-nous ?

Yankel s'absorba dans ses pensées, tentant plusieurs fois de commencer une phrase.

Quand tu trouveras une réponse acceptable, je renoncerai à mon trône. Elle l'embrassa sur le front, sortit de la maison et prit le chemin de sa rivière éponyme.

Debout près de la fenêtre, il attendit.

Des dais de mince ficelle blanche couvraient les ruelles de terre de Trachimbrod cet après-midi du printemps 1804 comme chaque jour de Trachim depuis treize ans. C'était une idée de Bitzl Bitzl pour commémorer les premiers rebuts qui étaient remontés du chariot. Une extrémité de ficelle blanche était entortillée autour de la bouteille de vieux vermouth à moitié vide sur le plancher de la bicoque chancelante de l'ivrogne Omeler S, l'autre autour d'un bougeoir d'argent terni sur la table de salle à manger de la maison de brique qui comptait quatre chambres à coucher du Rabbin Tolérable, de l'autre côté de la boueuse rue Shelister ; mince ficelle blanche tendue comme une corde à linge depuis la colonne gauche de la tête d'un lit à baldaquin dans un deuxième étage où loge une catin jusqu'au bouton de porte de cuivre froid d'une glacière dans le sous-sol où le Gentil Kerman K a son échoppe d'embaumeur ; ficelle blanche reliant le boucher au marieur par-dessus les frondaisons tranquilles (et le souffle coupé par l'attente) qui bordent la Brod ; ficelle blanche du menuisier au modeleur de cire, à la sage-femme, en triangle scalène par-dessus la fontaine de la sirène couchée au milieu de la place du shtetl. Les beaux hommes s'assemblaient le long de la berge tandis que le défilé des chars s'avançait depuis les petites chutes jusqu'aux étals des marchands de jouets et de pâtisseries installés près de la plaque marquant l'endroit où le chariot avait, ou n'avait pas, versé et coulé :

CETTE PLAQUE MARQUE L'ENDROIT
(OU UN ENDROIT PROCHE DE L'ENDROIT)
OÙ LE CHARIOT D'UN CERTAIN
TRACHIM B
(CROYONS-NOUS)
EST TOMBÉ À L'EAU.
Proclamation du shtetl, 1791

Le premier à passer devant la fenêtre du Rabbin Tolérable, d'où ce dernier donnait sa nécessaire approbation d'une inclinaison de tête, fut le char de Kolki. Il était orné de milliers de papillons orange et rouges qui se pressaient sur le char à cause de la combinaison spécifique de carcasses d'animaux accrochées à son infrastructure. Un garçon roux vêtu d'un pantalon orange et d'une chemise d'apparat se tenait immobile comme une statue sur la plate-forme de bois. Au-dessus de lui, un écriteau proclamait, LES HABITANTS DE KOLKI PARTICIPENT À LA CÉLÉBRATION AVEC LEURS VOISINS DE TRACHIMBROD ! Il serait le sujet de bien des peintures un jour, quand les enfants de l'assistance devenus vieux s'installeraient avec leurs aquarelles sur leur croulante véranda. Mais il ne le savait pas alors, et les autres non plus, tout comme aucun d'entre eux ne savait que j'écrirais un jour ceci.

Ensuite venait le char de Rivne, qui était couvert d'une extrémité à l'autre de papillons verts. Puis les chars de Loutsk, Sarny, Kivertsy, Sokeretchy et Kovel. Chacun était couvert d'une couleur, de milliers de papillons attirés par des carcasses sanguinolentes : papillons bruns, papillons violets, papillons jaunes, papillons roses, blancs. La foule qui se pressait le long de l'itinéraire du défilé vociférait avec tant d'enthousiasme et si peu d'humanité qu'un mur impénétrable de bruit en était érigé, un braillement commun qui envahissait tout avec une telle constance qu'on aurait pu le prendre pour un silence commun.

Le char de Trachimbrod était couvert de papillons bleus. Brod était assise sur une plate-forme surélevée, au milieu, entourée des princesses du char, jeunes filles du shtetl, vêtues de dentelle bleue et qui remuaient les bras dans les airs comme des vagues. Un quatuor de violoneux jouait des chants polonais sur une autre plate-forme à l'avant du char tandis qu'un autre quatuor jouait des mélodies traditionnelles ukrainiennes à l'arrière, et l'interférence des deux produisait une troisième mélodie dissonante qu'entendaient seulement les princesses du char et Brod. Yankel regardait de sa fenêtre, tripotant la boule qui semblait avoir pris tout le poids qu'il avait perdu au cours des soixante dernières années.

Quand le char de Trachimbrod atteignit les étals de jouets et de pâtisseries, Brod reçut du Rabbin Tolérable le signal de jeter les sacs dans l'eau. *Là-haut, là-haut...* L'arc du regard collectif – depuis la main de Brod jusqu'à la rivière – était l'unique chose qui existât dans l'univers à cet instant : unique arc-en-ciel indélébile. *En bas, en bas...* Ce ne fut pas avant que le Rabbin Tolérable soit relativement sûr que les sacs avaient atteint le fond de la rivière que les hommes reçurent la permission – un autre de ses hochements de tête spectaculaires – de plonger à leur recherche.

Il était impossible de voir ce qui se passait dans l'eau avec tous ces remous, toutes ces éclaboussures. Les femmes et les enfants acclamaient furieusement les hommes qui battaient furieusement des bras et des jambes, s'agrippant les uns les autres pour avoir l'avantage. Ils remontaient par vagues, avec parfois des sacs entre les dents ou dans les mains, puis replongeaient avec toute la vigueur dont ils étaient capables. L'eau bondissait, les arbres se balançaient dans l'attente, le ciel relevait lentement sa robe bleue pour révéler la nuit.

Et puis :

Je l'ai ! cria un homme de l'autre côté de la rivière. *Je l'ai !* Les autres plongeurs poussèrent un soupir de déception et regagnèrent la rive en nageant sur le dos ou demeurèrent sur place, maudissant la bonne fortune du vainqueur. Mon arrière-arrière-arrière-arrière-arrière-grand-père regagna la rive, maintenant le sac d'or au-dessus de sa tête. Une grande foule l'attendait quand il tomba à genoux et déversa le contenu du sac dans la boue. Dix-huit pièces d'or. La moitié d'un salaire annuel.

COMMENT T'APPELLES-TU ? demanda le Rabbin Tolérable.

Je suis Shalom, dit-il. *Je suis de Kolki.*

LE KOLKIEN EST PROCLAMÉ VAINQUEUR ! vociféra le rabbin, perdant sa calotte dans toute cette agitation.

Tandis que le murmure des grillons appelait l'obscurité, Brod demeura sur le char pour assister au commencement du festival sans être ennuyée par les hommes. Les participants du défilé et les gens du shtetl étaient déjà ivres – bras dessus bras dessous, mains baladeuses, doigts indiscrets, cuisses accommodantes, tous ne pensant qu'à elle. Les ficelles commençaient à pendre (des oiseaux se posaient dessus, pesant sur le milieu ; des brises soufflaient, les balançant d'un côté à l'autre comme des vagues), et les princesses avaient couru sur la berge pour voir l'or et se presser contre les visiteurs.

Il y eut d'abord une brume, puis la pluie, si lente qu'on pouvait suivre des yeux les gouttes dans leur chute. Les hommes et les femmes continuèrent à danser en se tripotant tandis que les orchestres klezmer déversaient leur musique par les rues. Des jeunes filles capturaient des lucioles avec des filets d'étamine à fromage. Elles leur ouvraient l'abdomen pour se peindre les paupières de leur phosphorescence. Les garçons écrasaient des fourmis entre leurs doigts, sans savoir pourquoi.

La pluie s'intensifia et les participants au défilé se rendirent malades de bière et de vodka maison. Des gens faisaient sauvagement l'amour dans les coins sombres entre les maisons et sous le dais retombant des saules pleureurs. Des couples s'entaillaient le dos sur les coquillages, les brindilles et les galets des eaux peu profondes de la Brod. Ils s'entraînaient chacun chacune sur l'herbe : jeunes hommes effrontés, mus par la concupiscence, femmes blasées moins humides qu'une haleine sur une vitre, puceaux aux gestes de jeunes aveugles, veuves soulevant leurs voiles, écartant les jambes, implorant – qui ?

De l'espace, les astronautes voient les gens qui font l'amour comme de minuscules granules de lumière. Pas de lumière, précisément, mais une lueur qu'on pourrait prendre pour de la lumière – un rayonnement coïtal qui met des générations à se déverser comme du miel à travers l'obscurité jusqu'aux yeux des astronautes.

Au bout d'un siècle et demi environ – après que les amants qui produisirent la lueur seront depuis longtemps couchés en permanence sur le dos – les grandes villes seront visibles de l'espace. Elles luiront toute l'année. Les villes de moindre importance seront elles aussi visibles, mais avec beaucoup de difficulté. Les shtetls seront quasiment impossibles à détecter. Les couples isolés, invisibles.

La lueur est née de l'addition de milliers d'amours. Jeunes mariés et adolescents qui étincellent comme des briquets au butane, couples d'hommes qui brûlent vite et d'une flamme brillante, couples de femmes qui illuminent des heures durant d'une douce multitude de lueurs, partouzes semblables à ces joujoux tournoyant en gerbes d'étincelles qu'on vend dans les fêtes foraines, couples s'efforçant sans succès d'avoir des enfants qui impriment leur image frustrée sur le continent comme la fleur qu'une vive lumière laisse dans l'œil après qu'on s'en est détourné.

Certaines nuits, certains lieux sont un peu plus brillants. Il est difficile de regarder fixement New York le jour de la Saint-Valentin, ou Dublin le jour de la Saint-Patrick. La vieille ville de Jérusalem derrière ses murailles s'allume comme une bougie chacune des huit nuits de Hannukah. Le jour de Trachim est le seul moment de toute l'année où le minuscule village de Trachimbrod peut être aperçu de l'espace, quand il produit assez de voltage copulatoire pour électrifier sexuellement les cieux polono-ukrainiens. *Nous sommes là*, dira la lueur de 1804 dans un siècle et demi. *Nous sommes là, et nous sommes vivants.*

Mais Brod n'était pas un point lumineux de cette espèce de lumière, elle n'ajoutait pas son courant au voltage collectif. Elle descendit du char, des flaques de pluie s'assemblaient dans les gouttières de ses côtes. Et elle suivit la ligne de fracture Juif/Humain pour regagner les maisons d'où le charivari pourrait être observé à distance. Les femmes ricanaient à son passage et les hommes se servaient de leur ivresse comme d'une excuse pour la bousculer, se frotter contre elle, et coller leur visage assez près du sien pour la renifler ou lui embrasser la joue.

Brod, tu n'es qu'une sale fille de la rivière !

Ne voudrais-tu me tenir la main, Brod ?

Ton père est un homme couvert de honte, Brod.

Allez, tu en es capable. Un petit cri de plaisir.

Elle les ignora tous. Les ignora quand ils crachaient à ses pieds ou lui pinçaient les fesses. Les ignora quand ils la maudissaient et l'embrassaient, et quand ils la maudissaient de leurs baisers. Les ignora même quand ils firent d'elle une femme, les ignora comme elle avait appris à ignorer toute chose du monde qui n'était pas à l'écart, et en deçà.

Yankel! dit-elle en ouvrant la porte. *Yankel! Me voilà. Allons sur le toit regarder le bal et manger de l'ananas avec les doigts!*

Elle traversa le petit salon de la démarche heurtée d'un homme six fois plus âgé qu'elle, traversa la cuisine en ôtant son costume de sirène, et la chambre, à la recherche de son père. La maison était pleine d'une odeur d'humidité et de pourriture, comme si on avait laissé une fenêtre ouverte, invitation pour tous les fantômes d'Europe de l'Est. Mais c'était l'eau qui s'était insinuée dans les interstices des planches, comme l'haleine entre les dents d'une bouche close. Et l'odeur de la mort.

Yankel! appela-t-elle, sortant ses jambes maigres de la queue de la sirène, découvrant le poil dru de son pubis encore assez neuf pour dessiner un triangle net.

Dehors : des lèvres se soudaient à des lèvres sur le foin dans les granges et des doigts rencontraient des cuisses rencontraient des lèvres rencontraient des oreilles rencontraient des creux de genoux sur des édredons sur des pelouses d'inconnus, tous pensant à Brod, chacun pensant seulement à Brod.

Yankel? Tu es là? appela-t-elle, allant nue de pièce en pièce, les tétons violets et durcis par le froid, la peau pâle hérissée en chair de poule, les cils accrochant des perles de pluie à leur extrémité.

Dehors : des seins étaient pétris par des mains calleuses. Bien des boutons étaient déboutonnés. Des phrases devenaient des mots devenaient des soupirs devenaient des gémissements devenaient des grognements devenaient de la lumière.

Yankel? Tu as dit qu'on pourrait aller sur le toit pour regarder.

Elle le trouva dans la bibliothèque. Mais il ne dormait pas dans son fauteuil préféré, comme elle l'avait cru possible, les ailes d'un livre à moitié lu étalées sur la poitrine. Il était par terre, fœtal, la main crispée sur un bout de papier roulé en boule. Tout le reste de la pièce était parfaitement en ordre. Il s'était efforcé de ne rien déranger quand il avait senti le premier éclair de chaleur lui traverser le crâne. Il était gêné quand ses jambes s'étaient dérobées sous lui, honteux quand il s'était rendu compte qu'il allait mourir sur le plancher, seul dans l'immensité de son chagrin, quand il avait compris qu'il mourrait avant d'avoir pu dire à Brod combien elle était belle ce jour-là, et qu'elle avait bon cœur (ce qui vaut plus encore que l'intelligence), et qu'il n'était pas son vrai père mais qu'avec chaque bénédiction, chaque jour et chaque nuit de sa vie, il avait souhaité l'être ; avant d'avoir pu lui raconter son rêve de vie éternelle avec elle, de mourir avec elle, ou de ne jamais mourir. Il était mort une main crispée sur le bout de papier froissé et l'autre sur la boule de boulier.

L'eau suintait entre les planches comme si la maison était une caverne. L'autobiographie au rouge à lèvres de Yankel s'écaillait au plafond de sa chambre, tombant doucement comme une neige tachée de sang sur son lit et sur le plancher. *Tu es Yankel... Tu aimes Brod... Tu es Avachiste... Tu as été marié mais elle t'a quitté... Tu ne crois pas à une vie après la mort...* Brod avait peur que la moindre de ses larmes fît céder les murs de la vieille maison. Elle les enferma donc derrière ses yeux, les exila vers un lieu plus profond, plus sûr.

Elle prit le papier de la main de Yankel, qu'avait trempée la pluie, et la peur de la mort, et la mort. Griffonné d'une écriture enfantine : *Tout pour Brod.*

Un bref éclair illumina le visage du Kolkien à la fenêtre. Il était vigoureux, de lourds sourcils saillant au-dessus de ses yeux couleur d'écorce d'érable. Brod l'avait vu quand il avait refait surface avec les pièces, quand il les avait répandues sur la berge comme du vomi d'or sortant du sac, mais elle ne l'avait guère remarqué.

Va-t'en ! cria-t-elle, couvrant sa poitrine nue de ses bras et retournant vers Yankel, protégeant leurs deux corps du regard du Kolkien. Mais il ne partit pas.

Va-t'en !

Je ne partirai pas sans toi ! lança-t-il à travers la vitre.

Va-t'en ! Va-t'en !

La pluie dégouttait de sa lèvre supérieure. *Pas sans toi.*

Je vais me tuer ! vociféra-t-elle.

Alors j'emporterai ton corps avec moi, dit-il, les paumes contre la vitre.

Va-t'en !

Je ne m'en irai pas !

Yankel tressaillit sous l'effet du raidissement cadavérique, renversant la lampe à pétrole qui s'éteignit avant d'atteindre le plancher, plongeant la pièce dans une obscurité complète. Ses joues s'étirèrent en un étroit sourire, révélant, aux ombres bannies, une satisfaction. Brod laissa retomber ses bras contre ses flancs et se tourna pour faire face à mon arrière-arrière-arrière-arrière-arrière-grand-père.

Alors il faut que tu fasses quelque chose pour moi, dit-elle.

Son ventre s'alluma comme l'abdomen d'une luciole – plus brillant que cent mille vierges faisant l'amour pour la première fois.

* * *

Fiens izi ! lance ma grand-mère à ma mère. *Fite !*

Ma mère a vingt et un ans, mon âge quand j'écris ces mots. Elle vit avec sa mère, va aux cours du soir, a trois emplois, veut trouver et épouser mon père, veut créer et aimer et chanter des chansons et mourir plusieurs fois par jour, pour moi. *Régarde za,* dit ma grand-mère dans la lueur de la télévision. *Régarde.* Elle pose la main sur la main de ma mère et sent son propre sang couler dans les veines, et le sang de mon grand-père (qui mourut cinq semaines seulement après son arrivée aux États-Unis, tout juste six mois après la naissance de ma mère), et le sang de ma mère, et mon sang, et le sang de mes enfants et de mes petits-enfants. Un crachotis : *C'est un petit pas pour l'homme...* Elles regardent fixement une bille bleue flottant dans le vide – un retour chez soi venu de si loin. Ma grand-mère, s'efforçant de maîtriser sa voix, dit, *Ton père aurait atoré foir za.* La bille bleue est remplacée par un journaliste qui a ôté ses lunettes et se frotte les yeux. *Mesdames et messieurs, l'Amérique a mis un homme sur la lune ce soir.* Ma grand-mère se lève avec difficulté, vieille, même alors – et dit, avec toutes sortes de larmes différentes dans les yeux, *Z'est merfeilleux !* Elle embrasse ma mère, cache ses mains dans les cheveux de ma mère, et dit *Z'est merrrfeilleux !* Ma mère pleure aussi, chaque larme est unique. Elles pleurent ensemble, joue contre joue, et ni l'une ni l'autre n'entendent l'astronaute murmurer, *Je vois quelque chose,* en contemplant, par-delà l'horizon lunaire, le minuscule village de Trachimbrod. *Il y a, c'est sûr, il y a quelque chose là-bas.*

28 octobre 1997

Cher Jonathan,

J'ai luxurié le reçu de ta lettre. Tu es toujours si rapide à m'écrire. Ce sera une chose lucrative pour quand tu seras un vrai écrivain et plus un apprentissage. Mazel tov !

Grand-père m'ordonna de te remercier pour la photographie duplicat. C'était bénévole de ta part de la poster sans lui demander de numéraire. En vérité, il n'en possède pas beaucoup. J'étais certain que mon père ne lui en a dispersé aucun pour le voyage, parce que grand-père mentionne souvent qu'il n'a pas de numéraire et que je connais mon père de part en part dans les façons de faire ainsi. Cela me rendit très courroucé (pas morfondu ni sur les nerfs, puisque tu m'as informé que ce ne sont pas des mots bienséants à utiliser si souvent comme moi), et je suis allé voir mon père. Il m'a crié, « J'AI TENTÉ DE DISPERSER DU NUMÉRAIRE À GRAND-PÈRE MAIS IL A REFUSÉ DE LE RECEVOIR. » Je lui ai dit que je ne le croyais pas et il m'a poussé et ordonné que je devrais interroger grand-père sur la question, mais bien sûr je ne peux pas le faire. Quand j'étais par terre, il m'a dit que je ne sais pas tout, comme je le crois. (Mais je te dirai, Jonathan, que je ne crois pas que je sais tout.) Ceci m'a fait sentir un schmendrik d'avoir reçu le numéraire. Mais j'étais contraint de le recevoir, parce que comme je t'ai informé, j'ai un rêve d'un jour changer mes résidences pour Amérique. Grand-père n'a aucun rêve comme ceci, et donc n'a pas besoin de numéraire. Après, je devins très bilieux contre grand-père, parce que pourquoi était-il impossible pour lui de recevoir le numéraire de mon père et de me le présenter ?

N'informe aucune âme, mais je garde toutes mes réserves de numéraire dans une boîte à biscuits dans la cuisine. C'est un endroit que personne ne risque d'investiguer parce qu'il y a dix ans depuis que ma mère a manufacturé un biscuit. Je raisonne que quand la boîte à biscuits sera pleine, j'aurai une quantité suffisante pour changer mes résidences pour Amérique. Je suis une personne précautionneuse parce que je désire être outrecuidant que j'aie assez pour un appartement luxurieux dans Times Square, assez vaste pour à la fois moi et Mini-Igor. Nous aurons une télévision grand écran pour regarder le basket, un jacuzzi et une stéréo qui déménagera – mais pourquoi déménager quand on sera chez nous. Mini-Igor doit aller de l'avant avec moi, bien sûr, quoi qu'il se produise.

Il apparut que tu n'avais pas très beaucoup de discussion avec la division précédente. Je demande indulgence si elle te courrouça en aucune manière mais je voulais être véritable et humoristique, comme tu conseillas. Penses-tu que je suis une personne humoristique ? Je signifie humoristique avec intention, pas humoristique parce que je fais des choses idiotes. Ma mère disait un jour que je suis humoristique, mais c'était quand je lui demandai d'acquérir une Ferrari Testarossa pour ma part. Ne désirant pas attirer le rire de la mauvaise façon, je révisai mon offre pour des enjoliveurs.

J'ai façonné les très clairsemés changements que tu m'as postés. J'ai altéré la division au sujet de l'hôtel à Loutsk. Maintenant tu ne payes qu'une fois. « Je ne serai pas traité comme un citoyen de deuxième classe ! » préconises-tu au patron de l'hôtel et si je suis dans l'ob<u>ligation</u> (merci, Jonathan) de t'informer que tu n'es pas un citoyen de deuxième, troisième ou quatrième classe, en vérité, la phrase fait très puissant. Le patron dit, « Vous avez gagné. Vous avez gagné. J'ai essayé de vous arnaquer vite fait » (qu'est-ce que ça veut dire, arnaquer vite fait ?) « mais vous avez gagné. OK. Vous payerez seulement une fois. » C'est maintenant une scène excellente. J'ai considéré de te faire parler ukrai-

nien, de sorte que tu pourrais avoir plus de scènes comme ceci, mais cela me ferait une personne sans usage, parce que si tu parlais ukrainien, tu aurais encore besoin pour un chauffeur, mais pas pour un traducteur. Je ruminai d'amputer grand-père de l'histoire, de sorte que je serais le chauffeur, mais si jamais il s'assurait de ceci, je suis certain qu'il serait blessé et ni de nous désire cela, oui ? Aussi, je ne possède pas de permis.

Finalement, j'ai altéré la division au sujet de la tendresse de Sammy Davis Junior, Junior pour toi. J'itérerai encore que je ne pense pas que le réglage bienséant est de l'amputer de l'histoire, ou de la voir « tuée dans un accident tragi-comique en traversant la rue de l'hôtel », comme tu conseilles. Pour t'apaiser, j'ai modifié la scène de sorte que vous deux apparaissez plus comme des amis et moins comme des amants ou comme des fléaux de Dieu. Par un exemple, elle n'effectue plus de rotation pour faire un soixante-neuf avec toi. C'est maintenant seulement une pipe.

Il est très difficile pour moi d'écrire au sujet de grand-père, juste comme tu as dit qu'il est très difficile pour toi d'écrire au sujet de ta grand-mère. Je désire savoir plus à son sujet, si cela ne te mettait pas en détresse. Cela pourrait rendre moins rétif pour moi de parler au sujet de grand-père. Tu ne l'as pas éclairée au sujet de notre voyage, n'est-ce pas ? Je suis certain que tu me l'aurais dit si tu l'avais fait. Tu connais mes pensées sur ce sujet.

Quant à grand-père, il devient toujours pire. Quand je pense qu'il est le plus pire, il devient encore pire. Quelque chose doit se produire. Il ne cèle plus sa mélancolie avec maîtrise, maintenant. Je l'ai témoigné pleurer trois fois cette semaine, chacune très tardif la nuit, quand je rentrais d'avoir perché à la plage. Je te dirai (parce que tu es la seule personne que j'ai à le dire) que je fais à l'occasion KGB sur lui de derrière le coin parmi la cuisine et la salle de télévision. La première nuit que je l'ai témoigné pleurer, il était en train d'investiguer un sac de cuir âgé débordé de nombreuses photographies et morceaux de papier comme une des boîtes d'Augustine. Les photographies étaient jaunes et aussi les papiers. Je suis certain qu'il était en train d'avoir des souvenirs pour quand il était seulement un garçon et pas un vieil homme. La deuxième nuit qu'il pleurait, il avait la photographie d'Augustine dans ses mains. L'émission météorologique passait mais c'était si tard qu'on présentait seulement une carte de la planète Terre sans aucune météorologie dessus. « Augustine », je l'entendis dire. « Augustine. » La troisième nuit qu'il pleurait, il avait une photographie de toi dans ses mains. Il est seulement possible qu'il s'en est assuré de mon bureau, où je garde toutes les photographies que tu m'as postées. Encore une fois il disait « Augustine », malgré que je ne comprends pas pourquoi.

Mini-Igor voulut que je t'articule hello de lui. Il ne te connaît pas, bien sûr, mais je l'ai informé beaucoup au sujet de toi. Je l'ai informé au sujet que tu es si drôle et si intelligent, et aussi que nous pouvons parler de sujets considérables autant bien que de pets. Je l'ai même informé au sujet que tu as fait des sacs de terre quand nous étions à Trachimbrod. De toutes les choses que je pouvais me rappeler au sujet de toi, je l'ai informé, parce que je veux qu'il te connaisse et parce que cela fait l'impression que tu es encore proche, que tu n'es pas parti. Tu vas rire mais je lui ai présenté une des photographies de nous que tu as postées. C'est un très bon garçon, meilleur même que moi, et il a encore une chance d'être un très bon homme. Je suis certain que tu serais apaisé par lui.

Mon père et ma mère sont les mêmes comme toujours, mais plus humbles. Ma mère a arrêté de cuisiner le dîner de mon père pour le punir parce qu'il ne rentre jamais dîner. Elle voulait le biler mais il n'en secoue rien (oui ? secoue rien ?), parce qu'il ne rentre jamais dîner. Il mange avec ses amis très souvent dans des restaurants, et aussi boit de la vodka dans des clubs, mais pas des clubs célèbres. Je suis sûr que mon père possède plus d'amis que le reste de ma famille additionnée. Il renverse beaucoup de choses quand il rentre à la maison tard la nuit. C'est Mini-Igor et moi qui nettoyons et retournons les choses à leur localisation appropriée. (Je garde Mini-Igor avec moi à ces occasions.) La lampe a sa place ici. Le tableau accroché a sa place ici. L'assiette a sa place ici. Le téléphone a sa place ici. (Quand Mini-Igor et moi aurons notre appartement, nous garderons tout exclusivement propre. Pas même un morceau de poussière.) Pour être véritable, mon père ne me manque pas quand il sort tellement. Il pourrait exister toutes les nuits avec ses amis et je serais content. Je t'informerai qu'il a éveillé Mini-Igor la nuit dernière quand il est rentré de la vodka avec ses amis. C'est ma faute, parce que je n'avais pas insisté que Mini-Igor devrait manufacturer des RRR dans ma chambre avec moi comme il fait maintenant. Étais-je censé contrefaire le sommeil ? Et ma mère aussi ? J'étais dans mon lit à l'époque, et c'est une chose cosmique, parce qu'à ce moment j'étais en train de lire la section au sujet de la mort de Yankel. « Tout pour Brod », écrit-il, et je pensais, « Tout pour Mini-Igor. »

Pour ton roman, j'ai été très abattu pour Brod. C'est une bonne personne dans un monde mauvais. Tout le monde lui ment. Même son père qui n'est pas son vrai père. Ils gardent tous les deux des secrets de l'autre. J'ai pensé au sujet de ceci quand tu disais que Brod « ne serait jamais heureuse et sincère en même temps ». Sens-tu de cette façon ?

Je comprends ce que tu écris quand tu écris que Brod n'aime pas Yankel. Cela ne signifie pas qu'elle ne ressent pas des volumes pour lui, ou qu'elle ne sera pas mélancolique quand il expire. C'est quelque chose d'autre. L'amour, dans ton écriture, est l'immuabilité de la vérité. Brod n'est véritable avec rien. Pas avec Yankel et pas avec elle-même. Tout est à un monde de distance du monde réel. Cela manufacture-t-il un sens ? Si j'ai l'air d'un penseur, c'est un hommage à ton écriture.

Cette partie ultime que tu m'as donnée, au sujet du jour de Trachim, était certainement la plus ultime. Je reste avec rien à articuler à son sujet. Quand Brod demande à Yankel pourquoi il pense au sujet de sa maman malgré que ça fait mal, et qu'il dit qu'il ne sait pas pourquoi, c'est une question considérable. Pourquoi faisons-nous cela ? Pourquoi les choses douloureuses sont-elles toujours des électroaimants ? Avec ce qui concerne au sujet de la partie avec la lumière du sexe, je dois te dire que j'ai vu ceci auparavant. Une fois, j'étais charnel avec une fille et je vis un menu éclair entre ses parties postérieures. Je pouvais embrayer qu'il en faudrait beaucoup pour être perçu de l'espace. À l'ultime partie, j'ai une suggestion que peut-être tu pourrais en faire un cosmonaute russe au lieu de Mr Armstrong. Essaye Iouri Alexeïevitch Gagarine, qui en 1961 devint le premier être humain à faire un vol orbital dans l'espace.

Dernièrement, si tu possèdes des magazines ou des articles qui te plaisent, je serais très heureux si tu pouvais me les poster. J'embourserai toute dépense, déterminément. J'entends des articles au sujet d'Amérique, tu sais. Des articles au sujet des sports américains, ou des films américains, ou des filles américaines, bien sûr, ou des écoles de comptabilité américaines. Je n'articulerai pas plus de ceci. Je ne sais pas combien plus de ton roman existe à cet instant, mais je demande à le voir. Je veux tellement savoir ce qui arrive à Brod et à Kolkien. L'aimera-t-elle ? Dis oui. J'espère que tu diras oui. Ça me prouvera une chose. Aussi, peut-être je peux continuer à t'aider à mesure que tu écris plus. Mais ne sois pas en détresse. Je ne requerrai pas que mon nom est sur la couverture. Tu peux faire semblant que c'est seulement de toi.

S'il te plaît dis hello à ta famille de ma part, excepté ta grand-mère, bien sûr, parce qu'elle n'est pas consciente que j'existe. Si tu désirais m'informer de quelques choses au sujet de ta famille, je serais de très bonne humeur d'écouter. Par un exemple, informe-moi plus au sujet de ton frère miniature, que je sais que tu aimes comme j'aime Mini-Igor. Par un autre exemple, informe-moi au sujet de tes parents. Ma mère a demandé à ton sujet hier. Elle disait, « Et que devient ce juif faiseur d'histoires ? » Je l'ai informée que tu ne fais pas d'histoires, mais que tu es une bonne personne et que tu n'es pas un juif avec une lettre J *de grande taille, mais un juif, comme Albert Einstein ou Jerry Seinfeld.*

J'anticipe avec des chairs de poule sur ma peau ta lettre conséquente et la division conséquente de ton roman. Dans le temps pendant, j'espère que tu adores cette prochaine division du mien. S'il te plaît que ça te plaise, s'il te plaît.

Ingénument,
Alexandre

LA TRÈS RÉTIVE RECHERCHE

Le réveil fit un bruit à six heures du matin, mais ce n'était pas un bruit de conséquence, parce que grand-père et moi n'avions même pas manufacturé un seul RRR à nous deux. « Va chercher le juif, dit grand-père. Je vais lambiner en bas. » « Petit déjeuner ? » demandai-je. « Oh, dit-il. Abaissons-nous au restaurant et mangeons le petit déjeuner. Ensuite, tu iras chercher le juif. » « Et son petit déjeuner à lui ? » « Ils n'auront rien sans viande, alors ne le faisons pas une personne inconfortable. » « Tu es malin », lui dis-je.

Nous fûmes très circonspects quand nous départîmes notre chambre de sorte que nous ne manufacturions aucun bruit. Nous ne voulûmes pas que le héros soit conscient que nous mangions. Quand nous perchâmes au restaurant, grand-père dit, « Mange beaucoup. La journée sera longue, et qui pourrait être certain de quand nous mangerons ensuite ? » Pour cette raison, nous commandâmes trois petits déjeuners pour nous deux et mangeâmes beaucoup de saucisse, qui est un aliment délicieux. Quand nous finîmes, nous acquîmes du chewing-gum de la serveuse de sorte que le héros ne puisse mettre au jour le petit déjeuner d'après nos bouches. « Va chercher le juif, dit grand-père. Je vais lambiner avec patience dans la voiture. »

Je suis certain que le héros ne reposait pas parce que avant que j'aie pu donner un deuxième coup de poing, il épanouit la porte. Il était déjà en vêtements, et je vis qu'il endossait sa banane. « Sammy Davis Junior, Junior a mangé tous mes papiers. » « Ceci n'est pas possible », dis-je, malgré qu'en vérité je savais que c'était possible.

« Je les avais mis sur la table de nuit en me couchant, et quand je me suis réveillé ce matin, elle était en train de les manger. Voilà tout ce que j'ai pu récupérer. » Il exhibait un passeport à demi mastiqué et plusieurs morceaux de cartes. « La photographie ! » dis-je. « C'est bon. J'en ai des tas d'exemplaires. Elle n'a pu en manger que deux avant que je l'arrête. » « Je suis si honteux. » « Ce qui m'intrigue, dit-il, c'est qu'elle n'était pas dans la chambre quand j'ai fermé la porte avant de me coucher. » « C'est une chienne si intelligente. » « Il faut croire », dit-il, utilisant sa vision aux rayons X avec moi. « C'est parce qu'elle est juive qu'elle est si intelligente. » « Enfin, je suis content qu'elle n'ait pas mangé mes lunettes. » « Elle ne mangerait pas vos lunettes. » « Elle a mangé mon permis de conduire, elle a mangé ma carte d'étudiant, ma carte de crédit, un tas de cigarettes, une partie de mon argent... » « Mais elle ne mangerait pas vos lunettes. Ce n'est pas une bête. »

« Écoutez, dit-il, que diriez-vous d'un petit déjeuner ? » « Quoi ? » « Petit déjeuner », dit-il, mettant les mains sur son estomac. « Non, dis-je, je crois que c'est supérieur si nous commençons la recherche. Nous voulons rechercher le plus que possible pendant que la lumière existe encore. » « Mais il n'est que six heures trente. » « Oui, mais il ne sera pas six heures trente toujours. Regardez, dis-je en indiquant ma montre qui est une Rolex de Bulgarie, il est déjà six heures trente et une. Nous égarons du temps. » « Rien qu'un petit quelque chose », dit-il. « Quoi ? » « Un biscuit. J'ai vraiment faim. » « Ceci ne peut pas être négocié. Je crois qu'il est meilleur... » « On a bien une minute ou deux. Votre haleine sent quoi ? » « Vous prendrez un mochaccino au restaurant en bas et ce sera la fin de la conversation. Mais essayez de l'arnaquer vite fait. » Il commençait à dire quelque chose et je mis mes doigts sur mes lèvres. Ceci signifiait : LA FERME !

« On revient pour un nouveau petit déjeuner ? » demanda la serveuse. « Elle dit, Bonjour, vous voulez un mochaccino ? » « Ah, dit-il. Dites oui. Et peut-être un bout de pain ou je ne sais quoi. » « C'est un Américain », dis-je. « Je sais, dit-elle, je ne suis pas aveugle. » « Mais il ne mange pas de viande, alors donnez-lui seulement un mochaccino. » « Il ne mange pas de viande ! » « Procédure intestinale rapide », dis-je, parce que je ne voulais pas le gêner. « Qu'est-ce que vous lui dites ? » « Je lui dis de ne pas le faire plein d'eau. » « Tant mieux, je déteste ça. » « Alors un mochaccino, ce sera adéquat », dis-je à la serveuse qui était une très jolie fille avec le plus de seins que j'aie jamais vu. « On n'en a pas. » « Qu'est-ce qu'elle dit ? » « Alors un cappuccino. » « On n'a pas de cappuccino. » « Qu'est-ce qu'elle dit ? » « Elle dit que les mochaccinos sont spéciaux aujourd'hui, parce que c'est du café. » « Quoi ? » « Aimeriez-vous faire la Passe Électrique dans une célèbre discothèque avec moi, ce soir ? » demandai-je à la serveuse. « Vous amènerez l'Américain ? » demanda-t-elle. Oh, que j'ai eu des boules ! « C'est un juif », dis-je, et je sais que je n'aurais pas dû articuler cela mais je commençais à me sentir très épouvantable pour moi-même. Le problème c'est que je me sentais encore plus épouvantable après l'avoir articulé. « Ah, dit-elle. J'ai encore jamais vu de juif. Je peux voir ses cornes ? » (Il est possible que tu penseras qu'elle n'a pas enquis ceci, Jonathan, mais elle l'a fait. Sans aucun doute, tu n'as pas de cornes, alors je lui dis de s'occuper de ses propres affaires et d'apporter seulement un café pour le juif et deux portions de saucisse pour la chienne, parce que qui pouvait être certain de quand elle mangerait de nouveau.

Quand le café arriva, le héros en but seulement une petite quantité. « Il est ignoble », dit-il. C'est une chose qu'il ne mange pas de viande, et c'est encore une chose qu'il fasse lambiner grand-père endormi dans la voiture, mais c'en est une autre qu'il calomnie notre café. « VOUS ALLEZ BOIRE CE CAFÉ JUSQU'À CE QUE JE PUISSE VOIR MON VISAGE DANS LE FOND DE LA TASSE ! » Je n'avais pas voulu rugir. « Mais c'est une tasse en terre cuite. » « JE M'EN FICHE ! » Il finit le café. « Vous n'étiez pas obligé de le finir », dis-je, parce que je percevais qu'il était en train de reconstruire la Grande Muraille de Chine en briques de merde. « Ça va, dit-il en posant la tasse sur la table. C'était un très bon café.

Délicieux. Je suis repu. » « Quoi ? » « On peut y aller quand vous voudrez. » Qu'il est simplet, pensais-je. Doublet.

Cela captura plusieurs minutes de recouvrer grand-père de son sommeil. Il s'était enfermé dans la voiture et toutes les fenêtres étaient scellées. Je dus donner des coups de poing dans la vitre avec beaucoup de violence de manière à le faire pas dormir. Je fus surpris que le verre ne se fracture pas. Quand grand-père ouvrit finalement les yeux, il ne savait pas où il était. « Anna ? » « Non, grand-père, dis-je à travers la fenêtre, c'est moi, Sacha. » Il ferma les mains et aussi les yeux. « Je pensais que tu étais quelqu'un d'autre. » Il toucha le volant avec sa tête. « Nous sommes amorcés pour partir, dis-je à travers la fenêtre. Grand-père ? » Il fit une grande respiration et ouvrit les portes.

« Comment on va là-bas ? » m'enquit grand-père. J'étais sur le siège avant parce que, quand je suis en voiture, je suis toujours sur le siège avant, à moins que la voiture soit une motocyclette, parce que je ne sais pas comment opérer une motocyclette, quoique je le saurai très bientôt. Le héros était sur le siège arrière avec Sammy Davis Junior, Junior mais ils se consacraient à leurs propres aventures : le héros mastiquait les ongles de ses doigts et la chienne mastiquait sa queue. « Je ne sais pas », dis-je. « Enquiers le juif », ordonna-t-il. Alors je le fis. « Je ne sais pas », dit-il. « Il ne sait pas. » « Comment ça, il ne sait pas ? » dit grand-père. « Nous sommes dans la voiture. Nous sommes amorcés pour aller dans l'avant de notre voyage. Comment peut-il ne pas savoir ? » Sa voix était maintenant avec volume et elle effraya Sammy Davis Junior, Junior, la faisant aboyer. OUAH. Je demandai au héros, « Comment ça, vous ne savez pas ? » « Je vous ai dit tout ce que je savais. Je croyais que l'un de vous deux était censé être un guide compétent et certifié d'Heritage. J'ai payé pour avoir un guide certifié, vous savez. » Grand-père donna un coup de poing sur la corne de la voiture, qui fit un bruit. TUT ! « Grand-père est certifié ! » l'informai-je, OUAH, ce qui était fidèlement digne de foi, quoiqu'il était certifié pour opérer une automobile, pas retrouver de l'histoire perdue. TUT. « S'il te plaît ! »

dis-je à grand-père. OUAH. TUT. « S'il te plaît ! Tu rends ceci impossible ! » TUT ! OUAH ! « Tais-toi, dit-il, et fais taire la chienne, et fais taire le juif ! » OUAH ! « S'il te plaît ! » « Vous êtes sûr qu'il est certifié ? » « Évidemment », dis-je. TUT ! « Je ne tromperais pas. » OUAH ! « Fais quelque chose », dis-je à grand-père. TUT ! « Pas ça ! » dis-je avec volume. OUAH ! Il commença à conduire l'automobile qu'il était totalement certifié pour conduire. « Où allons-nous ? » Le héros et moi manufacturâmes cette requête au même moment. « VOS GUEULES ! » dit-il, et je n'avais pas à traduire cela pour le héros.

Il nous conduisit à une boutique de pétrole que nous avions passée en chemin pour l'hôtel la nuit jadis. Nous fîmes halte devant la machine à pétrole. Un homme vint à la fenêtre. Il était très svelte et avait du pétrole dans les yeux. « Oui ? » demanda l'homme. « Nous cherchons Trachimbrod », dit grand-père. « Nous n'en avons pas », dit l'homme. « C'est un pays. Nous essayons de le trouver. » L'homme se tourna vers un groupe d'hommes qui se tenaient devant la boutique. « Avons-nous quelque chose qui s'appelle trachimbrod ? » Ils élevèrent tous leurs épaules et continuèrent à parler à eux-mêmes. « Avec excuses, dit-il. Nous n'en avons pas. » « Non, dis-je, c'est le nom d'un endroit que nous cherchons. Nous essayons de trouver la fille qui a sauvé son grand-père des nazis. » Je montrai du doigt le héros. « Quoi ? » demanda l'homme. « Quoi ? » demanda le héros. « Ferme-la », me dit grand-père. « Nous avons une carte », dis-je à l'homme. « Présentez-moi la carte », ordonnai-je au héros. Il investigua son sac. « Sammy Davis Junior, Junior l'a mangée. » « Ce n'est pas possible », dis-je, malgré que encore une fois je sus que c'était possible. « Mentionnez-lui certains des autres noms des villes et peut-être un lui paraîtra informel. » L'homme du pétrole pencha sa tête dans la voiture. « Kovel, dit le héros, Kivertsy, Sokeretchy. » « Kolki », dit grand-père. « Oui, oui, dit l'homme du pétrole, j'ai entendu parler de ces villes. » « Et vous pourriez nous y diriger ? » demandai-je. « Bien sûr. Elles sont très proximales. Peut-être distantes de trente kilomètres. Pas plus. Vous n'avez qu'à voyager au nord sur l'autoroute, et ensuite à l'est à travers les terres agricoles. » « Mais vous n'avez jamais entendu parler de Trachimbrod ? » « Répétez-le-moi. » « Trachimbrod. » « Non, mais beaucoup de villes ont des nouveaux noms. » « Jon-fen, dis-je en me retournant, quel était l'autre nom de Trachimbrod ? » « Sofiowka. » « Connaissez-vous Sofiowka ? » demandai-je à l'homme. « Non, dit-il, mais on dirait quelque chose qui est plus similaire à quelque chose dont j'ai entendu parler. Il y a beaucoup de villages dans cette zone. Peut-être il y en a neuf ou même plus. Une fois que vous deviendrez proximals, vous pourriez enquérir n'importe qui et il serait capable de vous informer où trouver ce que vous investiguez. » (Jonathan, cet homme ne parlait pas si bon ukrainien, mais je le fais avoir l'air anormalement bon dans ma traduction pour l'histoire. Si cela t'apaisait, je pourrais contrefaire ses articulations inférieures.) L'homme façonna une carte sur un morceau de papier que grand-père excava du tiroir pour les gants, où je garderai des préservatifs XL lubrifiés quand j'aurai la voiture de mes rêves. (Ils ne seront pas côtelés pour son plaisir à elle, parce qu'il n'en est pas besoin, si vous comprenez ce que je veux dire.) Ils firent une conversation au sujet de la carte pendant beaucoup de minutes. « Tenez », dit le héros. Il tendait un paquet de cigarettes Marlboro à l'homme du pétrole. « Qu'est-ce qui lui prend ? » enquit grand-père. « Qu'est-ce qui lui prend ? » enquit l'homme du pétrole. « Qu'est-ce qui vous prend ? » enquis-je. « Pour son aide, dit-il. J'ai lu dans mon guide qu'il est difficile d'avoir des Marlboro ici et qu'on devrait en emporter plusieurs paquets partout où l'on va pour les donner comme pourboire. » « Qu'est-ce que c'est, "comme pourboire" ? » « Quelque chose qu'on donne à quelqu'un en échange de son aide. » « Alors bon, vous êtes informé que vous payerez ce voyage avec du numéraire, oui ? » « Non, c'est pas ça, dit-il. Les pourboires, c'est pour les petites choses, quand on vous indique le chemin, ou pour le voiturier. » « Voiturier ? » « Il ne mange pas de viande », dit grand-père à l'homme du pétrole. « Ah. » « Le voiturier, dit le héros, le mec qui gare votre voiture. » L'Amérique se révèle toujours plus supérieure que je ne pensais.

Il était déjà sept heures dix quand nous roulions de nouveau. Cela ne captura que plusieurs minutes pour trouver l'autoroute. Je dois confesser que c'était un beau jour, avec beaucoup de lumière du soleil. « C'est beau, oui ? » dis-je au héros. « Quoi ? » « Le jour. C'est un beau jour. » Il baissa le verre de sa fenêtre, ce qui était acceptable parce que Sammy Davis Junior, Junior dormait, et il mit sa tête dehors de la voiture. « Oui, dit-il. Absolument magnifique. » Cela me rendit fier et je le dis à grand-père et il sourit et je perçus que lui aussi devenait une personne très fière. « Informe-le au sujet d'Odessa, dit grand-père. Informe-le comme c'est beau, là-bas. » « À Odessa, dis-je en faisant une rotation vers le héros, c'est plus beau que même ceci. Vous n'avez jamais témoigné une chose similaire à ça. » « J'aimerais qu'on m'en parle », dit-il, et il ouvrit son journal. « Il veut qu'on lui parle d'Odessa », dis-je à grand-père, parce que je voulais qu'il aime bien le héros. « Informe-le que le sable sur les plages est plus doux que des chevelures d'une femme et que l'eau est comme l'intérieur de la bouche d'une femme. » « Le sable sur les plages est comme la bouche d'une femme. » « Informe-le, dit grand-père, qu'Odessa est le plus merveilleux endroit pour devenir amoureux et aussi pour faire une famille. » Ainsi en informai-je le héros. « Odessa, dis-je, est le plus merveilleux endroit pour devenir amoureux, et aussi pour faire une famille. » « Êtes-vous déjà tombé amoureux ? » m'enquit-il, qui semblait une requête si bizarre que je la lui retournai. « Et vous ? » « Je ne sais pas », dit-il. « Ni moi », dis-je. « J'ai été proche de l'amour. » « Oui. » « Très proche, j'y étais presque. » « Presque. » « Mais jamais, je ne crois pas. » « Non. » « Faudrait que j'aille à Odessa, dit-il. Je tomberais peut-être amoureux. On dirait que ça aurait plus de sens qu'aller à Trachimbrod. » Nous rîmes tous les deux. « Que dit-il ? » enquit grand-père. Je lui dis, et il rit aussi. Tout cela était très merveilleux. « Montre-moi la carte », dit grand-père. Il l'examina pendant qu'il conduisait, rendant son aveuglement encore moins digne de confiance, je dois le confesser.

Nous fîmes une sortie de l'autoroute. Grand-père me retourna la carte. « Nous allons conduire approximativement vingt kilomètres et ensuite nous enquerrons quelqu'un au sujet de Trachimbrod. » « Cela est raisonnable », dis-je. Cela semblait une chose étrange à dire, mais je n'ai jamais su quoi dire à grand-père sans que ça semble étrange. « Je sais que c'est raisonnable, dit-il. Bien sûr que c'est raisonnable. » « Puis-je contempler Augustine encore ? » demandai-je au héros. (Ici je dois confesser que je désirais la contempler depuis que le héros me l'avait exhibée la première fois. Mais j'étais honteux de faire connaître cela.) « Bien sûr », dit-il, et il excava sa banane. Il avait beaucoup de duplicats et en retira un comme une carte à jouer. « Voilà, tenez. »

J'observai la photographie pendant qu'il observait le beau jour. Augustine avait de très jolies chevelures. C'étaient des chevelures fines. Je n'avais pas besoin de les toucher pour être certain. Ses yeux étaient bleus. Malgré que la photographie manquait de couleur, j'étais certain que ses yeux étaient bleus. « Regardez ces champs, dit le héros avec son doigt en dehors de la voiture. Ce qu'ils sont verts. » Je dis à grand-père ce que le héros disait. « Dis-lui que la terre est extra pour la culture. » « Grand-père désire que je vous dise que la terre est très extra pour la culture. » « Et dis-lui que beaucoup de cette terre fut détruite quand les nazis vinrent, mais qu'avant, elle était encore plus belle. Ils ont bombardé avec des avions et ensuite ils ont avancé à travers dans des tanks. » « Mais cela n'apparaît pas ainsi. » « Ils ont tout refait après la guerre. Avant, c'était différent. » « Tu étais ici avant la guerre ? » « Regardez les gens qui travaillent dans les champs en sous-vêtements », dit le héros depuis le siège arrière. J'enquis grand-père au sujet de cela. « Ce n'est pas anormal, dit-il. Il fait très chaud le matin. Trop chaud pour être anxieux de ses habits. » Je le dis au héros. Il était en train de couvrir beaucoup de pages de son journal. Je voulais que grand-père continue la conversation d'avant et me dise quand il était dans la zone, mais je perçus que la conversation avait été terminée. « Il y a des gens très vieux qui travaillent, dit le héros. Certaines de ces femmes doivent bien avoir soixante ou soixante-dix ans. » J'enquis grand-père au sujet de ceci parce que je ne trouvais pas ça naturel aussi.

« C'est naturel, dit-il. Dans les champs, on besogne jusqu'à ce qu'on ne soit plus capable de besogner. Ton arrière-grand-père mourut dans les champs. » « Est-ce que mon arrière-grand-mère travaillait dans les champs ? » « Elle travaillait avec lui quand il mourut. » « Qu'est-ce qu'il dit ? » enquit le héros, et encore une fois il prohiba grand-père de continuer, et encore une fois quand je contemplai grand-père je perçus que c'était la fin de la conversation.

C'était la première occasion que j'avais entendu grand-père parler de ses parents, et je voulais en savoir beaucoup plus sur eux. Que faisaient-ils pendant la guerre ? Qui avaient-ils sauvé ? Mais je sentis que c'était un minimum de savoir-vivre pour moi d'être coi sur le sujet. Il parlerait quand il aurait besoin de parler, et jusqu'à ce moment je persévérerais le silence. Je fis donc ce que faisait le héros, qui est de regarder par la fenêtre. Je ne sais pas combien de temps roula, mais beaucoup de temps roula. « C'est beau, oui ? » lui dis-je sans faire de rotation. « Oui. » Pendant les minutes suivantes, nous n'utilisâmes pas de mots mais témoignâmes seulement des terres agricoles. « Ce serait un moment raisonnable d'enquérir quelqu'un comment aller à Trachimbrod, dit grand-père. Je ne crois pas que nous sommes plus de dix kilomètres distants. »

Nous bougeâmes la voiture sur le côté de la route, malgré que c'était très difficile de percevoir où la route terminait et le côté commençait. « Va enquérir quelqu'un, dit grand-père, et emmène le juif avec toi. » « Tu viendras ? » demandai-je. « Non », dit-il. « S'il te plaît. » « Non. » « Venez », informai-je le héros. « Où ? » Je montrai du doigt un troupeau d'hommes dans le champ qui étaient en train de fumer. « Vous voulez que j'aille avec vous ? » « Bien sûr », dis-je, parce que je désirais que le héros sente qu'il était impliqué dans tous les aspects du voyage. Mais en vérité, j'avais aussi peur des hommes dans le champ. Je n'avais jamais parlé à des gens comme ça, des pauvres gens agricoles, et similaire à la plupart des gens d'Odessa, je parle une fusion de russe et d'ukrainien et ils parlaient seulement ukrainien, et tandis que le russe et l'ukrainien sont si si similaires, les gens qui parlent seulement ukrainien détestent parfois les gens qui parlent une fusion de russe et d'ukrainien, parce que très souvent les gens qui parlent une fusion de russe et d'ukrainien viennent des villes et pensent qu'ils sont supérieurs aux gens qui parlent seulement ukrainien, qui viennent souvent des champs. Nous pensons ceci parce que nous sommes supérieurs, mais ça c'est pour une autre histoire.

Je commandai au héros de ne pas parler, parce que des fois les gens qui parlent ukrainien et qui détestent les gens qui parlent une fusion de russe et d'ukrainien détestent aussi les gens qui parlent anglais. C'est pour l'identique même raison que j'emmenai Sammy Davis Junior, Junior avec nous malgré qu'elle ne parle ni ukrainien, ni une fusion de russe et d'ukrainien, ni anglais. OUAH. « Pourquoi ? » enquit le héros. « Pourquoi quoi ? » « Pourquoi je ne peux pas parler ? » « Ceci met certains gens dans une grande détresse d'entendre l'anglais. Nous l'aurons plus facile de nantir l'assistance si vous gardez vos lèvres ensemble. » « Quoi ? » « Vous vous taisez. » « Non, quel mot vous avez utilisé ? » « Lequel ? » « Avant assistance. » Je me sentis très fier parce que je connaissais un mot d'anglais que le héros, qui était américain, ne connaissait pas. « Nantir. C'est comme obtenir, fournir, pourvoir, s'assurer et gagner. Maintenant taisez-vous, putz. »

« Connais pas », dit un des hommes, avec sa cigarette sur le côté de la bouche. « Moi non plus », dit un autre, et ils exhibèrent leur dos. « Merci », dis-je. Le héros me donna un coup dans le côté avec la pliure de son bras. Il tentait de me dire quelque chose sans mots. « Quoi ? » chuchotai-je. « Sofiowka », dit-il sans volume, malgré qu'en vérité ça n'avait pas d'importance. Ça n'avait pas d'importance parce que les hommes ne nous faisaient aucune attention. « Ah oui », dis-je aux hommes. Ils ne firent pas de rotation pour me jeter l'œil. « Ça s'appelle aussi Sofiowka. Connaissez-vous cette ville ? » « Nous n'avons jamais entendu ce nom », dit l'un d'eux sans discuter le sujet avec les autres. Il jeta sa cigarette sur le sol. Je fis une rotation aller-retour de ma tête de là à là pour informer le héros qu'ils ne savaient pas. « Peut-être avez-vous vu cette femme ? » dit le héros, sortant un duplicat de la photographie d'Augustine de sa banane. « Rangez ça ! » dis-je. « Quelles sont vos intentions ici ? » enquit un des hommes, et il jeta aussi sa cigarette sur le sol. « Qu'est-ce qu'il a dit ? » demanda le héros. « Nous cherchons la ville Trachimbrod », les informai-je, et je perçus que je ne vendais pas comme des petits pains. « Je vous ai dit que ça n'existe pas, Trachimbrod. » « Alors arrêtez de nous mogéner », dit l'un des autres hommes. « Voulez-vous une cigarette Marlboro ? » proposai-je parce que je ne pouvais penser rien d'autre à dire. « Allez-vous-en, dit l'un des hommes. Retournez à Kiev. » « Je suis d'Odessa », dis-je, et cela les fit rire avec beaucoup de violence. « Alors retournez à Odessa. » « Ils peuvent nous aider ? enquit le héros. Ils savent quelque chose ? » « Venez », dis-je, et je lui pris la main pour retourner à la voiture. J'étais humblifié au maximum. « Viens, Sammy Davis Junior, Junior ! » Mais elle ne voulait pas venir, malgré que les hommes qui fumaient la harcelaient. Il ne restait qu'une option. « *Billie Jean is not my lover. She's just a girl who claims that I am the one.* » Le maximum d'humblification fut rendu maximumissime.

« Qu'est-ce qui vous a pris d'articuler anglais ? dis-je. Je vous commandai de ne pas parler anglais ! Vous m'aviez comprendu, oui ? » « Oui. » « Alors pourquoi avez-vous parlé anglais ? » « Je ne sais pas. » « Vous ne savez pas ! Vous ai-je demandé de préparer le petit déjeuner ? » « Quoi ? » « Vous ai-je demandé d'inventer une autre espèce de roue ? » « Je n'ai... » « Non, je vous ai demandé de faire une chose, et vous avez fait un désastre de cela ! Vous étiez tellement stupide ! » « J'ai pensé que ça pouvait être utile. » « Mais ce n'était pas utile. Vous avez rendu ces hommes très courroucés. » « À cause de mon anglais ? » « Je vous commandai de ne pas parler et vous l'avez fait. Vous avez peut-être tout contaminé. » « Pardon, j'avais pensé que la photo... » « Je ferai la pensée. Vous ferez le silence ! » « Je suis désolé. » « C'est moi celui qui est désolé ! Je suis désolé de vous avoir emmené avec moi dans ce voyage ! »

J'étais très honteux de la manière que ces hommes m'avaient parlé et je ne voulais pas informer grand-père de ce qui s'était passé, parce que je savais qu'il serait honteux aussi. Mais quand nous retournâmes à la voiture, je compris que je n'avais pas à l'informer de rien. Si vous voulez savoir pourquoi, c'était parce qu'il fallait d'abord que je le bouge de son sommeil. « Grand-père, dis-je en lui touchant le bras. Grand-père, c'est moi, Sacha. » « J'étais en train de rêver », dit-il, et ceci me surprit beaucoup. C'est si bizarre d'imaginer un de ses parents ou de ses grands-parents en train de rêver. S'ils rêvent, alors ils pensent à des choses quand on n'est pas là, et ils pensent à des choses qui ne sont pas nous. Aussi, s'ils rêvent, alors c'est qu'ils ont des rêves, ce qui est une chose de plus au sujet de laquelle penser. « Ils ne savaient pas où est Trachimbrod. » « Bon, entrez dans la voiture », dit-il. Il bougea ses mains sur ses yeux. « Nous allons persévérer de conduire et chercher une autre personne à enquérir. »

Nous découvrîmes beaucoup d'autres gens à enquérir, mais en vérité, toutes les personnes nous regardaient de la même manière. « Allez-vous-en », articula un vieil homme. « Pourquoi maintenant ? » enquit une femme en robe jaune. Aucun d'entre eux ne savait où était Trachimbrod, et aucun d'entre eux n'en avait jamais entendu parler, mais tous d'entre eux devenaient courroucés ou silencieux quand j'enquérais. J'aurais voulu que grand-père m'aide mais il refusait de sortir de la voiture. Nous persévérâmes de conduire, maintenant dans des routes subalternes, manquant de tout marquage. Les maisons étaient moins près les unes des autres et c'était une chose anormale de voir qui que ce soit. « J'ai vécu ici ma vie entière, nous dit un vieil homme sans se départir de son siège sous un arbre, et je peux vous informer qu'il n'y a aucun endroit appelé Trachimbrod. » Un autre vieil homme, qui escortait une vache à travers un chemin de terre, dit, « Vous devriez arrêter de chercher tout de suite. Je peux vous promettre que vous ne trouverez rien. » Je ne dis pas ceci au héros. C'est peut-être parce que je suis une bonne personne. C'est peut-être parce que j'en suis une mauvaise. Comme procuration de la vérité, je lui dis que chaque personne nous disait de conduire encore, et que si nous conduisions encore nous pourrions découvrir une personne qui savait où était Trachimbrod. Nous conduirions jusqu'à ce que nous trouvions Trachimbrod et conduirions jusqu'à ce que nous trouvions Augustine. Alors nous conduisîmes, parce que nous étions sévèrement perdus, et parce que nous ne savions pas quoi faire d'autre. Il était très difficile pour la voiture de voyager sur certaines de ces routes parce qu'il y avait tant de rochers et de trous. « Ne soyez pas dans la détresse, dis-je au héros. Nous trouverons quelque chose. Si nous continuons à conduire, je suis certain que nous trouverons Trachimbrod, et ensuite Augustine. Tout est en harmonie avec le dessein. »

Le centre du jour était déjà passé. « Qu'allons-nous faire ? enquis-je grand-père. Nous avons conduit beaucoup d'heures et nous ne sommes pas plus proximals que beaucoup d'heures jadis. » « Je ne sais pas », dit-il. « Es-tu moulu ? » l'enquis-je. « Non. » « As-tu faim ? » « Non. » Nous conduisîmes encore, de plus en plus loin dans les mêmes cercles. La voiture devint fixée dans le sol plusieurs fois et le héros et moi devions sortir pour l'impulser de la désencombrer. « Ce n'est pas facile », dit le héros. « Non, ce n'est pas facile, concédai-je. Mais je pense qu'il faut continuer. Vous ne croyez pas ? Si c'est ce que les gens nous disent de faire. » Je vis qu'il persévérait de remplir son journal. Moins nous en voyions, plus il écrivait. Nous conduisîmes au-delà de beaucoup des villes que le héros avait nommées à l'homme du pétrole. Kovel. Sokeretchy. Kivertsy. Mais il n'y avait pas de gens nulle part, et quand il y avait une personne, la personne ne pouvait pas nous aider. « Allez-vous-en. » « Il n'y a pas de Trachimbrod ici. » « Je ne sais pas de quoi vous parlez. » « Vous vous êtes perdus. » Il semblait comme si nous étions erronés de pays, ou erronés de siècle, ou comme si Trachimbrod avait disparu, et aussi le souvenir de Trachimbrod.

Nous suivîmes des routes que nous avions déjà suivies, témoignâmes des parties de pays que nous avions déjà témoignées et tous les deux, grand-père et moi, désirions que le héros ne soit pas conscient de ceci. Je me souvins quand j'étais enfant et que mon père me donnait un coup de poing et après il disait, « Ça ne fait pas mal. Ça ne fait pas mal. » Et plus il l'articulait, plus c'était digne de foi. Je le croyais, dans une certaine mesure parce que c'était mon père, et dans une certaine mesure parce que moi aussi je ne voulais pas que ça fasse mal. C'était ainsi que je me sentais avec le héros pendant que nous persévérions de conduire. C'était comme si je lui articulais, « Nous allons la trouver. Nous allons la trouver. » Je le trompais et je suis certain qu'il désirait être trompé. Alors nous peignîmes encore des cercles dans les routes de terre.

« Là », dit grand-père, pointant le doigt sur une personne perchée sur les marches d'une très minuscule maison. C'était la première personne que nous voyions depuis de nombreuses minutes. Avions-nous déjà témoigné cette personne avant ? L'avions-nous déjà enquise sans fruit ? Il arrêta la voiture. « Vas-y. » « Tu viens », demandai-je. « Vas-y. » Parce que je ne savais pas quoi dire d'autre, je dis, « Bon », et parce que je ne savais pas quoi faire d'autre, je m'amputai de la voiture. « Venez », dis-je au héros. Il n'y eut pas de repartie. « Venez », dis-je, et je fis une rotation. Le héros manufacturait des RRR comme Sammy Davis Junior, Junior encore. Il n'y a pas de nécessité pour moi de les bouger de leur sommeil, dis-je à mon cerveau. Je pris avec moi le duplicat de la photographie d'Augustine et fus soigneux de ne pas les déranger en fermant la porte de la voiture.

La maison était en bois blanc qui s'écroulait de partout. Il y avait quatre fenêtres et l'une d'elles était cassée. En devenant plus proximal, je perçus que c'était une femme perchée sur les marches. Elle était très âgée et pelait la peau de maïs. Beaucoup d'habits étaient répandus dans son jardin. Je suis certain qu'ils séchaient après un nettoyage mais ils étaient en disposition anormale et ils apparaissaient comme les habits de cadavres invisibles. Je raisonnai qu'il y avait beaucoup de gens dans la maison blanche, parce qu'il y avait des habits d'homme et des habits de femme et des habits d'enfant et même de bébé. « Indulgence », dis-je pendant que j'étais encore à quelque quantité distant. Je dis cela de sorte que je ne la rende pas une personne terrifiée. « J'ai une requête pour vous. » Elle endossait une chemise blanche et une robe blanche, mais elles étaient couvertes de saletés et d'endroits où des liquides avaient séché. Je perçus que c'était une pauvre femme. Tous les gens dans les petites villes sont pauvres, mais elle était plus pauvre. C'était saillant parce qu'elle était très svelte et parce que tous ses biens étaient cassés. Ça doit être coûteux, pensai-je, de veiller sur autant de gens comme elle fait. Je décidai alors que quand je deviendrais une personne riche en Amérique, je donnerais du numéraire à cette femme.

Elle sourit quand je devins proximal d'elle et je vis qu'elle n'avait pas de dents. Ses chevelures étaient blanches, sa peau avait des marques brunes et ses yeux étaient bleus. Elle n'était pas grand-chose comme femme, et ce que je signifie ici est qu'elle était très fragile et apparaissait comme si on avait pu l'oblitérer d'un seul doigt. J'entendis, en approchant, qu'elle était en train de fredonner. (Ceci est appelé fredonner, oui ?) « Indulgence, dis-je. Je ne veux pas vous empester. » « Comment quoi que ce soit pourrait-il m'empester par un si beau jour ? » « Oui, il est beau. » « Oui », dit-elle. « Vous êtes d'où ? » demanda-t-elle. Cela me rendit honteux. Je fis des rotations dans ma tête de quoi dire et finis par la vérité. « Odessa. » Elle posa un maïs et en prit un autre. « Je n'ai jamais été à Odessa », dit-elle, et elle bougea ses chevelures qui étaient devant son visage derrière son oreille. Ce ne fut pas jusqu'à cet instant que je perçus que ses chevelures étaient aussi longues qu'elle. « Vous devez y aller », dis-je. « Je sais. Je sais que je dois. Je suis sûre qu'il y a beaucoup de choses que je dois faire. » « Et beaucoup de choses aussi que vous ne devez pas faire. » J'essayais de la faire une personne sédative et je le fis. Elle rit. « Tu es gentil. » « Avez-vous entendu parler d'une ville nommée Trachimbrod ? enquis-je. On m'a informé que quelqu'un proximal d'ici la connaîtrait. » « Non », dit-elle, ramassant son maïs et lui ôtant sa peau. « Avez-vous entendu parler d'une ville nommée Sofiowka ? » « Je n'ai jamais entendu parler de celle-là non plus. » « Pardon de vous avoir volé votre temps, dis-je. Bonne journée. » Elle me présenta un sourire triste, ce qui était comme quand la fourmi dans la bague de Yankel fit pour cacher son visage – je sus que c'était un symbole, mais je ne savais pas de quoi c'était un symbole.

Je l'entendais fredonner pendant que je commençais à m'éloigner. Qu'allais-je informer le héros quand il ne manufacturerait plus de RRR ? Qu'allais-je informer grand-père ? Combien de temps pouvions-nous échouer sans nous rendre ? Je me sentais comme si tout le poids résidait sur moi. Comme avec mon père, il n'y a qu'un certain nombre de fois qu'on peut articuler « Ça ne fait pas mal », avant que ça commence à faire mal encore plus que le mal. On devient éclairé sur la sensation de sentir le mal, ce qui est pire, j'en suis certain, que le mal existant. Des non-vérités pendaient devant moi comme des fruits. Laquelle pouvais-je cueillir pour le héros ? Laquelle pouvais-je cueillir pour grand-père ? Laquelle pour moi-même ? Laquelle pour Mini-Igor ? Puis je me rappelai que j'avais pris la photographie d'Augustine et malgré que je ne sais pas ce qui me contraignit à sentir que je devais, je fis une rotation pour exposer la photographie à la femme.

« Avez-vous témoigné quiconque dans cette photographie ? »

Elle l'examina pendant plusieurs instants. « Non. »

Je ne sais pas pourquoi mais j'enquis de nouveau.

« Avez-vous témoigné quiconque dans cette photographie ? »

« Non », dit-elle encore, mais ce second non ne semblait pas comme un perroquet, mais comme une variété différente de non.

« Avez-vous témoigné quiconque dans cette photographie ? » enquis-je, et cette fois je la tins très proximale de son visage, comme grand-père la tenait de son visage à lui.

« Non », dit-elle encore, et cela sembla comme une troisième variété de non.

Je lui mis la photographie dans les mains.

« Avez-vous témoigné quiconque dans cette photographie ? »

« Non », dit-elle, mais dans son non je fus certain d'entendre, S'il te plaît persévère. Enquiers-moi encore. Alors je le fis.

« Avez-vous témoigné quiconque dans cette photographie ? »

Elle remua ses pouces sur les visages comme si elle tentait de les effacer. « Non. »

« Avez-vous témoigné quiconque dans cette photographie ? »

« Non », dit-elle, et elle posa la photographie sur ses genoux.

« Avez-vous témoigné quiconque dans cette photographie ? » enquis-je.

« Non », dit-elle, l'examinant encore, mais seulement des angles de ses yeux.

« Avez-vous témoigné quiconque dans cette photographie ? »

« Non. » Elle fredonnait de nouveau, avec plus de volume.

« Avez-vous témoigné quiconque dans cette photographie ? »

« Non, dit-elle. Non. » Je vis une larme descendre sur sa robe blanche. Elle aussi sécherait et laisserait une marque.

« Avez-vous témoigné quiconque dans cette photographie », enquis-je, et je me sentis cruel, je me sentis une personne affreuse, mais j'étais certain que j'accomplissais la chose juste.

« Non, dit-elle, personne. On dirait tous des inconnus. »

Je mis tout en péril.

« Quiconque dans cette photographie vous a-t-il témoignée ? »

Une autre larme descendit.

« Je t'attends depuis si longtemps. »

Je montrai la voiture. « Nous cherchons Trachimbrod. »

« Ah », dit-elle, et elle relâcha une rivière de larmes. « Tu y es. C'est moi. »

Le Cadran, 1941-1804-1941

Elle se servit de ses pouces pour écarter de sa taille la culotte de dentelle, offrant son sexe gorgé de sang aux caresses affriolantes des souffles humides de l'été, qui apportaient avec eux des senteurs de bardane, de bouleau, de caoutchouc brûlé et de bouillon de bœuf et feraient maintenant passer sa propre odeur animale vers le nord et d'autres narines, comme dans ce jeu enfantin où des écoliers alignés se transmettent un message, de telle sorte que le dernier qui la sentirait lèverait peut-être la tête en disant, *Bortsch ?* Elle la fit glisser de ses chevilles d'un air extraordinairement décidé, comme si cet acte et lui seul pouvait justifier sa naissance, chacune des heures où ses parents avaient peiné, et l'oxygène qu'elle consommait à chaque inspiration. Comme s'il pouvait justifier les larmes que ses enfants auraient versées à sa mort, si elle n'était morte dans l'eau avec le reste du shtetl – trop jeune, comme le reste du shtetl – avant d'avoir des enfants. Elle plia la culotte six fois en forme de larme et la glissa dans la poche du costume nuptial noir, un peu sous le revers, l'épanouissant en pétales à son sommet comme il convient à une pochette.

C'est pour que tu penses à moi, dit-elle, *jusqu'à...*

Je n'ai pas besoin de pense-bête, dit-il en embrassant le duvet humide au-dessus de sa lèvre supérieure.

Dépêche-toi, gloussa-t-elle, redressant sa cravate d'une main et lui caressant l'entrejambe de l'autre. *Tu vas être en retard. File au Cadran.*

Elle fit taire d'un baiser ce qu'il s'apprêtait à dire et le poussa pour qu'il s'en aille.

C'était déjà l'été. Les lobes du lierre qui s'accrochait au portique croulant de la synagogue commençaient à foncer. Le sol avait repris sa riche teinte café et était de nouveau assez meuble pour les tomates et la menthe. Les buissons de lilas contaient fleurette aux balustrades des vérandas, les balustrades commençaient à se fendiller et des éclats s'en détachaient sous le souffle des brises de l'été. La foule des hommes du shtetl s'était déjà assemblée autour du Cadran quand mon grand-père y arriva, hors d'haleine et trempé de sueur.

Safran est arrivé ! annonça le Rabbin Vertical aux acclamations de ceux qui se pressaient sur la place. *Le futur marié est ici !* Un septuor de violons attaqua la traditionnelle Valse du Cadran, les anciens du shtetl tapant des mains en mesure tandis que les enfants sifflaient chaque note.

PAROLES DE LA VALSE DU CADRAN :
POUR LES HOMMES QUI VONT SE MARIER

Ohhhhhhh, rassemblez-vous, (ici, le nom du futur marié) est là,
Qu'il soit tiré à quatre épingles, son mariage est proche.
À son pied, il a trouvé chaussure,
(ici, le nom de la future mariée) fait ouvrir la boucle des ceintures.
Baise-lui les lèvres, renifle ses genoux,
Que la fertilité soit avec nous.
Qu'un heureux mariage les lie
Et après, au lit
Pour ohhhhhhh...
(reprendre au début, indéfiniment)

Mon grand-père retrouva son calme, s'assura que la fermeture de sa braguette était effectivement fermée et entra dans l'ombre allongée du Cadran. Il allait s'acquitter du rituel sacré dont s'étaient acquittés tous les hommes mariés de Trachimbrod depuis le tragique accident de son arrière-arrière-arrière-grand-père, au moulin. Il s'apprêtait à jeter au vent son état de célibataire et, en théorie, ses exploits sexuels. Mais ce qui le frappa tandis qu'il se dirigeait vers le Cadran (d'un long pas décidé) n'était ni la beauté de la cérémonie, ni l'insincérité inhérente aux rites de passage, ni même combien il souhaitait que la gitane fût avec lui pour que son grand amour puisse vivre ses noces avec lui ; c'était l'idée qu'il n'était plus un gamin. Il vieillissait, commençait à ressembler à son arrière-arrière-arrière-grand-père : mêmes sourcils broussailleux assombrissant ses yeux délicats, doucement féminins, même cassure de l'arête du nez, même ligne des lèvres qui dessinaient un U de travers à une extrémité et un V à l'autre. Sécurité et profonde tristesse : il commençait à remplir sa place dans la famille ; il ressemblait sans erreur possible au père du père du père du père de son père, et pour cette raison, parce que son menton fendu évoquait la même soupe de gènes bâtards (concoctés par les chefs que sont la guerre, la maladie, l'occasion, l'amour et le faux amour), il était assuré d'avoir sa place dans une longue lignée – certitude d'être et de permanence mais aussi pesante restriction de mouvements. Il n'était plus tout à fait libre.

Il était conscient aussi de sa place parmi les hommes mariés qui tous avaient fait vœu de fidélité, les genoux plantés sur ce même sol sur lequel étaient maintenant les siens. Chacun d'entre eux avait prié pour que lui soient accordées ces bénédictions que sont la santé de corps et d'esprit, de beaux fils, des augmentations de salaire et une diminution de la libido. Chacun d'entre eux avait entendu mille fois l'histoire du Cadran, les circonstances tragiques de sa création et la grandeur de son pouvoir. Chacun d'entre eux savait comment son arrière-arrière-arrière-grand-mère Brod avait dit *N'y va pas* à son jeune époux, trop au fait de la malédiction du moulin qui prenait sans crier gare la vie de ses jeunes travailleurs. *S'il te plaît, trouve un autre travail, ou ne travaille pas du tout. Mais promets-moi que tu n'iras pas.*

Et chacun d'entre eux savait comment le Kolkien avait répondu, *Ne sois pas bête, Brod*, en lui flattant le ventre, qu'au bout de sept mois elle pouvait encore cacher dans une robe un peu ample. *C'est un très bon travail, je serai très prudent, et voilà tout.*

Et chaque futur marié savait que, la veille, Brod avait sangloté et caché les vêtements de travail du Kolkien et, pendant la nuit, l'avait réveillé en le secouant toutes les cinq minutes afin qu'il soit trop épuisé pour quitter la maison le lendemain, avait refusé de lui faire son café le matin et avait même essayé de lui donner un ordre.

C'est bien l'amour, pensait-elle, *n'est-ce pas ? Quand on remarque l'absence de quelqu'un et qu'on déteste cette absence plus que tout ? Plus, même, qu'on aime sa présence ?* Chacun savait qu'elle avait attendu le Kolkien à la fenêtre, tous les jours, au point d'en connaître la surface, d'apprendre les endroits où la vitre avait un peu fondu, ceux où elle était un peu décolorée, ceux où elle était opaque. Elle tâtait ses rides et ses bulles minuscules. Comme une aveugle apprenant un langage, elle passait les doigts sur la fenêtre et, comme une aveugle apprenant un langage, se sentait libérée. Le cadre de la fenêtre était les murs de la prison qui la rendait libre. Elle aimait le sentiment que lui donnait le fait d'attendre le Kolkien, de dépendre entièrement de lui pour son bonheur, d'être, aussi ridicule que cela lui eût toujours paru, l'épouse de quelqu'un. Elle aimait son nouveau vocabulaire : aimer simplement quelque chose plus qu'elle n'aimait son amour pour cette chose, et la vulnérabilité qui lui venait de vivre désormais dans le premier monde. *Enfin*, songeait-elle, *enfin. Si seulement Yankel pouvait savoir combien je suis heureuse.*

Quand elle s'éveillait en pleurant d'un de ses cauchemars, le Kolkien restait avec elle, lui lissait les cheveux des deux mains, recueillait ses larmes dans un dé à coudre pour les lui faire boire le lendemain matin (*La seule façon de surmonter la tristesse est de la consommer*, disait-il), et plus encore que cela : une fois que ses yeux s'étaient fermés et qu'elle s'était rendormie, il devait affronter l'insomnie. Il y avait eu un transfert complet, comme lorsqu'une boule de billard vient heurter à toute vitesse une boule immobile. Si Brod était déprimée – elle était toujours déprimée –, le Kolkien restait avec elle jusqu'à l'avoir convaincue que ça va. Ça va. Vraiment. Et quand elle reprenait le cours de sa journée, il restait en arrière, paralysé par un chagrin qu'il ne pouvait nommer et qui n'était pas le sien. Si Brod tombait malade, c'était le Kolkien qui s'alitait au bout de quelques jours. Si Brod s'ennuyait, parce qu'elle connaissait trop de langues, trop de faits, qu'elle avait trop de connaissances pour être heureuse, le Kolkien passait des nuits blanches penché sur les livres de Brod, sur les images, dans l'espoir d'arriver le lendemain à bavarder d'une façon qui serait agréable à sa jeune épouse.

Brod, n'est-ce pas étrange que certaines phrases mathématiques aient tant de choses dans une première partie et si peu dans la seconde ? N'est-ce pas fascinant ? Et cela en dit tellement sur la vie !... Brod, te voilà qui fais cette tête, celle qui ressemble à la tête de l'homme qui joue de cet instrument de musique tout enroulé en une grosse spirale... Brod, disait-il, montrant Castor quand ils étaient allongés tous deux sur le toit de fer-blanc de leur petite maison, *ça, là-bas, c'est une étoile. Celle-ci aussi,* montrant Pollux. *J'en suis sûr. Celles-ci aussi. Oui, celles-là me sont très familières. Les autres je ne peux pas en être sûr à cent pour cent. Elles ne me sont pas familières.*

Elle voyait toujours clair en lui, comme s'il n'eût été qu'une fenêtre de plus. Elle avait toujours le sentiment de savoir de lui tout ce qui pouvait être su – non qu'il fût simple, mais il était connaissable, comme une liste de commissions, comme une encyclopédie. Il avait une tache de naissance sur le troisième orteil du pied gauche. Il n'était pas capable d'uriner si quelqu'un l'entendait. Il trouvait les concombres assez bons, mais les malossols délicieux – si absolument délicieux, en fait, qu'il se demandait s'ils étaient bel et bien faits de concombres, lesquels n'étaient qu'assez bons. Il n'avait pas entendu parler de Shakespeare, mais Hamlet lui semblait familier. Il aimait faire l'amour par-derrière. C'était, pensait-il, à peu près ce qu'on pouvait faire de mieux. Il n'avait jamais embrassé quiconque autre que sa mère et Brod. Il lui arrivait de se regarder dans la glace pendant des heures, grimaçant, tendant des muscles, clignant de l'œil, souriant, faisant la moue. Il n'avait jamais vu d'homme nu et ne savait donc absolument pas si son corps était normal. Le mot « papillon » le faisait rougir, mais il ne savait pas pourquoi. Il n'était jamais sorti d'Ukraine. Il avait cru autrefois que la Terre était le centre de l'univers, mais avait appris depuis. Il admirait plus les magiciens une fois qu'il avait appris les secrets de leurs tours.

Tu es un si gentil époux, lui disait-elle quand il lui apportait des cadeaux.

C'est seulement que je veux être bon avec toi.

Je sais, disait-elle. *Et tu l'es.*

Mais il y a tant de choses que je ne peux pas te donner.

Mais il y en a tant que tu peux me donner.

Je ne suis pas un homme intelligent...

Arrête, disait-elle. *Arrête tout de suite.* La dernière chose qu'elle eût jamais voulu était bien que le Kolkien fût intelligent. Cela gâcherait tout, elle le savait. Elle ne voulait rien de plus que quelqu'un qui puisse lui manquer, quelqu'un à toucher, avec qui parler comme une enfant, avec qui être une enfant. Il était très bon pour tout cela. Et elle était amoureuse.

C'est moi qui ne suis pas intelligente, dit-elle.

Jamais je n'ai rien entendu d'aussi bête, Brod.

Exactement, dit-elle, et elle lui prit les bras pour s'en entourer et nicha son visage contre sa poitrine.

Brod, j'essaie de te parler sérieusement. Parfois, j'ai l'impression que ce que je veux dire sortira tout de travers.

Alors que fais-tu ?

Je ne le dis pas.

Eh bien tu vois, c'est intelligent, dit-elle en lui taquinant la peau sous le menton.

Brod. Se reculant, *Tu ne me prends pas au sérieux.* Elle se nicha plus encore contre lui et ferma les yeux comme un chat. *J'ai fait une liste, tu sais*, dit-il, la reprenant dans ses bras.

C'est merveilleux, mon chéri.

Tu ne me demandes pas quel genre de liste ?

Je pensais que tu me l'aurais dit si tu voulais que je le sache. Comme tu ne l'as pas fait, j'ai supposé que ça ne me regardait pas. Veux-tu que je te le demande ?

Demande-le-moi.

Bien. Quel genre de liste as-tu fait si secrètement ?

J'ai fait la liste du nombre de conversations que nous avons eues depuis notre mariage. Veux-tu essayer de deviner combien ?

Est-ce bien nécessaire ?

Nous n'avons eu que six conversations, Brod. Six, en presque trois ans.

Comptes-tu celle-ci ?

Tu ne me prends jamais au sérieux.

Bien sûr que si.

Non, tu plaisantes toujours ou tu nous interromps tout net avant que nous ayons dit quoi que ce soit.

Je te demande pardon si je fais cela. Je ne m'en étais jamais aperçue. Mais faut-il vraiment que nous fassions cela maintenant ? Nous parlons tout le temps.

Il ne s'agit pas de parler, Brod. Il s'agit de converser. Des choses qui durent plus de cinq minutes.

Que je te comprenne bien. Tu ne parles pas de parler ? Tu veux que nous conversions sur les conversations, c'est bien ça ?

Nous avons eu six conversations. Je sais, c'est pitoyable, mais je les ai comptées. Tout le reste, ce ne sont que des mots sans intérêt. Nous parlons des concombres et de ma préférence pour les malossols. Nous parlons du fait que je rougis quand j'entends ce mot. Nous parlons de Shanda l'affligée et de Pinchas, ou du fait que les hématomes n'apparaissent parfois qu'au bout d'un jour ou deux. Bla-bla-bla. Nous ne parlons de rien. Concombres, papillon, hématomes. Ce n'est rien.

Alors, qu'est-ce qui est quelque chose ? Tu veux parler un peu de la guerre ? Nous pourrions peut-être parler de littérature. Tu n'as qu'à me dire ce qui est quelque chose et nous en parlerons. Dieu ? Nous pourrions parler de Lui.

Tu recommences.

À quoi faire ?

Tu ne me prends pas au sérieux.

C'est un privilège que tu dois gagner.

J'essaie.

Essaie encore plus, dit-elle, et elle déboutonna son pantalon. Elle le lécha de la base du cou au menton, lui tira sur la chemise pour la sortir de son pantalon, qu'elle lui fit glisser sur les hanches, et trancha net leur septième conversation encore en bouton. Tout ce qu'elle voulait de lui était des câlins et des voix aiguës. Des chuchotements. Des assurances. Des promesses de fidélité et de sincérité qu'elle lui faisait prononcer à l'infini : que jamais il n'embrasserait une autre femme, que jamais même il ne penserait à une autre femme, que jamais il ne la laisserait seule.

Répète.

Je ne te laisserai pas seule.

Répète.

Je ne te laisserai pas seule.

Encore.

Jamais.

Jamais quoi ?

Je ne te laisserai jamais seule.

Ce fut à la moitié de son deuxième mois de travail que deux hommes du moulin vinrent frapper à la porte. Elle n'eut pas besoin de demander pourquoi ils venaient mais s'effondra immédiatement sur le plancher.

Allez-vous-en ! cria-t-elle, faisant courir ses mains sur le tapis comme si c'était un nouveau langage à apprendre, une autre fenêtre.

Il n'a pas eu mal, lui dirent-ils. *Il n'a rien senti, vraiment.* Ce qui la fit pleurer encore plus et plus fort. La mort est la seule chose dans la vie dont il faut absolument qu'on soit conscient à l'instant où elle se produit.

Le disque d'une scie circulaire du hachoir à paille était sorti de son logement et avait parcouru le moulin, ricochant contre les murs et les poutres tandis que les hommes se précipitaient à l'abri. Le Kolkien mangeait un sandwich au fromage, assis sur une pile de sacs de farine, perdu dans ses pensées au sujet de quelque chose qu'avait dit Brod au sujet de quelque chose, inconscient du chaos qui se déchaînait autour de lui, quand la lame ricocha sur une barre de fer (imprudemment abandonnée par terre par un ouvrier du moulin qui fut plus tard frappé par la foudre) et vint se loger, parfaitement verticale, au beau milieu de son crâne. Il leva les yeux, lâcha son sandwich qui tomba par terre – des témoins juraient que les deux tranches de pain s'étaient interverties dans la chute – et ferma les paupières.

Laissez-moi ! hurla-t-elle aux hommes, qui se tenaient encore muets sur son seuil. *Allez-vous-en !*

Mais on nous a dit...

Allez-vous-en ! dit-elle en se martelant la poitrine. *Allez-vous-en !*

Le patron a dit...

Salauds ! cria-t-elle. *Laissez-moi à mon deuil !*

Oh, mais il est pas mort, corrigea le plus gras des deux.

Quoi ?

Il est pas mort.

Il n'est pas mort ? demanda-t-elle, soulevant la tête.

Non, dit l'autre. *Il est chez le médecin, mais apparemment y a pas beaucoup de dégâts permanents. Vous pouvez le voir si vous voulez. Il n'est pas du tout répugnant à voir. Enfin, un peu peut-être, mais il n'a presque pas saigné, sauf par le nez et les oreilles. Et la lame a l'air de tout tenir en place, à la bonne place, plus ou moins.*

Pleurant plus encore maintenant qu'en apprenant la nouvelle de la mort supposée de son jeune époux, Brod étreignit les deux hommes puis leur donna à tous deux un coup de poing sur le nez de toute la force qu'elle pût trouver dans son bras maigrichon de fille de quinze ans.

De fait, le Kolkien était à peine blessé. Il avait repris conscience en quelques minutes seulement et avait pu aller à pied, parader, à travers le dédale de ruelles boueuses jusqu'au cabinet du docteur (et traiteur sans clients) Abraham M.

Comment t'appelles-tu ? mesurant la scie circulaire avec un compas.

Le Kolkien.

Très bien, effleurant du doigt une des dents de la lame. *Voyons, te rappelles-tu le nom de ton épouse ?*

Brod, bien sûr. Elle s'appelle Brod.

Très bien. Et maintenant, que t'est-il arrivé ?

Une lame de scie circulaire m'a frappé la tête.

Très bien, examinant la lame de tous côtés. Elle semblait au médecin un soleil estival de cinq heures se couchant à l'horizon de la tête du Kolkien, ce qui lui rappela qu'il était presque l'heure du dîner, un des repas qu'il préférait dans la journée. *Tu as mal ?*

Je me sens différent. Ce n'est pas vraiment une douleur. C'est presque le mal du pays.

Très bien. Le mal du pays. Voyons, peux-tu suivre mon doigt avec tes yeux ? Non, non. Ce doigt-là... Très bien. Peux-tu traverser la pièce ?... Très bien.

Et puis, sans provocation, le Kolkien abattit son poing sur la table d'examen et hurla, *T'es qu'un gros con !*

Pardon ? Quoi ?

Qu'est-ce qui s'est passé ?

Tu m'as traité de con.

J'ai fait ça ?

Tu l'as fait.

Pardon. Tu n'es pas con. Je te demande pardon.

Tu as probablement...

Mais c'est vrai ! cria le Kolkien. *Tu n'es qu'un con insolent ! Et gros, en plus, si je n'avais pas pensé à le dire.*

J'ai peur de ne pas...

J'ai dit quelque chose ? demanda le Kolkien, jetant des regards de panique autour de la pièce.

Tu as dit que j'étais un con insolent.

Il faut me croire... Tes fesses sont énormes ! Pardon, ce n'est pas moi... Je te demande pardon, espèce de gros con à grosses fesses, je...

Tu as dit que j'avais des grosses fesses ?

Non !... Si !

C'est peut-être ce pantalon ? La coupe est assez ajustée autour...

Gros cul !
Gros cul ?
Gros cul !
Pour qui te prends-tu ?
Non !... Si !
Sors de ce cabinet !
Non !... Si !

Oui, eh bien, scie circulaire ou pas ! dit le médecin, et avec un grognement il referma son dossier dans un grand claquement et sortit en trombe de son cabinet, martelant lourdement le sol à chacun de ses pas.

Le médecin-traiteur fut la première victime des éruptions malicieuses du Kolkien – unique symptôme de cette lame qui demeurerait fichée dans son crâne, parfaitement perpendiculaire à l'horizon, le restant de ses jours.

Le ménage put retrouver une espèce de normalité une fois retirée la tête de leur lit et après la naissance du premier de leurs trois fils, mais le Kolkien avait changé, c'était indéniable. L'homme qui avait pétri les jambes prématurément vieillies de Brod, la nuit, quand elle avait des fourmis qui la piquaient comme des aiguilles, qui avait frotté de lait ses brûlures lorsqu'il n'y avait rien d'autre, qui lui comptait les orteils parce qu'elle aimait cette sensation, se mit désormais, par moments, à l'injurier. Cela commença par des commentaires marmonnés sur la température du rôti ou le résidu de lessive sous son col. Brod pouvait les ignorer, elle pouvait même les trouver touchants.

Brod, où sont mes chaussettes, merde ! Tu les a encore mises n'importe où.

Je sais, répondait-elle, souriant intérieurement aux joies d'être mal appréciée et rudoyée. *Tu as raison. Ça ne se reproduira plus.*

Pourquoi est-ce que j'arrive jamais à me rappeler le nom de cet instrument en spirale, merde !

À cause de moi. C'est ma faute.

Avec le temps, cela empira. Que la crasse fût crasseuse devint l'objet de tirades. Que l'eau fût humide dans la baignoire et il risquait de lui hurler dessus jusqu'à ce que les voisins ferment les volets (le désir d'un peu de paix et de silence étant l'unique chose que les citoyens du shtetl partageaient). Moins d'un an après l'accident, il se mit à la frapper. Mais, raisonna-t-elle, ce n'était qu'une si petite partie du temps. Une ou deux fois par semaine. Jamais plus. Et quand il n'était pas de « mauvaise humeur », il était plus gentil avec elle qu'aucun époux avec son épouse. Ses accès d'humeur n'étaient pas lui. Ils étaient l'autre Kolkien, né des dents de métal dans son cerveau. Et elle était amoureuse, ce qui lui donnait une raison de vivre.

Putain, garce, poison! lui hurlait l'autre Kolkien, les bras levés, et puis le Kolkien la prenait dans ces mêmes bras comme il avait fait la nuit de leur rencontre.

Sale monstre de la rivière! souligné d'une claque du revers de la main sur la joue, et puis il l'emmenait tendrement, ou elle l'emmenait tendrement, jusqu'à la chambre à coucher.

Au beau milieu de l'amour il pouvait la maudire, ou la frapper, ou la jeter à bas du lit sur le plancher. Elle se relevait, se recouchait, le renfourchait et recommençait là où ils s'étaient interrompus. Ni l'un ni l'autre ne savaient ce que le Kolkien risquait de faire à tout moment.

Ils virent tous les médecins des six villages – le Kolkien cassa le nez du jeune praticien plein de confiance en soi, à Loutsk, qui suggéra que le couple dorme dans des lits séparés – et tous étaient d'accord : le seul remède possible de son état aurait été de lui retirer la lame de la tête, ce qui l'aurait certainement tué.

Les femmes du shtetl étaient heureuses de voir Brod souffrir. Même seize ans plus tard, elles la considéraient toujours comme le produit de cet horrible trou, à cause de quoi elles n'avaient jamais pu la voir tout entière d'un seul coup, à cause de quoi elles n'avaient jamais pu la connaître et la materner, à cause de quoi elles la haïssaient. Le bruit courait que le Kolkien la battait parce qu'elle était froide au lit (deux enfants seulement après trois ans de mariage!) et ne savait pas tenir son intérieur avec un minimum de compétences.

Moi aussi j'aurais des cocards si je me pavanais comme elle fait!
Vous avez vu l'état de leur cour? Une vraie soue à cochons!
Ça prouve bien, encore une fois, qu'il y a une justice!

Le Kolkien se haïssait, ou haïssait l'autre en lui, pour tout cela. Il arpentait la chambre la nuit, discutant sauvagement avec cet autre en lui, à pleins poumons, ces deux poumons qu'ils avaient en commun, martelant souvent la poitrine qui renfermait ces poumons, ou boxant leur visage. Après avoir plusieurs fois blessé Brod dans des incidents nocturnes, il décida (contre sa volonté à elle) que le médecin au nez cassé avait raison : il fallait qu'ils dorment séparément.

Je ne veux pas.

Il n'y a rien à dire.

Alors quitte-moi. Je préférerais encore ça. Ou tue-moi. Ce serait encore mieux que de me quitter.

Tu es ridicule, Brod. Je vais seulement dormir dans une autre chambre.

Mais l'amour est une chambre, dit-elle. *Voilà ce qu'il est.*

C'est ce que nous devons faire.

Ce n'est pas ce que nous devons faire.

Si.

Cela fonctionna pendant quelques mois. Ils furent capables de mener une vie quotidienne régulière, avec seulement de rares explosions de brutalité, et ils se séparaient le soir pour se dévêtir et se coucher seuls. Ils s'expliquaient leurs rêves au petit déjeuner le lendemain et décrivaient les positions de leur nuit agitée. C'était une occasion que leur mariage précipité ne leur avait jamais offerte : timidité, lenteur, découverte mutuelle, à distance. Ils eurent leurs septième, huitième et neuvième conversations. Le Kolkien tentait d'exprimer ce qu'il voulait dire, et cela sortait toujours de travers. Brod était amoureuse et avait une raison de vivre.

L'état du Kolkien empira. Au bout de quelque temps, Brod pouvait s'attendre à recevoir une raclée chaque matin avant qu'il parte au travail – pendant lequel il était capable, à l'ébahissement de tous les médecins, de réfréner totalement ses explosions – et chaque fin d'après-midi, avant le dîner. Il la battait dans la cuisine, devant les poêles et les casseroles, dans le salon devant leurs deux enfants, et à l'office, devant le miroir dans lequel ils regardaient tous les deux. Elle ne fuyait jamais ses coups de poing, mais les encaissait, allait au-devant, certaine que ses hématomes n'étaient pas des marques de violence mais de violent amour. Le Kolkien était prisonnier de son propre corps – comme une lettre d'amour dans une bouteille incassable dont l'écriture ne s'efface ni ne se brouille jamais et qui n'est jamais lue par son destinataire aimé –, contraint de faire mal à celle avec laquelle il voulait plus que tout être doux.

Même vers la fin, le Kolkien avait des périodes de répit, qui duraient jusqu'à plusieurs jours d'affilée.

J'ai quelque chose pour toi, dit-il, menant Brod par la main de la cuisine au jardin.

Qu'est-ce que c'est? demanda-t-elle sans chercher à se tenir à bonne distance. (Il n'existait plus de bonne distance, alors. Tout était trop près ou trop loin.)

Pour ton anniversaire. J'ai un cadeau.

C'est mon anniversaire?

C'est ton anniversaire.

Je dois avoir dix-sept ans.

Dix-huit.

Quelle est la surprise?

Si je le disais, ça gâcherait la surprise.

Je déteste les surprises, dit-elle.

Mais je les aime.

Il est pour qui ce cadeau, toi ou moi?

Le cadeau est pour toi, dit-il. *La surprise est pour moi.*

Et si je te surprenais en te disant de garder le cadeau? Alors la surprise serait pour moi, et le cadeau pour toi.

Mais tu détestes les surprises.

Je sais. Alors donne-moi vite le cadeau.

Il lui tendit un petit paquet. Il était enveloppé de vélin bleu entouré d'un ruban bleu clair.

Qu'est-ce que c'est ? demanda-t-elle.

On a fait le tour de la question, dit-il. *C'est ton cadeau surprise. Ouvre-le.*

Non, dit-elle, montrant l'emballage, *ça.*

Que veux-tu dire ? Ce n'est que l'emballage.

Elle posa le paquet et se mit à pleurer. Il ne l'avait jamais vue pleurer.

Qu'est-ce qu'il y a, Brod ? Quoi ? C'était pour te faire plaisir.

Elle secoua la tête. Pleurer était nouveau pour elle.

Quoi, Brod. Que s'est-il passé ?

Elle n'avait pas pleuré depuis ce jour de Trachim, cinq ans auparavant, quand, descendue du char, sur le chemin de la maison, le hobereau fou Sofiowka N l'avait arrêtée et avait fait d'elle une femme.

Je ne t'aime pas, dit-elle.

Quoi ?

Je ne t'aime pas, le repoussant. *Pardon.*

Brod, lui mettant la main sur l'épaule.

Lâche-moi ! hurla-t-elle en s'arrachant à lui. *Ne me touche pas ! Je ne veux plus jamais que tu me touches !* Elle tourna la tête sur le côté et vomit dans l'herbe.

Elle partit en courant. Il la poursuivit. Elle fit bien des fois le tour de la maison en courant, passant devant la porte d'entrée, l'allée sinueuse, la porte de derrière, la cour qui était une soue à cochons, le jardin latéral et de nouveau la porte d'entrée. Le Kolkien resta sur ses talons et, bien qu'il fût beaucoup plus rapide, décida de ne jamais la rattraper, de ne jamais repartir en sens inverse pour attendre que sa course la ramène à lui. Ainsi tournèrent-ils sans fin : porte d'entrée, allée sinueuse, cour soue à cochons, jardin latéral, porte d'entrée, allée sinueuse, cour soue à cochons, jardin latéral. Enfin, comme l'après-midi revêtait sa robe du début de soirée, Brod s'effondra de fatigue dans le jardin.

Je suis fatiguée, dit-elle.

Le Kolkien s'assit à côté d'elle. *M'as-tu jamais aimé ?*

Elle détourna la tête. *Non. Jamais.*

Je t'ai toujours aimée, lui dit-il.

Je suis désolée pour toi.

Tu es une personne épouvantable.

Je sais, dit-elle.

Mais je voulais que tu saches que je le sais.

Eh bien, sache que je le sais.

Il lui passa le dos de la main sur la joue, sous prétexte d'en essuyer la sueur. *Crois-tu que tu pourrais jamais m'aimer ?*

Je ne crois pas.

Parce que je ne suis pas assez bien.

Ce n'est pas comme ça.

Parce que je ne suis pas intelligent.

Non.

Parce que tu ne pourrais pas m'aimer.

Parce que je ne pourrais pas t'aimer.

Il rentra.

Brod, mon arrière-arrière-arrière-arrière-arrière-grand-mère, se retrouva seule dans le jardin. Le vent révélait la face inférieure des feuilles et faisait des vagues dans l'herbe. Il balaya son visage, séchant la sueur, appelant d'autres larmes. Elle ouvrit le paquet qu'elle se rendit compte n'avoir jamais lâché. Ruban bleu, vélin bleu, boîte. Un flacon de parfum. Il devait l'avoir acheté à Loutsk la semaine précédente. Quel geste attentionné. Elle en vaporisa un peu sur son poignet. Il était subtil. Pas trop virginal. *Quoi ?* se dit-elle une fois intérieurement, et puis une fois à haute voix, *Quoi ?* Elle avait le sentiment d'un bouleversement total, comme un globe en rotation arrêté soudain par le contact léger d'un doigt. Comment avait-elle fini là, ainsi ? Comment avait-il pu y avoir tant – tant d'instants, tant de gens et de choses, tant de rasoirs et d'oreillers, de montres et de cercueils subtils – sans qu'elle s'en soit aperçue ? Comment sa vie s'était-elle vécue sans elle ?

Elle remit le vaporisateur dans la boîte, avec le vélin bleu et le ruban bleu clair, et rentra. Le Kolkien avait mis la cuisine sens dessus dessous. Épices répandues par terre. Couverts tordus sur les paillasses égratignées. Placards dégondés, saleté et verre brisé. Il y avait tant de choses à faire – tant à rassembler et à jeter ; et après avoir rassemblé et jeté, récupérer ce qui était récupérable ; et après avoir récupéré ce qui était récupérable, nettoyer ; et après avoir nettoyé, laver à l'eau savonneuse ; et après avoir lavé à l'eau savonneuse, épousseter ; et après avoir épousseté, quelque chose d'autre ; et après quelque chose d'autre, une autre chose encore. Tant de petites choses à faire. Elle dégagea un espace sur le plancher, s'y allongea, et tenta de dresser une liste dans sa tête.

Il faisait presque noir quand le chant des grillons l'éveilla. Elle alluma les bougies du shabbat, observa les ombres sur ses mains, se couvrit les yeux pour dire la bénédiction puis monta jusqu'au lit du Kolkien. Il avait le visage tout meurtri et enflé.

Brod, dit-il, mais elle le fit taire. Elle alla chercher un petit pain de glace à la cave et le lui pressa contre l'œil jusqu'à ce qu'il ne sente plus son visage et qu'elle ne sente plus sa main.

Je t'aime, dit-elle. *Je t'assure.*

Non, tu ne m'aimes pas, dit-il.

Mais si, dit-elle, lui touchant les cheveux.

Non. Ça va. Je sais que tu es beaucoup plus intelligente que moi, Brod, et que je ne suis pas assez bien pour toi. J'ai toujours attendu que tu finisses par t'en rendre compte. Chaque jour. J'éprouvais la même chose que le goûteur du tsar, attendant le soir où le dîner serait empoisonné.

Arrête, dit-elle. Ce n'est pas vrai. *Je t'aime vraiment.*

Toi, arrête.

Mais je t'aime.

Ça va. Je vais bien. Elle toucha le renflement noir autour de son œil gauche. Le duvet que la lame de scie avait fait sortir de l'oreiller s'accrochait aux larmes sur leurs joues. *Écoute*, dit-il, *je serai bientôt mort.*

Arrête.

Nous le savons tous les deux.

Arrête.

Ça ne sert à rien de refuser d'y penser.

Arrête.

Et je me demande si tu pourrais simplement faire semblant un moment, si nous pourrions faire semblant de nous aimer. Jusqu'à ce que je ne sois plus là.

Silence.

Alors, elle l'éprouva de nouveau, le même sentiment que cette nuit où elle l'avait connu, quand il avait été illuminé à sa fenêtre, quand elle avait laissé ses bras retomber contre ses flancs et s'était tournée pour lui faire face.

Nous pouvons le faire, dit-elle.

Elle découpa un petit trou dans le mur pour permettre au Kolkien de lui parler depuis la chambre mitoyenne dans laquelle il s'était exilé et un abattant fut ménagé dans la porte pour passer des aliments. Ce fut ainsi pendant la dernière année de leur ménage. Elle poussa son lit contre le mur pour l'entendre marmotter ses grossièretés passionnées et sentir le chatouillis de son index tendu qui ne pouvait ni blesser ni caresser dans une telle position. Quand elle était assez brave, elle passait un de ses propres doigts par le trou (comme on taquine un lion dans sa cage) pour faire venir son amour près de la cloison de pin.

Qu'est-ce que tu fais ? chuchota-t-il.

Je te parle.

Il mit son œil au trou. *Tu es très belle.*

Merci, dit-elle. *Je peux te regarder ?*

Il s'éloigna du trou pour qu'elle puisse le voir au moins en partie.

Enlèverais-tu ta chemise? demanda-t-elle.

Ça m'intimide. Il rit et enleva sa chemise. *Peux-tu enlever la tienne, pour que je ne me sente pas si drôle, debout comme ça ?*

Tu te sentirais moins drôle ? Elle rit. Mais elle le fit, et s'assura d'être assez loin du trou pour qu'il puisse s'en approcher et la regarder. *Veux-tu enlever aussi tes chaussettes ?* demanda-t-elle. *Et ton pantalon ?*

Veux-tu enlever les tiens ?

Ça m'intimide aussi, dit-elle. Et, en dépit du fait qu'ils s'étaient vus nus des centaines et probablement des milliers de fois, c'était vrai. Ils ne s'étaient jamais vus de loin, n'avaient jamais connu l'intimité la plus profonde, cette proximité qu'on ne peut atteindre qu'avec la distance. Elle s'approcha du trou et le regarda pendant plusieurs minutes en silence. Puis elle s'éloigna du trou. Il y alla et la regarda pendant plusieurs minutes encore, en silence. Dans le silence ils atteignirent à une autre intimité, celle des mots qu'on ne prononce pas.

Maintenant veux-tu enlever ton sous-vêtement ? demanda-t-elle.

Veux-tu enlever le tien ?

Si tu enlèves le tien.

Tu le feras ?

Oui.

Tu promets ?

Ils enlevèrent leurs sous-vêtements et se regardèrent à tour de rôle par le trou, éprouvant la joie profonde et soudaine de découvrir le corps l'un de l'autre et la douleur de ne pouvoir se découvrir l'un l'autre en même temps.

Touche-toi comme si tes mains étaient les miennes, dit-elle.

Brod...

S'il te plaît.

Il le fit, malgré sa gêne, malgré les deux mètres qui le séparaient du trou. Et bien qu'il ne vît rien d'autre que son œil – une bille bleue dans l'espace noir –, elle fit comme il faisait, se servit de ses mains à elle pour se rappeler ses mains à lui. Elle se redressa et de l'index droit taquina le trou de la cloison de pin, tandis que du gauche elle traçait des cercles sur son plus grand secret, qui était aussi un trou, aussi un espace négatif, et quand on a tout prouvé, que reste-t-il à prouver ?

Viendras-tu à moi ? demanda-t-elle.

Je viendrai.

Oui ?

Je viendrai.

Ils firent l'amour par le trou. Les trois amants appuyés les uns contre les autres sans jamais se toucher entièrement. Le Kolkien embrassait le mur, et Brod embrassait le mur, mais le mur égoïste ne rendait jamais leurs baisers à l'un ni à l'autre. Le Kolkien appliquait ses paumes contre le mur, et Brod, qui avait tourné le dos au mur pour accueillir l'amour, appliquait l'arrière de ses cuisses contre le mur, mais le mur restait indifférent, ne reconnaissant jamais ce qu'ils s'efforçaient tant de faire.

Ils vécurent avec le trou. L'absence qui le définissait devint une présence qui les définissait. La vie était un petit espace négatif découpé dans une éternité massive et, pour la première fois, elle semblait précieuse – pas comme tous les mots qui avaient fini par ne rien vouloir dire mais comme le dernier souffle d'une victime qui se noie.

Sans pouvoir examiner le corps du Kolkien, le médecin émit un diagnostic de consomption – à peine plus qu'une conjecture pour remplir les pointillés. Brod regardait par le trou dans le mur noir son époux encore jeune qui dépérissait. L'homme vigoureux comme un arbre, qu'un bref éclair avait illuminé la nuit de la mort de Yankel, qui lui avait expliqué la nature de ses premières règles, qui s'était levé tôt et qui était rentré tard seulement pour qu'elle ne manquât de rien, qui n'aurait jamais levé un doigt sur elle mais lui avait trop souvent fait subir la force de ses poings, ressemblait désormais à un octogénaire. Ses cheveux grisonnaient autour des oreilles et le haut de son crâne était dégarni. Les veines avaient gonflé et battaient maintenant sur ses mains prématurément ridées. Son ventre s'était affaissé. Ses seins étaient plus gros que ceux de Brod, ce qui ne dit pas grand-chose de leur taille mais énormément de la douleur qu'elle éprouvait à les voir.

Elle le persuada de changer de nom pour la deuxième fois. Cela troublerait peut-être l'Ange de la Mort quand Il viendrait pour emmener le Kolkien. (L'inévitable est, après tout, inévitable.) Peut-être cette ruse l'amènerait-Il à croire que le Kolkien était quelqu'un qu'il n'était pas, comme le Kolkien lui-même l'avait cru. Alors Brod le nomma Safran, d'après un passage tracé au rouge à lèvres qu'elle se rappelait avec nostalgie avoir lu sur le plafond de son père. (Et c'est le nom de ce Safran-là que mon grand-père, le futur marié agenouillé, avait reçu.) Mais cela ne fonctionna pas. L'état de Shalom-puis-Kolkien-maintenant-Safran empira, des années continuèrent à passer avec chaque journée et son chagrin le laissa trop faible ne fût-ce que pour frotter son poignet avec assez de force contre la lame qu'il avait dans la tête, et en finir avec la vie.

Peu de temps après leur exil sur les toits, les Volutes d'Ardisht se rendirent compte qu'ils seraient bientôt à court d'allumettes pour allumer leurs cigarettes bien-aimées. Ils en tinrent le compte avec une craie sur une des parois de la plus haute cheminée. Cinq cents. Le lendemain, trois cents. Le lendemain, cent. Ils les rationnèrent, les consumèrent jusqu'aux doigts de celui qui les allumait, s'efforçant d'allumer au moins trente cigarettes avec chacune. Quand ils en furent réduits à vingt allumettes, l'allumage devint une cérémonie. À dix, les femmes pleuraient. Neuf. Huit. Le chef du clan laissa tomber la septième du toit par accident et décida aussitôt de suivre le même chemin sous l'effet de la honte. Six. Cinq. C'était inévitable. La quatrième allumette fut soufflée par une brise – grossière négligence du nouveau chef de clan qui plongea lui aussi vers la mort bien que son plongeon ne fût pas de son propre choix. Trois : *Nous mourrons sans elles.* Deux : *C'est trop douloureux de continuer.* Et puis, au moment du plus profond désespoir, une géniale idée surgit, conçue par un enfant, pas moins : il suffirait de s'assurer que quelqu'un serait toujours en train de fumer. Chaque cigarette peut être allumée à la précédente. Tant qu'il y a une cigarette allumée, il y a la promesse d'une autre. L'extrémité rougeoyante est le germe de la continuité ! Ils organisèrent le temps : service de l'aube, cigarette du matin, bouffée du déjeuner, missions du milieu d'après-midi et de la fin d'après-midi, volute crépusculaire, solitaire sentinelle de minuit. Le ciel était toujours allumé d'au moins une cigarette, bougie de l'espoir.

Ainsi en alla-t-il avec Brod, qui savait que les jours du Kolkien étaient comptés et commença donc son deuil longtemps avant sa mort. Elle portait des vêtements noirs et déchirés et s'asseyait près du sol sur un tabouret de bois. Elle disait même le kaddish assez fort pour que Safran l'entende. Il ne reste que quelques semaines, songeait-elle. Quelques jours. Bien qu'elle ne versât jamais de larmes, elle gémit et gémit en sanglots secs (ce qui ne devait pas être bon pour mon arrière-arrière-arrière-arrière-grand-père – conçu par le trou – et qui pesait de ses huit mois dans son ventre.) Puis, dans un de ses accès de lucidité, Shalom-puis-Kolkien-maintenant-Safran lui cria à travers le mur : *Je suis encore là, tu sais. Tu as promis de faire semblant de m'aimer jusqu'à ma mort, au lieu de quoi tu fais semblant que je suis mort.*

C'est vrai, pensa Brod. *Je romps ma promesse.*

Ils enfilèrent donc leurs minutes comme des perles sur le fil d'une heure. Ils ne dormaient ni l'un ni l'autre. Ils veillaient, les joues contre la cloison de pin, se passant des petits mots par le trou comme des écoliers, des grossièretés, des baisers soufflés, des hurlements blasphématoires et des chansons.

Ne pleure pas, mon amour,
Ne pleure pas, mon amour,
Ton cœur est près de moi.
Putain de salope,
Connasse ingrate,
Ton cœur est près de moi.
Oh, ne crains rien,
Je suis plus proche que proche,
Ton cœur est près de moi.
Je t'arracherai les yeux
Et te fracasserai la tête,
Sale garce, putain,
Ton cœur est près de moi.

Leurs dernières conversations (quatre-vingt-dix-huit, quatre-vingt-dix-neuf et cent) furent des échanges de vœux, qui prirent la forme de sonnets que Brod lisait dans un des livres préférés de Yankel – un bout de papier en tomba sur le plancher : *Il fallait que je le fasse pour moi* –, et des plus abominables obscénités de Shalom-puis-Kolkien-maintenant-Safran, qui ne signifiaient pas ce qu'elles disaient, mais parlaient en harmoniques que son épouse seule pouvait entendre : *Pardon que cela ait été ta vie. Merci d'avoir fait semblant avec moi.*

Tu es en train de mourir, dit Brod, parce que c'était la vérité, la vérité non reconnue et qui dévorait tout et qu'elle était fatiguée de dire des choses qui n'étaient pas la vérité.

C'est vrai, dit-il.

Qu'est-ce que cela te fait ?

Je ne sais pas, à travers le trou. *J'ai peur.*

Tu n'as pas besoin d'avoir peur, dit-elle. *Tout ira bien.*

Comment est-ce que tout ira bien ?

Ça ne fera pas mal.

Je ne crois pas que c'est ce dont j'ai peur.

De quoi as-tu peur ?

J'ai peur de ne pas être vivant.

Tu n'as pas besoin d'avoir peur, dit-elle encore.

Silence.

Il passa son index par le trou.

J'ai quelque chose à te dire, Brod.

Quoi ?

C'est quelque chose que je veux te dire depuis que je t'ai rencontrée et que j'aurais dû te dire depuis longtemps, mais plus j'ai attendu, plus c'est devenu impossible à dire. Je ne veux pas que tu me haïsses.

Je ne pourrais pas te haïr, dit-elle, et elle lui prit le doigt.

Tout ça est complètement de travers. Ce n'est pas comme ça que je voulais que ce soit. Il faut que tu le saches.

Chut... chut...

Je te dois tellement plus que cela.

Tu ne me dois rien du tout. Chut...

Je suis mauvais.

Tu es bon.

J'ai quelque chose à te dire.

Tout va bien.

Il appliqua ses lèvres contre le trou. *Yankel n'était pas ton vrai père.*

Le collier de minutes se brisa. Elles tombèrent sur le plancher et roulèrent à travers la maison où elles se perdirent.

Je t'aime, dit-elle, et pour la première fois de sa vie les mots avaient un sens.

Au bout de dix-huit jours, le bébé – qui, l'oreille appuyée contre le nombril de Brod, avait tout entendu – naquit. Épuisée par le travail de l'accouchement, Brod s'était enfin endormie. Quelques minutes plus tard, ou peut-être à l'instant précis de la naissance – la maison était si entièrement éprise d'une vie nouvelle que nul ne prit conscience d'une nouvelle mort –, Shalom-puis-Kolkien-maintenant-Safran mourut, sans avoir jamais vu son troisième enfant. Brod regretta par la suite de ne pas savoir précisément quand son époux s'était éteint. Si ç'avait été avant la naissance de l'enfant, elle l'aurait nommé Shalom, ou Kolkien, ou Safran. Mais la coutume juive interdisait de donner à un enfant le nom d'un parent vivant. On disait que cela portait malheur. Elle l'appela donc Yankel, comme ses deux autres enfants.

Elle découpa autour du trou qui l'avait séparée du Kolkien pendant ces derniers mois et mit l'anneau de pin à son collier à côté de la boule de boulier que Yankel lui avait donnée voilà si longtemps. Ce nouvel ornement lui rappellerait le deuxième homme qu'elle avait perdu pendant ses dix-huit ans, et le trou dont elle était en train d'apprendre qu'il n'est pas l'exception dans la vie, mais la règle. Le trou n'est pas un vide ; le vide existe autour de lui.

Les hommes du moulin qui voulaient si désespérément faire quelque chose de gentil pour Brod, quelque chose qui pourrait l'amener à les aimer comme ils l'aimaient, se cotisèrent pour faire recouvrir de bronze le corps du Kolkien et demandèrent au gouvernement du shtetl d'ériger la statue au centre de la grand-place comme symbole de force et de vigilance, qui pourrait aussi, grâce à la lame de scie parfaitement perpendiculaire, servir, plus ou moins précisément, de cadran solaire.

Mais plutôt que de force et de vigilance, il devint bientôt symbole de la chance. N'était-ce pas la chance, tout bien pesé, qui lui avait donné le sac d'or ce jour de Trachim, la chance encore qui l'avait amené à Brod à l'instant où Yankel la quittait. C'était la chance qui lui avait mis cette lame dans la tête, la chance qui l'y avait maintenue, la chance encore qui l'avait fait mourir précisément à la naissance de son enfant.

Hommes et femmes venaient de lointains shtetls pour lui frotter le nez, lequel fut usé jusqu'à la chair en un mois seulement, de sorte qu'il fallut de nouveau le recouvrir de bronze. On amenait des bébés devant lui – toujours à midi quand il ne projetait pas d'ombre du tout – pour qu'ils soient protégés de la foudre, du mauvais œil et des balles perdues des partisans. Les vieilles gens lui racontaient leurs secrets dans l'espoir de l'amuser, de l'apitoyer, et de se voir ainsi accorder quelques années de plus. Les femmes célibataires lui embrassaient les lèvres, priant de trouver l'amour, baisers si nombreux que les lèvres se creusèrent, devinrent comme des baisers en négatif et durent aussi être recouvertes d'une nouvelle couche de bronze. Tant de visiteurs venaient frotter ou baiser diverses parties de son anatomie pour la réalisation de leurs vœux que son corps entier devait être recouvert de bronze chaque mois. C'était un dieu changeant, détruit et recréé par ses adorateurs, détruit et recréé par leur adoration.

Ses dimensions changeaient un peu à chaque nouvelle couche de bronze. Avec le temps, ses bras se soulevèrent, centimètre par centimètre, et, de ballants à ses côtés qu'ils étaient à l'origine, se dressèrent au-dessus de sa tête. Les avant-bras maladifs de la fin de sa vie devinrent épais et virils. Son visage avait été poli et usé tant de fois par tant de mains implorantes, et reconstruit tant de fois par tant d'autres, qu'il ne ressemblait plus à celui du dieu auquel les premiers avaient adressé leurs prières. À chaque nouvelle couche, les artisans modelaient le visage du Cadran d'après ceux de ses descendants mâles – hérédité à rebours. (Ainsi, quand mon grand-père crut voir qu'en vieillissant il ressemblait de plus en plus à son arrière-arrière-arrière-grand-père, ce qu'il voyait en fait, c'était que son arrière-arrière-arrière-grand-père lui ressemblait de plus en plus en vieillissant. La révélation qu'il avait eue était simplement qu'il se ressemblait beaucoup à lui-même.) Ceux qui priaient en vinrent à croire de moins en moins à ce dieu qu'ils avaient créé et de plus en plus à leur croyance. Les femmes célibataires embrassaient les lèvres usées du Cadran, alors qu'elles n'avaient pas foi en leur dieu, mais en leur baiser : c'était elles-mêmes qu'elles embrassaient. Et quand les futurs mariés s'agenouillaient, ce n'était pas au dieu qu'ils croyaient mais à leur agenouillement ; pas aux genoux de bronze du dieu, mais à leurs propres genoux meurtris.

Ainsi mon jeune grand-père s'agenouilla-t-il – maillon parfaitement unique d'une chaîne parfaitement uniforme – près de cent cinquante ans après que son arrière-arrière-arrière-grand-mère Brod vit le Kolkien illuminé à sa fenêtre. Avec la main de son bras gauche valide, il tira de sa poche la culotte-pochette pour essuyer la sueur à son front puis au-dessus de sa lèvre supérieure. *Arrière-arrière-arrière-grand-père,* soupira-t-il, *fais que je ne haïsse pas celui que je deviens.*

Quand il se sentit prêt à poursuivre – la cérémonie, l'après-midi, sa vie –, il se leva et fut de nouveau salué par les acclamations des hommes du shtetl.

Hourra pour le futur marié !

Yoïdle-doïdle !

À la synagogue !

Ils le hissèrent sur leurs épaules pour le porter en triomphe par les rues. De longues bannières blanches pendaient des plus hautes fenêtres et les pavés avaient été blanchis – si seulement ils avaient su – avec de la farine. Les violons continuaient à jouer à l'avant du défilé, cette fois des mélodies klezmer plus rapides, sur lesquelles les hommes chantaient à l'unisson :

Biddle biddle biddle biddle

bop

biddle bop...

Parce que mon grand-père et sa fiancée étaient Avachistes, la cérémonie sous la chuppa fut extrêmement courte. La récitation des sept bénédictions incomba au Rabbin Anodin, et à l'instant prévu mon grand-père souleva le voile de sa jeune épouse – qui lui adressa un petit clin d'œil coquin quand le rabbin se tourna pour faire face à l'arche – puis il écrasa le cristal, qui n'était pas vraiment du cristal mais du verre, sous son pied.

17 novembre 1997

Cher Jonathan,

Ouf. J'ai l'impression d'avoir tellement de choses à t'informer. Commencer est très rétif, oui ? Je commencerai par le sujet le moins rétif, qui est l'écriture. Je n'ai pas perçu si tu fus apaisé par la dernière section. Je ne comprends pas, qu'est-ce qui remue ? Je suis content que tu étais de bonne humeur au sujet de la partie que j'ai inventée au sujet de te commander de boire le café jusqu'à ce que je puisse voir mon visage dans la tasse et que tu as répondu que c'était une tasse en terre. Je suis une personne très drôle, je pense, malgré que Mini-Igor dit que je suis seulement drôle à regarder. Les autres inventions étaient aussi de premier ordre, oui ? Je demande parce que tu n'as rien articulé à leur sujet dans ta lettre. Ah oui, je m'aplatis bien sûr tout plat d'excuses pour la section que j'ai inventée au sujet du mot « nantir », que tu ne savais pas ce qu'il signifiait. Elle a été retirée, comme mon effronterie. Même Alf n'est pas humoristique par moments. J'ai fait des efforts pour te faire apparaître comme une personne avec moins d'anxiété, ainsi que tu m'as commandé de le faire en tant d'occasions. Ceci est difficile à accomplir parce que en vérité tu es une personne avec beaucoup d'anxiété. Peut-être devrais-tu être usager de drogue.

Quant à ton histoire, je te dirai que je fus d'abord une personne très perplexe. Qui est ce nouveau Safran, et ce Cadran, et qui va se marier ? Primitivement, je pensais que c'était le mariage de Brod et de Kolkien, mais quand j'ai appris que ce ne l'était pas, j'ai pensé, Pourquoi leur histoire ne continue pas ? Tu seras heureux de savoir que j'ai procédé, suspendant ma tentation de jeter ton écriture dans les ordures, et que tout est devenu illuminé. Je suis très heureux que tu retournas à Brod et à Kolkien, malgré que je ne suis pas heureux qu'il devenait la personne qu'il devenait à cause de la scie (je ne pense pas qu'il y avait ce genre de scie à cette époque mais j'ai confiance que tu as un bon dessein pour ton ignorance), malgré que je suis heureux qu'ils étaient capables de découvrir un genre d'amour, malgré que je ne suis pas heureux parce que en réalité ce n'était pas de l'amour, n'est-ce pas ? On pourrait apprendre beaucoup du mariage de Brod et Kolkien. Je ne sais pas quoi, mais je suis certain que cela a à faire avec l'amour. Et aussi, pourquoi ce terme « Le *Kolkien » ? C'est similaire à cette façon que tu termes «* L'*Ukraine », qui aussi n'a pas de sens pour moi.*

Si je peux articuler une proposition, s'il te plaît, permets à Brod d'être heureuse. S'il te plaît. Est-ce une chose si impossible ? Peut-être elle pourrait encore exister et être proximale avec ton grand-père Safran. Ou alors voilà une idée majestueuse : peut-être Brod pourrait être Augustine. Pénètres-tu ce que je signifie ? Il faudrait que tu altères beaucoup ton histoire et elle serait très âgée, bien sûr. Mais pourrait-elle être merveilleuse de cette manière ?

Ces choses que tu écrivis dans ta lettre au sujet de ta grand-mère m'ont fait rappeler que tu m'avais raconté sur les marches d'Augustine au sujet de quand tu t'asseyais sous sa robe et que ça te présentait la sécurité et la paix. Je dois confesser que je devins mélancolique alors et suis encore mélancolique. Je fus aussi très remué – est-ce comme cela que tu l'utilises ? – par ce que tu écrivis au sujet de combien impossible ça doit avoir été pour ta grand-mère d'être une mère sans un mari. C'est effarant, oui, comment ton grand-père survécut tellement seulement pour mourir quand il vint en Amérique ? C'est comme si après avoir survécu tellement, il n'y avait plus de raison de survivre. Quand tu écrivais au sujet de ton grand-père mort trop tôt, cela m'aidait à comprendre, dans certaines manières, la mélancolie que grand-père ressent depuis que grand-mère est morte, et pas seulement parce qu'ils sont tous les deux morts du cancer. Je ne connais pas ta mère, bien sûr, mais je te connais, et je peux te dire que ton grand-père aurait été si si fier. C'est mon espoir que je serai une personne dont grand-mère aurait été si si fière.

Et maintenant, pour concerner d'informer ta grand-mère de notre voyage, il ne pourrait y avoir une seule question que tu dois le faire, même si cela la fera pleurer. En vérité, c'est quelque chose d'anormal de témoigner un grand-parent qui pleure. Je t'ai raconté au sujet de quand j'ai témoigné grand-père pleurer et je m'implore moi-même de dire que je désire ne jamais le témoigner pleurer encore. Si ceci signifie que je dois faire des choses pour lui de sorte qu'il ne pleurera pas, alors je ferai ces choses. Si ceci signifie que je ne dois pas regarder quand il pleure, alors je ne regarderai pas. Tu es très différent de moi dans cette manière. Je pense que tu as besoin de voir ta grand-mère pleurer et si ceci veut dire faire des choses pour la faire pleurer, alors tu dois les faire, et si ceci veut dire la regarder quand elle pleure, alors tu dois regarder.

Ta grand-mère trouvera quelque manière d'être contente avec ce que tu as fait quand tu es parti en Ukraine. Je suis certain qu'elle te pardonnera si tu l'informes. Mais si tu ne l'informes jamais, elle ne sera jamais capable de te pardonner. Et c'est ce que tu désires, oui ? Qu'elle te pardonne ? N'est-ce pas pourquoi tu as tout fait ? Une partie de ta lettre m'a rendu le plus mélancolique. C'était la partie quand tu disais que tu ne connais personne et que cela t'englobe même toi. Je comprends beaucoup ce que tu dis. Te rappelles-tu la division que j'écrivis au sujet de comment grand-père disait que je ressemblais à une combinaison de mon père, de ma mère, de Brejnev et de moi-même ? Je fus fait me rappeler cela quand j'ai lu ce que tu écrivis. (Avec notre écriture, nous nous rappelons l'un à l'autre des choses. Nous faisons une histoire, oui ?) Je dois t'informer de quelque chose maintenant. C'est une chose que je n'ai jamais informé quiconque et tu dois promettre que tu ne l'informeras à aucune âme. Je n'ai jamais été charnel avec une fille. Je sais. Je sais. Tu ne peux pas le croire, mais toutes les histoires que je t'ai racontées sur les filles qui me surnomment Toute-la-Nuit, Bébé et Numéraire étaient toutes des non-vérités, et c'étaient des non-vérités non bien-

séantes. Je crois que je manufacture ces non-vérités parce que ceci me fait sentir une personne extra. Mon père me demande très souvent au sujet des filles, et avec quelles filles je suis charnel, et dans quelles dispositions nous sommes charnels. Il aime rire avec moi à ce sujet, surtout tard la nuit quand il est plein de vodka. Je sais que cela le décevrait beaucoup s'il savait comment je suis vraiment.

Mais plus, je manufacture des non-vérités pour Mini-Igor. Je désire qu'il sente comme si il a un frère cool, et un frère que dans la vie il pourrait désirer d'incarner un jour. Je veux que Mini-Igor soit capable de se vanter à ses amis au sujet de son frère, et de vouloir être contemplé dans des lieux publics avec lui. Je pense que ceci est pourquoi je savoure tellement écrire pour toi. Cela rend possible pour moi d'être pas comme je suis mais comme je désire que Mini-Igor me voie. Je peux être drôle, parce que j'ai le temps de méditer au sujet de comment être drôle, et je peux dépanner mes erreurs quand j'accomplis des erreurs, et je peux être une personne mélancolique dans des manières qui sont intéressantes, pas seulement mélancoliques. Avec l'écriture, nous avons des deuxièmes chances. Tu me mentionnas ce premier soir de notre voyage que tu pensais que tu étais peut-être né pour être un écrivain. Quelle chose terrible, je pense. Mais je dois te dire que je ne pense pas que tu comprenais le sens de ce que tu disais quand tu disais cela. Tu faisais des suggestions de comment tu aimes écrire, et comment c'est une chose intéressante pour toi d'imaginer des mondes qui ne sont pas exactement comme le nôtre, ou des mondes qui sont exactement comme le nôtre. C'est vrai, j'en suis sûr, que tu écriras beaucoup beaucoup plus de livres que moi mais c'est moi, pas toi, qui est né pour être l'écrivain.

Grand-père m'interroge à ton sujet chaque jour. Il désire savoir si tu le pardonnes pour les choses qu'il t'a dites au sujet de la guerre, et au sujet de Herschel. (Tu pourrais l'altérer, Jonathan. Pour lui, pas pour moi. Ton roman est maintenant en train d'arriver au rebord de la guerre. C'est possible.) Ce n'est pas une mauvaise personne. C'est une bonne personne vivant dans un mauvais temps. Te rappelles-tu quand il disait ceci ? Il est rendu si mélancolique de se rappeler sa vie. Je le découvre pleurant presque chaque nuit, mais je dois contrefaire que je repose. Mini-Igor aussi le découvre pleurant, et aussi mon père, et malgré que mon père ne pourrait jamais m'en informer, je suis certain qu'il est rendu mélancolique de voir son père pleurer.

Tout est de la façon qu'il est parce que tout était de la façon qu'il était. Parfois je me sens pris au piège dans ceci, comme si, quoi que je fasse, ce qui arrivera a déjà été fixé. Pour moi, d'accord, mais il y a des choses que je veux pour Mini-Igor. Il y a tellement de violence autour de lui, et je veux dire plus que seulement la sorte qui arrive avec les poings. Je ne veux plus qu'il ressente la violence, mais aussi je ne veux pas qu'un jour il fasse sentir la violence à d'autres.

Mon père n'est jamais à la maison parce qu'il devrait témoigner grand-père pleurer. Ceci est mon idée. « Son ventre », me dit-il la semaine dernière quand nous entendîmes grand-père dans la salle de télévision. « Son ventre. » Mais ce n'est pas son ventre, je le comprends et mon père comprend ceci aussi. (Ceci est pourquoi je pardonne à mon père. Je ne l'aime pas. Je le hais. Mais je lui pardonne pour tout.) Je perroquette : grand-père n'est pas une mauvaise personne, Jonathan. Tout le monde accomplit des mauvaises actions. J'en accomplis. Mon père en accomplit. Toi-même, tu en accomplis. Une mauvaise personne est quelqu'un qui ne lamente pas ses mauvaises actions. Grand-père est maintenant en train de mourir à cause des siennes. Je te supplie de nous pardonner et de nous faire meilleurs que nous sommes. Fais-nous bons.

Ingénument,
Alexandre

HISTOIRE D'AMOUR

« Jon-fen, dis-je, Jon-fen, éveillez-vous ! Regardez qui j'ai ! » « Hein ? » « Regardez », dis-je, et je montrai Augustine. « J'ai dormi longtemps ? demanda-t-il. Où sommes-nous ? » « Trachimbrod ! Nous sommes à Trachimbrod ! » J'étais si fier. « Grand-père », articulai-je, et je remuai grand-père avec beaucoup de violence. « Quoi ? » « Regarde, grand-père ! Regarde qui j'ai trouvé ! » Il remua ses mains en travers de ses yeux. « Augustine ? » demanda-t-il, et il apparut comme s'il ne pouvait être certain s'il était encore dans ses rêves. « Sammy Davis Junior, Junior ! dis-je en la secouant. Nous y sommes ! » « Qui sont ces gens ? » demanda Augustine, et elle persévéra à pleurer. Elle sécha ses larmes avec sa robe, ce qui signifiait la soulever assez pour exhiber ses jambes. Mais elle n'avait pas honte. « Augustine ? » demanda le héros. « Allons nous percher, dis-je, et nous illuminerons tout. » Le héros et la chienne s'amputèrent de la voiture. Je n'étais pas certain que grand-père viendrait, mais il vint. « Vous avez faim ? » demanda Augustine. Le héros devait avoir acquis un peu d'ukrainien parce qu'il posa la main sur son ventre. Je remuai la tête pour dire, Oui, certains de nous sont des gens très affamés. « Venez », dit Augustine, et je détectai qu'elle n'était pas mélancolique du tout, mais heureuse sans contrôle. Elle me prit la main. « Entrez. Je vais disposer un déjeuner et nous mangerons. » Nous montâmes les escaliers de bois sur lesquels je l'avais témoignée perchée, pour entrer dans sa maison. Sammy Davis Junior, Junior lambina dehors, reniflant les habits sur le sol.

D'abord, je dois décrire qu'Augustine avait une démarche très inhabituelle qui allait d'ici jusque-là avec lourdeur. Elle ne pouvait se déplacer plus vite que lentement. Il semblait qu'elle avait une jambe qui était une marchandise avariée. (Si nous avions su alors, Jonathan, serions-nous quand même entrés ?) Ensuite, je dois décrire sa maison. Elle n'était pas similaire à aucune maison que j'ai vue et je ne pense pas que je l'appellerais maison. Si vous voulez savoir ce que je l'appellerais, je l'appellerais deux pièces. Une des pièces avait un lit, et un petit bureau, et beaucoup de choses du sol au plafond, y compris des tas d'autres habits et des centaines de chaussures de différentes tailles et modes. Je ne pouvais pas voir le mur à travers toutes les photographies. Elles apparaissaient comme si elles venaient de nombreuses familles différentes, malgré que je reconnaissais que quelques-uns des gens étaient dans plus d'une ou deux. Tous les habits, les chaussures et les portraits me firent raisonner qu'il devait y avoir au moins cent personnes qui vivaient dans cette pièce. L'autre pièce était aussi très populeuse. Il y avait de nombreuses boîtes qui débordaient d'articles. Elles avaient des choses écrites sur leur côté. Un tissu blanc passait par-dessus la tête de la boîte marquée MARIAGES ET AUTRES CÉLÉBRATIONS. La boîte marquée PRIVÉ : JOURNAUX INTIMES/CARNETS DE CROQUIS/SOUS-VÊTEMENTS était si remplie qu'elle apparaissait préparée à rompre. Il y avait une autre boîte, marquée ARGENT/PARFUMS/MOULINS, et une marquée MONTRES/HIVER, et une marquée HYGIÈNE/BOBINES/BOUGIES, et une marquée FIGURINES/LUNETTES. Si j'avais été une personne intelligente, j'aurais enregistré tous les noms sur un morceau de papier, comme le héros fit dans son journal, mais je ne fus pas une personne intelligente et j'ai depuis oublié beaucoup d'entre eux. Certains des noms je ne pouvais raisonner, comme la boîte marquée OBSCURITÉ, ou celle avec MORT DU PREMIER-NÉ écrit au crayon sur son devant. Je remarquai qu'il y avait une boîte au sommet d'un de ces gratte-ciel de boîtes qui était marquée POUSSIÈRE.

Il y avait un menu réchaud dans cette pièce, une étagère avec légumes et pommes de terre, et une table en bois. C'était à cette table en bois que nous nous assîmes. Il était dur de remuer les chaises parce qu'il n'y avait presque pas de place pour elles avec toutes les boîtes. « Permettez-moi de vous cuire un petit quelque chose », dit-elle, donnant tous ses mots et coups d'œil à moi. « S'il vous plaît, ne faites pas d'efforts », dit grand-père. « Ce n'est rien, dit-elle, mais je dois vous dire que je n'ai pas tant de numéraire, et pour cette raison je n'ai pas de viande. » Grand-père me regarda et ferma un de ses yeux. « Aimez-vous les pommes de terre et le chou ? » demanda-t-elle. « C'est une chose parfaite », dit grand-père. Il souriait si si beaucoup et je ne suis pas en train de vous mentir si je dis que je ne l'avais jamais vu sourire autant depuis que grand-mère était vivante. Je vis que quand elle fit une rotation pour excaver un chou d'une boîte en bois sur le plancher, grand-père arrangea ses chevelures avec un peigne de sa poche.

« Dites-lui que je suis si content de la rencontrer », dit le héros. « Nous sommes tous si contents de vous rencontrer, dis-je, et en un accident je cognai la boîte TAIES D'OREILLERS avec mon coude. Il serait impossible pour vous d'englober le temps que nous vous avons cherchée. » Elle fit un feu sur le réchaud et commença à cuire l'aliment. « Demandez-lui de tout nous raconter, dit le héros. Je veux savoir comment elle a connu mon grand-père et pourquoi elle décida de le sauver, et ce qui est arrivé à sa famille à elle, et si elle a jamais parlé avec mon grand-père après la guerre. Découvrez, dit-il tout bas comme si elle avait pu englober, s'ils étaient amoureux. » « Lenteur », dis-je, parce que je ne voulais pas qu'Augustine chie une brique. « Vous êtes très gentille, lui dit grand-père, de nous emmener chez vous et de cuire pour nous votre aliment. Vous êtes très gentille. » « C'est vous qui êtes gentils » dit-elle, et après elle accomplit une chose qui me surprit. Elle regarda son visage dans le reflet de la fenêtre au-dessus du réchaud et je pense qu'elle désirait voir comment elle apparaissait. C'est seulement mon idée, mais je suis certain que c'en est une vraie.

Nous la regardions, comme si le monde entier et son avenir étaient à cause d'elle. Quand elle coupa un chou en petits morceaux, le héros bougea sa tête de-ci de-là suivant le couteau. Quand elle mit ces morceaux dans une casserole, grand-père sourit et prit une de ses mains avec l'autre. Quant à moi, je ne pouvais récupérer mes yeux d'elle. Elle avait des doigts minces et des os élevés. Ses chevelures, comme j'ai mentionné, étaient blanches et longues. Les extrémités en remuaient contre le plancher, prenant la poussière et la saleté avec elles. C'était rétif d'examiner ses yeux parce qu'ils étaient si loin à l'intérieur de son visage, mais je voyais quand elle me regardait qu'ils étaient bleus et resplendissants. C'étaient ses yeux qui me laissaient comprendre qu'elle était, sans aucune requête, l'Augustine de la photo. Et j'étais certain, en regardant ses yeux, qu'elle avait sauvé le grand-père du héros et probablement beaucoup d'autres. Je pouvais imaginer dans mon cerveau comment les jours connectaient la fille dans la photo à la femme qui était dans la pièce avec nous. Chaque jour était comme une autre photographie. Sa vie était un livre de photographies. Une était avec le grand-père du héros et, maintenant, une était avec nous.

Quand l'aliment fut prêt, après de nombreuses minutes d'avoir cuit, elle le transporta à la table dans des assiettes, une pour chacun de nous, et aucune pour elle. Une des pommes de terre descendit sur le plancher, POUM, ce qui nous fit rire pour des raisons qu'un subtil écrivain n'a pas à illuminer. Mais Augustine ne rit pas. Elle devait être très honteuse, parce qu'elle cacha son visage pendant longtemps avant d'être capable de nous contempler de nouveau. « Ça va ? » demanda grand-père. Elle ne répondit pas. « Ça va ? » Et soudain, elle retourna à nous. « Vous devez être très moulus par tout votre voyage », dit-elle. « Oui », dit-il, et il fit une rotation de sa tête comme s'il était gêné, mais je ne sais pas à quel sujet il pouvait être gêné. « Je pourrais aller au marché et acquérir quelques boissons froides, dit-elle, si vous aimez du cola, ou quelque chose d'autre. » « Non, dit grand-père avec urgence, comme si elle pouvait nous laisser pour ne jamais retourner. Cela n'est pas nécessaire. Vous êtes très généreuse. S'il vous plaît, asseyez-vous. » Il retira une des chaises en bois de la table, et en un accident donna un petit coup à la boîte marquée MENORAHS/ENCRE/CLÉS. « Merci », dit-elle, et elle baissa la tête. « Vous êtes très belle », dit grand-père, et je n'avais pas anticipé qu'il dise cela, et je ne crois pas qu'il avait anticipé de dire cela. Il y eut du silence pendant un moment. « Merci, dit-elle, et elle remua ses yeux de lui. C'est vous qui êtes généreux. » « Mais vous êtes belle », dit-il. « Non, dit-elle, non, je ne suis pas belle. » « Je pense que vous êtes belle », dis-je, et tandis que je n'avais pas anticipé de dire cela, je ne lamente pas de l'avoir dit. Elle était très belle, comme quelqu'un qu'on ne rencontrera jamais, mais qu'on rêve toujours de rencontrer, comme quelqu'un qui est trop bien pour nous. Elle était aussi très timide, je le percevais. Il était rétif pour elle de nous contempler et elle emmagasinait ses mains dans les poches de sa robe. Je vous dirai que quand elle nous conférait un regard, ce n'était jamais à nous, mais toujours à moi.

« De quoi parlez-vous ? » demanda le héros. « A-t-elle mentionné mon grand-père ? » « Il ne parle pas ukrainien ? » demanda-t-elle. « Non », dis-je. « D'où vient-il ? » « D'Amérique. » « Est-ce en Pologne ? » Je ne pus croire cette chose, qu'elle ne connaissait pas Amérique, et je dois vous dire que ça la fit encore plus belle pour moi. « Non, c'est très loin. Il est venu dans un avion. » « Un quoi ? » « Un avion, dis-je. Dans le ciel. » Je remuai ma main dans l'air comme un avion et en un accident donnai un petit coup à la boîte avec PLOMBAGES écrit dessus. Je fis le bruit d'un avion avec mes lèvres. Ceci la mit dans la détresse. « Pas plus », dit-elle. « Quoi ? » « S'il te plaît », dit-elle. « De la guerre ? » demanda grand-père. Elle ne dit pas une chose. « Il est venu vous voir, dis-je. Il est venu d'Amérique pour vous. » « Je croyais que c'était toi, me dit-elle. Je croyais que tu étais celui que j'attendais. » Ceci me fit rire, et aussi fit rire grand-père. « Non, dis-je, c'est lui. » Je plaçai la main sur la tête du héros. « C'est lui qui a voyagé à travers le monde pour vous trouver. » Ceci l'incita à pleurer encore, ce que je n'avais pas fait par intention mais je dois dire que cela semblait bienséant. « Vous êtes venu pour moi ? » dit-elle au héros. « Elle veut savoir si vous êtes venu pour elle. » « Oui, dit le héros, dites-lui oui. » « Oui, dis-je, tout est pour vous. » « Pourquoi ? » demanda-t-elle. « Pourquoi ? » demandai-je au héros. « Parce que sans elle, je ne pourrais pas être ici pour la chercher. Elle a rendu cette recherche possible. » « Parce que vous l'avez créé, dis-je. En sauvant son grand-père, vous lui avez permis de naître. » Ses respirations devinrent brèves. « J'aimerais lui donner quelque chose », dit le héros. Il excava une enveloppe de sa banane. « Dites-lui que c'est de l'argent. Je sais que ce n'est pas assez. Il ne pourrait y en avoir assez. Ce n'est qu'un peu d'argent de mes parents pour lui rendre la vie plus facile. Donnez-le-lui. » Je m'assurai de l'enveloppe. Elle était à ras bord. Il devait y avoir de nombreux milliers de dollars dedans. « Augustine, dit grand-père, retourneriez-vous avec nous ? À Odessa ? » Elle ne répondit pas. « Nous pourrions veiller sur vous. Avez-vous une famille, ici ? Nous pourrions les prendre chez nous aussi. Ce n'est pas une façon de vivre, dit-il en montrant le chaos. Nous vous donnerons une nouvelle vie. » Je dis au héros ce que grand-père disait. Je vis que ses yeux étaient imminents de larmes. « Augustine, dit grand-père, nous pouvons vous sauver de tout ceci. » Il montrait sa maison encore, et il montrait toutes les boîtes : CHEVEUX/MIROIRS DE POCHE/POÉSIE/CLOUS/ZODIAQUE, ÉCHECS/RELIQUES/MAGIE NOIRE, ÉTOILES/BOÎTES À MUSIQUE, SOMMEIL/SOMMEIL/SOMMEIL, BAS/GOBELETS DU KIDDUSH, EAU CHANGÉE EN SANG.

« Qui est Augustine ? » demanda-t-elle.

« Quoi ? » demandai-je. « Qui est Augustine ? » « Augustine ? » « Qu'est-ce qu'elle dit ? » « La photographie, me dit grand-père. Nous ne savons pas ce qu'est l'écriture sur le dos. Peut-être ce n'est pas son nom. » Je lui exhibai de nouveau la photographie. De nouveau cela la fit pleurer. « C'est vous, dit grand-père, posant son doigt sur son visage dans la photographie. Là. Vous êtes la fille. » Augustine remua la tête pour dire, Non, ce n'est pas moi, je ne suis pas elle. « C'est une photographie très âgée, me dit grand-père. Et elle a oublié. » Mais je m'étais déjà assuré dans mon cœur ce que grand-père ne voulait pas laisser entrer. Je retournai le numéraire au héros. « Vous connaissez cet homme », dit grand-père sans enquérir, mettant son doigt sur le grand-père du héros. « Oui, dit-elle. C'est Safran. » « Oui, dit-il, me regardant puis la regardant. Oui, et il est avec vous. » « Non, dit-elle, je ne sais pas qui sont ces autres. Ils ne sont pas de Trachimbrod. » « Vous l'avez sauvé. » « Non, dit-elle, je ne l'ai pas sauvé. » « Augustine ? » demanda-t-il. « Non », dit-elle, et elle sortit de la table. « Vous l'avez sauvé », dit-il. Elle mit ses mains sur son visage. « Elle n'est pas Augustine », dis-je au héros. « Quoi ? » « Elle n'est pas Augustine. » « Je ne comprends pas. » « Oui », dit grand-père. « Non », dit-elle. « Elle n'est pas Augustine, dis-je au héros. Je pensais qu'elle l'était, mais elle ne l'est pas. » « Augustine », dit grand-père, mais elle était dans l'autre pièce. « Elle est timide, dit grand-père. Nous l'avons surprise beaucoup. » « Peut-être devrions-nous aller de l'avant », dis-je. « Nous n'irons nulle part. Nous devons l'aider à se rappeler. Beaucoup de gens essaient si rétivement d'oublier après la guerre qu'ils n'arrivent plus à se rappeler. » « Ceci n'est pas la situation », dis-je. « Que dites-vous ? » demanda le héros. « Grand-père pense qu'elle est Augustine », dis-je. « Alors qu'elle dit qu'elle ne l'est pas ? » « Oui, dis-je. Il n'est pas raisonnable. »

Elle retourna avec une boîte de l'autre pièce. Le mot RESTES était écrit dessus. Elle la posa sur la table et délogea le couvercle. Elle était à ras bord de nombreuses photographies, de nombreux morceaux de papier et de nombreux rubans, tissus et choses étranges comme des peignes, des bagues et des fleurs qui étaient devenues aussi du papier. Elle retira chaque article, un à la fois, et l'exhiba à chacun de nous, malgré que je dirai qu'il semblait toujours qu'elle ne donnait d'attention qu'à moi seul. « C'est une photographie de Baruch devant la vieille bibliothèque. Il avait l'habitude de s'asseoir là toute la journée et figurez-vous qu'il ne savait même pas lire ! Il disait qu'il aimait penser aux livres, penser à eux sans les lire. Il se promenait toujours avec un livre sous le bras et il empruntait plus de livres à la bibliothèque que quiconque au shtetl. Quelle absurdité ! Celle-ci, dit-elle en excavant une autre photographie de la boîte, c'est Yosef et son frère Tzvi. Je jouais avec eux quand ils rentraient de l'école. J'avais toujours une petite chose dans mon cœur pour Tzvi mais je ne le lui avais jamais dit. Je comptais le lui dire mais je ne l'ai jamais fait. J'étais une si drôle de fille, toujours avec des petites choses dans mon cœur. Ça rendait folle Leah quand je lui en parlais, elle disait, "Toutes ces petites choses, tu finiras par ne plus avoir de place pour une goutte de sang !" » Ceci la fit rire d'elle-même et puis elle devint silencieuse.

« Augustine ? » demanda grand-père, mais elle ne devait pas l'avoir entendu, parce qu'elle ne fit pas de rotation vers lui mais remua seulement les mains à travers les choses de la boîte, comme si les choses étaient de l'eau. Maintenant, elle ne donnait plus ses yeux à aucun d'entre nous que moi. Grand-père et le héros n'existaient plus pour elle.

« Voilà l'alliance de Rivka, dit-elle, et elle la mit à son doigt. Elle l'avait cachée dans un bocal qu'elle avait enterré. Je savais ceci parce qu'elle me l'avait dit. Elle avait dit, "Au cas où." Beaucoup de gens faisaient ceci. La terre est encore pleine d'alliances et d'argent et d'images et de choses juives. J'ai été seulement capable d'en trouver quelques-unes, mais elles emplissent la terre. » Le héros ne me demanda pas une seule fois ce qu'elle disait et il ne me questionna jamais. Je ne suis pas certain s'il savait ce qu'elle disait ou s'il savait qu'il ne fallait pas enquérir.

« Voilà Herschel », dit-elle, tenant une photographie dans la lumière de la fenêtre. « Nous partons, dit grand-père. Dis au juif que nous partons. » « Ne partez pas », dit-elle. « Fermez-la », lui dit-il, et même si elle n'était pas Augustine, il n'aurait quand même pas dû lui articuler cela. « Pardon, lui dis-je. S'il vous plaît, continuez. » « Il habitait Kolki, qui était un shtetl près de Trachimbrod. Le meilleur ami d'Herschel s'appelait Eli et Eli dut tirer sur Herschel, son meilleur ami, parce que s'il ne l'avait pas fait, c'est lui qu'ils auraient tué. » « Fermez-la », dit-il encore, et cette fois il donna aussi un coup de poing sur la table. Mais elle ne la ferma pas. « Eli ne voulait pas, mais il l'a fait. » « Vous mentez au sujet de tout. » « Il n'intentionne pas ce qu'il dit », lui dis-je, mais je ne pouvais embrayer pourquoi il faisait ce qu'il faisait. « Grand-père... » « Gardez vos non-vérités pour vous », dit-il. « J'ai entendu cette histoire, dit-elle, et je crois que c'est une vérité. » Je perçus qu'il la faisait pleurer.

« Voilà une barrette, dit-elle, que Miriam gardait dans ses cheveux pour ne pas les avoir dans la figure. Elle courait toujours d'un endroit à un autre. Cela l'aurait tuée de s'asseoir, vous savez, parce qu'elle avait toujours adoré faire des choses. J'ai trouvé ceci sous son oreiller. C'est vrai. Pourquoi sa barrette était-elle sous son oreiller ? Vous devez vouloir le savoir. Le secret est qu'elle la tenait toute la nuit pour ne pas sucer son pouce ! C'était une mauvaise chose qu'elle avait faite pendant très longtemps, même quand elle avait douze ans déjà ! Je suis la seule à le savoir. Elle me tuerait si elle savait que je parlais de son pouce, mais je vais vous dire, si on le témoignait d'assez près, si on y donnait attention, on voyait qu'il était toujours rouge, elle était toujours honteuse à ce sujet. » Elle restaura la barrette dans les RESTES et excava une autre photographie.

« Là, oh, je me le rappelle, c'est Kalman et Izzy, c'étaient des grands blagueurs. » Grand-père ne contemplait rien excepté Augustine. « Voyez comme Kalman tient le nez d'Izzy ! Quels blagueurs ! Ils faisaient tellement de blagues toute la journée que mon père les appelait les clowns de Trachimbrod. Il disait, "C'est de tels clowns que même un cirque n'en voudrait pas." » « Vous êtes de Trachimbrod ? » demandai-je. « Elle n'est pas de Trachimbrod », dit grand-père, et il fit une rotation de sa tête loin d'elle. « Je suis de Trachimbrod, dit-elle. Je suis la seule qui reste. » « Que signifiez-vous ? » demandai-je parce que je ne le savais pas du tout. « Ils ont tous été tués », dit-elle, et ici je débutai de traduire pour le héros ce qu'elle disait, « sauf un ou deux qui ont pu s'échapper. » « Ce sont ceux qui ont eu de la chance », lui dis-je. « Non, nous sommes ceux qui n'ont pas eu de chance », dit-elle. « Ce n'est pas vrai », dit grand-père, quoique je ne sais pas de quelle partie il disait qu'elle n'était pas vraie. « Si, c'est vrai. On ne devrait jamais avoir à être le seul qui reste. » « Vous auriez dû mourir avec les autres », dit-il. (Je ne permettrai jamais que cela reste dans l'histoire.)

« Demandez-lui si elle connaissait mon grand-père. » « Connaissiez-vous l'homme dans la photographie ? C'était le grand-père du jeune homme. » Je lui présentai la photographie encore. « Bien sûr », dit-elle. Et encore elle me déboursa ses yeux à moi. « C'était Safran. Le premier garçon que j'ai embrassé. Je suis une si vieille dame que je suis trop vieille pour être encore timide. Je l'ai embrassé quand je n'étais qu'une fillette et lui un gamin. Dis-lui, me dit-elle, et elle prit ma main dans la sienne. Dis-lui que c'est le premier garçon que j'ai embrassé. » « Elle dit que votre grand-père est le premier garçon qu'elle a embrassé. » « Nous étions très bons amis. Il a perdu sa femme et deux petits enfants, vous savez, dans la guerre. Le sait-il ? » « Deux petits enfants ? » demandai-je. « Oui », dit-elle. « Il le sait », dis-je. Elle inspecta les RESTES, excavant des photos et les posant sur la table. « Comment pouvez-vous faire cela ? » lui demanda grand-père.

« Voilà, dit-elle après une longue recherche. C'est une photographie de Safran et moi. » J'observai que le héros avait des petites rivières qui descendaient son visage et je voulais mettre ma main sur son visage, être une architecture pour lui. « C'est sa maison, devant laquelle nous sommes, dit-elle. Je me rappelle ce jour beaucoup. Ma mère fit cette photographie. Elle était très affectueuse pour Safran. Je crois qu'elle voulait que je me marie avec lui et l'avait même dit au rabbin. » « Alors vous seriez sa grand-mère », lui dis-je. Elle rit et ceci me fit sentir bien. « Ma mère l'aimait beaucoup parce que c'était un garçon très poli et très timide. Et qu'il lui disait qu'elle était jolie même quand elle n'était pas jolie. » « Comment s'appelait-elle ? » demandai-je, et c'était une tentative d'être gentil mais la femme fit des rotations de sa tête pour me dire, Non, jamais je n'articulerai son nom. Et alors je me rappelai que je ne connaissais pas le nom de cette femme. Je persévérai à penser à elle comme Augustine, parce que comme grand-père, je ne pouvais pas arrêter de désirer qu'elle était Augustine. « Je sais que j'en ai une autre », dit-elle, et elle investigua encore les RESTES. Grand-père refusait de la regarder. « Oui, dit-elle, excavant une autre photographie jaune, en voilà une de Safran et de son épouse devant leur maison après qu'ils sont devenus mariés. »

Je donnai au héros chaque photo quand elle me la donnait et il pouvait seulement avec difficulté la tenir dans ses mains qui faisaient tellement de tremblements. Il apparaissait qu'une partie de lui voulait tout écrire, chaque mot de ce qui se produisait, dans son journal. Et une partie de lui refusait d'écrire même un seul mot. Il ouvrait le journal et le fermait, l'ouvrait et le fermait, et on aurait dit que le journal voulait s'envoler de ses mains. « Dis-lui que j'étais au mariage. Dis-lui. » « Elle était au mariage de votre grand-père et de sa première épouse », dis-je. « Demandez-lui comment c'était », dit-il. « C'était beau, dit-elle. Mon frère tenait un des montants de la chuppa, je me rappelle. C'était un jour de printemps. Zosha était une très jolie fille. » « C'était très beau, dis-je au héros. Il y avait du blanc, des fleurs et beaucoup d'enfants, et la future mariée en robe longue. Zosha était belle et tous les autres hommes étaient des gens jaloux. » « Demandez-lui si nous pourrions voir cette maison », dit-il, montrant la photographie. « Pourriez-vous nous exhiber cette maison ? » demandai-je. « Il n'y a rien, dit-elle. Je vous ai déjà dit. Rien. C'était à quatre kilomètres de distance d'ici, mais tout ce qui existe encore de Trachimbrod est dans cette maison. » « Vous dites que c'est à quatre kilomètres d'ici ? » « Il n'y a plus de Trachimbrod. Il a fini il y a cinquante ans. » « Emmenez-nous là-bas », dit grand-père. « Il n'y a rien à voir. C'est seulement un champ. Je pourrais vous exhiber n'importe quel champ et ce serait la même chose que de vous exhiber Trachimbrod. » « Nous sommes venus voir Trachimbrod, dit grand-père, et vous allez nous emmener à Trachimbrod. »

Elle me regarda et mit la main sur mon visage. « Dis-lui que j'y pense tous les jours. Dis-lui. » « Vous pensez à quoi ? » demandai-je. « Dis-lui. » « Elle y pense tous les jours », dis-je au héros. « Je pense à Trachimbrod et quand nous étions tous si jeunes. Nous courions dans les rues tout nus, le croirez-vous ? Nous n'étions que des enfants alors. C'était comme ça. Dis-lui. » « Ils couraient dans les rues tout nus. Ils n'étaient que des enfants. » « Je me rappelle si bien Safran. Il m'embrassa derrière la synagogue, c'était une chose à nous faire massacrer, tu sais. Je me rappelle encore comment ça faisait. C'était un peu comme voler. Dis-le-lui. » « Elle se rappelle quand votre grand-père l'a embrassée. Elle vola un peu. » « Je me rappelle aussi Rosh Hashanah, quand nous allions à la rivière pour jeter des miettes de pain dedans et que nos péchés s'éloignent de nous dans le courant. Dis-lui. » « Elle se rappelle la rivière et des miettes de pain et ses péchés. » « La Brod ? » demanda le héros. Elle remua la tête pour dire, Oui, oui. « Dis-lui que son grand-père et moi et tous les enfants nous sautions dans la Brod quand il faisait tellement chaud et que nos parents s'asseyaient sur le côté de l'eau pour regarder et jouer aux cartes. Dis-lui. » Je le lui dis. « Chacun avait sa famille, mais c'était quelque chose comme si nous étions tous une grande famille. Les gens se disputaient, oui, mais ce n'était rien. »

Elle récupéra ses mains de moi et les mit sur ses genoux. « J'ai tellement honte, dit-elle. Il fallait faire n'importe quoi. Il ne fallait permettre à quiconque de voir votre visage après. » « Vous devriez avoir honte », dit grand-père. « N'ayez pas honte », lui dis-je. « Demandez-lui comment mon grand-père en a réchappé. » « Il voudrait savoir comment son grand-père s'est échappé. » « Elle ne sait rien, dit grand-père. C'est une imbécile. » « Vous n'avez pas à articuler quoi que ce soit que vous ne voulez pas articuler », lui dis-je, et elle dit, « Alors je n'articulerais plus jamais un seul mot. » « Vous n'avez pas à faire quoi que ce soit que vous ne voulez pas faire. » « Alors je ne ferais plus jamais rien. » « C'est une menteuse », dit grand-père, et je ne pouvais comprendre ce qui le forçait à se conduire de cette façon.

« Pourriez-vous s'il vous plaît nous laisser être dans la solitude, me dit Augustine, pendant quelques instants. » « Allons dehors », dis-je à grand-père. « Non, dit Augustine, lui. » « Lui ? » demandai-je. « S'il vous plaît laissez-nous être dans la solitude pendant quelques instants. » Je regardai grand-père de sorte qu'il puisse me donner une balise de quoi faire, mais je vis que ses yeux étaient imminents de larmes et qu'il refusait de me regarder. Ce fut ma balise. « Nous devons aller dehors », dis-je au héros. « Pourquoi ? » « Ils vont articuler des choses en secret. » « Quel genre de choses ? » « Nous ne pouvons être ici. »

Nous sortîmes et fermâmes la porte derrière nous. Je languissais d'être de l'autre côté de la porte, du côté où des vérités si considérables étaient en train d'être articulées. Ou je languissais de presser mon oreille contre la porte de sorte que je puisse au minimum entendre. Mais je savais que mon côté était à l'extérieur avec le héros. Une partie de moi détestait ceci, et une partie de moi était reconnaissante, parce qu'une fois qu'on a entendu quelque chose, on ne peut jamais retourner au temps d'avant l'avoir entendue. « Nous pouvons enlever la peau des maïs pour elle », dis-je, et le héros harmonisa. Il était approximativement quatre heures d'horloge de l'après-midi, et la température débutait à devenir froide. Le vent faisait les premiers bruits de la nuit.

« Je ne sais pas quoi faire », dit le héros.

« Je ne sais pas aussi. »

Après cela, il y eut une famine de mots pendant longtemps. Nous enlevions seulement la peau des maïs. Je n'étais pas concerné au sujet de ce qu'Augustine disait. C'étaient les paroles de grand-père que je désirais entendre. Pourquoi pouvait-il dire des choses à cette femme qu'il n'avait jamais rencontrée avant quand il ne pouvait pas me dire des choses à moi ? Ou peut-être qu'il ne lui disait rien. Ou peut-être qu'il mentait. Voilà ce que je voulais, qu'il lui présente des non-vérités. Elle ne méritait pas la vérité, pas comme je méritais la vérité. Ou nous méritions tous les deux la vérité, et le héros aussi. Nous tous.

« Au sujet de quoi devrions-nous converser ? » demandai-je, parce que je savais que c'était un minimum de savoir-vivre pour nous de parler. « Je ne sais pas. » « Il doit y avoir quelque chose. » « Voulez-vous savoir quoi que ce soit d'autre de l'Amérique ? » demanda-t-il.

« Je n'arrive à penser à rien à l'instant présent. » « Avez-vous entendu parler de Times Square ? » « Oui, dis-je, Times Square à Manhattan, au coin de la 42ᵉ Rue et de l'avenue Broadway. » « Avez-vous entendu parler des gens qui passent toute la journée devant des machines à sous et gaspillent tout l'argent qu'ils ont ? » « Oui, dis-je. Las Vegas, dans le Nevada. J'ai lu un article au sujet de ceci. » « Et les gratte-ciel ? » « Bien sûr. World Trade Center. Empire State Building. Sears Tower. » Je n'englobe pas pourquoi, mais je n'étais pas fier de toutes les choses que je savais au sujet d'Amérique. J'avais honte. « Quoi d'autre ? » dit-il. « Racontez-moi encore au sujet de votre grand-mère », dis-je. « Ma grand-mère ? » « Que vous avez parlé dans la voiture. Votre grand-mère de Kolki. » « Vous vous rappelez. » « Oui. » « Que voulez-vous savoir ? » « Quel âge a-t-elle ? » « À peu près l'âge de votre grand-père, j'imagine, mais elle a l'air beaucoup plus vieille. » « Pouvez-vous la décrire ? » « Elle est petite. Elle dit d'elle-même qu'elle est une crevette, c'est drôle. Je ne connais pas la vraie couleur de ses cheveux, mais elle les teint d'une espèce de marron et jaune, un peu comme les poils de ce maïs. Elle a les yeux de deux couleurs différentes, un bleu et un vert. Elle a de terribles varices. » « Qu'est-ce que ça veut dire, varice ? » « Les veines de ses jambes, là où passe le sang, elles sont en relief sur sa peau et ont l'air plutôt bizarre. » « Oui, dis-je, grand-père a ça aussi, parce que quand il travaillait il était debout tout le jour et alors cela lui est arrivé. » « Ma grand-mère les a depuis la guerre, parce qu'elle a dû traverser Europe à pied pour s'échapper. C'était trop pour ses jambes. » « Elle a traversé Europe à pied ? » « Rappelez-vous, je vous ai dit qu'elle avait quitté Kolki avant les nazis. » « Oui, je me rappelle. » Il s'arrêta un moment. Je décidai une fois encore de tout mettre en péril. « Parlez-moi de vous et d'elle. »

« Comment ça, de moi et d'elle ? » « Je veux seulement écouter. » « Je ne sais pas quoi dire. » « Racontez-moi au sujet de quand vous étiez jeune, et comment c'était avec elle. » Il fit un rire. « Quand j'étais jeune ? » « Racontez-moi quelque chose, n'importe quoi. » « Quand j'étais jeune, dit-il, je m'asseyais sous sa robe pendant les dîners de famille. C'est quelque chose que je me rappelle. » « Racontez-moi. » « Je n'y avais pas pensé depuis vraiment longtemps. » Je n'articulai pas une chose, afin qu'il persévère. Ceci était très difficile par moments, parce qu'il existait autant de silence. Mais je ~~comprendais~~ comprenais que le silence était nécessaire pour qu'il parle. « Je passais les mains le long de ses varices. Je ne sais pas pourquoi, ni comment j'avais commencé à le faire. C'était quelque chose que je faisais, voilà. J'étais petit, et les petits enfants font des choses comme ça, il faut croire. Je me suis rappelé ça parce que j'ai parlé de ses jambes. » Je refusai d'articuler même un seul mot. « C'était comme de sucer son pouce. Je le faisais et je me sentais bien, et voilà. » Sois silencieux, Alex. Tu n'as pas à parler. « Je regardais le monde à travers ses jupes. Je voyais tout, mais personne ne pouvait me voir. Comme un fort, une cachette sous les couvertures. J'étais tout petit. Quatre ans. Cinq ans. Je ne sais pas. » Avec mon silence, je lui donnai un espace à remplir. « Je me sentais en sécurité, et en paix. Vous savez, une vraie sécurité, une vraie paix. C'était ce que je sentais. » « En sécurité et en paix par rapport à quoi ? » « Je ne sais pas. En sécurité et en paix par rapport à la non-sécurité et la non-paix. » « C'est une belle histoire. » « C'est la vérité. Je n'invente rien. » « Bien sûr. Je sais que vous êtes digne de foi. » « Seulement parfois on invente des choses, comme ça, pour parler. Mais ça, ça se passait vraiment. » « Je sais. » « Vraiment. » « Je vous crois. » Il y eut un silence. Ce silence était si lourd, et si long, que je sentis la coercition de parler. « Quand avez-vous arrêté de vous cacher sous sa robe ? » « Je ne sais pas. Peut-être quand j'ai eu cinq ou six ans. Peut-être un peu plus tard. J'étais devenu trop grand pour le faire, quoi. Quelqu'un a dû me dire que ce n'était plus convenable. » « Quoi d'autre vous rappelez-vous ? » « Comment ça ? » « À son sujet. Au sujet de vous et d'elle. » « Pourquoi êtes-vous si curieux ? » « Pourquoi êtes-vous si honteux ? » « Je me rappelle ces veines qu'elle avait, et je me rappelle l'odeur de ma cachette secrète, c'est comme ça que j'y pensais, je me rappelle, comme à un secret, et je me rappelle que ma grand-mère me dit un jour que j'ai de la chance parce que je suis drôle. » « Vous êtes très drôle, Jonathan. » « Non. C'est la dernière chose que je veux être. » « Pourquoi ? Être drôle est une chose géniale. » « Non, pas du tout. » « Pourquoi ? » « Je pensais autrefois que l'humour est la seule façon d'apprécier combien le monde est merveilleux et terrible, la seule façon de célébrer l'énormité de la vie. Tu vois ce que je veux dire ? » « Oui, bien sûr. » « Mais maintenant, je pense que c'est le contraire. L'humour est une façon de se recroqueviller pour échapper à ce monde merveilleux et terrible. » « Informe-moi plus au sujet de quand tu étais jeune, Jonathan. » Il fit plus de rire. « Pourquoi ris-tu ? » Il rit encore. « Informe-moi. » « Quand j'étais petit, je couchais le vendredi chez ma grand-mère. Pas tous les vendredis, mais presque. En entrant, elle me soulevait dans ses bras dans un de ses câlins merveilleux et terrifiants. Et en sortant, le lendemain après-midi, j'étais de nouveau soulevé dans les airs par son amour. Je ris parce que c'est seulement des années plus tard que je me suis rendu compte qu'elle me pesait. » « Elle te pesait ? » « Quand elle avait notre âge, elle s'est nourrie de rebuts pendant qu'elle traversait l'Europe, pieds nus. C'était important pour elle – plus important que de savoir si je m'amusais bien – que je prenne du poids chaque fois que j'allais la voir. Je crois qu'elle voulait le petit-fils le plus gras du monde. » « Raconte-moi encore au sujet de ces vendredis. Raconte-moi au sujet de te mesurer et de l'humour et de te cacher sous sa robe. » « Je crois que j'ai assez parlé. » « Tu dois parler. » Avais-tu pitié de moi ? Est-ce pourquoi tu as persévéré ? « Ma grand-mère et moi nous hurlions des mots depuis la galerie derrière sa maison, le soir, quand je dormais chez elle. C'est quelque chose que je me rappelle. Nous hurlions les mots les plus longs que nous pouvions trouver. "Fantasmagorie !" hurlais-je. » Il rit. « Je me rappelle celui-là. Alors elle hurlait un mot yiddish que je ne comprenais pas. Ensuite je hurlais. "Antédiluvien !" » Il hurla le mot dans la rue et ceci aurait été une gêne excepté qu'il n'y avait personne dans la rue. « Et après je regardais les veines gonfler dans son cou quand elle criait un mot yiddish. Nous étions tous les deux amoureux des mots en secret, faut croire. » « Et vous étiez tous les deux amoureux l'un de l'autre en secret. » Il rit encore. « Quels étaient les mots qu'elle hurlait ? » « Je ne sais pas. Je n'ai jamais su ce qu'ils signifiaient. Je l'entends encore. » Il hurla un mot yiddish dans la rue. « Pourquoi ne lui as-tu pas demandé ce que les mots signifiaient ? » « J'avais peur. » « De quoi avais-tu peur ? » « Je ne sais pas. J'avais trop peur. Je savais qu'il ne fallait pas demander, alors je ne demandais pas. » « Peut-être désirait-elle que tu demandes ? » « Non. » « Peut-être avait-elle besoin que tu demandes, parce que si tu ne demandais pas, elle ne pouvait pas te le dire. » « Non. » « Peut-être qu'elle criait en yiddish, Demande-moi ! Demande-moi ce que je crie ! »

Nous pelâmes le maïs. Le silence était une montagne.

« Tu te rappelles tout ce béton, à Lvov ? » demanda-t-il.

« Oui », dis-je.

« Moi aussi. »

Encore du silence. Nous n'avions plus rien au sujet de quoi parler, rien d'important. Rien n'aurait pu être assez important.

« Qu'est-ce que tu écris dans ton journal ? » « Je prends des notes. » « Au sujet de quoi ? » « Pour le livre auquel je travaille. Des petites choses que je veux me rappeler. » « Au sujet de Trachimbrod ? » « C'est ça. » « C'est un bon livre ? » « Je n'en ai écrit que des morceaux. J'ai écrit quelques pages avant de venir, cet été, quelques-unes dans l'avion pour Prague, quelques-unes dans le train pour Lvov, quelques-unes hier soir. » « Lis-m'en un peu. » « C'est gênant. » « Ce n'est pas ainsi. Ce n'est pas gênant. » « Si. » « Pas si tu le racontes pour moi. Je le savourerai, je te promets. Je suis très simple à enchanter. » « Non », dit-il, alors je fis ce que je pensais être la chose OK et même drôle. Je pris son journal et l'ouvris. Il ne dit pas que je pouvais lire mais ne demanda pas non plus que je le rende. Voici ce que je lus :

> Il dit à son père qu'il pouvait veiller sur sa mère et Mini-Igor. Il suffisait qu'il le dise pour que cela devienne vrai. Enfin, il était prêt. Son père ne put croire une telle chose.

Quoi ? demanda-t-il. Quoi ? Et Sacha lui dit encore qu'il veillerait sur la famille, qu'il comprendrait que son père doive partir pour ne jamais revenir, et qu'il n'en serait même pas moins père pour autant. Il dit à son père qu'il pardonnerait. Oh, son père devint si courroucé, si plein de colère, et il dit à Sacha qu'il le tuerait, et Sacha dit à son père qu'il le tuerait, et ils marchèrent l'un contre l'autre avec violence et son père dit, Dis-le-moi en face, pas au plancher, et Sacha dit, Tu n'es pas mon père.

Quand grand-père et Augustine descendirent de la maison, nous avions fini un tas de maïs, et laissé la peau en tas de l'autre côté des escaliers. J'avais lu plusieurs pages de son journal. Certaines scènes étaient ainsi. Certaines étaient très différentes. Certaines se passaient tôt dans l'histoire et certaines ne s'étaient même pas encore passées. Je compris ce qu'il faisait quand il écrivait ainsi. Au début, cela me mit en colère, mais ensuite cela me rendit triste, et ensuite cela me rendit si reconnaissant, et ensuite cela me mit en colère encore, et je traversai ces sentiments des centaines de fois, m'arrêtant sur chacun pendant un moment seulement et puis passant au suivant.

« Merci », dit Augustine, et elle était en train d'examiner les tas, un de maïs, un de peaux. « C'est une chose très gentille que vous avez faite. » « Elle va nous emmener à Trachimbrod, dit grand-père. Nous ne devons pas dilapider de temps. Il devient tard. » Je dis ceci au héros. « Dis-lui merci pour moi. » « Merci », lui dis-je. Grand-père dit, « Elle sait. »

Le repas de noces fut tellement extraordinaire ! *ou* Tout va en se dégradant après les noces, 1941

En un sens, on pourrait dire que la famille de la mariée s'était mise à préparer la maison pour ses noces longtemps déjà avant la naissance de Zosha, mais ce fut seulement quand mon grand-père eut fait sa demande à contrecœur – les deux genoux en terre plutôt qu'un seul – que les travaux de rénovation adoptèrent un rythme hystérique. Le parquet de chêne fut recouvert de toile blanche et l'on aligna, de la chambre de maître jusqu'à la cuisine, des tables emplumées de bristols portant le nom des invités, disposés avec précision et dont le placement avait fait l'objet d'angoissantes tergiversations pendant des semaines. (Avra ne peut s'asseoir à côté de Zosha, mais devrait être près de Yoske et de Libby, mais pas si cela signifie placer Libby près d'Anshel, ou Anshel près d'Avra, ni celui-ci où que ce soit près des décorations florales des tables parce qu'il est terriblement allergique et qu'il en mourra. Et il faut à tout prix que les Verticalistes et les Avachistes soient placés de part et d'autre de chaque table.) On acheta de nouveaux rideaux pour les fenêtres neuves, non qu'il y eût quoi que ce soit à reprocher aux vieux rideaux des vieilles fenêtres mais parce que Zosha allait se marier et que cela exigeait de changer rideaux et fenêtres. On astiqua impeccablement les nouveaux miroirs dont le cadre en faux ancien avait été méticuleusement sali. Les parents, Menachem et Tova, veillèrent dans leur fierté à ce que tout, jusqu'au dernier et plus infime détail, fût extraordinaire.

La maison était en réalité deux maisons, qu'on avait reliées par le grenier quand les risques pris par Menachem dans son affaire de truites s'étaient avérés si remarquablement lucratifs. C'était la plus grande maison de Trachimbrod mais aussi la moins commode car on risquait d'avoir à monter et redescendre trois étages et à traverser douze pièces pour se rendre d'un endroit à un autre. En une répartition fonctionnelle, on avait installé dans la première moitié les chambres à coucher, la salle de jeux des enfants et la bibliothèque, dans l'autre, la cuisine, la salle à manger et le salon. Les caves – dont l'une renfermait les casiers grandioses qui, Menachem l'avait promis, seraient un jour garnis de vins grandioses, l'autre, l'atelier tranquille où Tova faisait sa couture – n'étaient séparées que par un mur de brique mais il fallait quatre minutes pour se rendre de l'une à l'autre.

La Double Maison révélait chacun des aspects de la richesse toute neuve de ses propriétaires. Une véranda à demi construite saillait comme du verre brisé de l'arrière du bâtiment. Les noyaux de marbre de futurs escaliers en spirale reliaient les planchers aux plafonds. On avait surélevé ces derniers au rez-de-chaussée et au premier étage, rendant les pièces du deuxième habitables seulement pour des enfants et des nains. Dans la cabane du jardin on avait installé des toilettes de porcelaine pour remplacer les sièges de briques nues sur lesquels tous les autres habitants du shtetl prenaient place pour chier. On avait tout arraché dans le jardin pourtant irréprochable afin d'y substituer une allée de gravier bordée d'azalées taillées trop court pour fleurir. Mais par-dessus tout Menachem était fier de l'échafaudage : c'était le symbole que les choses changeaient sans cesse, s'amélioraient sans cesse un peu. Il aimait de plus en plus le squelette de poutres et de chevrons assemblés à la va-comme-je-te-pousse à mesure que la construction progressait, l'aimait plus que la maison elle-même et finit par vaincre la résistance de l'architecte, le persuadant de l'intégrer au projet définitif. Les ouvriers aussi furent intégrés au projet. Pas tout à fait des ouvriers mais des acteurs du coin payés pour en avoir l'air et arpenter les planches de l'échafaudage, enfonçant à coups de marteau des clous inutiles dans des murs superflus, arrachant ces mêmes clous, examinant des plans. (Les plans eux-mêmes furent intégrés aux plans, et dans ces plans il y avait des plans avec des plans avec des plans...) Le problème pour Menachem était le suivant : il avait plus d'argent qu'il y avait de choses à acheter. La solution pour Menachem fut la suivante : plutôt que d'acheter encore des choses, il continuerait d'acheter les choses qu'il possédait déjà, comme un naufragé sur une île déserte qui se raconte et se reraconte en l'embellissant la seule blague dont il se souvienne. Son rêve était que la Double Maison soit une espèce d'infini, toujours une fraction d'elle-même – suggérant un puits sans fond où jeter son argent – approchant toujours l'achèvement sans jamais l'atteindre.

C'est somptueux ! La presque totalité, Tova ! Somptueux !
Quelle maison ! Et on dirait que tu as un peu minci de visage.
Une merveille ! Tout le monde va être jaloux de toi.

Les noces – la réception – furent le grand événement de 1941 et tant de gens y assistèrent que, si la maison avait entièrement brûlé, ou été engloutie dans les entrailles de la terre, la population juive de Trachimbrod aurait complètement disparu. Des rappels discrets avaient été expédiés quelques semaines avant l'invitation, laquelle fut elle-même expédiée une semaine avant la cérémonie officielle.

N'OUBLIEZ PAS :
LES NOCES DE LA FILLE DE
TOVA
ET DE SON ÉPOUX*
18 JUIN 1941
VOUS CONNAISSEZ LA MAISON

*MENACHEM

Et nul n'oublia. Seuls les divers Trachimbrodiens que Tova n'estimait pas dignes d'une invitation n'étaient pas à la réception, et par conséquent pas dans le livre d'or, et par conséquent exclus de ce que l'on peut considérer comme le dernier recensement du shtetl avant sa destruction, et par conséquent oubliés à jamais.

Alors que les invités commençaient à arriver, ne pouvant se retenir d'admirer les lambris de haut style, mon grand-père pria qu'on l'excuse et descendit à la cave à vins pour échanger son costume de mariage traditionnel contre un léger blazer de coton, plus adapté à la chaleur humide.

C'est absolument ravissant, Tova. Regarde-moi, je suis ravie.
Jamais je n'ai rien vu de semblable.
Ces délicieuses décorations florales ont dû te coûter une fortune.
Atchoum !
C'est si extraordinaire !

Un creux roulement de tonnerre résonna dans le lointain et, avant qu'on ait eu le temps de fermer aucune des nouvelles fenêtres, ni même leurs rideaux neufs, un vent d'une vitesse et d'une puissance hallucinantes s'engouffra dans la maison, couchant les décorations florales et jetant tous les bristols dans les airs. Pandémonium. Le chat cracha, l'eau bouillit, les vieilles femmes s'accrochèrent aux voilettes qui couvraient leurs calvities naissantes. La bourrasque partit aussi vite qu'elle était entrée, reposant les bristols sur les tables, aucun à son emplacement original – Libby à côté de Kerman (qui avait dit qu'il n'assisterait à la réception qu'à la seule condition que trois tables le séparent de cette horrible conne), Tova au bas bout de la dernière table (place réservée au marchand de poissons dont nul ne se rappelait le nom et dont l'invitation avait été glissée sous sa porte à la dernière minute parce qu'il venait de perdre son épouse d'un cancer et que l'on se sentait vaguement coupable), le Rabbin Vertical à côté de l'Avachiste à la langue bien pendue Shana P (à qui il inspirait une répulsion et une agressivité égales à celles qu'elle lui inspirait), et mon grand-père quasiment sur les genoux de la sœur cadette de sa future épouse.

Zosha et sa mère – rougissant de confusion, et pâlissant de tristesse à l'idée que les noces seraient ratées – couraient en tous sens, s'efforçant en vain de remettre en place tout ce qui avait été si soigneusement arrangé, ramassant des fourchettes et des couteaux, épongeant le vin répandu sur le parquet, recentrant les décorations florales, replaçant les noms qui avaient été éparpillés comme les cartes d'un jeu lancé en l'air.

Espérons qu'il n'est pas vrai, dit le père de la mariée cherchant à plaisanter au milieu de toute l'agitation, *que tout aille en se dégradant après les noces !*

La sœur cadette de la future mariée était appuyée contre des casiers à vin vides quand mon grand-père entra dans la cave.

Bonjour, Maya.

Bonjour, Safran.

Je viens me changer.

Zosha va être tellement déçue.

Pourquoi ?

Parce qu'elle te trouve parfait. Elle me l'a dit. Le jour de tes noces, ce n'est pas le moment de changer.

Même pas pour mettre quelque chose de plus confortable ?

Le jour de tes noces, ce n'est pas le moment d'être à l'aise.

Oh, ma sœur, dit-il, lui donnant un baiser là où sa joue devenait ses lèvres. *Ton sens de l'humour est à l'égal de ta beauté.*

Elle récupéra sa culotte de dentelle en la faisant glisser de la poche, sous le revers du costume nuptial. *Enfin,* dit-elle en l'attirant entre ses bras, *une minute de plus et j'aurais éclaté.*

La dupe de la chance, 1941-1924

Tandis qu'ils faisaient l'amour à la hâte sous les quatre mètres de plafond, qui semblaient vouloir s'effondrer d'un instant à l'autre sous la canonnade de tant de talons – dans l'entreprise de tout nettoyer et tout mettre en ordre, nul ne s'avisa de l'absence prolongée du futur marié –, mon grand-père se demanda s'il n'était pas tout simplement une dupe de la chance. Tout ce qui s'était produit, de son premier baiser à l'épisode présent, sa première infidélité conjugale, n'était-il pas le résultat inévitable de circonstances sur lesquelles il n'avait aucun pouvoir ? Quelle pouvait bien être sa culpabilité, à vrai dire, puisqu'il n'avait jamais eu le choix ? Aurait-il pu être avec Zosha, à l'étage ? Était-ce une possibilité ? Son pénis aurait-il pu être ailleurs qu'il était alors, et n'était pas, et était, et n'était pas, et était ? Aurait-il pu être sage ?

Ses dents. C'est la première chose que je remarque chaque fois que j'examine son portrait en nourrisson. Ce ne sont pas mes pellicules. Ce n'est pas une tache de plâtre ou de peinture blanche. Entre les lèvres minces de mon grand-père, plantée comme des pépins albinos dans ces gencives prune, c'est une denture complète. Le médecin dut hausser les épaules, comme les médecins faisaient à l'époque quand ils ne pouvaient expliquer un phénomène médical, et réconforter mon arrière-grand-mère en parlant de bon présage. Mais il y a le portrait de famille, peint trois mois plus tard. Regardez cette fois ses lèvres à elle et vous verrez qu'elle ne fut pas totalement réconfortée : ma jeune arrière-grand-mère fait la grimace.

C'étaient les dents de mon grand-père, tant admirées par son père, qui y voyait un signe de virilité, qui meurtrissaient et blessaient jusqu'au sang les tétons de sa mère, la contraignaient à dormir sur le flanc et finirent par rendre l'allaitement impossible. Ce fut à cause de ces dents, de ces menues molaires mignonnes, de ces coquettes quenottes, que mes arrière-grands-parents cessèrent de faire l'amour et n'eurent qu'un enfant. C'est à cause de ces dents que mon grand-père fut arraché prématurément à la fontaine maternelle et ne reçut jamais les éléments nutritifs dont son jeune corps avait besoin.

Son bras. Il serait possible de regarder plusieurs fois toutes les photographies sans rien remarquer de bizarre. Mais cela se produit trop fréquemment pour que le choix du photographe ou une pure coïncidence suffisent à l'expliquer. Mon grand-père ne tient jamais rien de la main droite – ni une sacoche, ni un quelconque papier, ni même son autre main. (Et dans la seule photo de lui prise en Amérique – tout juste deux semaines après son arrivée, et trois avant son décès – il tient ma mère, alors bébé, de son bras gauche.) Manquant de calcium, l'organisme du nourrisson avait été contraint d'allouer judicieusement ses ressources, et c'était le bras droit qui avait tiré la courte paille. Il avait vu, impuissant, ce téton rouge, enflé, devenir de plus en plus petit, s'éloignant de lui à jamais. Au moment où il avait eu le plus grand besoin de s'en saisir pour le retenir, il en avait été incapable.

Ce fut donc à cause de ses dents, j'imagine, qu'il n'eut pas de lait, et ce fut parce qu'il n'avait pas de lait que son bras droit mourut. Ce fut parce que son bras droit était mort qu'il ne travailla jamais au redoutable moulin, mais à la tannerie située juste à l'extérieur du shtetl, et qu'il fut exempté de la conscription qui envoya ses condisciples se faire tuer dans des batailles sans espoir contre les nazis. Son bras le sauverait encore quand il l'empêcherait de regagner Trachimbrod à la nage pour sauver son seul amour (qui mourut dans la rivière avec les autres), et encore une fois en le préservant de la noyade. Son bras le sauva encore quand il fut cause qu'Augustine s'éprît de lui et le sauvât, et il le sauva une fois de plus, des années plus tard, quand il l'empêcha d'embarquer à destination d'Ellis Island sur le *New Ancestry* que les services de l'immigration des États-Unis contraignirent à faire demi-tour et dont tous les passagers finirent par périr dans le camp de la mort de Treblinka.

Et c'était à cause de son bras, j'en suis certain – ce flasque appendice de muscles inutiles –, qu'il avait le pouvoir de rendre désespérément amoureuses de lui toutes les femmes qui croisaient son chemin, qu'il avait couché avec plus de quarante femmes de Trachimbrod et le double au moins des villages avoisinants, à cause de son bras qu'il était en train de faire l'amour à la hâte, debout, avec la sœur cadette de sa future épouse.

La première fut la veuve Rose W qui vivait dans une des vieilles cabanes en bois des berges de la Brod. Elle prit pour de la pitié ce qu'elle éprouva pour le jeune infirme que la congrégation des Avachistes lui avait envoyé afin de l'aider à faire le ménage, elle crut que c'était par pitié qu'elle lui apporta une assiette de gâteau aux amandes et un verre de lait (dont la seule vue lui souleva l'estomac), par pitié qu'elle lui demanda son âge et lui avoua le sien, que même son époux avait toujours ignoré. C'était de la pitié qu'elle crut éprouver quand elle ôta ses nombreuses couches de mascara pour lui montrer le seul endroit de son corps que nul, pas même son époux, n'avait vu en plus de soixante ans. Et ce fut par pitié, du moins le crut-elle, qu'elle le mena dans la chambre pour lui montrer les lettres d'amour que son époux lui avait envoyées d'un bâtiment de la marine croisant en mer Noire pendant la Première Guerre mondiale.

Dans celle-ci, dit-elle, saisissant sa main inerte, *il avait mis des bouts de ficelle dont il s'était servi pour mesurer son corps – sa tête, sa cuisse, son avant-bras, son doigt, son cou, tout. Il voulait que je les mette sous l'oreiller pour dormir. Il disait qu'à son retour, nous mesurerions de nouveau son corps et comparerions avec la ficelle pour prouver qu'il n'avait pas changé... Oh, je me rappelle celle-ci*, dit-elle, tripotant une feuille de papier jaunie, passant la main – consciente ou inconsciente de ce qu'elle faisait – le long du bras sans vie de mon grand-père. *Dans celle-ci, il parle de la maison qu'il allait construire. Il en avait même fait un petit dessin, alors qu'il dessinait si mal. Il y aurait une petite mare, pas une vraie mare mais enfin quelque chose de petit pour que nous ayons des poissons. Et il y aurait des fenêtres au-dessus du lit pour que nous puissions parler des constellations avant de nous endormir... Et celle-ci,* dit-elle en guidant son bras sous l'ourlet de sa jupe, *c'est la lettre dans laquelle il jure de m'aimer jusqu'à la mort.*

Elle éteignit la lumière.

Ça te va ? demanda-t-elle, pilotant la main inerte de mon grand-père, se laissant aller en arrière.

Prenant une initiative étonnante pour ses dix ans, mon grand-père l'attira à lui, ôta, avec son aide, son chemisier noir qui sentait si fort la vieillesse qu'il craignit de ne plus jamais sentir la jeunesse, puis sa jupe, ses bas (qu'enflaient ses varices), sa culotte, et le tampon de coton qu'elle gardait là en prévision des surprises désormais régulières. La pièce était tout imprégnée d'odeurs qu'il n'avait jamais encore senties ensemble : poussière, sueur, dîner, les toilettes après que sa mère y était allée. Elle lui ôta son short et son slip et se laissa aller sur lui à la renverse comme sur un fauteuil roulant.

Oh, gémissait-elle. *Oh.* Et parce que mon grand-père ne savait pas quoi faire, il fit comme elle : *Oh*, gémit-il, *oh.* Et quand elle gémit, *S'il te plaît*, il gémit aussi, *S'il te plaît.* Et quand elle frissonna en petites convulsions rapides, il fit de même. Et quand elle se tut, il se tut.

Parce que mon grand-père n'avait que dix ans, il ne semblait pas bizarre qu'il fût capable de faire l'amour – ou de se faire faire l'amour – pendant plusieurs heures d'affilée. Mais comme il le découvrirait par la suite, ce n'était pas la prépuberté qui lui conférait une telle longévité coïtale mais une autre déficience physique due à la malnutrition de sa prime enfance : comme un chariot sans frein, il ne s'arrêtait jamais court. Cette anomalie, qui faisait le bonheur de ses cent trente-deux maîtresses, le laissait relativement indifférent : comment ce que l'on n'a jamais connu pourrait-il nous manquer ? Sans compter qu'il n'aima jamais aucune de ses amantes. Quoi qu'il éprouvât, il ne le prit jamais pour de l'amour. (Une seule aurait une certaine importance pour lui et une naissance problématique rendit impossible tout amour réel.) Et donc, à quoi pouvait-il bien s'attendre ?

Sa première liaison, qui dura quatre ans, tous les dimanches après-midi – jusqu'à ce que la veuve se rende compte qu'elle avait enseigné le piano à la mère de mon grand-père plus de trente ans auparavant et qu'elle ne supportait plus l'idée de lui montrer une seule lettre encore –, ne fut pas du tout une histoire d'amour. Mon grand-père était un passager consentant. Il était content d'offrir son bras – la seule partie de son corps à laquelle Rose fît vraiment attention ; l'acte lui-même n'étant jamais plus qu'un moyen d'approcher son bras – comme un cadeau hebdomadaire, de faire semblant avec elle qu'ils ne faisaient pas l'amour dans un lit à baldaquin, mais dans un phare au bout d'une jetée battue par les vents, que leurs deux silhouettes, projetées par le puissant fanal jusqu'au cœur des eaux noires, pouvaient être une bénédiction pour les marins et lui ramèneraient son époux. Content que son bras sans vie jouât le rôle du membre absent pour lequel la veuve se languissait, pour lequel elle relisait des lettres jaunies et vivait hors d'elle-même et hors de sa vie. Pour lequel elle faisait l'amour à un garçon de dix ans. Le bras était le bras, et ce fut au bras – pas à son époux, pas à elle-même – qu'elle pensa sept ans plus tard, le 18 juin 1941, quand le premier obus allemand secoua la maison de bois jusqu'aux fondations et que ses yeux roulèrent en arrière dans sa tête pour contempler, à l'instant de mourir, l'intérieur de son être.

BON SANG NE SAURAIT MENTIR, UN DRAME, 1934

Inconsciente de la nature de ses commissions, la congrégation des Avachistes payait mon grand-père pour aller chez Rose une fois par semaine et en vint à le payer pour rendre le même genre de service à des veuves et autres faibles femmes dans tout Trachimbrod. Ses parents ne surent jamais la vérité mais accueillirent avec soulagement son enthousiasme à gagner de l'argent et à s'attarder en compagnie des personnes âgées car l'un et l'autre avaient acquis pour eux une grande importance personnelle à mesure qu'ils avançaient en âge et en dénuement.

Nous commencions à penser que tu avais du sang gitan, lui dit son père à qui il se contenta de sourire, réponse habituelle qu'il lui faisait.

Autrement dit, expliqua sa mère – sa mère qu'il aimait plus que lui-même –, *c'est bon de voir que tu occupes ton temps à quelque chose de bon.* Elle lui posa un baiser sur la joue et lui ébouriffa les cheveux, ce qui agaça son père parce que Safran était désormais trop grand pour ce genre de choses.

C'est qui, mon bébé? lui demandait-elle quand son père n'était pas là.

Moi, répondait-il, plein d'amour pour la question, pour la réponse, et pour le baiser qui venait avec la réponse à la question. *Inutile de chercher plus loin.* Comme s'il craignait vraiment qu'elle pût un jour chercher plus loin. Et pour cette raison, parce qu'il voulait qu'elle ne regarde que lui, jamais ailleurs, il ne dit jamais rien à sa mère qui risquât, pensait-il, de la troubler, d'entamer l'opinion qu'elle avait de lui, ou de la rendre jalouse.

De la même manière, peut-être, il ne parla jamais de ses exploits à aucun ami, ni à aucune maîtresse de celle qui l'avait précédée. Il avait si peur d'être découvert que même dans son journal – la seule trace écrite que je possède de sa vie avant qu'il rencontre ma grand-mère, dans un camp de personnes déplacées, après la guerre – il n'en parle pas une seule fois.

Le jour où il perdit sa virginité avec Rose : *Il ne s'est pas passé grand-chose aujourd'hui. Papa a reçu une livraison de ficelle de Rivne et m'a crié dessus parce que je ne m'étais pas acquitté de mes corvées. Maman a pris ma défense, comme d'habitude, mais il a crié quand même. Pensé à des phares toute la nuit. Bizarre.*

Le jour où il coucha avec sa première vierge : *Suis allé au théâtre aujourd'hui. Me suis tellement ennuyé que je n'ai pas tenu jusqu'à la fin du premier acte. Bu huit tasses de café. J'ai bien cru que j'allais éclater. N'ai pas éclaté.*

Le jour où il fit l'amour par-derrière pour la première fois : *J'ai beaucoup réfléchi à ce que maman a dit des horlogers. Elle était très persuasive mais je ne suis pas encore certain d'être d'accord. Je les ai entendus crier papa et elle, dans leur chambre, ça m'a tenu éveillé presque toute la nuit, mais quand j'ai fini par m'endormir, j'ai bien dormi.*

Ce n'est pas qu'il avait honte, ni même qu'il pensait faire quelque chose de mal, parce qu'il savait que ce qu'il faisait était bien, plus que ce qu'il voyait quiconque faire, et qu'il savait qu'en agissant bien on se sent souvent mal et que, si l'on se sent mal, c'est probablement qu'on agit bien. Mais il savait aussi qu'il existe un aspect inflationniste dans l'amour et que si sa mère, ou Rose, ou l'une quelconque de celles qui l'aimaient, découvraient l'existence des autres, elles ne pourraient s'empêcher d'éprouver une diminution de leur valeur. Il savait que *Je t'aime* signifie aussi *Je t'aime plus que quiconque ne t'aime, ne t'a aimée ou ne t'aimera*, et aussi *Je t'aime d'une façon différente de tous ceux qui t'aiment, t'ont aimée, ou t'aimeront*, et aussi *Je t'aime d'une façon dont je n'aime nulle autre, n'ai jamais aimé nulle autre et n'aimerai jamais nulle autre.*

Il savait qu'il est, de par la définition même de l'amour, impossible d'aimer deux personnes. (Alex, cela fait partie de la raison pour laquelle je ne peux parler d'Augustine à ma grand-mère.)

La deuxième était aussi une veuve. Il avait toujours dix ans et fut invité par un condisciple à une pièce qu'on donnait au théâtre du shtetl, qui servait aussi de salle de bal et, deux fois par an, de synagogue. Son billet correspondait à une place qui était déjà occupée par Lista P, en qui il reconnut la jeune veuve de la première victime de la Double Maison. Elle était petite et des touffes de fins cheveux bruns rebiquaient à sa queue-de-cheval. Sa jupe rose était d'un lisse et d'une propreté ostentatoires – trop lisse, trop propre – comme si elle l'avait lavée et repassée des dizaines de fois de suite. Elle était belle, c'est vrai, belle pour l'attendrissante méticulosité du soin qu'elle prenait de chaque détail. Si l'on pouvait dire que son époux était immortel, dans la mesure où l'énergie de ses cellules s'était dissipée dans la terre, avait nourri et fertilisé le sol et encouragé la pousse d'une vie nouvelle, de même son amour continuait-il à vivre, infusant les milliers de choses à faire chaque jour – un amour d'une telle ampleur que, même subdivisé de tant de façons, il suffisait encore à coudre des boutons sur des chemises qui ne seraient plus jamais portées, à ramasser les brindilles tombées au pied des arbres, à laver et à repasser une dizaine de fois ses jupes avant de les remettre.

Je crois... fit-il, lui montrant son billet.

Mais si vous regardez, dit Lista lui montrant le sien qui indiquait clairement le même siège, *c'est ma place.*

Mais c'est aussi la mienne.

Elle se mit à marmonner contre l'absurdité de ce théâtre, la médiocrité de ses acteurs, la bêtise de ses auteurs, la sottise inhérente à tout drame, et le fait qu'elle n'était pas surprise que ces crétins ne soient même pas capables de s'acquitter correctement d'une tâche aussi simple – fournir un siège à chaque spectateur. Mais alors elle remarqua son bras et fut conquise.

Il me semble que deux options seulement s'offrent à nous, dit-elle en reniflant avec mépris. *Ou je m'assieds sur vos genoux ou nous partons.*

En définitive, ils choisirent de faire les deux, mais dans l'ordre inverse.

Vous aimez le café ? demanda-t-elle, se déplaçant à travers sa cuisine impeccable, tripotant tout, réorganisant, sans le regarder.

Oui, oui.

Souvent, les plus jeunes ne l'apprécient pas.

Moi si, dit-il, alors qu'en vérité jamais encore il n'en avait bu une seule tasse.

Je vais me réinstaller chez ma mère.

Pardon ?

Cette maison, c'était pour quand je serais mariée, et vous savez ce qui s'est passé.

Oui. Toutes mes condoléances.

Alors vous en voulez ? demanda-t-elle en tripotant une poignée de placard parfaitement astiquée.

Oui. Si vous en prenez. Ne le faites pas seulement pour moi.

Je vais en faire. Si vous en voulez, dit-elle, et elle prit une éponge et la reposa.

Mais pas seulement pour moi.

Je vais en faire.

Deux ans et soixante-huit maîtresses plus tard, Safran comprit que les larmes de sang sur les draps de Lista étaient des larmes virginales. Il se rappela les circonstances de la mort de celui qui devait l'épouser : la chute d'un échafaudage l'avait tué le matin des noces alors qu'il partait s'agenouiller devant le Cadran, faisant de Lista sa veuve en esprit seulement, avant que le mariage ait pu être consommé, avant qu'elle ait pu saigner pour lui.

Mon grand-père aimait l'odeur des femmes. Il l'emportait partout avec lui à ses doigts comme autant d'anneaux, au bout de sa langue comme des mots – combinaisons inconnues d'odeurs familières. En ce sens, Lista occupait une place à part dans sa mémoire – alors qu'elle était loin d'être unique parce qu'elle était vierge ou n'avait été sa maîtresse qu'une fois – parce qu'elle était la seule partenaire qui lui eût donné envie de prendre un bain.

Suis allé au théâtre aujourd'hui. Me suis tellement ennuyé que je n'ai pas tenu jusqu'à la fin du premier acte. Bu huit tasses de café. J'ai bien cru que j'allais éclater. N'ai pas éclaté.

La troisième n'était pas une veuve mais une autre rencontre de hasard au théâtre. Il y était de nouveau sur l'invitation d'un ami – le même qu'il avait abandonné pour Lista – et de nouveau il partit sans lui. Cette fois, Safran était assis entre son condisciple et une jeune gitane, en qui il reconnut une des foraines du bazar dominical de Loutsk. Son audace lui parut incroyable : se montrer dans une réunion publique du shtetl, risquer l'humiliation de se faire repérer par Rubin B, l'ouvreur bénévole et trop zélé, qui la chasserait, être une gitane parmi des juifs. C'était faire preuve d'une qualité dont il était certain d'être dépourvu et cela remua quelque chose en lui.

Au premier coup d'œil, la longue natte qui retombait par-dessus son épaule jusqu'à son giron évoqua pour mon grand-père le serpent qu'elle faisait passer en dansant d'un haut panier tressé à un autre au bazar dominical, et au deuxième coup d'œil elle provoqua la même impression. Quand les lumières baissèrent, il se servit du bras gauche pour poser son bras infirme sur l'accoudoir entre lui et la fille. Il s'assura qu'elle l'avait remarqué – observant avec plaisir la transformation de sa moue apitoyée en un sourire érotique qui lui étira les lèvres – et quand les lourds rideaux s'écartèrent, il fut certain qu'il écarterait sa jupe légère le soir même.

Ce fut le 18 mars 1791, entama une voix pleine d'autorité qui se réverbérait depuis la coulisse, *que le chariot à double essieu de Trachim B le coinça au fond de la rivière Brod. Les jeunes jumelles W furent les premières à voir les curieuses épaves qui remontaient à la surface...*

(Le rideau s'ouvre sur un décor provincial : un ruisseau babillant coule du fond de la scène côté jardin à l'avant-scène côté cour, nombreux arbres, tapis de feuilles mortes, deux fillettes jumelles, d'environ six ans, portant des pantalons de laine à cordons de coton et un chemisier bleu à col papillon frangé.)

VOIX PLEINE D'AUTORITÉ

... trois poches vides, des timbres de pays lointains, des épingles et des aiguilles, des fragments de tissu écarlate, les premiers et seuls mots d'un testament : « Je laisse tout à mon amour. »

HANNAH

(Vagissements assourdissants.)

*(*CHANA *entre dans l'eau froide, tirant sur les cordons qui nouent le bas de ses pantalons pour les retrousser au-dessus du genou, s'ouvrant un chemin à travers ces débris de la vie de* TRACHIM *à mesure qu'elle patauge plus avant.)*

L'USURIER COUVERT D'OPPROBRE YANKEL D

(Faisant gicler sous ses pas la boue de la berge en clopinant vers les fillettes.) Je demande, que faites-vous là-bas, présomptueuses fillettes. L'eau ? L'eau ? Mais voyez, il n'y a rien à voir ! Ce n'est qu'un élément liquide. Reculez ! Ne soyez pas aussi bêtes que je le fus jadis. Il n'est pas équitable de payer de sa vie une idiotie.

BITZL BITZL R

(Observant cette agitation depuis sa barque amarrée par un filin à l'une de ses nasses.) Ma foi, que se passe-t-il là-bas ? Méchant Yankel, éloigne-toi des fillettes jumelles du rabbin !

SAFRAN

(À l'oreille de la JEUNE GITANE, *sous le tapis jaune de l'éclairage tamisé de la scène.)* Vous aimez la musique ?

CHANA

(Riant, éclaboussant la masse qui se forme comme un jardin autour d'elle.) Il remonte les objets les plus fantaisistes !

JEUNE GITANE

(Dans l'ombre projetée des silhouettes d'arbres en deux dimensions, tout près de l'oreille de SAFRAN.*)* Qu'avez-vous dit ?

SAFRAN

(Propulsant d'un mouvement d'épaule son bras inerte sur les genoux de la JEUNE GITANE.*)* J'étais curieux de savoir si vous aimez ou non la musique.

SOFIOWKA N

(Sortant de derrière un arbre.) J'ai vu tout ce qui s'est passé. J'ai été témoin de tout.

JEUNE GITANE

(Pressant le bras inerte de SAFRAN *entre ses cuisses.)* Non, je n'aime pas la musique. *(Mais ce qu'elle tentait de dire en réalité était : J'aime la musique plus que tout au monde, en dehors de vous.)*

L'USURIER COUVERT D'OPPROBRE YANKEL D

Trachim ?

SAFRAN

(Dans la poussière qui tombe des cintres, cherchant des lèvres l'oreille caramel de la JEUNE GITANE *dans l'obscurité.)* Vous n'avez sans doute pas le temps d'écouter de musique. *(Mais ce qu'il tentait de dire en réalité était : Je ne suis pas idiot, vous savez.)*

SHLOIM W

Je demande, oui, je demande, qui est Trachim ? Quelque mortelle fioriture ?

(L'auteur de la pièce sourit sur son siège de mauvaise qualité. Il essaie de jauger la réaction du public.)

L'USURIER COUVERT D'OPPROBRE YANKEL D

Nous sommes loin de savoir encore tout ce qui s'est passé. Gardons-nous d'un jugement hâtif.

POULAILLER

(Chuchotis venus on ne sait d'où.) C'est complètement invraisemblable. Pas du tout comme c'était vraiment.

JEUNE GITANE

(Pétrissant le bras inerte de SAFRAN *entre ses cuisses, suivant du bout d'un doigt la courbe de son coude insensible, le pinçant.)* Vous ne trouvez pas qu'il fait chaud, ici ?

SHLOIM W

(Se dévêtant à la hâte, révélant un ventre plus gros que la plupart et un dos couvert d'une épaisse toison de boucles noires.) Couvre-leur les yeux. *(Pas pour elles. Pour moi. J'ai honte.)*

SAFRAN

Très chaud.

SHANDA L'AFFLIGÉE

(À SHLOIM, *quand il surgit de l'eau.)* Était-il seul ou avec une épouse de longue date ? *(Mais ce qu'elle tentait de dire en réalité était ceci : Après tout ce qui s'est passé, j'ai encore de l'espoir. Sinon pour moi, du moins pour Trachim.)*

JEUNE GITANE

(Entremêlant ses doigts aux doigts inertes de SAFRAN.*)* Si nous partions ?

SAFRAN

Oui, s'il vous plaît.

SOFIOWKA N

Oui, c'étaient des lettres d'amour.

JEUNE GITANE

(Brûlant d'impatience, l'entrejambe humide.) Partons.

LE RABBIN VERTICAL

Et laissons la vie continuer face à cette mort.

SAFRAN

Oui.

(Les musiciens se préparent pour le forte. *Quatre violons s'accordent. On souffle sur une harpe. Le trompettiste, qui est en réalité hautboïste, fait craquer ses phalanges. Les marteaux du piano savent à quoi s'attendre. La baguette, qui est en réalité un couteau à beurre, est brandie comme un instrument chirurgical.)*

L'USURIER COUVERT D'OPPROBRE YANKEL D

(Les mains levées vers le ciel, vers les hommes qui dirigent les projecteurs.) Peut-être devrions-nous commencer à rassembler les restes.

SAFRAN

Oui.

(Musique. Une belle musique. D'abord pianissimo. *Un murmure. Il ne tombe pas une épingle. On n'entend que la musique. La musique enfle imperceptiblement. Elle s'arrache à sa tombe de silence. La fosse d'orchestre s'emplit de sueur. Attente générale. Premier et doux roulement de timbales. Puis flûtes et violes. On pressent le crescendo. Montée d'adrénaline. Même après tant d'exécutions, toujours le même sentiment de nouveauté. La musique s'amplifie, s'épanouit.)*

VOIX PLEINE D'AUTORITÉ

(Avec passion.) Les jumelles se couvrirent les yeux du châle de prière de leur père. *(*CHANA *et* HANNAH *se couvrent les yeux avec le châle de prière.)* Leur père psalmodia une longue et intelligente prière pour le nourrisson et ses parents. *(*LE RABBIN VERTICAL *regarde ses paumes ouvertes et dodeline de la tête, mimant les gestes de la prière.)* Le visage de Yankel qui sanglotait se voila de larmes. *(*YANKEL *mime les sanglots.)* Une enfant nous était née !

(Noir. Rideau. La JEUNE GITANE *écarte les cuisses. Applaudissements mêlés de chuchotements. Les comédiens préparent le décor de la scène suivante. La musique enfle encore. La* JEUNE GITANE *entraîne* SAFRAN *par son bras droit inerte, sort du théâtre, le guide à travers un dédale de ruelles boueuses, passe devant les étals des confiseurs près du vieux cimetière, sous la vigne vierge qui pend au portique croulant de la synagogue, traverse la place du shtetl – un instant la dernière ombre du Cadran les sépare –, longe la berge meuble de la Brod, suivant la ligne de fracture Juif/Humain, sous les frondaisons, franchit bravement les ombres de la gorge, traverse le pont de bois...)*

JEUNE GITANE

Aimerais-tu voir quelque chose que tu n'as encore jamais vu ?

SAFRAN

(Avec une sincérité jusqu'alors inconnue de lui.) Oh oui. Oh oui. *(... par-dessus les ronces couvertes de mûres bleues et noires, jusque dans une forêt pétrifiée que* SAFRAN *n'a encore jamais vue.* La JEUNE GITANE *arrête* SAFRAN *sous le dais rocheux d'un érable gigantesque, saisit son bras inerte entre les siens, laissant les ombres que projettent les branches de pierre la consumer de nostalgie pour toute chose, lui murmure quelque chose à l'oreille [que nul autre que mon grand-père n'aura jamais le privilège d'entendre], fait glisser sa main inerte sous l'ourlet de sa jupe légère, disant)* S'il te plaît *(plie les genoux)*, s'il te plaît *(s'abaisse jusqu'à son index inerte)*, oui *(crescendo)*, oui *(pose sa main caramel sur le premier bouton de la chemise d'apparat de mon grand-père, se balance sur ses hanches)*, s'il te plaît *(bouquet de trompettes, bouquet de violons, bouquet de timbales, bouquet de cymbales)*, oui *(le crépuscule se déverse sur le paysage nocturne, le ciel de la nuit boit l'obscurité comme une éponge, les têtes se dressent)*, oui *(les yeux se ferment)*, s'il te plaît *(les lèvres s'entrouvrent)*, oui. *(Le chef laisse tomber sa baguette, son couteau à beurre, son scalpel, son yad, l'univers, noir.)*

12 décembre 1997

Cher Jonathan,

Salutations d'Ukraine. Je viens de recevoir ta lettre que j'ai relue plusieurs fois, nonobstant les parties que j'ai lues à Mini-Igor. (T'ai-je dit qu'il lit ton roman à mesure que je le lis ? Je le traduis pour lui et j'y introduis aussi les remaniements nécessaires.) J'articulerai seulement que nous attendons tous deux les restes avec impatience. C'est une chose à laquelle nous pouvons penser et dont nous pouvons converser. C'est aussi une chose dont nous pouvons rire, ce dont nous avons besoin.

Il y a tant dont je veux t'informer, Jonathan, mais je ne puis percevoir la manière de le faire. Je veux t'informer au sujet de Mini-Igor et dans quoi il est un frère si extra et aussi de ma mère, qui est très, très humble, comme je te le signale souvent, mais néanmoins une bonne personne, et néanmoins ma mère. Peut-être ne l'ai-je pas peinte des couleurs que j'aurais dû employer. Elle est bonne pour moi, et jamais mauvaise pour moi, et c'est ainsi que tu dois la voir. Je veux t'informer au sujet de grand-père qui contemple la télévision pendant de nombreuses heures et n'arrive plus à témoigner mes yeux mais doit être attentif à quelque chose dans mon dos. Je veux t'informer au sujet de mon père et du fait que je ne suis pas une caricature quand je te dis que je l'amputerais de ma vie si je n'étais pas si lâche. Je veux t'informer au sujet de ce à quoi ça ressemble d'être moi, qui est une chose dont tu ne possèdes toujours pas le moindre murmure. Peut-être qu'en lisant la prochaine division de mon histoire, tu vas englober. C'est la plus difficile division que j'aie encore composée, mais je suis certain qu'elle n'approche pas en difficulté ce qui reste à venir. J'ai rangé dans un très lointain placard ce que je sais que je dois faire, qui est de montrer du doigt grand-père montrant du doigt Herschel. Tu as sans doute observé ceci.

J'ai appris de nombreuses leçons considérables de ton écriture, Jonathan. Une leçon est que ce n'est pas important d'être ingénu ou délicat, ou pudique. Soyez vous-même. Je n'arrivais pas à croire que ton grand-père était une personne si inférieure, au point d'être charnel avec la sœur de son épouse, et le jour de ses noces, et d'être charnel debout, ce qui est une disposition très inférieure, pour des raisons dont tu devrais être conscient. Et puis il est charnel avec les femmes âgées, qui devaient avoir une très flasque motte dont je n'articulerai rien de plus. Comment peux-tu faire ceci à ton grand-père, écrire au sujet de sa vie d'une telle manière ? Pourrais-tu écrire de cette manière s'il était vivant ? Et sinon, qu'est-ce que cela signifie ?

J'ai encore une question à discuter au sujet de ton écriture. Pourquoi les femmes aiment-elles ton grand-père à cause de son bras inerte ? L'aiment-elles parce qu'il leur permet de se sentir plus fortes que lui ? L'aiment-elles par commisération et que nous aimons les choses que nous commisérons ? L'aiment-elles parce que c'est un considérable symbole de mort ? Je demande parce que je ne sais pas.

Je n'ai qu'une remarque au sujet de tes remarques au sujet de mon écriture. En concernant comment tu m'as ordonné d'amputer les sections où tu parles au sujet de ta grand-mère, je dois te dire que ceci n'est pas une possibilité. J'accepte si à cause de ma décision tu choisis de ne plus me présenter aucun numéraire, ou si tu commandes que je te poste en retour le numéraire que tu m'as donné dans les mois précédents. Ce serait en justifiant chaque dollar, je t'en informerai.

Nous nous montrons très nomades avec la vérité, oui ? Nous tous les deux ? Penses-tu que ceci est acceptable quand nous écrivons au sujet de choses qui arrivèrent ? Si ta réponse est non, alors pourquoi écris-tu au sujet de Trachimbrod et de ton grand-père de la manière que tu le fais, et pourquoi me commandes-tu de ne pas être véridique ? Si ta réponse est oui, alors cela crée une autre question, qui est, si nous sommes tellement nomades avec la vérité, pourquoi ne faisons-nous pas l'histoire plus extra que la vie ? Il me semble que nous faisons l'histoire même encore inférieure. Nous nous faisons souvent apparaître comme si nous étions des personnes sottes et nous faisons apparaître notre voyage, qui fut un noble voyage, très normal et de deuxième ordre. Nous pourrions donner deux bras à ton grand-père et le faire haute fidélité. Nous pourrions donner à Brod ce qu'elle mérite en le lieu de ce qu'elle obtient. Nous pourrions même trouver Augustine, Jonathan, et tu pourrais la remercier, et grand-père et moi pourrions nous embrasser, et ce pourrait être parfait et beau, et drôle, et utilement triste, comme tu dis. Nous pourrions même faire entrer ta grand-mère dans notre histoire. Ceci est ce que tu désires, oui ? Ce qui me fait penser que peut-être nous pourrions faire entrer grand-père dans l'histoire. Peut-être, et je ne fais qu'articuler ceci, nous pourrions le faire sauver ton grand-père. Il pourrait être Augustine. Auguste, peut-être. Ou simplement Alex, si cela est satisfaisant pour toi. Je ne crois pas qu'il y a aucunes limites à combien excellente nous pourrions faire sembler la vie.

Ingénument,
Alexandre

Ce que nous vîmes quand nous vîmes Trachimbrod *ou* Une histoire d'amour

« Je n'ai jamais été dans une de ces choses-là », dit la femme que nous continuions à penser Augustine alors que nous savions qu'elle n'était pas Augustine. Ceci requit grand-père à rire en volumes. « Qu'y a-t-il de si drôle ? » demanda le héros. « Elle n'a jamais été dans une voiture. » « C'est vrai ? » « Il n'y a aucune raison d'avoir peur », dit grand-père. Il lui ouvrit la porte avant de la voiture et remua sa main sur le siège pour lui montrer qu'il n'était pas funeste. Il me sembla un minimum de savoir-vivre de lui abandonner le siège avant, non seulement parce que c'était une très vieille femme qui avait enduré beaucoup de choses terribles, mais parce que c'était la première fois qu'elle allait en voiture et que je pense que c'est le plus impressionnant d'être à l'avant. Le héros me dit par la suite que cela signifie la place du mort. Augustine s'assit à la place du mort. « Vous ne voyagerez pas avec trop de vitesse ? » demanda-t-elle. « Non, dit grand-père en disposant son ventre sous le volant. Dis-lui que les voitures sont très sûres et qu'elle n'a pas de raison d'avoir peur. » « Les voitures sont des objets sûrs, l'informai-je. Certaines ont même des airbags et des zones de déformation mais celle-ci n'en a pas. » Je crois qu'elle n'était pas amorcée pour le *vrrroum* que la voiture manufactura, parce qu'elle cria avec beaucoup de volume. Grand-père fit taire la voiture. « Je ne peux pas », dit-elle.

Alors que fîmes-nous ? Nous conduisîmes la voiture derrière Augustine, qui marcha. (Sammy Davis Junior, Junior marchait à côté d'elle, pour être sa compagne, et de telle sorte que nous n'aurions pas à sentir les pets de la chienne dans la voiture.) C'était seulement un kilomètre de distance, dit Augustine, de sorte qu'il lui serait possible de marcher et que nous arriverions quand même avant qu'il fasse trop noir pour voir quelque chose. Je dois dire que cela semblait très bizarre de rouler derrière quelqu'un qui marche, particulièrement quand la personne qui marche est Augustine. Elle était seulement capable de marcher plusieurs dizaines de mètres avant de devenir moulue et d'avoir à faire un hiatus. Quand elle faisait son hiatus, grand-père arrêtait la voiture et elle s'asseyait à la place du mort jusqu'à ce qu'elle soit prête à marcher de nouveau de sa façon étrange.

« Vous avez des enfants ? » demanda-t-elle à grand-père pendant qu'elle rassemblait son souffle. « Évidemment », dit-il. « Je suis son petit-fils », dis-je depuis l'arrière, ce qui me fit sentir comme une personne très fière, parce que je crois que c'était la première occasion que j'aie jamais eue de le dire à haute voix et que je perçus que cela rendait aussi grand-père une personne fière. Elle sourit d'abondance. « Je ne le savais pas. » « J'ai deux fils et une fille », dit grand-père. « Sacha est le fils de mon fils le plus âgé. » « Sacha », dit-elle, comme si elle désirait entendre le son de mon nom quand elle l'articulait. « Et as-tu des enfants ? » me demanda-t-elle. Je ris, parce que je trouvais que c'était une étrange question. « Il est encore jeune », dit grand-père, et il posa sa main sur mon épaule. Je fus très remué de sentir son contact et de me rappeler que les mains peuvent aussi montrer l'amour. « De quoi parlez-vous ? » demanda le héros. « Est-ce qu'il a des enfants ? » « Elle veut savoir si tu as des enfants », dis-je au héros, et je savais que cela le ferait rire. Cela ne le fit pas rire. « J'ai vingt ans », dit-il. « Non, lui dis-je à elle, en Amérique ce n'est pas courant d'avoir des enfants. » Je ris, parce que je savais combien mes paroles avaient l'air sottes. « A-t-il des parents ? » demanda-t-elle. « Évidemment, dis-je, mais sa mère travaille comme professionnelle, et il n'est pas inhabituel que son père prépare le dîner. » « Le monde change toujours », dit-elle. « Vous avez des enfants ? » demandai-je. Grand-père me présenta une expression de son visage qui signifiait, La ferme. « Vous n'avez pas à répondre, lui dit-il, si vous ne le désirez pas. » « J'ai un bébé, une petite fille », dit-elle, et je sus que c'était la fin de la conversation.

Quand Augustine marchait, elle ne marchait pas exclusivement. Elle ramassait des pierres pour les déplacer sur le côté de la route. Si elle témoignait une chose d'ordure, elle la ramassait aussi pour la déplacer sur le côté de la route. Quand il n'y avait rien sur la route, elle lançait une pierre à plusieurs mètres devant elle, puis la récupérait, puis la lançait devant elle encore. Ceci mangeait une grande quantité de temps, et nous ne bougeâmes jamais plus vite que très lentement. Je perçus que cela courrouçait grand-père parce qu'il tenait le volant avec beaucoup de force et aussi parce qu'il dit, « Cela me courrouce. Il fera noir avant que nous n'arrivions là-bas. »

« Nous sommes près », dit-elle de nombreuses fois. « Bientôt. Bientôt. » Nous la poursuivîmes quittant la route et entrant dans un champ. « C'est permis ? » demanda grand-père. « Qui nous en empêchera ? » dit-elle, et avec le doigt elle nous montra qu'il n'existait personne sur une longue distance. « Elle dit que personne ne nous en empêchera », dis-je au héros. Il avait son appareil autour du cou et s'attendait à beaucoup de photographies. « Il ne pousse plus rien ici, dit-elle. Ça n'appartient même plus à personne. Ce n'est que de la terre. Qui en voudrait ? » Sammy Davis Junior, Junior galopa sur le capot de la voiture où elle s'assit comme une étoile Mercedes.

Nous persévérâmes de poursuivre Augustine, elle persévéra de lancer sa pierre devant elle et puis de la récupérer. Nous la poursuivîmes et la poursuivîmes encore. Comme grand-père, je commençais à devenir courroucé aussi, ou du moins désorienté. « Nous avons déjà été ici, dis-je. Nous avons déjà témoigné cet endroit. » « Que se passe-t-il ? » demanda le héros depuis la banquette arrière. « Cela fait une heure que nous n'arrivons nulle part. » « Pensez-vous que nous arriverons bientôt ? » demanda grand-père en plaçant la voiture à côté d'elle. « Bientôt, dit-elle, bientôt. » « Mais il fera noir, oui ? » « Je vais aussi vite que je peux. »

Nous persévérâmes donc de la poursuivre. Nous la poursuivîmes à travers de nombreux champs et dans de nombreuses forêts, qui étaient difficiles pour la voiture. Nous la poursuivîmes sur des routes faites de pierre, et aussi dans la poussière, et aussi dans l'herbe. J'entendis les insectes qui commençaient à l'annoncer, et ce fut ainsi que je sus que nous ne verrions pas Trachimbrod avant la nuit. Nous la poursuivîmes en passant devant trois escaliers qui étaient très cassés et apparaissaient avoir autrefois introduit à des maisons. Elle posa la main sur l'herbe devant chacun. Il commença à faire plus noir tandis que nous la poursuivions sur des sentiers et aussi là où il n'y avait pas de sentier. « Il est presque impossible de la témoigner », articula grand-père, et malgré qu'il est aveugle, je dois confesser qu'il devenait presque impossible de la témoigner. Il faisait si noir que parfois je devais loucher mes yeux pour contempler sa robe blanche. C'était comme si elle était un fantôme, entrant et sortant de nos yeux. « Où est-elle passée ? » demanda le héros. « Elle est toujours là, dis-je. Regarde. » Nous passâmes devant un océan miniature – un lac ? – et dans un petit champ qui avait des arbres sur trois côtés et s'étalait dans l'espace sur le quatrième où j'entendis de l'eau dans le lointain. Il faisait maintenant trop noir pour témoigner quoi que ce soit.

Nous poursuivîmes Augustine jusqu'à un endroit près du milieu du champ et elle s'arrêta de marcher. « Descends, dit grand-père. Encore un hiatus. » Je me déplaçai sur la banquette arrière pour qu'Augustine puisse s'asseoir à la place du mort. « Que se passe-t-il ? » demanda le héros. « Elle fait un hiatus. » « Encore ? » « C'est une femme très âgée. » « Vous êtes fatiguée ? lui demanda grand-père. Vous avez beaucoup marché. » « Non, dit-elle, nous y sommes. » « Elle dit que nous y sommes », dis-je au héros. « Quoi ? » « Je vous ai informé qu'il n'y aurait rien, dit-elle. Tout fut détruit. » « Comment ça, nous y sommes ? » demanda le héros. « Dis-lui que c'est parce qu'il fait si noir, me dit grand-père, et que nous verrions plus de choses s'il ne faisait pas noir. » « Il fait tellement noir », lui dis-je. « Non, dit-elle, c'est tout ce que vous verriez. C'est toujours comme ça, il fait toujours noir. »

Je m'implore de dépeindre Trachimbrod, de sorte que vous saurez pourquoi nous fûmes tellement surimpressionnés. Il n'y avait rien. Quand j'articule « rien » je ne veux pas dire qu'il n'y avait rien en dehors d'une ou deux maisons, et d'un peu de bois par terre, et de morceaux de verre, et de jouets d'enfants et de photographies. Quand j'articule qu'il n'y avait rien, ce que j'intentionne, c'est qu'il n'y avait aucune de ces choses, ni aucune chose quelle qu'elle soit. « Mais comment ? » demanda le héros. « Comment ? demandai-je à Augustine. Comment peut-il avoir existé quoi que ce soit ici ? » « Ce fut rapide », dit-elle, et cela m'aurait suffi. Je n'aurais plus posé aucune question ni dit aucune chose et je crois que le héros aussi non plus. Mais grand-père dit, « Dites-lui. » Augustine positionna ses mains si loin dans les poches de sa robe qu'elle semblait n'avoir rien après les coudes. « Dites-lui ce qui s'est passé », dit-il. « Je ne sais pas tout. » « Dites-lui ce que vous savez. » Ce fut alors seulement que je compris que « lui », c'était moi. « Non », dit-elle. « S'il vous plaît », dit-il. « Non », dit-elle. « S'il vous plaît. » « Tout fut très rapide, il faut le comprendre. On courait et on ne pouvait pas se demander ce qu'il y avait derrière ou on se serait arrêté de courir. » « Des tanks ? » « Un jour. » « Un jour ? » « Certains étaient partis avant. » « Avant l'arrivée des tanks ? » « Oui. » « Mais pas vous. » « Non. » « Vous avez eu de la chance d'endurer. » Silence. « Non. » Silence. « Si. » Silence. Nous aurions pu en rester là. Nous aurions pu contempler Trachimbrod, retourner à la voiture et suivre Augustine jusqu'à sa maison. Le héros aurait pu dire qu'il avait été à Trachimbrod, il aurait même pu dire qu'il avait rencontré Augustine, et grand-père et moi aurions pu dire que nous avions rempli notre mission. Mais grand-père ne fut pas satisfait de ceci. « Dites-lui, dit-il. Dites-lui ce qui s'est passé. » Je n'avais pas honte et je n'avais pas peur. Je n'avais rien. Je désirais seulement savoir ce qui allait se produire. Je n'intentionne pas ce qui allait se produire dans l'histoire d'Augustine, mais parmi grand-père et elle. « Ils nous mirent en rang, dit-elle. Ils avaient des listes. Ils étaient logiques. » Je traduisais pour le héros tandis qu'Augustine parlait. « Ils brûlèrent la synagogue. » « Ils brûlèrent la synagogue. » « Ce fut la première chose qu'ils firent. » « Ce fut la première chose. » « Puis ils mirent tous les hommes en rang. » Vous ne pouvez pas savoir ce que ça faisait d'avoir à entendre ces choses et puis à les répéter, parce que en les répétant j'avais l'impression que je les rendais nouvelles encore. « Et après ? » demanda grand-père. « C'était au milieu de la ville. Là », dit-elle, et elle tendit le doigt dans le noir. « Ils déroulèrent une Torah devant eux. C'est une chose terrible. Mon père nous ordonnait d'embrasser tout livre qui avait touché le sol. Livres de cuisine. Livres pour enfants. Policiers. Pièces de théâtre. Romans. Même des journaux intimes pas encore remplis. Le général longea le rang et dit à chaque homme de cracher sur la Torah ou qu'ils tueraient sa famille. » « Ce n'est pas vrai », dit grand-père. « C'est vrai », dit Augustine, et elle ne pleurait pas, ce qui me surprit beaucoup mais je comprends maintenant qu'elle avait trouvé des endroits pour sa mélancolie qui étaient derrière plus de masques que seulement ses yeux. « Le premier homme fut Yosef, qui était le cordonnier. L'homme avec une balafre sur le visage dit crache, et il leva un pistolet sur la tête de Rebecca. C'était sa fille, c'était une bonne amie à moi. On jouait aux cartes par là-bas, dit-elle, le doigt tendu vers le noir, et on se disait des secrets sur les garçons dont on était amoureuses, qu'on voulait épouser. » « Cracha-t-il ? » demanda grand-père. « Il cracha. Et puis le général dit, Piétine-la. » « Le fit-il ? » « Il le fit. » « Il la piétina », dis-je au héros. « Ensuite, il alla à la prochaine personne sur les rangs, qui était Izzy. Il m'avait appris le dessin dans sa maison, qui était là », dit-elle, et son doigt montrait le noir. « On restait très tard, à dessiner et à rire. On dansait, certains soirs, sur les disques de mon père. C'était un ami à moi et quand sa femme a eu son bébé, je m'en suis occupée comme s'il était à moi. Crache, dit l'homme aux yeux bleus et il mit un pistolet dans la bouche de la femme d'Izzy, exactement comme ça », dit-elle, et elle mit le doigt dans sa bouche. « Cracha-t-il ? » demanda grand-père. « Il cracha. » « Il cracha », dis-je au héros. « Et puis le général lui fit maudire la Torah, et cette fois il mit le pistolet dans la bouche du fils d'Izzy. » « Obéit-il ? » « Il obéit. Et puis le général lui fit déchirer la Torah de ses mains. » « Le fit-il ? » « Il le fit. » « Et puis le général arriva à mon père. » Il ne faisait pas trop noir pour que je voie que grand-père ferma les yeux. « Crache, dit-il. » « Cracha-t-il ? » « Non », dit-elle, et elle dit non comme si c'était n'importe quel mot de n'importe quelle autre histoire, n'ayant pas le poids qu'il avait dans cette histoire-là. « Crache, dit le général aux cheveux blonds. » « Et il ne cracha pas ? » Elle ne dit pas non mais fit une rotation de sa tête de ci à là. « Il le mit dans la bouche de ma mère et dit crache sinon. » « Il le mit dans la bouche de sa mère. » « Non », dit le héros sans aucun volume. « Je vais la tuer sur-le-champ si tu ne craches pas, dit le général, mais il refusa de cracher. » « Et ? » demanda grand-père. « Et il la tua. » Je vous dirai que ce qui rendait cette histoire le plus effrayante était sa rapidité. Je ne veux pas dire ce qui se passait dans l'histoire mais comment l'histoire était racontée. J'avais l'impression qu'on ne pouvait l'arrêter. « Ce n'est pas vrai », dit grand-père, mais seulement pour lui-même. « Alors le général mit le pistolet dans la bouche de ma petite sœur qui avait quatre ans. Elle pleurait beaucoup. Je me rappelle. Crache, dit-il, crache sinon. » « Cracha-t-il ? » demanda grand-père. « Non », dit-elle. « Il ne cracha pas », dis-je au héros. « Pourquoi ne cracha-t-il pas ? » « Et le général abattit ma sœur. Je ne pouvais pas la regarder mais je me rappelle le bruit qu'elle fit en tombant par terre. J'entends ce bruit quand des choses tombent par terre aujourd'hui encore, n'importe quoi. » Si je pouvais, je ferais en sorte que rien ne tombe plus jamais par terre. « Je ne veux pas en entendre plus », dit le héros, et ce fut donc à ce moment que je cessai de traduire. (Jonathan, si tu ne veux toujours pas savoir le reste, ne lis pas ceci. Mais si tu persévères, ne le fais pas par curiosité, ce n'est pas une assez bonne raison.) « Ils déchirèrent la robe de ma grande sœur. Elle était enceinte et avait un gros ventre. Son mari était au bout du rang. Ils avaient construit une maison ici. » « Où ? » demandai-je. « Là où nous sommes. Nous sommes dans la chambre à coucher. » « Comment pouvez-vous le percevoir ? » « Elle avait très froid, je me rappelle, malgré que c'était l'été. Ils lui baissèrent sa culotte et un des hommes mit le bout du pistolet dans son endroit et les autres rirent si fort, je me rappelle le rire toujours. Crache, dit le général à mon père, crache ou plus de bébé. » « Cracha-t-il ? » demanda grand-père. « Non, dit-elle. Il tourna la tête et ils tirèrent dans l'endroit de ma sœur. » « Pourquoi refusait-il de cracher ? » demandai-je. « Mais ma sœur ne mourut pas. Alors ils lui mirent le pistolet dans la bouche pendant qu'elle était par terre à pleurer et à crier, les mains sur son endroit qui faisait tellement de sang. Crache, dit le général, ou nous ne l'abattrons pas. S'il vous plaît, dit mon père, pas comme ça. Crache, dit-il, ou nous la laisserons ici dans sa douleur et elle agonisera longtemps. » « Cracha-t-il ? » « Non, il ne cracha pas. » « Et ? » « Et ils ne tuèrent pas ma sœur. » « Pourquoi ? demandai-je. Pourquoi ne cracha-t-il pas ? Il était si religieux ? » « Non, dit-elle, il ne croyait pas en Dieu. » « Il était idiot », dit grand-père. « Vous avez tort », dit-elle. « C'est vous qui avez tort », dit grand-père. « Vous avez tort », dit-elle. « Et après ? » demandai-je, et je dois confesser que j'étais honteux d'enquérir. « Il mit le pistolet contre la tête de mon père. Crache, dit le général, et nous te tuerons. » « Et ? » demanda grand-père. « Et il cracha. » Le héros était distant de plusieurs mètres, il plaçait de la terre dans un sac en plastique qui s'appelle Ziploc. Après, il me dit que ceci était pour sa grand-mère, s'il l'informait un jour de son voyage. « Et vous ? demanda grand-père. Où étiez-vous ? » « J'étais là. » « Où ? Comment avez-vous échappé ? » « Ma sœur, je vous l'ai dit, n'était pas morte. Ils la laissèrent par terre après avoir tiré dans son endroit. Elle se mit à ramper. Elle ne pouvait pas se servir de ses jambes mais elle se traînait avec les mains et les bras. Elle laissait une trace de sang derrière elle et j'avais peur qu'ils la retrouvent de cette façon. » « La tuèrent-ils ? » demanda grand-père. « Non. Ils riaient en la regardant partir en rampant. Je me rappelle exactement ce rire. Ils faisaient » – elle rit dans le noir – « HA HA HA HA HA HA HA HA HA HA HA. Tous les Gentils regardaient à leur fenêtre et elle criait à chacun, À l'aide, aidez-moi s'il vous plaît, je meurs. » « L'aidèrent-ils ? » demanda grand-père. « Non. Ils détournèrent tous la tête et se cachèrent. Je ne peux pas le leur reprocher. » « Pourquoi ? » demandai-je. « Parce que, dit grand-père répondant pour Augustine, s'ils l'avaient aidée, on les aurait tués et on aurait tué leur famille. » « Je le leur reprocherais quand même », dis-je. « Pouvez-vous les pardonner ? » demanda grand-père à Augustine. Elle ferma les yeux pour dire, Non, je ne peux pas les pardonner. « Je désirerais que quelqu'un m'aide », dis-je. « Mais, dit grand-père, tu n'aiderais pas quelqu'un si cela signifiait qu'on t'assassine et qu'on assassine ta famille. » (Je réfléchis à ce sujet de nombreux instants et je compris qu'il avait raison. Je n'avais qu'à penser à Mini-Igor pour être certain que j'aurais aussi détourné et caché mon visage.) Il faisait si obscur maintenant, parce qu'il était tard, et parce qu'il n'y avait aucune lumière artificielle pendant des kilomètres, que nous ne nous voyions plus les uns les autres mais entendions seulement nos voix. « Tu les pardonnerais ? » demandai-je. « Oui, dit grand-père. Oui. J'essayerais. » « Vous pouvez seulement le dire parce que vous ne pouvez pas imaginer ce que c'était », dit Augustine. « Si, je peux. » « Ce n'est pas une chose qu'on peut imaginer. C'est une chose qui est. Après, on ne peut rien imaginer. »

« Ce qu'il fait noir », dis-je, ce qui semblait bizarre, mais parfois il vaut mieux dire quelque chose de bizarre que ne rien dire du tout. « Oui », dit Augustine. « Ce qu'il fait noir », dis-je au héros qui était revenu avec ses sacs de terre. « C'est vrai, dit-il, très noir. Je n'ai pas l'habitude d'être si loin des lumières artificielles. » « C'est vrai », dis-je. « Que lui arriva-t-il ? » demanda grand-père. « Elle s'échappa, oui ? » « Oui. » « Quelqu'un la sauva ? » « Non. Elle frappa à cent portes et aucune ne s'ouvrit. Elle se traîna dans la forêt où elle devint endormie d'avoir répandu du sang. Elle s'éveilla cette nuit-là, et le sang avait séché et malgré qu'elle avait l'impression d'être morte, c'était seulement le bébé qui était mort. Le bébé avait accepté la balle et sauvé sa mère. Un miracle. » Cela arrivait maintenant trop rapidement pour que je comprenne. Je voulais comprendre complètement, mais cela aurait requis un an pour chaque mot. « Elle était capable de marcher très lentement. Alors elle retourna à Trachimbrod, suivant la trace de son sang. » « Pourquoi retourna-t-elle ? » « Parce qu'elle était jeune et très bête. » (Est-ce pourquoi nous sommes retournés, Jonathan ?) « Elle avait peur de devenir tuée, oui ? » « Elle n'avait pas peur de ceci du tout. » « Et que se produisit-il ? » « Il faisait très noir et tous les villageois dormaient. Les Allemands étaient déjà à Kolki, alors elle n'avait pas peur d'eux. Malgré qu'elle n'aurait pas eu peur même si. Elle parcourut les maisons juives avec silence et rassembla tout, tous les livres, les habits, tout. » « Pourquoi ? » « Pour qu'ils ne les prennent pas. » « Les nazis ? » « Non, dit-elle, les villageois. » « Non », dit grand-père. « Si », dit Augustine. « Non. » « Si. » « Non. » « Elle alla aux cadavres qui étaient dans un trou devant la synagogue et retira les dents en or, et coupa les chevelures autant qu'elle pouvait, même celle de sa mère, même celle de son mari, même la sienne. » « Pourquoi ? Comment ? » « Après ? » « Elle cacha ces choses dans la forêt de sorte qu'elle pourrait les retrouver quand elle reviendrait, et puis elle alla de l'avant. » « Où ? » « Dans des endroits. » « Où ? » « En Russie. Et d'autres endroits. » « Après ? » « Après, elle revint. » « Pourquoi ? » « Pour prendre les choses qu'elle avait cachées et découvrir ce qui restait. Comme toutes celles qui retournèrent, elle était certaine qu'elle découvrirait leur maison et leurs amis et même les parents qu'ils avaient vu tuer. Il est dit que le Messie viendra à la fin du monde. » « Mais ce n'était pas la fin du monde », dit grand-père. « C'était la fin du monde. Il n'est pas venu, c'est tout. » « Pourquoi n'est-il pas venu ? » « Ce fut la leçon que nous apprîmes de tout ce qui s'était passé – Dieu n'existe pas. Il fallut tous ceux qui cachèrent leur visage pour qu'Il nous le prouve. » « Mais si c'était une façon de mettre votre foi à l'épreuve ? » dis-je. « Je ne pourrais croire en un Dieu qui mettrait la foi à l'épreuve de cette façon. » « Mais si ce n'était pas en Son pouvoir ? » « Je ne pourrais croire en un Dieu qui ne pourrait empêcher ce qui s'est passé. » « Mais si c'était l'homme, et pas Dieu, qui fit tout cela ? » « Je ne crois pas en l'homme non plus. »

« Que découvrit-elle quand elle retourna la deuxième fois ? » demanda grand-père. « Ceci », dit-elle, et elle bougea le doigt sur l'étendue noire. « Rien. Cela n'a pas changé du tout depuis son retour. Ils prirent tout ce que les Allemands avaient laissé et partirent pour d'autres shtetls. » « Alla-t-elle de l'avant quand elle vit ceci ? » demandai-je. « Non, elle resta. Elle découvrit la maison la plus proximale de Trachimbrod, toutes celles qui ne furent pas détruites étaient vides, et elle se promit d'y vivre jusqu'à sa mort. Elle récupéra toutes les choses qu'elle avait cachées et les apporta dans sa maison. C'était sa punition. » « Pourquoi ? » « Pour avoir survécu », dit-elle.

Avant que nous nous départions, Augustine nous guida jusqu'au monument à Trachimbrod. C'était un morceau de pierre, approximativement de la taille du héros, placé au milieu du champ, tellement au milieu qu'il était très impossible à trouver la nuit. La pierre disait en russe, ukrainien, hébreu, polonais, yiddish, anglais et allemand :

CE MONUMENT EST DÉDIÉ À LA MÉMOIRE
DES 1204 TRACHIMBRODIENS
QUI TOMBÈRENT VICTIMES DU FASCISME ALLEMAND
LE 18 MARS 1942.
Inauguré le 18 mars 1992.
Yitzhak Shamir, Premier ministre de l'État d'Israël

Je restai avec le héros devant ce monument de nombreuses minutes pendant qu'Augustine et grand-père s'éloignaient dans le noir. Nous ne disions rien. Ç'aurait été un minimum d'ignorer-vivre de parler. Je le regardai une fois pendant qu'il écrivait l'information du monument dans son journal, et je perçus qu'il me regarda une fois pendant que je contemplais le monument. Il percha dans l'herbe et je perchai à côté de lui. Nous perchâmes pendant plusieurs instants et puis nous nous étendîmes tous deux sur le dos et l'herbe était comme un lit. Parce qu'il faisait si noir, nous voyions beaucoup des étoiles. C'était comme si nous étions sous un grand parapluie, ou sous une robe. (Je n'écris pas cela seulement pour toi, Jonathan. C'est vraiment ce que c'était pour moi.) Nous parlâmes pendant de nombreuses minutes, au sujet de nombreuses choses, mais en vérité je ne l'écoutais pas, et il ne m'écoutait pas, et je ne m'écoutais pas moi-même, et il ne s'écoutait pas lui-même. Nous étions dans l'herbe, sous les étoiles, et c'est ce que nous faisions.

Finalement, grand-père et Augustine revinrent.

Cela nous captura seulement cinquante pour cent du temps de voyager en retour que cela ne nous en avait capturé de voyager jusque-là. Je ne sais pas pourquoi, mais j'en ai une idée. Augustine ne nous invita pas à entrer quand nous revînmes. « Il est tellement tard », dit-elle. « Vous devez être moulue », dit grand-père. Elle sourit de moitié. « Je ne suis pas trop bonne à dormir. » « Interroge-la au sujet d'Augustine », dit le héros. « Et Augustine, la femme sur la photographie, savez-vous quelque chose d'elle ou comment nous pourrions la trouver ? » « Non », dit-elle, et elle ne regardait que moi quand elle dit ceci. « Je sais que son grand-père s'échappa, parce que je le revis une fois, un an plus tard peut-être, peut-être deux. » Elle me donna un instant pour traduire. « Il revint à Trachimbrod pour voir si le Messie était venu. Nous mangeâmes un repas chez moi. Je lui fis cuire le peu de choses que j'avais et je lui donnai un bain. Nous essayions de nous rendre propres. Il avait vécu beaucoup de choses, je le voyais, mais nous savions qu'il ne fallait poser aucune question. » « Demande-lui de quoi ils ont parlé. » « Il veut savoir de quoi vous avez parlé. » « De rien, en vérité. De choses poids plume. Nous parlâmes de Shakespeare, je me rappelle, une pièce que nous avions lue tous les deux. Elles étaient traduites en yiddish, tu sais. Et il m'en avait donné une à lire autrefois. Je suis sûre que je l'ai encore ici. Je peux la trouver pour te la donner. » « Et que se passa-t-il ensuite ? » demandai-je. « Nous nous sommes disputés au sujet d'Ophélie. Une très grave dispute. Il me fit pleurer et je le fis pleurer. Nous n'avons parlé de rien. Nous avions trop peur. » « Avait-il déjà fait la connaissance de ma grand-mère ? » « Avait-il déjà fait la connaissance de sa seconde épouse ? » « Je ne sais pas. Il n'en parla pas une seule fois, et je crois plutôt qu'il en aurait parlé. Mais peut-être pas. C'était une époque si difficile pour la parole. On avait toujours peur de dire ce qu'il ne fallait pas et, d'ordinaire, il semblait convenable de ne rien dire du tout. » « Demande-lui combien de temps il resta à Trachimbrod. » « Il veut savoir combien de temps son grand-père resta à Trachimbrod. » « L'après-midi seulement. Un déjeuner, un bain et une dispute, dit-elle, et je crois que c'était plus long qu'il ne désirait. Il avait seulement besoin de voir si le Messie était venu. » « Comment était-il ? » « Il veut savoir à quoi ressemblait son grand-père. » Elle sourit et mit les mains dans les poches de sa robe. « Il avait un visage rude et d'épaisses chevelures brunes. Dis-lui. » « Il avait un visage rude et d'épaisses chevelures brunes. » « Il n'était pas très grand. Peut-être aussi grand comme toi. Dis-lui. » « Il n'était pas très grand. Peut-être aussi grand comme toi. » « On lui avait pris tant de choses. Je l'avais vu autrefois et c'était un gamin, et en deux ans c'était devenu un vieil homme. » Je dis ceci au héros puis demandai, « Ressemble-t-il à son grand-père ? » « Avant tout ce qui s'est passé, oui. Mais Safran changea tellement. Dis-lui qu'il ne faut jamais qu'il change comme ça. » « Elle dit qu'il te ressemblait autrefois, mais qu'après il changea. Elle dit qu'il faut que tu ne changes jamais. » « Demande-lui s'il y a d'autres survivants dans la région. » « Il veut savoir s'il y a des juifs dans les restes. » « Non, dit Augustine. Il y a un juif à Kivertsy qui m'apporte à manger, parfois. Il dit qu'il connaissait mon frère dans sa profession, à Loutsk, mais je n'avais pas de frère. Il y a un autre juif de Sokeretchy, qui vient me faire du feu en hiver. C'est très difficile en hiver pour moi, parce que je suis une vieille femme et que je ne peux plus couper du bois. » Je dis ceci au héros. « Demande-lui si elle pense qu'ils risquent d'être au courant, pour Augustine. » « Sauraient-ils quelque chose au sujet d'Augustine ? » « Non, dit-elle. Ils sont très vieux. Ils ne se rappellent rien. Je sais que quelques juifs de Trachimbrod ont survécu, mais je ne sais pas où ils sont. Les gens se sont tellement déplacés. Je connaissais un homme de Kolki qui s'échappa et ne dit plus jamais un seul mot. C'était comme si on lui avait cousu les lèvres avec du fil et une aiguille. Exactement. » Je dis ceci au héros. « Viendrez-vous avec nous ? demanda grand-père. Nous nous occuperons de vous, nous vous ferons du feu en hiver. » « Non », dit Augustine. « Venez avec nous, dit-il. Vous ne pouvez pas vivre ainsi. » « Je sais, dit-elle, mais. » « Mais vous. » « Non. » « Et puis. » « Non. » « Pourriez. » « Peux pas. » Silence. « Demeurez un moment, dit-elle. J'aimerais lui présenter quelque chose. » Il se matérialisa alors pour moi que nous ne savions pas plus son nom qu'elle ne savait le nom de grand-père ou celui du héros. Seulement le mien. « Elle rentre récupérer une chose pour toi », dis-je au héros. « Elle ne connaît pas son propre intérêt, dit grand-père. Elle n'a pas survécu pour être comme elle est. Si elle s'est soumise, elle devrait se tuer. » « Peut-être est-elle heureuse à l'occasion, dis-je. Nous ne savons pas. Je crois qu'elle était heureuse aujourd'hui. » « Elle ne désire pas le bonheur, dit grand-père. La seule façon qu'elle peut vivre est si elle est mélancolique. Elle veut que nous ayons des remords pour elle. Elle veut que nous portions son deuil, pas celui des autres. »

Augustine revint dehors de sa maison avec un carton marqué AU CAS OÙ au crayon bleu. « Tenez », dit-elle au héros. « Elle désire que tu aies ceci », lui dis-je. « Je ne peux pas », dit-il. « Il dit qu'il ne peut pas. » « Il doit. » « Elle dit que tu dois. » « Je n'ai pas compris pourquoi Rivka cacha son alliance dans le bocal, ni pourquoi elle me dit, Au cas où. Au cas où et puis quoi ? Quoi ? » « Au cas où elle serait tuée », dis-je. « Oui, et puis quoi ? En quoi l'alliance serait-elle différente ? » « Je ne sais pas », dis-je. « Demande-lui », dit-elle. « Elle veut savoir pourquoi son amie mit de côté son alliance quand elle pensa qu'elle serait tuée. » « Pour qu'il reste une preuve qu'elle avait existé », dit le héros. « Quoi ? » « Une preuve. Une trace. Un document. Un témoignage. » Je dis ceci à Augustine. « Mais l'alliance est inutile pour ceci. Les gens peuvent se rappeler sans l'alliance. Et quand ces gens oublient, ou meurent, personne n'est plus au courant, pour l'alliance. » Je dis ceci au héros. « Mais l'alliance pourrait servir de rappel, dit-il. Chaque fois qu'on la voit, on pense à elle. » Je dis à Augustine ce qu'avait dit le héros. « Non, dit-elle. Je crois qu'elle pensait au cas présent. Au cas où quelqu'un viendrait un jour faire des recherches. » Je ne percevais pas si elle me parlait à moi ou au héros. « De sorte que nous aurions quelque chose à découvrir », dis-je. « Non, dit-elle. L'alliance n'existe pas pour toi. Tu existes pour l'alliance. L'alliance n'est pas au cas où toi. Tu es au cas où l'alliance. » Elle excava la poche de sa robe et en retira une alliance. Elle tenta de la mettre au doigt du héros mais elle n'harmonisait pas, alors elle tenta de la lui passer au plus menu doigt mais elle n'harmonisait toujours pas. « Elle avait de petites mains », dit le héros. « Elle avait de petites mains », dis-je à Augustine. « Oui, dit-elle, si petites. » Elle tenta encore de mettre l'alliance au petit doigt du héros et elle s'appliqua très rétivement et je perçus que cela faisait le héros avec de nombreux genres de douleurs, malgré qu'il n'en exhibait même pas une. « Elle n'harmonisera pas », dit-elle, et quand elle retira l'alliance, je vis que l'alliance avait fait une coupure autour du plus menu doigt du héros.

« Nous irons de l'avant, dit grand-père. Il est temps que nous nous départions. » Je dis ceci au héros. « Dis-lui merci encore une fois. » « Il dit merci, dis-je. Et je vous remercie aussi. » Maintenant elle pleurait de nouveau. Elle pleura quand nous arrivâmes, et elle pleura quand nous nous départîmes, mais elle ne pleura jamais quand nous étions là. « Puis-je vous poser une question ? » demandai-je. « Bien sûr », dit-elle. « Moi, c'est Sacha, comme vous savez, et lui, Jonathan, et la chienne Sammy Davis Junior, Junior, et lui, grand-père, c'est Alex. Et vous ? » Elle fut silencieuse un moment. « Lista », dit-elle. Et puis elle dit, « Puis-je te poser une question ? » « Bien sûr. » « La guerre est-elle finie ? » « Je ne comprends pas. » « Je suis... » articula-t-elle, ou commença-t-elle d'articuler, mais alors grand-père accomplit quelque chose à quoi je ne m'attendais pas. Il s'assura de la main d'Augustine dans la sienne et lui donna un baiser sur les lèvres. Elle fit une rotation de nous vers la maison. « Il faut que je rentre m'occuper de mon bébé, dit-elle. Je lui manque. »

UNE HISTOIRE D'AMOUR, 1934-1941

Toujours employé par la congrégation des Avachistes, qui était devenue sans le savoir une espèce d'agence procurant une compagnie masculine aux veuves et aux femmes âgées, mon grand-père faisait plusieurs visites à domicile par semaine et fut en mesure d'économiser assez pour commencer à envisager de fonder une famille, ou pour que sa famille commence à envisager qu'il fonde lui-même une famille.

Quel bonheur de voir ton éthique du travail, lui dit son père un après-midi alors qu'il s'apprêtait à partir pour la petite maison de brique de la veuve Golda R près de la Synagogue Verticale. *Tu n'es pas le jeune gitan paresseux que nous avions cru.*

Nous sommes très fiers de toi, dit sa mère. Mais elle ne fit pas suivre, contrairement à ce qu'il avait espéré, cette remarque d'un baiser. *C'est à cause de papa*, songea-t-il. *S'il n'était pas là, elle m'aurait embrassé.*

Son père s'approcha tout près de lui, lui tapota l'épaule et dit, sans savoir ce qu'il disait, *Tiens bon la barre.*

Golda masquait tous les miroirs avant de faire l'amour avec lui.

Leah H, deux fois veuve, chez qui il retournait trois fois par semaine (même après son mariage), ne demandait que son sérieux quand il manipulait son vieux corps : de ne jamais rire de ses seins affaissés ou de son pubis presque chauve, de se montrer consciencieux avec les varices de ses mollets, de ne jamais reculer devant son odeur, qu'elle savait semblable à celle des feuilles pourrissantes.

Rina S, veuve de Kazwel L, seul membre des Volutes d'Ardisht qui avait été capable de se désintoxiquer pour descendre des toits de Rivne et renouer avec une existence au ras du sol – victime, comme le Cadran, de la scie circulaire du moulin –, mordait le bras inerte de Safran pendant qu'ils faisaient l'amour, afin de s'assurer qu'il ne sentait rien.

Elena N, veuve de l'entrepreneur des pompes funèbres Chaim N, avait vu la mort franchir mille fois les portes de son sous-sol mais n'avait jamais pu imaginer la profondeur du chagrin dans lequel elle vivrait quand l'os de poulet avalé de travers aurait étranglé son mari. Elle lui demandait de faire l'amour sous le lit, dans cette tombe subnuptiale peu profonde, pour atténuer un peu la douleur, rendre les choses un peu plus faciles. Safran, mon grand-père, le père de ma mère, que je n'ai pas connu, en passait par tout ce qu'elles voulaient toutes.

Mais avant de peindre un portrait trop flatteur, il convient de mentionner que les veuves ne représentaient qu'une moitié des maîtresses de mon jeune grand-père. Il menait une double vie : amant non seulement des femmes en deuil mais encore de femmes que n'avait pas touchées la main humide du chagrin, celles qui étaient plus près de leur première mort que de la seconde. Il y avait quelque cinquante-deux vierges, auxquelles il faisait l'amour dans chacune des positions qu'il avait étudiées sur un jeu de cartes obscène, prêté par l'ami qu'il abandonnait sans cesse au théâtre : soixante-neuf comme le valet avec la borgne Tali M qui portait des couettes et une calotte pliée en quatre en guise de bandeau sur l'œil ; prenant par-derrière comme le deux de cœur Brandil W, qui n'avait quant à elle qu'un seul cœur et très faible, d'où sa démarche vacillante et ses lunettes aux verres épais, et qui mourut avant la guerre – trop tôt, et juste à temps ; s'emboîtant étroitement, comme les cuillers rangées dans une ménagère, avec la reine de carreau Mella S, tout en seins et pas de derrière, fille unique de la plus riche famille de Kolki (chez laquelle, disait-on, l'argenterie ne servait qu'une fois) ; empalé sur l'as de pique Trema O, toujours première à la corrida et dont les cris perçants, il en était sûr, finiraient par les trahir. Elles l'aimaient et il les baisait – dix, valet, reine, roi, as –, vraie suite royale, quinte écarlate. Sa main valide se doublait donc d'une main magnifique : entre ses cinq doigts, cinquante-deux jeunes filles qui ne pouvaient et ne voulaient dire non.

Et il avait aussi, évidemment, une vie au-dessus de la ceinture. Il allait à l'école pour étudier avec les garçons de son âge. Il était très bon en arithmétique et son maître, le jeune Avachiste Yakem E, avait suggéré à mes arrière-grands-parents d'envoyer Safran dans une école de Loutsk réservée aux enfants doués. Mais rien n'aurait pu ennuyer mon grand-père plus que ses études. *Les livres sont bons pour ceux qui n'ont pas de vraie vie*, songeait-il. *Et encore, ils ne remplacent pas vraiment.* Son école était petite – quatre maîtres et quarante élèves. Chaque jour était divisé entre l'étude des matières religieuses, sous la férule du Rabbin Beau-à-couvert et d'un de ses fidèles verticaliste, et celle des matières séculières, ou utiles, enseignées par trois maîtres – parfois deux, parfois quatre – avachistes.

Tous les écoliers apprenaient l'histoire de Trachimbrod dans un livre rédigé à l'origine par le Rabbin Vénérable – *ET SI TOUS NOS EFFORTS DOIVENT TENDRE VERS UN AVENIR MEILLEUR, NE DEVONS-NOUS PAS ÊTRE FAMILIERS ET RÉCONCILIÉS AVEC NOTRE PASSÉ ?* – et régulièrement révisé par une commission de Verticalistes et d'Avachistes. Le *Livre des antécédents* fut d'abord un recueil des principaux événements : batailles et traités, famines, secousses sismiques, début et fin des régimes politiques. Mais il ne fallut pas longtemps pour que des événements de moindre importance y soient consignés et décrits en détail – festivités, mariages et décès de personnalités, état des nouvelles constructions dans le shtetl (il n'y avait pas de destructions à l'époque) – et le volume de dimensions plutôt modestes dut être remplacé par une édition en trois tomes. Bientôt, à la demande du lectorat – c'est-à-dire tous, Verticalistes et Avachistes pareillement –, le *Livre des antécédents* comporta un recensement bisannuel, avec le nom de chaque citoyen et une brève chronique de sa vie (les femmes y figurèrent après le schisme de la synagogue), de brefs comptes-rendus d'événements encore moins remarquables, et des commentaires sur ce que le Rabbin Vénérable avait appelé *LA VIE ET LA VIE DE LA VIE*, qui comportaient des définitions, des paraboles, diverses règles de vie vertueuse et des dictons astucieux, quoique dénués de signification. Les éditions les plus récentes, qui occupaient désormais un rayon entier de la bibliothèque, devinrent plus détaillées encore, les citoyens y apportant leur contribution sous forme d'archives familiales, de portraits, de documents importants et de journaux intimes, tant et si bien que tout écolier pouvait facilement y découvrir ce que son grand-père avait mangé au petit déjeuner, tel jeudi un demi-siècle auparavant, ou ce qu'avait fait sa grand-tante quand la pluie était tombée sans répit pendant cinq mois. Le *Livre des antécédents*, autrefois remis à jour chaque année, faisait désormais l'objet d'une mise à jour ininterrompue et, quand il n'y avait rien à noter, la commission à plein temps y consignait qu'elle n'avait rien à consigner, ne fût-ce que pour perpétuer le mouvement, l'expansion d'un livre qui ressemblait de plus en plus à la vie : *Nous écrivons... Nous écrivons... Nous écrivons...*

Même les plus mauvais élèves lisaient le *Livre des antécédents* sans en sauter un mot, car ils savaient qu'eux aussi en habiteraient un jour les pages, que si seulement ils avaient pu mettre la main sur une édition future, ils auraient pu y lire leurs erreurs (et peut-être les éviter), et les erreurs de leurs enfants (et s'assurer qu'elles ne se produisent jamais), et le bilan des guerres à venir (et se préparer à la mort d'êtres chers).

Et je suis certain que mon grand-père ne faisait pas exception. Lui aussi, dans sa quête, dut passer de volume en volume, de page en page...

LA BOULE ACCUSATRICE DE YANKEL D

À la suite de certaines activités honteuses, le procès de l'usurier couvert d'opprobre Yankel D eut lieu l'année 1741 devant la Haute Cour Verticale. Ledit usurier, ayant été jugé coupable d'avoir commis lesdites actions honteuses en question, fut contraint par proclamation du shtetl de porter la boule de boulier accusatrice accrochée à une cordelette blanche autour du cou. Il convient de noter qu'il la portait même quand nul ne le regardait, même dans son sommeil.

JOUR DE TRACHIM, 1796

Une mouche d'une particulière malfaisance piqua la croupe du cheval qui tirait le char de Rivne le jour de Trachim. Elle fut cause que la jument nerveuse se cabra, précipitant dans la Brod l'effigie du travailleur des champs. Le défilé des chars en fut retardé de quelque trente minutes, le temps que des hommes vigoureux récupèrent l'effigie détrempée. La mouche coupable fut attrapée dans le filet d'un écolier non identifié. Le gamin leva la main pour l'écraser, sachant qu'il fallait faire un exemple, mais comme son poing entamait la descente, la mouche remua fébrilement les ailes sans s'envoler. Le gamin, le gamin sensible, fut saisi par la fragilité de la vie et libéra la mouche. La mouche, saisie elle aussi, mourut de gratitude. L'exemple fut fait.

MAUVAISE SANTÉ DES NOURRISSONS

(*Voir* DIEU)

QUAND LA PLUIE TOMBA SANS RÉPIT PENDANT CINQ MOIS

La pire de toutes les périodes pluvieuses fut celle des deux derniers mois de 1914 et des trois premiers de 1915. Les tasses posées sur le rebord des fenêtres débordèrent rapidement. Les fleurs s'épanouirent puis moururent noyées. On pratiqua des ouvertures dans les plafonds au-dessus des baignoires... Il convient de noter que la pluie sans répit coïncida avec la période d'occupation russe* et que, nonobstant la quantité d'eau qui tomba, il y en eut pour continuer à prétendre qu'ils avaient soif. (*Voir* GITTLE K, YAKOV L.)

*Ayant appris que c'était un juif qui avait inventé le poème d'amour, le magistrat frustré Rufkin S, puisse son nom être perdu entre des coussins, fit pleuvoir le feu et le verre pilé sur notre simple shtetl. (Ce n'était pas le juif, à l'évidence, qui inventa le poème d'amour. C'était l'inverse.)

LE MOULIN

Il se trouva qu'en la onzième année d'un siècle du passé lointain, le Peuple Élu (nous) sortit d'Égypte sous la conduite alors avisée de notre guide Moïse. Dans la hâte de la fuite, le pain n'avait pas le temps de lever et le Seigneur notre Dieu, puisse Son nom inspirer des pensées entraînantes, qui, dans sa recherche de la perfection pour chacune de ses créations, ne pouvait vouloir un pain imparfait, dit à son peuple (nous, pas eux) : *VOUS NE FEREZ PAS DE PAIN QUI SOIT TROP FRIABLE, INSIPIDE, QUI AIT MAUVAIS GOÛT OU CAUSE UNE CONSTIPATION DÉSESPÉRÉE.* Mais le Peuple Élu avait très faim et courut le risque avec du bon levain. Ce qui cuisit sur notre dos fut moins que parfait, et bel et bien insipide, trop friable, mauvais au goût et cause que plus d'un bon accroupissement fût remis. Et Dieu, puisse Son nom être toujours sur nos lèvres dépourvues de gerçures, entra dans une grande colère. C'est à cause de ce péché de nos ancêtres qu'un membre de notre shtetl est tué au moulin chaque année depuis sa fondation en 1713. (Pour une liste de ceux qui ont péri au moulin, *voir* APPENDICE G : MORTS PRÉMATURÉES.)

L'EXISTENCE DES GENTILS

(*Voir* DIEU)

L'ENTIÈRETÉ DU MONDE TEL QUE NOUS LE CONNAISSONS ET NE LE CONNAISSONS PAS

(*Voir* DIEU)

LES JUIFS ONT SIX SENS

Toucher, vue, goût, odorat, ouïe... mémoire. Tandis que les Gentils perçoivent et traitent le monde par les sens traditionnels et se servent de la mémoire seulement comme d'un moyen de deuxième ordre pour interpréter les événements, pour les juifs, la mémoire n'est pas moins primordiale que la piqûre d'une épingle, ou son éclat argenté, ou le goût du sang qu'elle fait couler du doigt. Le juif est piqué par une épingle et se rappelle d'autres épingles. Ce n'est qu'en faisant remonter la piqûre d'épingle jusqu'à d'autres piqûres d'épingles – quand sa mère tenta d'ajuster sa manche alors qu'il avait encore le bras dedans, quand les doigts de son grand-père tombèrent endormis du front trempé de sueur de son arrière-grand-père qu'ils caressaient, quand Abraham tâta la pointe du couteau pour être sûr qu'Isaac ne souffrirait pas – que le juif est capable de savoir pourquoi cela fait mal.

Quand un juif rencontre une épingle, il demande : *Quelle sensation produit son souvenir ?*

LE PROBLÈME DU MAL : POURQUOI DES CHOSES INDISCUTABLEMENT MAUVAISES ARRIVENT-ELLES À DES GENS INDISCUTABLEMENT BONS

Cela n'arrive jamais.

L'ÉPOQUE DES MAINS TEINTES

Peu après les suicides erronés, l'époque des mains teintes commença quand le boulanger Herzog J observa que les petits pains qu'on ne surveillait pas d'un œil attentif disparaissaient parfois. Il répéta cette observation de nombreuses fois, disposant ses petits pains çà et là dans sa boulangerie, allant jusqu'à marquer leur emplacement au fusain, et chaque fois qu'il se détournait rapidement puis jetait de nouveau un coup d'œil furtif en arrière, il ne restait que les marques.

Que de vols, dit-il.

À ce moment de notre histoire, l'Éminent Rabbin Fagel F (*voir aussi* APPENDICE B : LISTE DES RABBINS VERTICAUX) était le haut responsable de l'application des lois. Afin de conduire une enquête équitable, il veilla à ce que chacun dans le shtetl fût traité comme un suspect, présumé coupable jusqu'à preuve du contraire. *NOUS TEINDRONS LES MAINS DE CHAQUE CITOYEN D'UNE COULEUR DIFFÉRENTE*, dit-il, *ET DÉCOUVRIRONS DE CETTE FAÇON QUI A MIS LES SIENNES DERRIÈRE LE COMPTOIR DE HERZOG.*

Celles de Lippa R furent teintes de rouge sang. Celles de Pelsa G du vert clair de ses yeux. Celles de Mika P d'un violet subtil, comme celui du morceau de ciel au-dessus des cimes de la forêt de Radziwell quand le soleil s'y coucha le soir du troisième shabbat de ce mois de novembre. Toutes les mains, toutes les teintes y passèrent. Par souci d'équité, même celles de Herzog J furent teintes du rose d'un papillon *Troides helena* qui se trouva mourir sur le bureau de Dickle D, le chimiste qui inventa le produit qu'on ne pouvait laver mais qui laisserait des traces sur tout ce que les mains teintes toucheraient.

Il s'avéra qu'une simple souris, puisse sa mémoire vivre au voisinage d'un derrière puant, avait subtilisé les petits pains, et nulle couleur n'apparut jamais derrière le comptoir.

Mais elles apparurent partout ailleurs.

Shlomo V découvrit de la teinture argentée entre les cuisses de son épouse, Chebra, puisse sa conduite être unique en ce monde et en tous les autres, et n'en dit rien avant de lui avoir verdi les seins de ses mains puis d'avoir couvert ces seins de semence blanche. Il la traîna alors toute nue à travers les rues grises sous la lune, de maison en maison, se bleuissant les phalanges contre les portes. Il la contraignit à regarder tandis qu'il coupait les testicules de Samuel R qui implorait sa pitié en élevant ses doigts teintés d'argent et cria, non sans ambiguïté, *Il y a eu une erreur.* Des couleurs partout. Les empreintes digitales indigo de l'Éminent Rabbin Fagel F sur les pages de plus d'un périodique ultraséculier. Le bleu des lèvres froides de la veuve affligée Shifrah K sur la pierre tombale de son époux dans le cimetière du shtetl, comme ces dessins que font les enfants par frottis. Tout le monde s'empressa d'accuser Irwin P d'avoir parcouru de ses mains brunes le Cadran tout entier. *Comme il est égoïste!* disaient-ils. *Il veut tout pour lui!* Mais c'étaient *leurs* mains, leurs mains à tous, mélange de toutes les couleurs de l'arc-en-ciel laissé par l'ensemble des citoyens du shtetl qui avaient prié pour avoir de beaux fils, quelques années de vie en plus, une protection contre la foudre, l'amour.

Le shtetl était peint des agissements de ses citoyens et, dans la mesure où toutes les couleurs avaient été utilisées – excepté celle du comptoir, bien sûr –, il était impossible de distinguer ce qui avait été touché par des mains de ce qui était comme il était parce qu'il était comme il était. Le bruit courut que Getzel G avait joué en secret du violon de tous les violoneux – bien qu'il ne sache pas jouer du violon ! – parce que les cordes étaient de la couleur de ses doigts. Les gens murmuraient que Gesha R devait être devenue acrobate – comment expliquer autrement que la ligne de fracture Juif/Humain soit devenue aussi jaune que ses paumes ? Et quand le cramoisi des joues d'une écolière fut confondu avec celui des doigts d'un saint homme, ce fut l'écolière qu'on traita de *ribaude, catin, traînée.*

LE PROBLÈME DU BIEN : POURQUOI DES CHOSES INDISCUTABLEMENT BONNES ARRIVENT-ELLES À DES GENS INDISCUTABLEMENT MAUVAIS

(*Voir* DIEU)

CUNNILINGUS ET FEMME EN MENSTRUES

Le buisson ardent ne doit pas être consommé. (Pour une liste complète des règles et règlements concernant ce que vous savez, *voir* APPENDICE B-ER.)

LE ROMAN, QUAND CHACUN ÉTAIT CONVAINCU D'EN AVOIR UN EN LUI

Le roman est la forme d'art qui brûle le plus facilement. Il se trouva qu'au milieu du XIXe siècle, tous les citoyens de notre shtetl – hommes, femmes et enfants – furent convaincus d'avoir en eux au moins un roman. Cette période résulta vraisemblablement des passages du colporteur gitan qui apporta, un mois sur deux, le troisième dimanche du mois, sur la place du shtetl, un chariot de livres qu'il présenta comme de *magnifiques mondes imaginaires de mots, monceaux d'émouvantes merveilles.* Qu'aurait-il pu venir d'autre aux lèvres d'un Élu que, *Ça, je peux le faire.*

Plus de sept cents romans furent écrits entre 1850 et 1853. L'un commençait ainsi : *Combien de temps s'est écoulé depuis la dernière fois que j'ai songé à ces matins balayés par le vent.* Un autre : *On dit que chacune garde le souvenir de sa première fois, mais moi non.* Un autre : *Le meurtre est certes une affreuse action mais le meurtre d'un frère est en vérité le crime le plus épouvantable que connaisse l'homme.* Il y avait 272 autobiographies mal déguisées, 66 histoires de crimes, 97 récits de guerre. Un homme tuait son frère dans 107 de ces romans. Dans la totalité à l'exception de 89, une infidélité était commise. Un couple amoureux s'interrogeait sur ce que l'avenir lui réservait dans 29 ; 68 se terminaient sur un baiser ; 35 exceptés, tous utilisaient le mot « honte ». Ceux qui ne savaient ni lire ni écrire firent des romans visuels : collages, gravures, crayons, aquarelles. Une salle spéciale fut adjointe à la bibliothèque Yankel et Brod pour les romans de Trachimbrod, alors même qu'une poignée seulement en était encore lue cinq ans après leur composition.

Un jour, près d'un siècle plus tard, un jeune garçon vint fouiner dans les rayonnages.

Je cherche un livre, dit-il à la bibliothécaire qui veillait sur les romans de Trachimbrod depuis qu'elle était jeune fille et était la seule citoyenne à les avoir tous lus. *C'est mon arrière-grand-père qui l'a écrit.*

Comment s'appelait-il ? demanda la bibliothécaire.

Safranbrod, mais je crois qu'il l'écrivit sous un pseudonyme.

Comment s'appelait son livre ?

Je n'arrive pas à me le rappeler. Il en parlait tout le temps. Il me racontait des histoires qui en étaient tirées pour m'endormir.

Quel est son sujet ? demanda-t-elle.

Il parle d'amour.

Elle rit. *Ils parlent tous d'amour.*

ART

L'art est cette chose qui n'a à faire qu'avec elle-même – le produit d'une tentative réussie de faire une œuvre d'art. Malheureusement, il n'existe pas d'exemple d'art, ni de bonnes raisons de croire qu'il en existera un jour. (Tout ce qui a été fait a été fait dans un but, tout a été fait avec une fin qui existe en dehors de la chose elle-même, par exemple, *Je veux vendre ceci*, ou *Je veux que ceci me rende célèbre et aimé*, ou *Je veux que ceci me fasse du bien*, ou pire, *Je veux que ceci fasse du bien aux autres*.) Et pourtant nous continuons à écrire, à peindre, à sculpter et à composer. Est-ce la preuve de notre bêtise ?

IFICE

L'ifice est cette chose qui a un but, créée pour remplir une fonction, et ayant à voir avec le monde. Toute chose est, d'une manière ou d'une autre, un exemple d'ifice.

EFACT

Un efact est un fait au passé. Par exemple, nombreux sont ceux qui croient qu'après la destruction du premier Temple, l'existence de Dieu devint un efact.

ARTIFICE

L'artifice est cette chose qui était de l'art dans sa conception et de l'ifice dans son exécution. Regardez autour de vous. Les exemples sont partout.

ARTEFACT

Un artefact est le produit d'une tentative réussie de faire une chose belle, inutile, et dépourvue de but à partir d'un fait au passé. Il ne peut jamais être de l'art ni jamais être un fait. Les juifs sont des artefacts d'Éden.

EFACTIFICE

La musique est belle. Depuis le début des temps, nous (les juifs) sommes à la recherche d'une nouvelle façon de parler. Nous jugeons souvent que de terribles malentendus sont responsables du traitement qu'on nous a infligé tout au long de l'histoire. (Les mots ne disent jamais ce que nous voulons leur faire dire.) Si nous communiquions au moyen d'une chose comme la musique, nous ne serions jamais mal compris, parce qu'il n'y a rien à comprendre dans la musique. Telle fut l'origine de notre façon de psalmodier la Torah et, très vraisemblablement, du yiddish – la plus onomatopéique de toutes les langues. C'est aussi la raison pour laquelle les plus âgés d'entre nous, en particulier ceux qui ont survécu à un pogrom, fredonnent si souvent, semblent en fait incapables de s'arrêter de fredonner, semblent absolument déterminés à en exclure tout silence, toute signification linguistique. Mais tant que nous n'aurons pas trouvé cette nouvelle façon de parler, tant que nous n'aurons pas trouvé un vocabulaire non approximatif, les mots ineptes restent ce que nous avons de mieux. Efactifice est un de ces mots.

LE PREMIER VIOL DE BROD D

Le premier viol de Brod D eut lieu au milieu des célébrations qui suivirent le treizième festival du jour de Trachim, le 18 mars 1804. Brod rentrait chez elle, descendue du char tout fleuri de bleu sur lequel elle s'était tenue avec une si austère beauté au long de tant d'heures, faisant onduler sa queue de sirène au moment approprié seulement, jetant au fond de sa rivière éponyme les lourds sacs au moment où le rabbin lui adressait le signe de tête nécessaire –, lorsqu'elle fut abordée par le hobereau fou Sofiowka N, dont notre shtetl porte désormais le nom pour les cartes et les registres du recensement mormon. *J'ai tout vu*, dit-il. *J'ai assisté au défilé, ne le sais-tu pas, de si haut, si haut, si haut au-dessus des gens du commun et de leurs festivités communes, auxquelles, je dois l'avouer, j'aurais évidemment aimé participer tant soit peu. Je t'ai vue sur ton char, et oh, que tu étais peu commune. Tu étais, face à toute cette fausseté, si naturelle.*

Merci, dit-elle, et elle voulut poursuivre son chemin, prenant à cœur l'avertissement de Yankel selon lequel Sofiowka pouvait vous rebattre les oreilles si on lui en donnait l'occasion.

Mais où vas-tu ? Ce n'est pas tout, dit-il, saisissant son bras maigre. *Ton père ne t'a donc pas appris à écouter quand on te parle ? Ou qu'on parle à toi, ou qu'on parle sous toi, ou qu'on parle autour de toi, ou même qu'on parle en toi ?*

Je voudrais rentrer chez moi, maintenant, Sofiowka. J'ai promis à mon père que nous mangerions de l'ananas ensemble et je vais être en retard.
Tu n'as rien promis du tout, dit-il, contraignant Brod à se tourner pour lui faire face. *Voilà que tu me mens.*
Mais si. Nous étions d'accord pour qu'après le défilé je rentre à la maison manger de l'ananas avec lui.
Mais tu m'as dit que tu l'avais promis à ton père, alors, Brod, peut-être utilises-tu ce terme à la légère, peut-être ne sais-tu même pas ce qu'il signifie, mais si tu persistes à me dire que tu as fait une promesse à ton père, je persisterai à te traiter de menteuse.
Ça ne veut rien dire. Brod eut un rire nerveux et se remit à marcher vers sa maison. Il lui emboîta le pas, marchant sur le bout de sa queue.
C'est toi, Brod, qui ne veux rien dire.
Il l'arrêta de nouveau et la contraignit à se tourner pour lui faire face.
Mon père m'a donné le nom de la rivière parce que...
Tu recommences, dit-il, remontant ses doigts des épaules de Brod au bas de ses cheveux puis les y enfonçant, repoussant la tiare bleue de la reine du char. *Ce n'est pas beau de mentir pour une petite fille.*
Je veux rentrer à la maison, maintenant, Sofiowka.
Alors rentre.
Mais je ne peux pas.
Pourquoi ?
Parce que tu tiens mes cheveux.
Oh, tu as parfaitement raison. Je les tiens. Je ne l'avais même pas remarqué. Ce sont tes cheveux, n'est-ce pas ? Et je les tiens, n'est-ce pas, t'empêchant ainsi d'aller chez toi, d'aller où que ce soit. Tu pourrais crier, j'imagine, mais à quoi cela t'avancerait-il ? Tout le monde crie sur les berges, tout le monde crie son plaisir. Crie de plaisir, Brod. Allez, tu en es capable. Un petit cri de plaisir.
S'il te plaît, se mit-elle à geindre. *S'il te plaît, Sofiowka. Je veux rentrer chez moi, c'est tout, je sais que mon père m'attend...*

Tu recommences, connasse menteuse! vociféra-t-il. *N'y a-t-il pas eu assez de mensonges comme ça pour ce soir!*

Que veux-tu? cria Brod.

Il prit un couteau dans sa poche et coupa les bretelles de son costume de sirène.

Elle fit glisser le costume autour de ses chevilles puis de ses pieds et ôta sa culotte. Elle s'assura, du bras qu'il ne lui tenait pas derrière le dos, que la queue ne tombe pas dans la boue.

Plus tard cette nuit-là, quand elle fut rentrée chez elle et eut découvert le cadavre de Yankel, le Kolkien fut illuminé à sa fenêtre par un bref éclair.

Va-t'en, cria-t-elle, couvrant sa poitrine nue de ses bras et retournant vers Yankel, protégeant leurs deux corps du regard du Kolkien. Mais il ne partit pas.

Va-t'en!

Je ne partirai pas sans toi, lança-t-il à travers la vitre.

Va-t'en! Va-t'en!

La pluie dégouttait de sa lèvre supérieure. *Pas sans toi.*

Je vais me tuer! vociféra-t-elle.

Alors j'emporterai ton corps avec moi, dit-il, les paumes contre la vitre.

Va-t'en!

Je ne m'en irai pas!

Yankel tressaillit sous l'effet de la raideur cadavérique, renversant la lampe à pétrole qui s'éteignit avant d'atteindre le plancher, plongeant la pièce dans une obscurité complète. Ses joues s'étirèrent en un étroit sourire, révélant, aux ombres bannies, une satisfaction. Brod laissa retomber ses bras contre ses flancs et se tourna pour faire face au Kolkien – c'était la deuxième fois qu'elle montrait sa nudité en treize ans de vie.

Alors il faut que tu fasses quelque chose pour moi, dit-elle.

Sofiowka fut retrouvé le lendemain matin, se balançant par le cou au pont de bois. Ses mains tranchées pendaient à des ficelles nouées à ses pieds et en travers de sa poitrine était écrit, avec le rouge à lèvres de Brod : ANIMAL.

CE QUE JACOB R MANGEA AU PETIT DÉJEUNER LE MATIN DU 21 FÉVRIER 1877

Des pommes rissolées avec de l'oignon. Deux tranches de pain noir.

PLAGIAT

Caïn tua son frère pour avoir plagié un de ses petits poèmes préférés, qui faisait comme suit :

Saules d'argent, sapins verts,
Sur l'île, dans la rivière,
Les brises crépusculaires
Mettent la vague à l'envers.

Incapable de contenir sa fureur de poète bafoué, incapable de continuer à écrire tant qu'il saurait que des pirates d'opérette déroberaient le fruit de son industrie pour en faire leur butin, incapable d'oublier la question, *Si ma rime à d'autres s'arrime, à quoi ça rime ?* Caïn décida de mettre fin à tout jamais au larcin littéraire. Du moins le croyait-il.

Mais à sa grande surprise, ce fut Caïn qui trinqua, Caïn que sa malédiction condamna à besogner la terre pour en tirer sa subsistance, Caïn qui fut contraint de porter cette marque terrible, Caïn à qui ses vers mélancoliques et spirituels auraient permis de coucher tous les soirs avec qui lui chantait mais qui ne connaissait personne qui eût lu une seule page de son grand œuvre.

Pourquoi ?

Dieu aime le plagiaire. Et ainsi qu'il est écrit, « Dieu créa l'homme à Son image, à l'image de Dieu Il le créa, homme et femme Il les créa. » Dieu est le plagiaire originel. En l'absence de sources raisonnables à rançonner – l'homme créé à l'image de quoi ? des animaux ? –, la création de l'homme fut un acte de plagiat réflexif ; Dieu pilla le miroir. Quand nous plagions, nous créons de même *à l'image de* et participons à l'achèvement de la Création.

Suis-je la matière de l'œuvre de mon frère ?
Évidemment, Caïn. Évidemment.

LE CADRAN
(*Voir* FAUSSES IDOLES)

LA TOTALITÉ HUMAINE

Le Pogrom des Coulpes Battues (1764) fut terrible, mais ce ne fut pas le pire, et il reste, à n'en pas douter, pire encore à venir. Ils sont arrivés à cheval. Ils ont violé nos femmes enceintes et massacré à coups de faucille nos hommes les plus vigoureux, ils ont battu nos enfants à mort. Ils nous ont fait maudire nos textes les plus sacrés. (Il était impossible de distinguer les cris des bébés de ceux des adultes.) Immédiatement après leur départ, les Verticalistes et les Avachistes joignirent leurs forces pour soulever et déplacer ensemble la synagogue jusque dans les Trois-Quartiers Humains, en faisant, pour une heure seulement, la Totalité Humaine. Sans savoir pourquoi, nous nous battions la poitrine comme nous faisons pour demander le pardon à Yom Kippour. Priions-nous, *Pardonne nos oppresseurs pour ce qu'ils ont fait*? Ou, *Pardonne-nous pour ce qui nous a été fait*? Ou, *Pardonne-Toi pour Ton inscrutabilité*? (*Voir* APPENDICE G : MORTS PRÉMATURÉES.)

NOUS, LES JUIFS

Les juifs sont ces choses que Dieu aime. Puisque les roses sont belles, nous devons supposer que Dieu les aime. Par conséquent, les roses sont juives. Selon le même raisonnement, les étoiles et les planètes sont juives, tous les enfants sont juifs, l'« art » joli est juif (Shakespeare n'était pas juif, mais Hamlet l'était), et la sexualité, accomplie entre mari et femme dans une position bonne et convenable, est juive. La chapelle Sixtine est-elle juive ? Il t'est vivement conseillé de le croire.

LES ANIMAUX

Les animaux sont ces choses qui plaisent à Dieu mais qu'il n'aime pas.

OBJETS QUI EXISTENT

Les objets qui existent sont ces choses qui ne plaisent même pas à Dieu.

OBJETS QUI N'EXISTENT PAS

Les objets qui n'existent pas n'existent pas. Si nous devions imaginer une telle chose, un objet qui n'existerait pas, ce serait cette chose que Dieu haïrait. C'est l'argument le plus puissant contre les incroyants. Si Dieu n'existait pas, il serait contraint de se haïr, ce qui est manifestement inepte.

LES CENT VINGT MARIAGES DE JOSEF ET SARAH L

Le jeune couple se maria pour la première fois le 5 août 1744, quand Josef avait huit ans et Sarah six, et mit fin pour la première fois à son mariage six jours plus tard, quand Josef refusa de croire, au grand dam de Sarah, que les étoiles étaient des clous d'argent fixant au ciel le noir de la nuit. Ils se remarièrent quatre jours plus tard, quand Josef laissa un mot sous la porte de la maison des parents de Sarah : *J'ai réfléchi à tout ce que tu m'as dit et je crois effectivement que les étoiles sont des clous d'argent.* Ils mirent de nouveau fin à leur mariage un an plus tard, quand Josef avait neuf ans et Sarah sept, à cause d'une querelle sur la nature du fond de la Brod. Une semaine plus tard, ils se remarièrent, incluant cette fois dans leurs vœux celui de s'aimer jusqu'à la mort, sans prendre en compte l'existence d'un fond de la Brod, la température de ce fond (s'il existait), ni l'existence possible d'étoiles de mer sur ce fond qui existait peut-être. Ils mirent fin à leur mariage trente-sept fois au cours des sept années qui suivirent et se remarièrent chaque fois en allongeant leur liste de vœux. Ils divorcèrent deux fois quand Josef avait vingt-deux ans et Sarah vingt, quatre fois quand ils avaient vingt-cinq et vingt-trois ans, respectivement, et huit fois, le maximum en l'espace d'une seule année, quand ils avaient trente et vingt-huit ans. Ils avaient soixante et cinquante-huit ans quand ils se marièrent pour la dernière fois, trois semaines seulement avant que Sarah meure d'une crise cardiaque et que Josef se suicide par noyade dans son bain. Leur contrat de mariage est encore accroché au-dessus de la porte de la maison qu'ils partagèrent par intermittence – cloué au linteau et descendant jusqu'à effleurer le paillasson marqué du SHALOM ! de bienvenue :

> C'est avec une loyauté et une fidélité à jamais durables que nous, Josef et Sarah L, nous unissons dans les liens indéfectibles du mariage, promettant de nous aimer jusqu'à la mort, étant entendu que les étoiles sont des clous d'argent dans le ciel, sans prendre en compte l'existence d'un fond de la Brod, la température de ce fond (s'il existe) ni l'existence possible d'étoiles de mer sur ce fond qui existe peut-être, négligeant le caractère accidentel ou non de la chute de divers récipients contenant du jus de raisin, d'accord pour oublier que Josef jouait aux quilles avec ses amis quand il avait promis d'aider Sarah à enfiler son aiguille pour l'édredon qu'elle était en train de coudre et, de même, que Sarah était censée donner cet édredon à Josef et pas à son copain, estimant sans conséquence certains détails de l'histoire du chariot de Trachim, par exemple si ce fut Chana ou Hannah qui vit la première les curieuses épaves, ignorant le fait établi que Josef ronfle comme un sonneur, et que Sarah n'est pas non plus une compagne de lit très engageante, laissant glisser le fait que l'une et l'autre partie tendent à regarder trop longtemps certains représentants du sexe opposé, sans faire toute une histoire du fait que Josef soit si négligent et abandonne ses vêtements là où il lui prend la fantaisie de les ôter, s'attendant à ce que Sarah les ramasse,

les nettoie et les remette à leur place comme il aurait dû le faire, ou que Sarah semble tenir à être une incorrigible emmerdeuse attachée aux plus infimes détails tels que le sens dans lequel il convient d'accrocher le rouleau de papier hygiénique ou les cinq minutes de retard par rapport à l'heure où elle avait prévu de servir le dîner, parce qu'il faut bien dire que c'est Josef qui accroche le papier hygiénique et sert le dîner, passant outre au fait de savoir si la betterave est un légume préférable au chou, laissant de côté le problème d'être ou non une tête de lard vouée à une déraison chronique, cherchant à effacer le souvenir de tel rosier depuis longtemps défunt que telle personne était censée ne pas oublier d'arroser quand son épouse était allée voir sa famille à Rivne, acceptant le compromis entre ce que nous étions, ce que nous sommes et ce que nous deviendrons vraisemblablement... puissions-nous vivre dans l'amour et la santé, amen.

LE LIVRE DES RÉVÉLATIONS

(Pour une liste complète des révélations, *voir* APPENDICE Z-32. Pour une liste complète des genèses, *voir* APPENDICE Z-33.)

La fin du monde est souvent arrivée et continue d'arriver souvent. Impitoyable, implacable, apportant noirceur sur noirceur, la fin du monde est une chose que nous avons appris à bien connaître, dont nous avons fait une habitude, un rite. Notre religion est de tenter de l'oublier en son absence, de faire la paix avec elle quand elle est indéniable et de lui rendre son étreinte quand elle finit par arriver pour nous, comme elle le fait toujours.

On n'a pas encore vu d'être humain qui ait survécu à une période historique sans avoir connu au moins une fin du monde. Les érudits débattent à l'envi de savoir si les enfants mort-nés sont sujets aux mêmes révélations – si l'on pourrait dire qu'ils ont vécu sans fin. Ce débat requiert évidemment que l'on examine de près cette question plus profonde : *La création du monde a-t-elle précédé sa fin ?* Quand le Seigneur notre Dieu a soufflé sur l'univers, fut-ce une genèse ou une révélation ? Les sept jours, faut-il les compter vers l'avant ou vers l'arrière ? Quel goût avait la pomme, Adam ? Et le demi-asticot que tu découvris dans cette pulpe aigre-douce : était-ce la tête ou la queue ?

MAIS QU'EST-CE QUE YANKEL D AVAIT FAIT AU JUSTE

(*Voir* LA BOULE ACCUSATRICE DE YANKEL D)

LES CINQ GÉNÉRATIONS ENTRE BROD ET SAFRAN

Brod eut trois fils avec le Kolkien, tous nommés Yankel. Les deux premiers moururent au moulin, victimes, comme leur père, de la scie circulaire. (*Voir* APPENDICE G : MORTS PRÉMATURÉES.) Le troisième Yankel, conçu par le trou après l'exil du Kolkien, vécut une vie longue et productive qui comporta nombre d'expériences, de sentiments et de petites accumulations de sagesse dont aucun d'entre nous ne saura jamais rien. Ce Yankel engendra Trachimkolkien. Trachimkolkien engendra Safranbrod. Safranbrod engendra Trachimyankel. Trachimyankel engendra Kolkienbrod. Kolkienbrod engendra Safran. Car ainsi qu'il est écrit : *ET SI TOUS NOS EFFORTS DOIVENT TENDRE VERS UN AVENIR MEILLEUR, NE DEVONS-NOUS PAS ÊTRE FAMILIERS ET RÉCONCILIÉS AVEC NOTRE PASSÉ ?*

LES 613 TRISTESSES DE BROD

L'encyclopédie de la tristesse ci-après fut découverte sur le corps de Brod D. Les 613 tristesses originales, consignées dans son journal, correspondaient aux 613 commandements de notre (et non de leur) Torah. On trouvera ci-dessous ce qui était récupérable quand on eut retrouvé Brod (les pages humides de son journal avaient imprimé les tristesses sur son corps. Seule une petite fraction [55] était lisible.

Les 558 autres tristesses sont perdues à jamais et l'on espère, sans savoir ce qu'elles sont, que nul n'aura jamais à en faire l'expérience.) Le journal dont elles viennent n'a jamais été retrouvé.

TRISTESSES DU CORPS : Tristesse du miroir ; Tristesse de [ressembler] ou de ne pas ressembler à un de ses parents ; Tristesse de ne pas savoir si son corps est normal ; Tristesse de savoir que son [corps n'est] pas normal ; Tristesse de savoir que son corps est normal ; Tristesse de la beauté ; Tristesse du m[aqu]illage ; Tristesse de la douleur physique ; [Tristesse des épingles] et des aiguilles ; Tristesse des habits [*sic*] ; Tristesse de la paupière tremblante ; Tristesse de la côte manquante ; Tris[tesse] remarquable ; Tristesse de passer inaperçu ; La tristesse d'avoir des organes génitaux qui ne sont pas comme ceux de son amant ; La tristesse d'avoir des organes génitaux qui sont comme ceux de son amant ; Tristesse des mains...

TRISTESSES DE L'ALLIANCE : Tristesse de l'amour de Dieu ; Tristesse du dos [*sic*] de Dieu ; Tristesse de l'enfant préféré ; Tristesse d'ê[tr]e triste devant son Dieu ; Tristesse du contraire de la croyance [*sic*] ; Tristesse de mais si ? ; Tristesse de Dieu seul dans les cieux ; Tristesse d'un Dieu qui aurait besoin qu'on lui adresse des prières...

TRISTESSES DE L'INTELLECT: Tristesse d'être mal compris [*sic*] ; Tristesse de l'humour ; Tristesse de l'amour qui ne t[rou]ve pas à s'épancher ; Trist[esse d'êt]re intelligent ; Tristesse de ne pas connaître assez de mots pour [exprimer ce qu'on veut dire] ; Tristesse d'avoir le choix ; Tristesse de vouloir la tristesse ; Tristesse de la confusion ; Tristesse des oiseaux domes[ti]ques ; Tristesse de fini[r] un livre ; Tristesse du souvenir ; Tristesse de l'oubli ; Tristesse de l'anxiété...

TRISTESSES INTERPERSONNELLES : Tristesse d'être triste devant l'un de ses parents ; Tri[st]esse du faux amour ; Tristesse de l'amour [*sic*] ; Tristesse de l'amitié ; Tristesse d'une mauvaise convers[at]ion ; Tristesse de ce qui aurait pu être ; Tristesse du secret...

TRISTESSES DU SEXE ET DE L'ART : Tristesse que l'excitation ne soit pas un état physique ordinaire ; Tristesse d'éprouver le besoin de créer de belles choses ; Tristesse de l'anus ; Tristesse du contact oculaire pendant la fellation et le cunnilingus ; Tristesse du baiser ; Tristesse d'aller trop vite ; Tristesse de ne pas bou[ge]r ; Tristesse du modèle nu ; Tristesse du portrait ; Tristesse de l'unique article digne d'intérêt de Pinchas T, « À la poussière : Tu n'es qu'homme et tu retourneras à l'homme », dans lequel il soutenait qu'il serait possible, en théorie, de renverser le rapport de l'art et de la vie...

Nous écrivons...

*Nous écrivons...Nous écrivons...Nous écrivons...Nous écrivons...Nous
écrivons...Nous écrivons...Nous écrivons...Nous écrivons...Nous écri-
vons...Nous écrivons...Nous écrivons...Nous écrivons...Nous écrivons...
Nous écrivons...Nous écrivons...Nous écrivons...Nous écrivons...Nous
écrivons...Nous écrivons...Nous écrivons...Nous écrivons...Nous écri-
vons...Nous écrivons...Nous écrivons...Nous écrivons...Nous écrivons...
Nous écrivons...Nous écrivons...Nous écrivons...Nous écrivons...Nous
écrivons...Nous écrivons...Nous écrivons...Nous écrivons...Nous écri-
vons...Nous écrivons...Nous écrivons...Nous écrivons...Nous écrivons...
Nous écrivons...Nous écrivons...Nous écrivons...Nous écrivons...Nous
écrivons...Nous écrivons...Nous écrivons...Nous écrivons...Nous écri-
vons...Nous écrivons...Nous écrivons...Nous écrivons...Nous écrivons...
Nous écrivons...Nous écrivons...Nous écrivons...Nous écrivons...Nous
écrivons...Nous écrivons...Nous écrivons...Nous écrivons...Nous écri-
vons...Nous écrivons...Nous écrivons...Nous écrivons...Nous écrivons...
Nous écrivons...Nous écrivons...Nous écrivons...Nous écrivons...Nous
écrivons...Nous écrivons...Nous écrivons...Nous écrivons...Nous écri-
vons...Nous écrivons...Nous écrivons...Nous écrivons...Nous écrivons...
Nous écrivons...Nous écrivons...Nous écrivons...Nous écrivons...Nous
écrivons...Nous écrivons...Nous écrivons...Nous écrivons...Nous écri-
vons...Nous écrivons...Nous écrivons...Nous écrivons...Nous écrivons...
Nous écrivons...Nous écrivons...Nous écrivons...Nous écrivons...Nous
écrivons...Nous écrivons...Nous écrivons...Nous écrivons...Nous écri-
vons...Nous écrivons...Nous écrivons...Nous écrivons...Nous écrivons...
Nous écrivons...Nous écrivons...Nous écrivons...Nous écrivons...Nous
écrivons...Nous écrivons...Nous écrivons...Nous écrivons...Nous écri-
vons...Nous écrivons...Nous écrivons...Nous écrivons...Nous écrivons...
Nous écrivons...Nous écrivons...Nous écrivons...Nous écrivons...Nous
écrivons...Nous écrivons...Nous écrivons...Nous écrivons...Nous écri-
vons...Nous écrivons...Nous écrivons...Nous écrivons...Nous écrivons...
Nous écrivons...Nous écrivons...Nous écrivons...Nous écrivons...Nous
écrivons...Nous écrivons...Nous écrivons...Nous écrivons...Nous écri-
vons...Nous écrivons...Nous écrivons...Nous écrivons...Nous écrivons...
Nous écrivons...Nous écrivons...Nous écrivons...Nous écrivons...*

24 décembre 1997

Cher Jonathan,

Ne parlons plus jamais de l'écriture l'un de l'autre. Je te posterai mon histoire, et je te supplie (comme Mini-Igor) que tu continues de poster la tienne, mais ne faisons plus de corrections ni même d'observations. Plus de louanges ni de reproches. Ne jugeons plus du tout. Nous sommes en dehors de cela déjà.

Nous parlons maintenant, Jonathan, ensemble et pas séparément. Nous sommes l'un avec l'autre, nous travaillons sur la même histoire, et je suis certain que tu le ressens aussi. Sais-tu que je suis la jeune gitane et que tu es Safran, et que je suis Kolkien et que tu es Brod, et que je suis ta grand-mère et que tu es grand-père, et que je suis Alex et que tu es toi, et que je suis toi et que tu es moi ? N'englobes-tu pas que nous pouvons nous apporter l'un à l'autre la sécurité et la paix ? Quand nous étions sous les étoiles à Trachimbrod, ne l'as-tu pas ressenti alors ? Ne me présente pas de non-vérités. Pas à moi.

Et maintenant, Jonathan, voici une histoire pour toi. Une histoire fidèle. J'informai mon père que j'irais dans une célèbre discothèque hier soir. Il dit, « Je suis certain que tu retourneras chez nous avec une camarade ? » Si tu veux savoir ce qu'il y avait sur sa bouche, il y avait la vodka. « Je ne l'intentionne pas », dis-je. « Tu seras si, si charnel », dit-il en riant. Il me toucha sur l'épaule, et je te dirai que c'était comme le toucher du démon. J'avais la plus grande honte de nous. « Non, dis-

je. J'y vais seulement pour danser et être parmi mes amis. » « Chapka, Chapka. » « La ferme ! » lui dis-je, et je lui saisis le poignet. Je t'informerai que ceci fut la première occasion que j'aie jamais articulé quoi que ce soit d'ainsi à lui, et la première occasion que j'aie jamais fait un mouvement sur lui avec violence. « Pardon », dis-je en relâchant son poignet. « Je vais te faire le regretter », dit-il. Je fus une personne chanceuse parce qu'il avait tellement de vodka en lui qu'il n'avait pas assez de considération pour me cogner.

Je n'allai pas dans une célèbre discothèque, bien sûr. Comme j'ai mentionné, j'informe souvent mon père que j'irai dans une célèbre discothèque, mais après je vais à la plage. Je ne vais pas dans une célèbre discothèque de sorte que je peux déposer mon numéraire dans la boîte à biscuits pour déplacer en Amérique avec Mini-Igor. Mais je dois t'informer que c'est aussi parce que je n'aime pas les célèbres discothèques. Elles font me sentir très sans joie et abandonné. Est-ce que j'applique ce mot correctement ? Abandonné ?

La plage était belle hier soir, et ceci ne me surprit pas. J'aime m'asseoir au bord de la terre et sentir l'eau m'approximer, et après me laisser. Parfois, j'enlève mes chaussures et mets mes pieds là où je pense que l'eau approximera. J'ai tenté de penser au sujet d'Amérique en regard d'où je suis sur la plage. J'imagine une ligne, une ligne blanche, peinte sur le sable et sur l'océan, de moi à toi.

J'étais assis au bord de l'eau, je pensais à toi, et à nous, quand j'entendis une chose. La chose n'était ni l'eau, ni le vent, ni les insectes. Je tournai la tête pour voir ce que c'était. Quelqu'un marchait vers moi. Ceci m'effraya beaucoup, parce que je ne considère jamais personne d'autre à la plage quand j'y suis la nuit. Il n'y avait rien proximal de moi, rien vers quoi marcher que moi. J'ai mis mes chaussures et me suis mis à marcher en m'éloignant de cette personne. Était-il un policier ? La police prendra souvent des avantages sur les gens qui sont assis tout seuls. Était-il un criminel ? Je n'étais pas très effrayé d'un criminel parce qu'ils n'ont pas d'armes extra et ne peuvent infliger beaucoup. À moins que le criminel soit un policier. J'entendais que la personne continuait de m'approcher. Je fis une marche plus rapide. La personne me poursuivit avec vitesse. Je ne regardai pas encore pour tenter de témoigner qui c'était, parce que je ne voulais pas que la personne sache que j'étais averti de lui. Le bruit à mes oreilles était comme s'il se rapprochait, qu'il allait m'atteindre bientôt, alors je me mis à courir.

Après, j'entendis « Sacha ! » Je terminai ma course. « Sacha, c'est toi ? »

Je me retournai. Grand-père était plié en deux avec la main sur le ventre. Je vis qu'il manufacturait de très grandes inspirations. « Je te cherchais », dit-il. Je ne comprenais pas comment il savait qu'il pouvait me chercher à la plage. Comme je t'ai informé, personne n'est conscient que je vais à la plage la nuit. « Je suis là », dis-je, ce qui avait l'air bizarre mais je ne savais pas quoi dire d'autre. Il se redressa et dit, « J'ai une question. »

C'était la première occasion que je pus me rappeler quand grand-père m'adressait sans quelque chose parmi nous. Il n'y avait pas mon père, pas le héros, pas la chienne, pas la télévision, pas d'aliments. Seulement nous. « Quoi ? » demandai-je, parce que je perçus qu'il ne serait pas capable de poser sa question si je ne l'aidais pas. « J'ai à te demander quelque chose, mais tu dois englober que je demande seulement d'emprunter cette chose, et tu dois aussi englober que tu peux me dénier, que je ne serai pas injurié ni ne penserai rien de mauvais de toi. » « Quoi ? » Je ne pensais à rien que je possédais et que grand-père pourrait désirer. Je ne pensais à rien au monde que grand-père pourrait désirer.

« Je voudrais emprunter ton numéraire », dit-il. En vérité, je me sentis très honteux. Il n'avait pas besogné toute sa vie de sorte qu'il avait à demander à son petit-fils du numéraire. « D'accord », dis-je. Et je n'aurais dû articuler rien de plus pour permettre à mon « d'accord » de dire tout ce que j'ai jamais eu à dire à grand-père, pour que le « d'accord » soit toutes mes questions, et toutes ses réponses à ces questions, et toutes mes réponses à ses réponses. Mais ceci ne fut pas possible. « Pourquoi ? » demandai-je.

« Pourquoi quoi ? »

« Pourquoi désires-tu mon numéraire ? »

« Parce que je n'ai pas une somme suffisante. »

« Pour quoi faire ? Pourquoi as-tu besoin de numéraire ? »

Il tourna la tête vers l'eau et ne dit pas une chose. Ceci était-il sa réponse ? Il a bougé son pied dans le sable et fait un cercle.

« Je suis sans équivoque que je peux la trouver, dit-il. Quatre jours. Peut-être cinq. Mais cela ne pourrait requérir plus d'une semaine. Nous étions très près. »

J'aurais dû encore une fois dire « D'accord » et encore une fois ne rien dire de plus. J'aurais dû estimer que grand-père est beaucoup plus âgé que moi, et qu'en raison de ceci il est plus sage, et sinon, qu'il mérite quand même que je ne le questionne pas. Mais je dis, « Non. Nous n'étions pas près. »

« Si, dit-il, nous l'étions. »

« Non. Nous n'étions pas à cinq jours de la trouver. Nous étions à cinquante ans de la trouver. »

« C'est une chose que je dois faire. »

« Pourquoi ? »

« Tu ne comprendrais pas. »

« Mais si, je comprendrais. Je comprends. »

« Non, tu ne pourrais pas. »

« Herschel ? »

Il dessina un autre cercle avec son pied.

« Alors emmène-moi avec toi », dis-je. Je n'intentionnais pas de dire cela.

« Non », dit-il.

Je désirais dire encore, « Emmène-moi avec toi », mais je savais qu'il aurait répondu encore, « Non », et je ne pense pas que j'aurais pu entendre cela sans pleurer, et je sais que je ne peux pas pleurer en vue de grand-père.

« Il n'est pas nécessaire que tu te décides maintenant, dit-il. Je ne pensais pas que tu te déciderais rapidement. Je m'attends que tu diras non. »

« Pourquoi penses-tu que je vais dire non ? »

« Parce que tu ne comprends pas. »

« Si. »

« Non, tu ne comprends pas. »

« Il est possible que je dirai oui. »

« Je te donnerai toute possession que tu désires. Tu peux l'avoir le temps que je te restaure le numéraire, ce qui sera bientôt. »

« Emmène-moi avec toi », dis-je, et encore une fois je n'avais pas intentionné de le dire mais cela relâcha de ma bouche, comme les articles du chariot de Trachim.

« Non », dit-il.

« S'il te plaît, dis-je. Ce sera moins rétif avec moi. Je serais de beaucoup d'assistance. »

« Il faut que je la trouve seul », dit-il, et à cet instant je fus certain que si je donnais le numéraire à grand-père et lui permettais de partir, je ne le reverrais jamais.

« Emmène Mini-Igor. »

« Non, dit-il. Seul. » Pas de mots. Et après : « N'informe pas ton père. »

« Évidemment », dis-je, parce que évidemment je n'aurais pas informé mon père.

« Il faut que ce soit un secret entre nous. »

C'est cette dernière chose qu'il dit qui laissa la marque la plus permanente sur mon cerveau. Je ne m'en étais pas avisé avant qu'il l'articule, mais nous avons un secret. Nous avons une chose parmi nous que personne d'autre au monde ne sait, ou ne pourrait savoir. Nous avons un secret ensemble, et nous ne sommes plus séparés.

Je l'informai que je lui présenterais rapidement ma réponse.

Je ne sais pas quoi faire, Jonathan, et je désirerais que tu me dises ce que tu penses être la chose juste. Je sais qu'il n'est pas nécessaire qu'il y ait une chose juste. Il peut y en avoir deux. Il peut ne pas y en avoir. Je prendrai en considération ce que tu estimes. C'est une promesse. Mais je ne peux pas promettre que j'harmoniserai. Il y a des choses que tu ne peux savoir. (Et aussi, bien sûr, j'aurai déjà pris ma décision quand tu recevras cette lettre. Nous avons toujours communiqué dans ce temps égaré.)

Je ne suis pas une personne sotte. Je sais que grand-père ne sera jamais capable de restaurer le numéraire. Ceci signifie que je ne serai pas capable de déplacer moi-même et Mini-Igor en Amérique. Nos rêves ne peuvent exister en même temps. Je suis si jeune, et il est si âgé, et ces deux faits devraient nous rendre des gens qui méritent leurs rêves, mais ceci n'est pas une possibilité.

Je suis certain de ce que tu vas articuler. Tu vas articuler, « Je n'ai qu'à te donner le numéraire. » Tu vas articuler, « Tu peux me retourner le numéraire quand tu l'auras, ou tu peux ne jamais retourner le numéraire et ce ne sera plus mentionné. » Je sais que tu vas articuler ceci parce que je sais que tu es une bonne personne. Mais ce n'est pas acceptable. Pour la même raison que grand-père ne peut m'emmener avec lui dans son voyage, je ne peux prendre le numéraire de toi. Ceci est au sujet de choisir. Peux-tu le comprendre ? S'il te plaît, tente. Tu es la seule personne qui a compris ne serait-ce qu'un soupir de moi, et je te dirai que je suis la seule personne qui a compris ne serait-ce qu'un soupir de toi.

J'attendrai ta lettre d'avance avec impatience.

Ingénument,
Alexandre

Une ouverture à l'illumination

Quand nous retournâmes à l'hôtel, il était très tard, et presque très tôt. Le propriétaire était lourd de sommeil au bureau de la réception. « Vodka, dit grand-père. Il faut que nous buvions, tous les trois. » « Tous les quatre », avisai-je, montrant Sammy Davis Junior, Junior, qui avait été une tumeur si bénigne, tout le jour. Et donc tous les quatre allâmes de l'avant au bar de l'hôtel. « Vous êtes retournés », dit la serveuse quand elle nous témoigna. « De retour avec le juif », dit-elle. « Ferme-la », dit grand-père, et il ne le dit pas d'une voix à fendre les oreilles, mais doucement, comme si c'était un fait qu'elle devait la fermer. « Je demande pardon », dit-elle. « Ce n'est pas une chose », lui dis-je, parce que je ne voulais pas qu'elle se sente inférieure pour une petite erreur, et aussi parce que je voyais sa poitrine quand elle se penchait en avant. (Pour qui ai-je écrit cela, Jonathan ? Je ne veux plus être dégoûtant. Et je ne veux pas être drôle, non plus.) « Si, c'est une chose, dit grand-père, et tu dois maintenant demander indulgence au juif. » « Que se passe-t-il ? » demanda le héros. « Pourquoi on n'entre pas ? » « Fais des excuses », dit grand-père à la serveuse, qui n'était qu'une jeune fille, même plus jeune que moi. « Je demande pardon de vous avoir traité de juif », dit-elle. « Elle demande pardon de t'avoir traité de juif », dis-je au héros. « Comment le sait-elle ? » « Elle le sait parce que je le lui ai dit avant, au petit déjeuner. » « Tu lui as dit que j'étais juif ? » « C'était un fait approprié sur le moment. » « Je buvais un mochaccino. » « Je dois te corriger. C'était un café. » « Qu'est-ce qu'il dit ? » demanda grand-père. « Peut-être serait-il le mieux, dis-je, que nous acquérions une table et commandions une grande quantité de boissons et aussi d'aliments. » « Qu'a-t-elle dit d'autre à mon sujet ? » demanda le héros. « Elle a dit autre chose ? On voit ses nichons quand elle se penche. » (Ceci était de toi, tu te le rappelleras. Je n'ai pas inventé ceci et on ne peut donc me le reprocher.)

Nous poursuivîmes la serveuse jusqu'à notre table, qui était dans le coin. Nous aurions pu avoir n'importe quelle table, parce que nous étions les gens exclusifs sur place. Je ne sais pas pourquoi elle nous mit dans le coin, mais j'ai une idée. « Que puis-je obtenir pour vous ? » demanda-t-elle. « Quatre vodkas, dit grand-père. Une des quatre dans un bol. Et avez-vous quelque chose à manger qui n'a pas de viande ? » « Des cacahuètes », dit-elle. « Ceci est excellent, répondit grand-père, mais aucune pour Sammy Davis Junior, Junior, parce que ça la rend très malade. C'est une chose terrible que même une seule touche ses lèvres. » J'informai ceci au héros parce que je pensais qu'il pouvait le trouver humoristique. Il sourit seulement.

Quand la serveuse retourna avec nos verres et un bol de cacahuètes, nous conversions déjà au sujet de notre jour, et aussi de nos combinaisons pour demain. « Il doit être présent au train à dix-neuf heures du soir, oui ? » « Oui, dis-je, nous désirerons donc départir de l'hôtel au déjeuner, pour être du côté sûr. » « Peut-être nous aurons le temps pour chercher plus. » « Je n'en suis pas trop certain, dis-je. Et où chercherions-nous ? Il n'y a rien. Il n'y a personne à enquérir. Tu te rappelles ce qu'elle a dit. » Le héros ne nous donnait aucune attention et ne demanda jamais, même une seule fois, au sujet de quoi nous conversions. Il était sociable seulement avec les cacahuètes. « Ce serait plus facile sans lui », dit grand-père, bougeant ses yeux vers le héros. « Mais c'est sa recherche », dis-je. « Pourquoi ? » « Parce que c'est son grand-père. » « Nous ne cherchons pas son grand-père. Nous cherchons Augustine. Elle n'est pas plus à lui qu'à nous. » Je n'y avais pas pensé de cette façon, mais c'était vrai. « De quoi parlez-vous ? me demanda Jonathan. Et pourrais-tu demander à la serveuse encore des cacahuètes ? »

Je dis à la serveuse de nous récupérer plus de cacahuètes, et elle dit, « Je vais faire ceci, malgré que le propriétaire commande que nul ne reçoive jamais plus d'un bol de cacahuètes. Je vous excepterai parce que je me sens si misérable au sujet d'avoir traité le juif de juif. » « Merci, dis-je, mais il n'y a aucune raison de se sentir misérable. » « Et demain ? demanda Jonathan. Je dois être au train à sept heures, c'est ça ? » « Correct. » « Que ferons-nous jusque-là ? » « Je ne suis pas une personne certaine. Nous devons départir très tôt, parce que tu dois être à la gare deux heures avant que ton train aille de l'avant, et il faut trois heures pour y aller, et il est vraisemblable que nous deviendrons des gens perdus. » « À t'entendre, on devrait partir maintenant », dit-il, et il rit. Je ne ris pas, parce que je savais que la raison pour laquelle nous départirions tôt n'est pas en vérité à cause des justifications que je lui avais dites, mais à cause qu'il n'y avait plus rien à chercher. Nous avions échoué.

« Investiguons AU CAS OÙ », dit grand-père. « Quoi ? » demandai-je. « La boîte, voyons ce qu'il y a à l'intérieur. » « Est-ce une mauvaise idée ? » « Bien sûr que non, dit-il. Pourquoi serait-ce une mauvaise idée ? » « Peut-être devrions-nous permettre à Jonathan de l'investiguer confidentiellement, ou peut-être personne ne devrait-il l'investiguer. » « Elle la lui a présentée dans un but. » « Je sais, dis-je, mais peut-être ce but n'a-t-il rien à voir avec l'investiguer. Peut-être le but est-il qu'elle ne soit jamais ouverte. » « Tu n'es pas une personne curieuse ? » me demanda-t-il. « Je suis une personne très curieuse. » « De quoi parlez-vous, les mecs ? » « Serais-tu satisfait d'investiguer AU CAS OÙ ? » « Que veux-tu dire ? » « La boîte qu'Augustine t'a présentée aujourd'hui. Nous pourrions la fouiller. » « Est-ce une bonne idée ? » « Je ne suis pas certain. J'ai demandé la chose identique. » « Je ne vois pas pourquoi ce serait une mauvaise idée. Parce que, enfin, elle me l'a bien donnée pour une raison. » « Ceci est ce que grand-père a articulé. » « Vois-tu une bonne raison de ne pas le faire ? » « Je n'en prévois aucune. » « Moi non plus. » « Mais. » « Mais ? » « Mais rien », articulai-je. « Mais quoi ? » « Mais rien. C'est à toi de décider. » « Et à toi. » « Ouvrez cette putain de boîte », dit grand-père. « Il dit d'ouvrir la putain de boîte. » Jonathan retira la boîte de sous son siège et la plaça sur la table. AU CAS OÙ était écrit sur le côté et, de plus proximal, je perçus que les mots avaient été écrits et effacés plusieurs fois, écrits, effacés, et récrits. « Mmmm », dit-il, et il fit des gestes vers un ruban rouge qui était attaché autour de la boîte. « C'est seulement pour la fermer », dit grand-père. « C'est seulement pour la fermer », lui dis-je. « Probablement », dit-il. « Ou alors, dis-je, pour nous anticiper de ne pas l'examiner. » « Elle n'a pas parlé de ne pas l'examiner. Elle nous aurait dit quelque chose, tu ne crois pas ? » « Il me semble. » « Ton grand-père pense que nous devrions l'ouvrir ? » « Oui. » « Et toi ? » « Je ne suis pas certain. » « Comment ça, tu n'es pas certain ? » « Je ne pense pas que ce serait une chose si misérable de l'ouvrir. Elle aurait articulé quelque chose si elle désirait qu'elle ne soit pas investiguée. » « Ouvrez cette putain de boîte », dit grand-père. « Il dit d'ouvrir la putain de boîte. »

Jonathan délogea le ruban, qui était entouré plusieurs fois autour d'AU CAS OÙ, et l'ouvrit. Peut-être anticipions-nous qu'elle soit une bombe, parce que quand elle n'explosa pas, nous fûmes tous ébahis. « Ce n'était pas si terrible », dit Jonathan. « Ce n'était pas si terrible », dis-je à grand-père. « C'est bien ce que je dis », me dit-il. « Je dis que ce ne serait pas si terrible. » Nous regardâmes dans la boîte. Ses ingrédients apparurent très similaires à ceux de la boîte RESTES, excepté qu'il y en avait peut-être plus. « Bien sûr qu'on était censés l'ouvrir », dit Jonathan. Il me regarda et se mit à rire, et ensuite je ris, et ensuite grand-père rit. Nous riions parce que nous savions combien nous avions été insensés de chier des briques au sujet d'ouvrir la boîte. Et nous riions parce qu'il y avait tant de choses que nous ne savions pas et que nous savions qu'il y avait tant de choses que nous ne savions pas.

« Cherchons », dit grand-père, et il bougea ses mains à travers la boîte marquée AU CAS OÙ, comme un enfant cherchant dans une boîte de cadeaux. Il excava un collier. « Regardez », dit-il. « C'est des perles, je crois, dit Jonathan. Des vraies perles. » Les perles, si c'étaient des vraies perles, étaient très sales, et jaunes. Et il y avait des morceaux de terre fichés parmi elles, comme de l'aliment parmi des dents. « Il apparaît très âgé », dit grand-père. Je dis ceci à Jonathan. « Oui, harmonisa-t-il. Et sale. Je parie qu'il a été exhumé. » « Qu'est-ce que veut dire exhumé ? » « Déterré, comme un cadavre. » « Oui, je connais cette chose. Ce pourrait être similaire comme l'alliance dans la boîte RESTES. » « C'est ça. » Grand-père leva le collier près de la bougie sur notre table. Les perles, si c'étaient des vraies perles, avaient beaucoup de taches et n'étaient plus resplendissantes. Il essaya de les nettoyer avec son pouce, mais elles restèrent sales. « C'est un beau collier, dit-il. J'en avais acquis un très similaire à celui-ci pour ta grand-mère quand nous sommes tombés amoureux. C'était il y a beaucoup d'années mais je me rappelle à quoi il ressemblait. Il obligea tout mon numéraire pour l'acquérir, comment pourrais-je oublier ? » « Où est-il maintenant ? demandai-je. À la maison ? » « Non, dit-il, elle le porte encore. Ce n'est pas une chose. C'était ce qu'elle désirait. » Il mit le collier sur la table, et je perçus que le collier ne le rendait pas mélancolique, comme on aurait pu l'attendre, mais qu'il le faisait une personne très satisfaite. « Maintenant, toi », me dit-il, et il me donna un coup de poing dans le dos d'une manière qui n'intentionnait pas de me faire mal, mais le fit néanmoins. « Il dit que je devrais choisir quelque chose », dis-je à Jonathan, parce que je désirais découvrir comment il allait répondre à l'idée que grand-père et moi partagions le même privilège que lui d'investiguer la boîte. « Vas-y », dit-il. J'insérai donc ma main dans AU CAS OÙ.

Je sentis de nombreuses choses anormales, sans pouvoir dire ce qu'elles étaient. Nous ne l'avions pas dit, mais cela faisait partie du jeu, qu'on ne pouvait contempler dans la boîte quand on sélectionnait la chose à excaver. Certaines des choses que ma main touchait étaient lisses, comme du marbre ou des cailloux de la plage. D'autres choses que ma main touchait étaient froides, comme du métal, ou chaudes, comme de la fourrure. Il y avait beaucoup de feuilles de papier. Je pouvais être certain de cela sans les témoigner. Mais je ne pouvais pas savoir si ces papiers étaient des photographies ou des lettres ou des pages de livres et de magazines. J'excavai ce que j'excavai parce que c'était la plus grande chose dans la boîte. « Voilà », dis-je, et je sortis un morceau de papier qui était enroulé et attaché avec une ficelle blanche. Je retirai la ficelle et déroulai le papier sur la table. Jonathan en restreignit un bout et je restreignis l'autre. Il était marqué CARTE DU MONDE, 1791. Malgré que les formes de la terre étaient d'une certaine quantité différentes, il restait d'apparaître très semblable au monde que nous connaissons actuellement. « C'est une chose extra », dis-je. Une carte telle que celle-là vaut plusieurs centaines, et avec de la chance, milliers de dollars. Mais plus que ceci, c'est une réminiscence de cette époque avant que notre planète soit si petite. Quand cette carte fut faite, pensai-je, on pouvait vivre sans savoir où on ne vivait pas. Ceci me fit penser à Trachimbrod et au fait que Lista, la femme dont nous désirions tant qu'elle soit Augustine, n'avait jamais entendu parler d'Amérique. Il est possible qu'elle soit la dernière personne sur la terre, raisonnai-je, qui n'a pas entendu parler d'Amérique. En tout cas, c'est si agréable de le penser. « Je l'adore », dis-je à Jonathan, et je dois confesser que je n'avais pas des idées quand je lui dis ceci. C'est seulement que je l'adorais. « Garde-la, elle est à toi », dit-il. « Ceci n'est pas une chose vraie. » « Prends-la. Puisque ça te fait plaisir. » « Tu ne peux me donner ceci. Les articles doivent rester ensemble », lui dis-je. « Vas-y, dit-il. Elle est à toi. » « Tu es certain ? » demandai-je, parce que je ne désirais pas qu'il se sente chargé de me la présenter. « Tout à fait certain. Garde-la en souvenir de notre voyage. » « Non, dis-je. Je la donnerai à Mini-Igor, si cela est acceptable avec toi », parce que je savais que la carte était une chose que Mini-Igor adorerait aussi. « Dis-lui que j'espère que ça lui fait plaisir, dit Jonathan. Qu'il la garde en souvenir. »

« À toi », dis-je à Jonathan, parce que c'était maintenant son occasion d'excaver dans AU CAS OÙ. Il tourna sa tête loin de la boîte et inséra sa main. Il ne requit pas une longue quantité de temps. « Voilà », dit-il, et il retira un livre. Il le plaça sur la table. Il apparaissait très vieux. « Qu'est-ce que c'est ? » demanda-t-il. Je remuai la poussière de la couverture. Je n'avais jamais précédemment témoigné un livre similaire à celui-là. L'écriture était sur les deux couvertures, et quand je l'épanouis, je vis que l'écriture était aussi sur l'intérieur des deux couvertures et, évidemment, sur toutes les pages. C'était comme s'il n'y avait pas une place suffisante dans le livre pour le livre. Le long du côté était marqué en ukrainien, *Le Livre des événements passés.* Je dis ceci à Jonathan. « Lis-moi quelque chose », dit-il. « Le début ? » « N'importe où, ça ne fait rien. » J'allai à une page dans le milieu et sélectionnai une partie du milieu de la page pour la lire. C'était très difficile, mais je traduisis en anglais pendant que je lisais. « "Le shtetl était colorié avec les actions de ses résidents", lui dis-je, "et parce que chaque couleur était utilisée, il était impossible de percevoir ce qui avait été manipulé par des humains et ce qui était des mains de la nature. Getzel G, il y avait des bruits, devait avoir joué du violon de tout le monde – malgré qu'il ne savait pas jouer du violon ! – parce que les cordes étaient de la couleur comme ses doigts. Les gens chuchotèrent que Gesha R essayait d'être une gymnaste. Ceci est comment la fracture Juif/Humain était jaune comme ses mains. Et quand le rouge du visage d'une écolière fut confusionné pour le rouge des doigts d'un saint homme, l'écolière fut insultée." » Il s'assura le livre et l'examina pendant que je dis à grand-père ce que j'avais lu. « C'est merveilleux », dit Jonathan, et je dois confesser qu'il l'examina d'une façon similaire à comment grand-père examinait la photographie d'Augustine.

(Tu peux comprendre ceci comme un cadeau de moi à toi, Jonathan. Et exactement comme je te sauve, tu pourrais sauver grand-père. Nous sommes seulement à deux paragraphes. S'il te plaît, essaie de trouver une autre option.)

« À vous, maintenant », dit Jonathan à grand-père. « Il dit que c'est maintenant à toi », lui dis-je. Il tourna sa tête de la boîte et inséra sa main. Nous étions similaires à trois enfants. « Il y a tellement de choses, me dit-il. Je ne sais pas quelle chose prendre. » « Il ne sait pas quoi prendre », dis-je à Jonathan. « Nous aurons le temps de tout prendre », dit Jonathan. « Peut-être celle-ci, dit grand-père. Non, celle-ci. On dirait qu'elle est douce et jolie. Non, celle-ci. Celle-ci a des parties qui remuent. » « Il y aura le temps de tout prendre », lui dis-je, parce que rappelle-toi où nous en sommes de notre histoire, Jonathan. Nous croyions encore que nous possédions du temps. « Voilà, dit grand-père, et il excava une photographie. Ah, c'est simple, trop dommage. J'avais l'impression que c'était autre chose. »

Il plaça la photographie sur la table sans l'examiner. Moi aussi, je ne l'examinai pas non plus, parce que pourquoi l'aurais-je examinée, raisonnai-je. Grand-père avait raison, elle apparaissait très simple, et ordinaire. Il y avait vraisemblablement cent photographies de cette manière dans la boîte. La rapide contemplation que je lui présentai ne me montra rien d'anormal. C'étaient trois hommes, ou peut-être quatre. « À toi, maintenant », me dit-il, et je tournai ma tête et insérai ma main. Parce que ma tête était tournée pour ne pas contempler dans la boîte, je témoignai Jonathan pendant que ma main investiguait. Une chose douce. Une chose rugueuse. Jonathan bougea la photographie à son visage, pas parce qu'il était une personne intéressée, mais parce qu'il n'y avait rien d'autre à faire au moment pendant que je fouillais la boîte. Ceci est ce que je me rappelle. Il mangea une main de cacahuètes et en laissa une poignée descendre au plancher pour Sammy Davis Junior, Junior. Il fit une menue gorgée de sa vodka. Il regarda ailleurs que la photographie pendant un instant. Je sentis une plume et un os. Puis je me rappelle ceci : il regarda la photographie encore. Je sentis une chose lisse. Une chose menue. Il regarda ailleurs que la photographie. Il la regarda encore. Il regarda ailleurs. Une chose dure. Une bougie. Une chose carrée. Une piqûre d'épingle.

« Ça alors », dit-il, et il leva la photographie à la lumière de la bougie. Puis il la posa. Puis il la reprit et, cette fois, la posa près de mon visage de sorte qu'il put observer la photo et mon visage tous les deux en même temps. « Qu'est-ce qu'il fait ? » demanda grand-père. « Qu'est-ce que tu fais ? » lui demandai-je. Jonathan plaça la photographie sur la table. « C'est toi », dit-il.

Je retirai ma main de la boîte.

« Qui ? » « L'homme sur la photo. C'est toi. » Il me donna la photographie. Cette fois je l'examinai avec beaucoup de minutie. « Qu'y a-t-il ? » demanda grand-père. Il y avait quatre personnes dans la photographie, deux hommes, une femme et un bébé que la femme tenait. « Celui de gauche, dit Jonathan. Là. » Il mit son doigt sous le visage de l'homme et je dois confesser qu'il ne pouvait y avoir rien de véridique que de reconnaître qu'il me ressemblait. C'était comme un miroir. Je sais que c'est une expression, mais je le dis sans aucune autre signification que les mots. C'était comme un miroir. « Quoi ? » demanda grand-père. « Un instant », dis-je, et je levai la photographie à la lumière de la bougie. L'homme se tenait même de la manière puissante que je me tiens. Ses joues apparaissaient comme les miennes. Ses yeux apparaissaient comme les miens. Ses chevelures, ses lèvres, ses bras, ses jambes, tout apparaissait comme les miens. Même pas comme les miens. C'étaient les miens. « Dis-moi, dit grand-père, qu'est-ce qu'il y a ? » Je lui présentai la photographie et écrire le reste de cette histoire est la chose la plus impossible.

D'abord il l'examina pour voir de quoi c'était la photographie. Parce qu'il baissait les yeux pour contempler la photographie qui était sur la table, je ne pouvais voir ce qu'ils accomplissaient. Il releva les yeux de la photographie et contempla Jonathan et moi, et il sourit. Il monta même ses épaules, comme un enfant fait quelquefois. Il fabriqua un petit rire et, après, prit la photographie. Il l'éleva à son visage avec une main et éleva la bougie à son visage avec l'autre. Elle fit beaucoup d'ombres où sa peau avait des plis, qui étaient en beaucoup plus d'endroits que je n'avais observé avant. Cette fois, je voyais ses yeux voyager ci et çà sur la photographie. Ils s'arrêtaient sur chaque personne et témoignaient chaque personne des pieds aux chevelures. Puis il leva encore les yeux et sourit encore à Jonathan et à moi, et il bougea aussi ses épaules comme un enfant encore.

« Ça me ressemble », dis-je.

« Oui, c'est vrai », dit-il.

Je ne regardai pas Jonathan, parce que j'étais certain qu'il me regardait. Alors je regardai grand-père qui investiguait la photographie malgré que je suis certain qu'il sentait que je le contemplais.

« On dirait que c'est moi », dis-je. « Il a aussi observé ceci », dis-je de Jonathan, parce que je ne voulais pas être seul dans cette observation.

(Ici, c'est presque trop redoutable pour continuer. J'ai écrit jusqu'à ce point plusieurs fois, et corrigé les parties que tu m'aurais fait corriger, et fait d'autres drôleries, et d'autres inventions, et écrit comme si j'étais toi écrivant ceci, mais chaque fois que j'essaie de persévérer, ma main tremble tant que je ne peux plus tenir ma plume. Fais-le pour moi. S'il te plaît. C'est maintenant à toi.)

Grand-père dissimula son visage derrière la photographie.

(Et ceci ne me semble pas une chose tellement lâche, Jonathan. Nous cacherions aussi notre visage, oui ? En vérité, je suis certain que nous le cacherions.)

« Le monde est tout petit », dit-il.

(Il rit à cet instant, comme tu te le rappelles, mais tu ne peux inclure cela dans l'histoire.)

« Ça me ressemble tellement », dis-je.

(Et là, il a mis ses mains sous la table, tu te le rappelleras, mais ceci est un détail qui le fera apparaître faible, et n'est-ce pas assez déjà que nous écrivions ceci ?)

« Comme une combinaison de ton père, de ta mère, de Brejnev et de toi-même. »

(Ce n'était pas erroné de faire une drôlerie ici. C'était la chose à faire.)

Je souris.

« Qui est-ce, d'après toi ? » demandai-je.

« Et d'après toi, qui est-ce ? » demanda-t-il.

« Je ne sais pas. »

« Tu n'as pas à me présenter des non-vérités, Sacha, je ne suis pas un enfant. »

(Mais je le fais. C'est ce que tu n'as jamais compris. Je présente des non-vérités pour te protéger. C'est aussi pourquoi j'essaye si inflexiblement d'être une personne drôle. Tout est pour te protéger. J'existe au cas où tu aurais besoin d'être protégé.)

« Je ne comprends pas », dis-je. (Je comprends.)

« Ah non ? » demanda-t-il. (Mais si.)

« Où a été faite la photographie ? » demandai-je. (Il doit y avoir une explication.)

« À Kolki. »

« C'est de là que tu étais ? » (Tu disais toujours Odessa... pour tomber amoureux...)

« Oui. Avant la guerre. » (Les choses sont ainsi. En vérité, c'est comme ça.)

« La grand-mère de Jonathan ? »

« Je ne connais pas son nom, et je ne veux pas connaître son nom. »

(Je dois t'informer, Jonathan, que je suis une personne très triste. Je suis toujours triste, je crois. Peut-être cela signifie-t-il que je ne suis pas triste du tout, parce que la tristesse est quelque chose d'en dessous de notre disposition normale et que je suis toujours la même chose. Peut-être suis-je la seule personne au monde, alors, qui ne deviens jamais triste. Peut-être que j'ai de la chance.)

« Je ne suis pas une mauvaise personne, dit-il. Je suis une bonne personne qui a vécu dans un mauvais temps. »

« Je sais ceci », dis-je. (Même si tu étais une mauvaise personne, je saurais quand même que tu es une bonne personne.)

« Tu dois lui informer tout ceci comme je te l'ai informé à toi », dit-il, et ceci me surprit beaucoup, mais je ne demandai ni pourquoi, ni rien du tout. Je fis seulement comme il commandait. Jonathan ouvrit son journal et commença à écrire. Il écrivit chaque mot qui fut parlé. Voici ce qu'il écrivit :

« Tout ce que j'ai fait, je l'ai fait parce que je pensais que c'était la chose correcte à faire. »

« Tout ce qu'il a fait, il l'a fait parce qu'il pensait que c'était la chose correcte à faire », traduisis-je.

« Je ne suis pas un héros, c'est vrai. »

« Il n'est pas un héros. »

« Mais je ne suis pas une mauvaise personne non plus. »

« Mais il n'est pas une mauvaise personne. »

« La femme de la photographie est ta grand-mère. Elle tient ton père. L'homme qui est à côté de moi était notre meilleur ami, Herschel. »

« La femme de la photographie est ma grand-mère. Elle tient mon père. L'homme qui est à côté de grand-père était son meilleur ami, Herschel. »

« Herschel porte une calotte sur la photographie parce qu'il était juif. »

« Herschel était juif. »

« Et c'était mon meilleur ami. »

« C'était son meilleur ami. »

« Et je l'ai tué. »

Une histoire d'amour, 1934-1941

La dernière fois qu'ils firent l'amour, sept mois avant qu'elle se tue et qu'il en épouse une autre, la gitane demanda à mon grand-père comment il disposait ses livres.

Elle était la seule auprès de laquelle il était retourné sans qu'il fallût le lui demander. Ils se retrouvaient au bazar – il la regardait, suspendu à ses gestes, et non sans fierté, charmer des serpents pour les faire sortir de paniers tressés sur la musique vacillante de sa flûte à bec. Ils se retrouvaient au théâtre ou devant sa chaumine du hameau gitan sur l'autre rive de la Brod. (Elle ne pouvait évidemment être vue devant sa maison à lui.) Ils se retrouvaient sur le pont de bois, ou sous le pont de bois, ou près des petites chutes. Mais le plus souvent, ils finissaient dans la partie pétrifiée de la forêt de Radziwell où ils échangeaient des plaisanteries et des histoires, riant tout l'après-midi jusqu'au soir, faisant l'amour – c'était peut-être de l'amour, peut-être pas – sous les frondaisons de pierre.

Me trouves-tu merveilleuse ? lui demanda-t-elle un jour qu'ils étaient appuyés contre le tronc d'un érable pétrifié.

Non, dit-il.

Pourquoi ?

Parce qu'il y a tant de filles merveilleuses. J'imagine que des centaines d'hommes ont déjà dit à celle qu'ils aiment qu'elle est merveilleuse, aujourd'hui, et il est seulement midi. Tu ne peux pas être ce que sont des centaines d'autres.

Me dis-tu que je suis non-merveilleuse ?

Oui, c'est ce que je dis.

Elle tripota son bras inerte. *Me trouves-tu non-belle ?*

Tu es incroyablement non-belle. Tu es ce qui peut être le plus loin possible de belle.

Elle lui déboutonna la chemise.

Suis-je intelligente ?

Non. Bien sûr que non. Jamais je ne dirais que tu es intelligente.

Elle s'agenouilla pour lui déboutonner le pantalon.

Suis-je sensuelle ?

Non.

Drôle ?

Tu es non-drôle.

C'est bon ?

Non.

Tu aimes ça ?

Non.

Elle déboutonna son chemisier. Se laissa aller tout contre lui.

Tu veux que je continue ?

Elle était allée à Kiev, apprit-il, à Odessa, et même à Varsovie. Elle avait vécu un an parmi les Volutes d'Ardisht quand sa mère avait été atteinte d'une maladie mortelle. Elle lui parla de voyages en bateau qu'elle avait faits jusqu'à des endroits dont il n'avait jamais entendu parler et lui racontait des histoires dont il savait qu'aucune n'était vraie, que toutes étaient même de graves contre-vérités, mais il approuvait de la tête et tentait de se convaincre d'être convaincu, s'efforçait de la croire, parce qu'il savait que l'origine d'une histoire est toujours une absence, et qu'il voulait qu'elle vive parmi des présences.

En Sibérie, disait-elle, *il y a des couples qui font l'amour alors que des centaines de kilomètres les séparent, et en Autriche il y a une princesse qui tatoua l'image du corps de son amant sur son corps, de sorte qu'en se regardant au miroir, c'était lui qu'elle voyait, et et et de l'autre côté de la mer Noire, il y a une femme de pierre – je ne l'ai jamais vue mais ma tante l'a vue – qui vint à la vie grâce à l'amour de son sculpteur !*

Safran apportait à la gitane des fleurs et des chocolats (cadeaux de ses veuves) et composait des poèmes pour elle, toutes choses qu'elle accueillait d'un rire moqueur.

Ce que tu peux être bête ! disait-elle.

Pourquoi suis-je bête ?

Parce que les choses que tu donnes le plus facilement sont celles que tu as le plus de mal à donner. Les fleurs, les chocolats et les poèmes ne signifient rien pour moi.

Tu ne les aimes pas ?

Venant de toi, non.

Qu'aimerais-tu, venant de moi ?

Elle haussait les épaules mais ce n'était pas qu'elle était perplexe, elle était gênée. (Il était la seule personne sur terre capable de la gêner.)

Où gardes-tu tes livres ? demanda-t-elle.

Dans ma chambre.

Où, dans ta chambre ?

Sur des étagères.

Comment sont-ils disposés ?

Qu'est-ce que ça peut te faire ?

Je veux savoir.

Elle était gitane. Il était juif. Quand elle prenait sa main en public, geste qu'il savait qu'elle savait qu'il détestait, il inventait une raison de la lui retirer – pour se recoiffer, pour montrer l'endroit où son arrière-arrière-arrière-grand-père avait répandu les pièces d'or sur la berge comme du vomi doré sortant du sac – puis il la fourrait dans sa poche, pour mettre fin à la situation.

Tu sais ce qu'il me faut, tout de suite, dit-elle, saisissant son bras inerte tandis qu'ils se promenaient à travers le bazar dominical.

Dis-moi ce que c'est et tu l'auras. Tout ce que tu voudras.

Je veux un baiser.

Tu peux en avoir autant que tu voudras, où tu voudras.

Ici, dit-elle, posant l'index sur ses lèvres. *Sur-le-champ.*

Du geste, il montra une ruelle voisine.

Non, dit-elle. *Je veux un baiser ici*, elle mit son doigt sur ses lèvres, *sur-le-champ*.

Il rit. *Ici ?* Il mit son doigt sur ses lèvres à lui. *Sur-le-champ ?*

Ici, dit-elle, mettant son doigt sur ses lèvres. *Sur-le-champ*.

Ils rirent ensemble. Un rire nerveux. Qui commença par de petits gloussements. S'additionnant. Plus fort. Se multipliant. Encore plus fort. Exponentiel. À perdre haleine. Un rire irrépressible. Violent. Infini.

Je ne peux pas.

Je sais.

Mon grand-père et la jeune gitane firent l'amour pendant sept ans, au moins deux fois par semaine. Ils s'étaient avoué tous leurs secrets ; s'étaient expliqué, du mieux qu'ils pouvaient, le fonctionnement de leurs deux corps ; avaient été impérieux et passifs, avides et généreux, bavards et silencieux.

Comment disposes-tu tes livres ? demanda-t-elle alors qu'ils étaient étendus nus sur un lit de galets et de terre dure.

Je te l'ai dit, ils sont dans ma chambre sur des étagères.

Je me demande si tu peux imaginer ta vie sans moi.

Bien sûr que je peux l'imaginer, mais je n'aime pas le faire.

Ce n'est pas agréable, n'est-ce pas ?

Pourquoi fais-tu ça ?

Je me le demandais, voilà tout.

Aucun de ses amis – si l'on pouvait dire qu'il avait d'autres amis – ne connaissait l'existence de la gitane, et aucune de ses autres femmes ne connaissait l'existence de la gitane, et ses parents ne connaissaient évidemment pas l'existence de la gitane. Elle était un secret si bien gardé qu'il avait parfois l'impression qu'il n'était pas – pas même lui – au courant de ses relations avec elle. Elle connaissait les efforts qu'il déployait pour la cacher au reste du monde, pour la garder cloîtrée dans une salle connue de lui seul, accessible seulement par un passage secret, pour la mettre derrière un mur. Elle savait que même s'il croyait l'aimer, il ne l'aimait pas.

Où crois-tu que tu seras dans dix ans ? demanda-t-elle, soulevant la tête qu'elle avait posée sur sa poitrine, pour lui adresser la parole.

Je ne sais pas.

Où crois-tu que je serai ? Leurs sueurs s'étaient mêlées et avaient séché, formant une pellicule collante entre eux.

Dans dix ans ?

Oui.

Je ne sais pas, dit-il, jouant avec la chevelure de la gitane. *Où crois-tu que tu seras ?*

Je ne sais pas.

Où crois-tu que je serai ?

Je ne sais pas, dit-elle.

Ils se turent, chacun dans ses propres pensées, chacun essayant de connaître celles de l'autre. Ils devenaient deux inconnus couchés l'un sur l'autre.

Pourquoi as-tu demandé ?

Je ne sais pas, dit-elle.

Alors, que savons-nous ?

Pas grand-chose, dit-elle, reposant la tête sur sa poitrine.

Ils échangeaient des petits mots, comme des enfants. Mon grand-père confectionnait les siens à partir de coupures de journaux et les déposait dans les paniers tressés de la gitane, sachant qu'elle seule oserait y risquer la main. *Allons nous promener au-delà du pont de bois et je te montrerai des choses que jamais, jamais tu n'as vues.* Le « All » était pris à l'armée qui prendrait la vie de sa mère : L'ARMÉE ALLEMANDE MARCHE SUR LA FRONTIÈRE SOVIÉTIQUE ; le « ons » à ses escadrilles dont le vrombissement se rapprochait : LES AVIONS NAZIS BOMBARDENT LONDRES ; le « nous » à la péninsule qu'elle guignait de tous ses yeux bleus : NOUS DÉFENDRONS LA CRIMÉE ; le « prom » et le « en » au trop peu et trop tard : L'AIDE PROMISE PAR L'AMÉRIQUE ARRIVE EN ANGLETERRE ; le « er » au chien d'entre les chiens : HITLER ENFREINT LE PACTE DE NON-AGRESSION... et ainsi de suite, chaque mot étant un collage de l'amour qui ne pourrait être et de la guerre qui serait.

La gitane gravait des lettres d'amour sur les arbres, emplissant la forêt de mots pour lui. *Tu ne m'oublieras pas,* qu'elle tailla dans l'écorce d'un arbre à l'ombre duquel ils s'étaient un jour endormis. *Tu m'honoreras,* qu'elle grava sur le tronc d'un chêne pétrifié. Elle composait une nouvelle liste de commandements, commandements qu'ils pouvaient partager, qui gouverneraient leur vie ensemble, et pas séparément. *Aucun autre amour ne passera avant moi dans ton cœur. Tu ne prononceras pas mon nom en vain. Tu ne me tueras pas. Tu m'observeras, et me tiendras pour sacrée.*

J'aimerais être où tu seras dans dix ans, lui écrivit-il, collant des coupures de manchettes sur une feuille de papier jaune. *N'est-ce pas une idée agréable ?*

Une idée très agréable, découvrit-il sur un arbre à l'orée de la forêt. *Et pourquoi est-ce seulement une idée ?*

Parce que – l'encre d'imprimerie tacha ses mains, il se lut sur lui-même – *dix ans, c'est dans longtemps.*

Il faudrait que nous partions, gravé en rond autour du tronc d'un érable. *Il faudrait que nous quittions tout ce qui n'est pas nous deux.*

Ce qui est possible, composa-t-il avec des fragments de nouvelles de la guerre imminente. *C'est une idée agréable, en tout cas.*

Mon grand-père emmena la jeune gitane au Cadran et lui fit le récit de la vie tragique de son arrière-arrière-arrière-grand-mère, promettant de lui demander son aide le jour où il tenterait d'écrire l'histoire de Trachimbrod. Il lui raconta l'histoire du chariot de Trachim, quand les jeunes jumelles W furent les premières à voir les curieuses épaves qui remontaient à la surface : serpents errants de ficelle blanche, un gant de velours frappé aux doigts étendus, bobines vides, pince-nez boueux, framboises, mûroises, fèces, fanfreluches, les éclats d'un vaporisateur brisé, les lignes tracées à l'encre rouge comme du sang d'une résolution : *Je m'engage... je m'engage...* Elle lui parla franchement des violences de son père, et lui montra les hématomes que même un corps dénudé ne révèle pas. Il lui expliqua sa circoncision, l'Alliance, le concept du Peuple Élu auquel il appartenait. Elle lui parla du jour où son oncle l'avait violée, lui dit qu'elle pouvait, depuis plusieurs années déjà, avoir un enfant. Il lui dit qu'il se masturbait avec sa main inerte, parce qu'il pouvait de cette façon se convaincre qu'il faisait l'amour avec quelqu'un d'autre. Elle lui dit qu'elle avait envisagé le suicide, comme s'il s'agissait d'une décision. Il lui confia son plus sombre secret : contrairement aux autres garçons, son amour pour sa mère n'avait jamais diminué, pas de la plus infime partie, depuis qu'il était enfant, et, je t'en prie, ne te moque pas de moi, je t'en prie, que cela ne me diminue pas à tes yeux, mais je préfère un baiser d'elle à toute chose au monde. La jeune gitane se mit à pleurer, et quand mon grand-père lui demanda ce qui n'allait pas, elle ne dit pas, *Je suis jalouse de ta mère. Je veux que tu m'aimes ainsi*, mais au contraire ne dit rien, et rit comme pour dire : c'est trop bête. Elle lui dit qu'elle souhaitait qu'il y eût encore un commandement, un onzième, gravé sur les tablettes : *Tu ne changeras pas.*

Malgré toutes ses liaisons, toutes les femmes qui se dévêtaient pour lui quand il montrait son bras inerte, il n'avait pas d'autres amis et ne pouvait imaginer pire solitude qu'une existence sans elle. Elle était la seule qui pouvait à bon droit prétendre le connaître, la seule qui lui manquait quand elle n'était pas là, et qui lui manquait même avant de s'absenter. Elle était la seule qui désirât de lui plus que son bras.

Je ne t'aime pas, lui dit-il un soir qu'ils étaient étendus nus dans l'herbe.

Elle lui posa un baiser sur le front et dit, *Je le sais. Et je suis sûre que tu sais que je ne t'aime pas.*

Évidemment, dit-il, alors qu'il en avait été profondément surpris – non qu'elle ne l'aime pas, mais qu'elle le dise. Depuis sept ans qu'il faisait l'amour, il avait entendu les mots si souvent : de la bouche de veuves et d'enfants, de prostituées, d'amis de la famille, de voyageurs et de femmes adultères. Des femmes lui avaient dit *Je t'aime* sans qu'il ait jamais parlé. *Plus on aime quelqu'un*, en vint-il à penser, *plus il est difficile de le lui dire.* Il était étonné que des inconnus ne s'arrêtent pas l'un l'autre dans la rue pour dire *Je t'aime.*

Mes parents ont arrangé un mariage, dit-il.

Pour toi ?

Avec une nommée Zosha. De mon shtetl. J'ai dix-sept ans.

Et tu l'aimes ? demanda-t-elle sans le regarder.

Il réduisit sa vie à l'ensemble de ses plus petits éléments, les examina un par un, comme un horloger, puis les assembla de nouveau.

Je la connais à peine. Il évita aussi de croiser son regard, parce qu'à l'instar de Pincher P, qui vivait dans les rues de la charité publique, ayant donné jusqu'à sa dernière piécette aux pauvres, ses yeux l'auraient livré tout entier.

Vas-tu accepter ? demanda-t-elle, traçant des ronds dans la terre de son doigt caramel.

Je n'ai pas le choix, dit-il.

Bien sûr.

Elle ne voulait pas le regarder.

Tu auras une vie si heureuse, dit-elle. *Tu seras toujours heureux.*

Pourquoi fais-tu ça ?

Parce que tu as tant de chance. Le vrai bonheur durable est à ta portée.

Arrête, dit-il. *Tu es injuste.*

J'aimerais la rencontrer.

Mais non.

Mais si. Comment s'appelle-t-elle ? Zosha ? J'aimerais beaucoup rencontrer Zosha pour lui dire combien elle va être heureuse. Quelle chance elle a. Elle doit être très belle.

Je ne sais pas.

Tu l'as vue, non ?

Oui.

Alors tu sais si elle est belle. Elle est belle ?

Je crois.

Plus belle que moi ?

Arrête.

J'aimerais assister à la noce, pour me rendre compte par moi-même. Enfin, pas à la noce, évidemment. Une gitane ne peut pas entrer dans la synagogue. Mais la réception. Tu vas m'inviter, non ?

Tu sais que ce n'est pas possible, dit-il en se détournant.

Je sais que ce n'est pas possible, dit-elle, sachant qu'elle était allée trop loin, qu'elle avait été trop cruelle.

Ce n'est pas possible.

Je te l'ai dit : je sais.

Mais il faut que tu me croies.

Je te crois.

Ils firent l'amour pour la dernière fois, sans savoir que les sept mois suivants passeraient sans un mot entre eux. Il la verrait, et elle le verrait, bien des fois – ils en étaient venus à hanter les mêmes lieux, à suivre les mêmes sentiers, à s'endormir à l'ombre des mêmes arbres – mais sans jamais faire mine de s'aviser de l'existence l'un de l'autre. Ils voulaient tous deux de toutes leurs forces revenir sept ans en arrière, à leur première rencontre, au théâtre, et tout recommencer, mais cette fois ne pas se remarquer, ne pas parler, ne pas quitter le théâtre, elle le menant par son bras inerte à travers un dédale de ruelles boueuses, devant les étals des confiseurs près du vieux cimetière, le long de la ligne de fracture Juif/Humain, et ainsi de suite, de plus en plus loin, dans le noir. Pendant sept mois, ils allaient s'ignorer, au bazar, devant le Cadran et à la fontaine de la sirène couchée, et ils étaient sûrs de pouvoir s'ignorer n'importe où et toujours, sûrs de pouvoir être deux inconnus l'un pour l'autre, mais ils eurent la preuve qu'ils se trompaient quand, rentrant du travail un après-midi à la maison, il la croisa qui sortait de chez lui.

Qu'est-ce que tu fais là ? demanda-t-il, plus effrayé à l'idée qu'elle avait révélé leur relation – à son père, qui le battrait sûrement, ou à sa mère, qui en serait si déçue – que curieux de savoir pourquoi elle était là.

Tes livres sont disposés selon la couleur de leur dos, dit-elle. *C'est trop bête.*

Sa mère était à Loutsk, se rappela-t-il, comme tous les mardis à cette heure de l'après-midi, et son père faisait sa toilette à l'extérieur. Safran alla dans sa chambre s'assurer que tout était en ordre. Son journal était toujours sous le matelas. Ses livres bien alignés, selon la couleur. (Il en prit un sur une étagère, pour avoir quelque chose à tenir.) Le portrait de sa mère était à son angle normal sur la table de chevet. Il n'y avait aucune raison de penser qu'elle avait touché à quelque chose. Il fouilla la cuisine, le bureau, et jusqu'aux toilettes à la recherche d'une trace qu'elle aurait pu laisser. Rien. Pas un cheveu. Pas d'empreintes sur le miroir. Pas de mot. Tout était en ordre.

Il alla dans la chambre de ses parents. Les oreillers étaient des rectangles parfaits. Les draps étaient aussi lisses que de l'eau, étroitement bordés. La chambre semblait ne pas avoir été touchée depuis des années, depuis un décès, peut-être, comme si on la préservait en l'état, dans une capsule temporelle. Il ne savait pas combien de fois elle était venue. Il ne pouvait le lui demander parce qu'il ne lui adressait plus jamais la parole, il ne pouvait le demander à son père parce qu'il aurait fallu tout avouer, et il ne pouvait le demander à sa mère parce que, si elle devait découvrir la vérité, cela la tuerait, et cela le tuerait, et qu'aussi invivable que soit devenue sa vie, il n'était pas encore prêt à y mettre fin.

Il courut chez Lista P, la seule amante qui lui eût donné l'envie de prendre un bain. *Ouvre-moi*, dit-il, la tête contre la porte. *C'est moi, Safran. Ouvre-moi.*

Il entendit des frottements, on venait laborieusement jusqu'à la porte.

Safran ? C'était la mère de Lista.

Bonjour, dit-il. *Lista est là ?*

Lista est dans sa chambre, dit-elle, songeant que c'était un si gentil garçon. *Monte.*

Qu'est-ce qui ne va pas ? demanda Lista en le voyant sur le seuil. Elle semblait tellement plus vieille que trois ans seulement auparavant, au théâtre, qu'il se demanda si c'était elle ou lui qui avait changé. *Entre. Entre. Là*, dit-elle, *assieds-toi. Que se passe-t-il ?*

Je suis tout seul, dit-il.

Tu n'es pas seul, dit-elle, prenant sa tête contre sa poitrine.

Si.

Tu n'es pas seul, dit-elle. *Tu te sens seul, c'est tout.*

Se sentir seul, c'est être seul. Voilà ce que c'est.

Je vais te faire quelque chose à manger.

Je ne veux rien manger.

Alors bois quelque chose.

Je ne veux rien boire.

Elle massa son bras inerte et se rappela la dernière fois qu'elle l'avait touché. Ce n'était pas la mort qui l'avait tant attirée vers ce bras, mais l'inconnaissable. L'inatteignable. Il ne pourrait jamais l'aimer complètement, de la totalité de son être. On ne pourrait jamais le posséder complètement, et jamais il ne pourrait posséder complètement. Son désir avait été allumé par la frustration de son désir.

Tu vas te marier, Safran. J'ai reçu l'invitation ce matin. Est-ce ce qui te bouleverse ?

Oui, dit-il.

Mais tu n'as aucune raison de t'inquiéter. Tout le monde a le trac avant de se marier. Je l'ai eu. Je sais que mon mari l'avait. Mais Zosha est une si charmante fille.

Je ne l'ai jamais rencontrée, dit-il.

Eh bien, elle est très charmante. Et belle, aussi.

Tu crois qu'elle me plaira ?

Oui.

Que je l'aimerai ?

C'est possible. On ne devrait jamais faire de prédictions, en amour, mais c'est parfaitement possible.

M'aimes-tu ? demanda-t-il. *M'as-tu jamais aimé ? Cette nuit, là, avec tout ce café.*

Je ne sais pas, dit-elle.

Crois-tu possible de m'avoir aimé ?

Il lui toucha le côté du visage de sa main valide, descendit jusqu'à son cou, puis sous le col de son chemisier.

Non, dit-elle, écartant sa main.

Non ?

Non.

Mais j'en ai envie. Vraiment. Ce n'est pas pour toi.

C'est pour ça qu'on ne peut pas, dit-elle. *Je n'aurais jamais été capable de le faire si j'avais pensé que tu en avais envie.*

Il posa la tête dans son giron et s'endormit. Avant de partir ce soir-là, il donna à Lista le livre qu'il avait encore avec lui – un *Hamlet* au dos violet –, qu'il avait pris sur l'étagère pour avoir quelque chose à tenir.

Tu me l'offres ou tu me le prêtes ? demanda-t-elle.

Tu me le rendras un jour.

Mon grand-père et la jeune gitane ne savaient rien de tout cela quand ils firent l'amour pour la dernière fois, quand il lui caressa le visage et tâta la chair tendre sous son menton, quand il lui accorda l'attention dont jouit l'épouse d'un sculpteur. *Comme ça ?* demandait-il. Elle lui caressait la poitrine du battement de ses cils. Elle déplaçait ce baiser papillon en travers de son torse jusqu'à son cou, là où le lobe de son oreille gauche rejoignait sa mâchoire. *Comme ça ?* demandait-elle. Il lui ôtait son chemisier bleu en le faisant passer par-dessus sa tête, il défaisait ses colliers de perles, il léchait la sueur, la douceur de ses aisselles, et faisait courir un doigt de son cou à son nombril. Il traçait des cercles autour de ses aréoles caramel avec la langue. *Comme ça ?* demandait-il. Elle faisait oui de la tête puis la rejetait en arrière. Il lui titillait les tétons avec la langue, sachant que tout cela était complètement raté, tout, depuis l'instant de sa naissance jusqu'à ce moment, tout allait toujours de travers – ce n'était pas le contraire de ce qu'il aurait fallu, mais pire : un peu à côté. Elle s'y prenait à deux mains pour lui ôter sa ceinture. Il arquait les reins pour les soulever du sol afin qu'elle puisse tirer sur son pantalon et son slip. Elle prenait son pénis dans sa main. Elle voulait tant qu'il se sente bien. Elle était convaincue que jamais il ne s'était senti bien, elle voulait être la cause de son premier, de son seul plaisir. *Comme ça ?* Il posait la main sur la sienne pour la guider. Elle ôtait sa jupe et sa culotte, prenait sa main inerte, la pressait entre ses jambes. La toison noire épaisse de son pubis s'enroulait en boucles lâches, en vagues. *Comme ça ?* demandait-il, alors même que c'était elle qui guidait sa main. Ils se guidaient l'un l'autre sur le corps l'un de l'autre. Mettant les doigts inertes de Safran en elle, elle en éprouvait un instant l'insensibilité et la paralysie. Elle sentait la mort la pénétrer et la traverser. *Maintenant ?* demandait-il. *Maintenant ?* Elle roulait sur lui et lui entourait les genoux de ses jambes écartées. Elle passait une main derrière elle et se servait de la main inerte de Safran pour guider son pénis en elle. *Est-ce que c'est bon ?* demandait-il. *Est-ce que c'est bon ?*

Sept mois plus tard, le 18 juin 1941, tandis que le premier bombardement allemand allumait le ciel de Trachimbrod en un déploiement électrique et que mon grand-père avait son premier orgasme (son premier, son seul plaisir, dont elle n'était pas la cause), elle s'ouvrit les poignets avec un couteau émoussé d'avoir gravé des lettres d'amour. Mais cette fois-là, avec la tête endormie de Safran contre le tumulte de sa poitrine, elle n'avait rien révélé. Elle n'avait pas dit, *Tu vas te marier.* Et elle n'avait pas dit, *Je vais me tuer.* Seulement : *Comment disposes-tu tes livres ?*

26 janvier 1998

Cher Jonathan,

J'ai promis que jamais plus je ne mentionnerais l'écriture, parce que je croyais que nous étions au-delà de cela. Mais je dois rompre ma promesse.

Je pourrais te haïr ! Pourquoi ne veux-tu pas permettre à ton grand-père d'être amoureux de la jeune gitane et de lui montrer son amour ? Qui ordonne que tu écrives de cette manière ? Nous avons tant d'occasions de bien faire et tu t'entêtes à faire et à refaire le mal. Je n'ai pas voulu lire cette division la plus contemporaine à Mini-Igor, parce que je ne la jaugeais pas digne de ses oreilles. Non, cette division, je l'ai présentée à Sammy Davis Junior, Junior, qui a agi fidèlement avec elle.

Je dois poser une simple question, et c'est, qu'est-ce qui ne tourne pas rond chez toi ? Si ton grand-père aime la jeune gitane, et je suis certain qu'il l'aime, pourquoi ne part-il pas avec elle ? Elle pourrait le rendre très heureux. Et pourtant il décline le bonheur. Ce n'est pas raisonnable, Jonathan, et ce n'est pas bien. Si j'étais l'écrivain, je ferais Safran montrer son amour à la jeune gitane et l'emmener à Greenwich Shtetl à New York City, ou je ferais Safran se tuer, qui est la seule autre chose véridique à accomplir, malgré qu'alors tu ne serais pas né, ce qui signifierait que cette histoire ne peut être écrite.

Tu es un lâche, Jonathan, et tu m'as déçu. Je ne te commanderai jamais d'écrire une histoire qui soit comme elle s'est passée dans le réel, mais je te commanderai de faire ton histoire fidèle. Tu es un lâche pour la même explication que Brod est lâche, et que Yankel est lâche, et que Safran est lâche – tous tes parents sont lâches ! Vous êtes tous lâches parce que vous vivez dans un monde qui est « en deçà, à l'écart », si je peux te citer en extrait. Je n'ai aucun hommage pour quiconque dans ta famille, avec les exceptions de ta grand-mère, parce que vous êtes tous dans la proximité de l'amour et que tous vous désavouez l'amour. J'ai enclos le numéraire que tu m'as le plus récemment posté.

Évidemment, je comprends, en certaines manières, ce que tu tentes d'accomplir. Il existe une chose comme l'amour qui ne peut pas être, c'est certain. Si je devais informer mon père, par exemple, de la façon dont j'englobe l'amour, et qui je désire aimer, il me tuerait, et ceci n'est pas une expression. Nous choisissons tous des choses, et nous choisissons tous aussi contre des choses. Je veux être le genre de personne qui choisit pour plus que contre, mais comme Safran, et comme toi, je découvre que je choisis cette fois et la fois suivante contre ce que je sais certainement être bien et correct et contre ce que je sais certainement être valable. Je choisis ce que je ne ferai pas, au lieu de choisir ce que je ferai. Rien de ceci ne peut être dit sans effort.

Je n'ai pas donné l'argent à grand-père, et c'était pour des raisons très différentes de celles que tu as suggérées. Il n'était pas surpris quand je le lui ai dit. « Je suis fier de toi », a-t-il dit.

« Mais tu voulais que je te le donne ? » ai-je dit.

« Beaucoup, dit-il. Je suis sûr que j'aurais pu la trouver. »

« Comment peux-tu être fier, alors ? »

« Je suis fier de toi, pas de moi. »

« Tu n'es pas en colère contre moi ? »

« Non. »

« Je ne veux pas te décevoir. »

« Je ne suis ni en colère ni déçu », dit-il.

« Cela te rend-il triste que je ne te donne pas l'argent ? »

« Non. Tu es une bonne personne, tu fais ce qui est bien et juste. Cela me rend satisfait. »

Alors, pourquoi avais-je l'impression d'avoir choisi l'action lâche et pitoyable et d'être un pitoyable lâche ? Que je t'explique pourquoi je n'ai pas donné mon argent à grand-père. Ce n'est pas parce que je l'économise pour moi pour aller en Amérique. Cela est un rêve dont je me suis éveillé. Je ne verrai jamais Amérique et Mini-Igor non plus, et je comprends cela maintenant. Je n'ai pas donné l'argent à grand-père parce que je ne crois pas à Augustine. Non, cc n'est pas ce que je veux dire. Je ne crois pas à l'Augustine que grand-père cherchait. La femme de la photographie est vivante. J'en suis sûr. Mais je suis sûr aussi qu'elle n'est pas Herschel, comme grand-père voulait qu'elle soit, et qu'elle n'est pas ma grand-mère, comme il voulait qu'elle soit, et qu'elle n'est pas mon père, comme il voulait qu'elle soit. Si je lui avais donné l'argent, il l'aurait trouvée, il aurait vu qui elle est en réalité, et cela l'aurait tué. Je ne dis pas ceci métaphoriquement. Ça l'aurait tué.

Mais c'était une situation sans rien à gagner. Les possibilités étaient nulles, entre ce qui était possible et ce que nous voulions. Et ici j'ai à te conférer une terrible nouvelle. Grand-père est mort il y a quatre jours. Il s'est coupé les mains. Il était très tard dans la nuit et je n'arrivais pas à dormir. Il y avait un bruit venant de la salle de bains, alors je suis allé l'investiguer. (Maintenant que je suis l'homme de la maison, c'est à moi de voir que tout fonctionne.) J'ai trouvé grand-père dans la baignoire qui était pleine de sang. Je lui dis d'arrêter de dormir, parce que je ne comprenais pas encore ce qui se passait. « Réveille-toi ! » Puis je l'ai secoué violemment et je lui ai cogné la figure. Je me suis fait mal à la main, si fort je l'avais cogné. Je l'ai cogné encore. Je ne sais pas pourquoi, mais je l'ai fait. Pour te dire la vérité, je n'avais encore jamais cogné personne, seulement été cogné. « Réveille-toi ! » Je hurlais, et je l'ai encore cogné, cette fois de l'autre côté de son visage. Mais je savais qu'il ne s'éveillerait pas. « Tu dors trop ! » Mes cris ont réveillé ma mère et elle est venue en courant dans la salle de bains. Elle a dû me tirer de force pour m'écarter de grand-père et elle m'a dit par la suite qu'elle croyait que je l'avais tué, à la façon dont je le cognais tellement et au regard de mes yeux. Nous avons inventé une histoire au sujet d'un accident avec des somnifères. C'est ce que nous avons raconté à Mini-Igor, de sorte qu'il n'ait jamais besoin de savoir.

26 JANVIER 1998

Ça avait déjà été une telle soirée. Des volumes s'étaient produits, comme des volumes se produisent en ce moment, comme des volumes se produiront. Pour la première fois de ma vie, j'ai dit exactement à mon père ce que je pensais, comme je vais te dire maintenant, pour la première fois, exactement ce que je pense. Comme à lui, je te demande de me pardonner.

Avec toute mon affection,
Alex

« Herschel s'occupait de ton père quand j'avais une course à faire, ou quand ta grand-mère était malade. Elle était malade tout le temps, pas seulement à la fin de sa vie. Herschel s'occupait du bébé et le prenait dans ses bras comme si c'était le sien. Il l'appelait même fils. »

Je dis tout ceci à Jonathan comme grand-père me l'avait dit, et il écrivit tout dans son journal. Il écrivit :

« Herschel ne possédait pas de famille à lui. Il n'était pas une personne très sociale. Il aimait beaucoup lire, et aussi écrire. Il était poète, et il m'exhibait beaucoup de ses poèmes. Je m'en rappelle beaucoup. Ils étaient niais, pourrait-on dire, et au sujet de l'amour. Il était toujours dans sa chambre à écrire ces choses, et jamais avec les gens. Je lui disais, À quoi bon tout cet amour sur le papier ? Je disais, Que ce soit l'amour qui écrive sur toi, pour une fois. Mais il était très têtu. Ou peut-être il était seulement timide. »

« Tu étais son ami ? » demandai-je, alors qu'il avait déjà dit qu'il était l'ami de Herschel.

« Il nous avait dit une fois que nous étions ses seuls amis. Ta grand-mère et moi. Il dînait avec nous et à certaines occasions restait très tardif. Nous allions même en vacances ensemble. Après la naissance de ton père, nous nous promenions tous les trois avec l'enfant. Quand il avait besoin de quelque chose, il venait nous voir. Quand il avait une difficulté, il venait nous voir. Un jour il me demanda s'il pouvait embrasser ta grand-mère. Pourquoi, lui demandai-je, et cela me rendit une personne courroucée, en vérité, très courroucée, qu'il puisse désirer l'embrasser. Parce que j'ai peur, dit-il, de ne jamais embrasser une femme. Herschel, dis-je, c'est parce que tu n'essayes d'en embrasser aucune. »

(Était-il amoureux de grand-mère ?)

(Je ne sais pas.)

(C'était une possibilité ?)

(C'était une possibilité. Il la regardait et aussi lui apportait des fleurs en cadeau.)

(Cela t'ennuyait-il ?)

(Je les aimais tous les deux.)

« L'embrassa-t-il ? »

« Non », dit-il. (Et tu te rappelleras, Jonathan, que là il a ri. C'était un rire court, grave.) « Il était trop timide pour embrasser qui que ce soit, même Anna. Je crois qu'ils n'ont jamais rien fait. »

« C'était ton ami », dis-je.

« C'était mon meilleur ami. Ce n'était pas pareil à l'époque. Juifs, pas juifs. Nous étions jeunes encore, et il y avait beaucoup de vie en avance de nous. Qui savait ? » (Nous ne savions pas, voilà ce que j'essaye de dire. Comment aurions-nous su ?)

« Su quoi ? » demandai-je.

« Qui savait que nous vivions sur une telle aiguille ? »

« Une aiguille ? »

« Un jour, Herschel dînait avec nous et il chantait des chansons à ton père dans ses bras. »

« Des chansons ? » (Là, il a chanté la chanson, Jonathan, et je sais combien tu adores insérer des chansons dans l'écriture, mais tu ne pourrais me requérir d'écrire ceci. J'ai essayé pendant si longtemps de déplacer la chanson de mon cerveau, mais elle y est toujours. Je m'entends la chanter quand je marche, pendant mes cours à l'université, et avant de m'endormir.)

« Mais nous étions des gens très bêtes », dit-il, et il examina de nouveau la photo et sourit. « Tellement bêtes. »

« Pourquoi ? »

« Parce que nous croyions des choses. »

« Quelles choses ? » demandai-je, parce que je ne le savais pas. Je ne comprenais pas.

(Pourquoi poses-tu tant de questions ?)

(Parce que tu n'es pas clair avec moi.)

(J'ai très honte.)

(Tu n'as pas à être honteux en ma proximité. La famille, c'est les gens qui ne doivent jamais nous faire sentir honteux.)

(Tu te trompes. La famille, c'est les gens qui doivent nous faire sentir honteux quand nous le méritons.)

(Et tu le mérites ?)

(Je le mérite. C'est ce que j'essaye de te dire.) « Nous étions bêtes, dit-il, parce que nous croyions des choses. »

« Pourquoi est-ce bête ? »

« Parce qu'il n'existe pas de choses à croire. »

(L'amour ?)

(Il n'y a pas d'amour. Seulement la fin de l'amour.)

(La bonté ?)

(Ne sois pas idiot.)

(Dieu ?)

(Si Dieu existe, il ne faut pas y croire.)

« Augustine ? » demandai-je.

« Je rêvais que cela pouvait être la chose, dit-il. Mais je me trompais. »

« Peut-être que tu ne te trompais pas. Nous n'avons pas pu la trouver, mais cela ne signifie rien au sujet de si tu dois ou non croire en elle. »

« À quoi bon quelque chose qu'on ne peut pas trouver ? »

(Je te dirai, Jonathan, qu'à cet endroit de la conversation, ce n'était plus Alex et Alex, grand-père et petit-fils, qui parlaient. Nous produisîmes d'être deux personnes différentes, deux personnes qui pouvaient se contempler l'une l'autre dans les yeux et articuler des choses qui ne sont pas articulées. Quand je l'écoutais, je n'écoutais pas grand-père, mais quelqu'un d'autre, quelqu'un que je n'avais jamais rencontré auparavant, mais que je connaissais mieux que grand-père.

Et la personne qui écoutait cette personne n'était pas moi mais quelqu'un d'autre, quelqu'un que je n'avais jamais été auparavant, mais que je connaissais mieux que moi-même.)

« Dis-m'en plus », dis-je.

« Plus ? »

« Herschel. »

« C'était comme s'il était un membre de notre famille. »

« Dis-moi ce qui arriva. Que lui arriva-t-il ? »

« À lui ? À lui et moi. Cela arriva à tout le monde, ne t'y trompe pas. Ce n'est pas parce que je n'étais pas juif qu'il faudrait croire que cela ne m'arriva pas à moi. »

« Quoi ? »

« Il fallait choisir, en espérant choisir le moindre mal. »

« Il fallait choisir, dis-je à Jonathan, en espérant choisir le moindre mal. »

« Et je choisis. »

« Et il choisit. »

« Que choisit-il ? »

« Que choisis-tu ? »

« Quand ils prirent notre ville... »

« Kolki ? »

« Oui, mais ne le lui dis pas. Il n'y a pas de raison de le lui dire. »

« Nous pourrions y aller demain matin. »

« Non. »

« Peut-être ce serait une bonne chose. »

« Non, dit-il. Mes fantômes ne sont pas là-bas. »

(Tu as des fantômes ?)

(Bien sûr que j'ai des fantômes.)

(Comment sont tes fantômes ?)

(Ils sont sur l'intérieur des paupières de mes yeux.)

(C'est aussi là que résident mes fantômes.)

(Tu as des fantômes ?)

(Bien sûr que j'ai des fantômes.)

(Mais tu n'es qu'un enfant.)

(Je ne suis pas un enfant.)

(Mais tu n'as pas connu l'amour.)

(Ce sont mes fantômes, les espaces entre l'amour.)

« Tu pourrais nous le révéler, dis-je. Tu pourrais nous emmener là où tu vivais autrefois et là où sa grand-mère vivait autrefois. »

« Cela ne sert à rien, dit-il. Ces gens ne signifient rien pour moi. »

« Sa grand-mère. »

« Je ne veux pas connaître son nom. »

« Il dit que ça ne sert à rien de retourner à la ville dont il est venu, dis-je à Jonathan. Elle ne signifie rien pour lui. »

« Pourquoi est-il parti ? »

« Pourquoi es-tu parti ? »

« Parce que je ne voulais pas que ton père grandisse si près de la mort. Je ne voulais pas qu'il la connaisse et qu'il vive avec elle. C'est pourquoi je ne l'informai jamais de ce qui se produisit. Je désirais tellement qu'il vive une bonne vie, sans mort, sans choix et sans honte. Mais je n'étais pas un bon père, je dois te l'informer. J'étais le plus mauvais père. Je désirais l'éloigner de tout ce qui était mal, et je n'ai réussi à lui donner que du mal et encore du mal. Un père est toujours responsable de la façon d'être de son fils. Tu dois le comprendre. »

« Je ne comprends pas. Je ne comprends rien de tout ceci. Je ne comprends pas que tu sois de Kolki, ni pourquoi je ne l'ai jamais su. Je ne comprends pas pourquoi tu es venu dans ce voyage si tu savais combien nous nous en approcherions. Je ne comprends pas ce que sont tes fantômes. Je ne comprends pas comment une photo de toi était dans la boîte d'Augustine. »

(Te rappelles-tu ce qu'il fit ensuite, Jonathan ? Il examina la photographie de nouveau, et puis la plaça sur la table de nouveau, et puis il dit, Herschel était une bonne personne, et moi aussi, et à cause de ceci ce n'est pas juste, ce qui arriva, rien de ce qui arriva. Alors je lui demandai, Quoi, qu'est-ce qui arriva ? Il retourna la photographie dans la boîte, tu te le rappelleras, et il nous raconta l'histoire. Exactement ainsi. Il plaça la photographie dans la boîte, et il nous raconta. Il n'évita pas une fois nos yeux, et il ne mit pas une fois ses mains sous la table. J'ai tué Herschel, dit-il. Ou ce que j'ai fait revenait à le tuer. Que veux-tu dire ? lui demandai-je, parce que ce qu'il disait était une chose si puissante à dire. Non, ceci n'est pas vrai. Herschel aurait été tué avec ou sans moi, mais c'est quand même comme si je l'avais tué. Que se passa-t-il ? demandai-je. Ils vinrent dans le plus noir de la nuit. Ils arrivaient d'une autre ville et iraient dans une autre ensuite. Ils savaient ce qu'ils faisaient, ils étaient tellement logiques. Je me rappelle avec beaucoup de précision la sensation de mon lit secoué quand les tanks arrivèrent. Qu'est-ce que c'est ? Qu'est-ce que c'est ? demanda grand-mère. Je sortis du lit pour examiner par la fenêtre. Que vis-tu ? Je vis quatre tanks et je me les rappelle sous tous les aspects. C'étaient quatre tanks verts et des hommes marchaient sur les côtés. Ces hommes avaient des fusils, je te le dirai, et ils les pointaient contre nos portes et nos fenêtres au cas où quelqu'un tenterait de s'enfuir. Il faisait noir mais je voyais quand même ceci. Avais-tu peur ? J'avais peur, alors que je savais que je n'étais pas celui qu'ils voulaient. Comment le savais-tu ? Nous les connaissions. Tout le monde savait. Herschel savait. Nous ne croyions pas que cela nous arriverait à nous. Je te l'ai dit, nous croyions des choses, nous étions si bêtes. Et ensuite ? Ensuite j'ai dit à grand-mère de prendre le bébé, ton père, et de l'emmener à la cave sans manufacturer aucun bruit mais aussi de ne pas devenir trop effrayée parce que nous n'étions pas ceux qu'ils cherchaient. Et ensuite ? Ensuite ils arrêtèrent tous les tanks et pendant un instant je fus assez bête pour croire que c'était fini, qu'ils avaient décidé de retourner en Allemagne et de finir la guerre parce que personne n'aime la guerre pas même ceux qui lui survivent, pas même les vainqueurs. Mais ? Mais ils ne le firent évidemment pas. Ils avaient seulement arrêté les tanks devant la synagogue et ils sortirent de leurs tanks et agirent selon des lignes très logiques. Le général qui avait les cheveux blonds mit un microphone devant son visage et parla en ukrainien il dit que tout le monde devait venir à la synagogue tout le monde sans omission. Les soldats cognèrent contre toutes les portes avec leurs fusils et investiguèrent les maisons pour être certains que tout le monde serait devant la synagogue je dis à grand-mère de retourner à l'étage avec le bébé parce que je craignais qu'ils les découvrent dans la cave et les abattent parce qu'ils se cachaient. Herschel pensais-je Herschel doit s'échapper comment peut-il s'échapper il faut qu'il s'enfuie maintenant qu'il s'enfuie dans le noir peut-être s'est-il déjà enfui peut-être a-t-il entendu les tanks et s'est enfui mais quand nous arrivâmes à la synagogue je vis Herschel et il me vit et nous nous mîmes l'un à côté de l'autre parce que c'est ce que font les amis en présence du mal ou de l'amour. Que va-t-il se passer me demanda-t-il et je lui dis je ne sais pas ce qui va se passer et la vérité est qu'aucun d'entre nous ne savait ce qui allait se passer alors que tous nous savions que ce serait un mal. Cela captura si longtemps pour que les soldats finissent d'investiguer les maisons tellement il était important pour eux d'être certains que tout le monde était devant la synagogue. J'ai si peur dit Herschel je crois que je vais pleurer. Pourquoi demandai-je pourquoi il n'y a rien à pleurer il n'y a aucune raison de pleurer mais je te dirai que moi aussi j'avais envie de pleurer et que moi aussi j'avais peur mais pas pour moi pour grand-mère et pour le bébé. Que firent-ils ? Que se passa-t-il ensuite ? Ils nous firent mettre en rang et j'étais à côté d'Anna d'un côté et de Herschel de l'autre côté certaines femmes pleuraient et c'était parce qu'elles avaient peur des fusils que les soldats tenaient et qu'elles croyaient que tous nous allions être tués. Le général aux yeux bleus mit le microphone devant son visage. Vous devez écouter attentivement dit-il et faire tout ce qui est commandé ou vous serez abattus. Herschel me chuchota j'ai très peur et je voulais lui dire fuis tes chances sont meilleures si tu fuis il fait noir fuis tu n'as aucune chance si tu ne le fais pas mais je ne pus lui dire ceci parce que j'avais peur d'être abattu si je parlais et que j'avais peur aussi de céder à la mort de Herschel en l'admettant sois courageux dis-je avec aussi peu de volume que j'en pouvais manufacturer il est nécessaire que tu sois courageux ce qui je le sais aujourd'hui était une chose tellement bête à articuler la chose la plus bête que j'aie jamais articulée être courageux pourquoi ? Qui est le rabbin demanda le général et le rabbin éleva la main. Deux des gardes saisirent le rabbin et le poussèrent dans la synagogue. Qui est le chantre demanda le général et le chantre éleva la main mais il n'était pas aussi tranquille au sujet de la mort que le rabbin il pleurait et disait non à sa femme non non nonnonnon et elle leva la main vers lui et deux gardes la saisirent et la mirent dans la synagogue aussi. Qui sont les juifs demanda le général dans son microphone tous les juifs avancez mais pas une seule personne n'avança. Tous les juifs doivent avancer dit-il encore et cette fois il le cria mais encore aucune personne n'avança et je vous dirai que si j'avais été juif moi aussi je n'aurais pas avancé le général approcha du premier rang et dit dans son microphone vous montrerez un juif du doigt ou vous serez considéré comme un juif la première personne qu'il approcha était un juif nommé Abraham. Montre-moi un juif lui demanda le général et Abraham tremblait qui est juif demanda encore le général et il mit son arme contre la tête d'Abraham Aaron est juif Aaron et il montra Aaron qui était au deuxième rang celui où nous étions nous-mêmes. Deux gardes saisirent Aaron et il résistait beaucoup alors ils lui tirèrent dans la tête et ce fut le moment où je sentis la main de Herschel toucher la mienne. Faites ce qu'on vous commande hurla dans son microphone le général avec une balafre sur le visage sinon. Il alla à la deuxième personne dans le rang qui était un ami à moi Leo et il dit montre-moi un juif et Leo montra Abraham et dit cet homme est juif pardon Abraham deux gardes emmenèrent Abraham dans la synagogue une femme au quatrième rang tenta de s'enfuir avec son bébé dans les bras mais le général cria quelque chose en allemand cette langue la plus terrible horrible affreuse dégoûtante vile monstrueuse et un des gardes lui tira derrière la tête et ils la traînèrent elle et son bébé qui était encore vivant dans la synagogue. Le général alla au suivant de la rangée et au suivant et chacun montrait un juif parce que personne ne voulait être tué un juif montra son cousin et un autre se montra lui-même parce qu'il ne voulait montrer personne d'autre. Ils enfermèrent Daniel dans la synagogue et Talia aussi et Louis et tous les juifs qu'il y avait mais pour une raison que je ne connaîtrai jamais Herschel ne fut jamais montré peut-être parce que j'étais son seul ami et qu'il n'était pas très social et que beaucoup de gens ne savaient même pas qu'il existait et que j'étais le seul qui saurait pour le montrer ou peut-être était-ce parce qu'il faisait si noir qu'on ne pouvait plus le voir. Ce ne fut pas éternel avant qu'il soit le seul juif qui restait en dehors de la synagogue où le général était maintenant au deuxième rang et dit à un homme parce qu'il demandait seulement aux hommes je ne sais pas pourquoi qui est juif et l'homme dit ils sont tous dans la synagogue parce qu'il ne connaissait pas Herschel ou ne savait pas que Herschel était juif le général tiradanslatête-del'homme et je sentis la main de Herschel toucher la mienne très doucement et je m'assurai de ne pas le regarder le général alla à la personne suivante qui est juif demanda-t-il et cette personne dit ils sont tous dans la synagogue il faut me croire je ne mens pas pourquoi mentirais-je vous pouvez les tuer tous je m'en fiche mais s'il vous plaît épargnez-moi s'il vous plaît ne me tuez pas s'il vous plaît et alors le général luitiradanslatête et dit je commence à en avoir assez et il alla à l'homme suivant de la rangée et c'était moi qui est juif demanda-t-il et je sentis la main de Herschel encore et je sais que sa main disait silteplaîtsilteplaît Eli s'il te plaît je ne veux pas mourir s'il te plaît ne me montre pas tu sais ce qui va m'arriver si tu me montres ne me montre pas j'ai peur de mourir j'ai si peur de mourir jaisipeurdemourir jaisipeurdemourir qui est juif me demanda encore le général et je sentis sur mon autre main la main de grand-mère et je savais qu'elle tenait ton père et qu'il te tenait et que tu tenais tes enfants j'ai si peur de mourir j'ai sipeurdemourir jaisipeurdemourir jaisipeurdemourir et je dis il est juif qui est juif demanda le général et Herschel étreignit ma main avec beaucoup de force et c'était mon ami c'était mon meilleur ami je l'aurais laissé embrasser Anna et même lui faire l'amour mais je suis moi et ma femme est ma femme et mon enfant est mon enfant comprends-tu ce que je te dis je montrai Herschel du doigt et dis c'est un juif cet homme est juif s'il te plaît me dit Herschel et il pleurait dis-leur que c'est pasvrai s'il te plaît Eli s'il te plaît deux gardes le saisirent et il ne résista pas mais il pleura plus et plus fort et il cria dis-leur qu'il n'y a plus de juifs plusdejuifs et que tu as dit que j'étais juif seulement pour ne pas être tué je t'en supplie Eli tuesmonami ne me laisse pas mourir j'ai si peur de mourir j'aisipeur tout ira bien lui dis-je tout ira bien ne fais pas ça dit-il fais quelque chose fais quelque chose faisquelquechose faisquelquechose tout ira bien tout irabien à qui disais-je cela fais quelque chose Eli faisquelquechose j'ai sipeurdemourir j'ai sipeur tu sais ce qu'ils vont faire tuesmonami lui dis-je mais je ne sais pas pourquoi je dis cela à cet instant et les gardes le mirent dans la synagogue avec le reste des juifs et tous les autres restaient dehors pour entendre les pleursdesbébés et les pleursdesadultes et pour voir l'étincelle noire quand la première allumette fut allumée par un jeunehomme qui ne devait pas être plus vieux que moi ou Herschel ou toi elle illumina ceux qui n'étaient pas dans la synagogue ceux qui n'allaient pas mourir et il la jeta sur les branches qui étaient entassées contre la synagogue ce qui rendait cela si affreux c'était que ce soit trèslent et que le feu mourut plusieurs fois et qu'il fallut le rallumer je regardai grand-mère et ellemembrassasurlefront et je lembrassaisurlabouche et nos larmessemélangèrentsurnoslèvres et après j'embrassaitonpère plusieurs fois je le pris des bras de grand-mère et jeleserraiavecbeaucoupdeforce si fort qu'il se mit à pleurer je dis je t'aime je t'aime je t'aime je t'aime je taime je taime je taime je taime jetaime jetaime jetaime jetaime jetaime jetaimejetaimejetaimejetaime et je sus qu'il fallait que je change tout que j'abandonne tout et je sus que je ne pourrais jamais permettre qu'il apprenne quijétais ni cequejavaisfait parce que c'était pour lui que javaisfaitcequejavaisfait c'était pour lui que j'avais montré du doigt et pour lui qu'on tuait Herschel que je tuais Herschel et c'est pourquoi il est comme il est il est comme il est parce qu'un père est toujours responsable de son fils et que je suis moi et que je suis responsable pas de Herschel mais de mon fils parce que je le serrais avec tantdeforcequilpleura parce que je l'aimais tant et que je rendislamourimpossible et que je te demande pardon et que je demande pardon à Iggy et que c'est toi qui dois me pardonner il nous dit ces choses et Jonathan où allons-nous maintenant que faisons-nous avec ce que nous savons grand-père disait que je suis moi et cela ne pouvait être vrai la vérité est que j'ai aussi montrédudoigtHerschel et que j'ai aussi dit ilestjuif je te dirai que tu as aussi montrédudoigtHerschel et que tu as aussi dit ilestjuif et plus que ça grand-père aussi mamontrédudoigt en disant ilestjuif et que tu l'as aussi montrédudoigt et dit ilestjuif et que ta grand-mère et Mini-Igor et nous tous noussommesmontréslesunslesautres alors qu'aurait-il dû faire ilauraitétéidiotdefaireautrechose mais ce qu'il fit est-il pardonnable pourratiljamaisêtrepardonné pour son doigt pour cequefitsondoigt pour cequilmontra et cequilnemontrapas pour cequiltouchadanssavie et cequilnetouchapas il est encorecoupable je le suis je le suis jelesuis jelesuisje ?)

« Et maintenant, dit-il, il faut aller dormir. »

Le repas de noces fut extraordinaire !
ou
La fin de l'instant qui ne finit jamais, 1941

Après avoir entièrement satisfait la sœur de la mariée contre un mur de casiers à vin vides – *Oh, mon Dieu,* criait-elle, les mains dans le cabernet fantôme, *Oh, mon Dieu* – et sans avoir éprouvé lui-même la plus infime satisfaction, Safran remonta son pantalon, gravit l'escalier en spirale récemment installé – laissant délibérément, songeusement, sa main traîner le long du noyau de marbre – et salua les invités qui commençaient seulement à s'asseoir après la bourrasque hallucinante.

Où étais-tu ? demanda Zosha, prenant sa main inerte entre les siennes, ce qu'elle avait eu envie de faire depuis l'instant qu'elle l'avait vue pour la première fois lors de l'annonce des fiançailles plus de six mois auparavant.

Au sous-sol, je me changeais.

Oh, mais ne te change surtout pas, dit-elle, croyant faire une bonne plaisanterie. *Je te trouve parfait.*

De vêtements.

Mais ça t'a pris très longtemps.

D'un mouvement de menton, il désigna son bras et observa l'expression interrogative des lèvres de Zosha se froncer en une moue pour un petit baiser sur sa joue.

La Double Maison débordait d'un pandémonium organisé. Jusqu'à la dernière minute et même au-delà, on continuait d'accrocher des tentures, de fatiguer des salades, de fermer et d'agrafer des corsets, d'épousseter des lustres, d'étendre des tapis... C'était extraordinaire.

La mariée doit être si heureuse pour sa mère.

Je pleure toujours aux mariages mais celui-ci va me faire gémir.

C'est extraordinaire. C'est extraordinaire.

Les femmes au teint sombre en uniforme blanc venaient de commencer à servir des bols de bouillon de poulet quand Menachem fit tinter une fourchette contre son verre et dit, *J'aimerais que vous m'accordiez quelques instants.* Le silence se fit rapidement dans la salle, tout le monde se leva – comme le voulait la tradition pour le toast du père de la mariée – et mon grand-père reconnut, du coin de l'œil, la main caramel qui glissait son bol devant lui.

On dit que les temps changent. Autour de nous les frontières se déplacent sous la pression de la guerre ; des lieux que nous avons connus aussi loin que remonte notre mémoire changent de nom ; certains de nos propres fils sont absents de cette joyeuse réunion parce qu'ils font leur service ; et, pour parler de choses plus gaies, nous sommes heureux d'annoncer que dans trois mois nous sera livrée la première automobile de Trachimbrod ! (Cette dernière déclaration fut saluée par un soupir d'ébahissement général puis par un tonnerre d'applaudissements.) *Eh bien,* dit-il, passant derrière les jeunes mariés pour poser une main sur l'épaule de sa fille et l'autre sur celle de mon grand-père, *j'aimerais conserver ce moment, ce tout début d'après-midi du 18 juin 1941.*

La jeune gitane ne dit absolument rien – parce que même si elle haïssait Zosha, elle ne voulait pas gâcher sa noce – mais elle se pressa contre le côté gauche de mon grand-père et prit, sous la table, sa main valide dans les siennes. (Alla-t-elle jusqu'à y glisser un petit mot ?)

J'aimerais le porter dans un médaillon sur mon cœur, poursuivit le père plein de fierté, qui arpentait la salle en brandissant devant lui son gobelet de cristal vide, *et le garder à jamais, parce que jamais je n'ai été aussi heureux de ma vie, et que je serai parfaitement satisfait quand bien même je ne connaîtrais plus jamais ne fût-ce que la moitié de ce bonheur – jusqu'aux noces de mon autre fille, bien sûr. Oui, vraiment,* dit-il, par-dessus les rires, *s'il ne devait plus y avoir d'autre ins-*

tant jusqu'à la fin des temps, on ne m'entendrait pas une seule fois m'en plaindre. Et que cet instant soit celui qui ne finit jamais.

Mon grand-père pressa les doigts de la jeune gitane, comme pour dire, *Il n'est pas trop tard. Il est encore temps. Nous pourrions fuir, tout abandonner, ne jamais regarder en arrière, nous sauver.*

Elle pressa ses doigts en retour, comme pour dire, *Tu n'es pas pardonné.*

Menachem poursuivait, cherchant à retenir ses larmes, *S'il vous plaît levez vos verres vides avec moi. À ma fille et à mon nouveau fils, aux enfants qui naîtront de leur union, et aux enfants de ces enfants, à la vie !*

L'chaim ! firent en écho des voix tout au long des tables.

Mais le père de la mariée ne s'était pas encore assis, les verres n'avaient même pas eu le temps de s'entrechoquer, reflétant tous ces sourires d'espoir, que la maison fut de nouveau balayée d'une bourrasque hallucinante. Les bristols furent de nouveau précipités dans les airs, les décorations florales de nouveau renversées, étalant cette fois du terreau sur les nappes blanches et jusque sur les genoux de presque tous les invités. Les gitanes se précipitèrent pour tout nettoyer, et mon grand-père murmura à l'oreille de Zosha qui, pour lui, était l'oreille de la jeune gitane : *Tout va s'arranger.*

La jeune gitane, la vraie, glissa bel et bien un petit mot à mon grand-père mais il le laissa échapper dans le tumulte et les pieds de Libby, de Lista, d'Omeler, du marchand de poissons anonyme, le firent glisser sur le plancher jusqu'au bout de la table où il s'immobilisa sous un verre à vin renversé qui le garda en sûreté sous sa jupe jusqu'au soir, quand une gitane ramassa le verre et balaya le bout de papier (avec des débris d'aliments, le terreau tombé des décorations florales, et des tas de poussière) pour le mettre dans un grand sac en papier. Ce sac fut déposé devant la maison par une autre gitane. Le lendemain matin, le sac en papier fut emporté par l'éboueur obsessionnel et maniaque Feigel B. Le sac fut alors transporté jusqu'à un champ de l'autre côté de la rivière – le champ qui serait, bien assez tôt, le site de la première exécution de masse de Kovel – et incinéré avec des dizaines d'autres sacs, dont les trois quarts contenaient des débris de la noce. Les flammes tendirent vers le ciel leurs doigts rouges et jaunes. La fumée s'étala comme un dais au-dessus des champs voisins, faisant tousser plus d'un membre des Volutes d'Ardisht parce que les fumées sont toutes différentes les unes des autres et qu'il faut se familiariser avec chacune d'entre elles. Une partie des cendres qui restaient fut incorporée à la terre. Le reste fut lavé par la pluie et emporté dans la Brod.

Voici ce que disait le mot : *Change.*

PREMIÈRES DÉTONATIONS, ET PUIS L'AMOUR, 1941

Cette nuit-là, mon grand-père fit l'amour à son épouse toute neuve pour la première fois. Il songeait, accomplissant l'acte qu'il avait pratiqué à la perfection, à la jeune gitane : il soupesait de nouveau les arguments qui militaient en faveur d'une fuite avec elle, quitter Trachimbrod en sachant qu'il ne pourrait jamais y revenir. Certes, il aimait sa famille – sa mère, en tout cas –, mais combien de temps faudrait-il pour qu'elle cesse de lui manquer ? Cela semblait terrible quand on le formulait, mais, se demandait-il, existait-il une seule chose qu'il n'aurait pu abandonner ? Il lui venait des pensées aussi affreuses que véridiques : tout le monde pouvait mourir excepté la gitane et sa mère, et il serait capable de continuer à vivre ; tous les aspects de sa vie, en dehors du temps qu'il passait avec la gitane et sa mère, étaient insuffisants et ne méritaient pas qu'il vive. Il était sur le point de devenir une personne qui a perdu la moitié de tout ce qui la faisait vivre.

Il songea aux diverses veuves des sept dernières années : Golda R et ses miroirs masqués, le sang de Lista P, qui ne lui était pas destiné. Il songea à toutes les vierges qui se ramenaient à rien. Il songea, en déposant le corps vierge de sa jeune épouse inquiète sur le lit nuptial, à Brod, auteur des 613 tristesses, et à Yankel avec sa boule de boulier. Il songea, tout en expliquant à Zosha que cela ne ferait mal que la première fois, à Zosha elle-même, qu'il connaissait à peine, et à sa sœur, qui lui avait fait promettre que leur rendez-vous postnuptial ne resterait pas unique. Il songea à la légende de Trachim, à l'endroit où son cadavre pouvait être, et à celui d'où il était venu autrefois. Il songea au chariot de Trachim : les serpents errants de ficelle blanche, le gant de velours frappé aux doigts étendus, la résolution : *Je m'engage... je m'engage...*

Et puis quelque chose d'extraordinaire se produisit. La maison fut secouée avec une telle violence que les autres tumultes de la journée semblaient les rots d'un nourrisson par comparaison. *BOUM !* dans le lointain. Cela s'approchait *BOUM ! BOUUM !* La lumière se déversa par les fentes des portes de planches de la cave, emplissant la chambre de la chaleur et de la puissance qu'irradiaient les bombes allemandes explosant sur les collines environnantes. *BOUUUM !* Zosha hurla de peur – d'amour physique, de guerre, d'amour affectif, de mort – et mon grand-père fut empli d'une énergie coïtale d'une telle force que lorsqu'elle se déchaîna – *BOUUUUUUUUUUUM ! BOU-BOUUUUUUUUUUUUUUUUUUUUUUUUUUUUUUUM ! BOU-BOU-BOU-BOU-BOU BOU-BOUUUUUUUUUUM !* –, quand il bascula de l'humanité civilisée pour tomber en chute libre dans le précipice du pur ravissement animal, quand, pendant sept secondes éternelles, il fit plus que compenser la totalité de ce qui était alors plus de deux mille sept cents actes sans conséquence, quand il inonda Zosha d'un déluge de ce qui ne pouvait plus être contenu, quand il libéra dans l'univers une lumière de copulation si puissante que si on avait pu la domestiquer et l'utiliser, au lieu de la laisser se disperser et se perdre, les Allemands n'auraient pas eu une chance, il se demanda si l'une des bombes n'avait pas atterri sur le lit nuptial, ne s'était pas logée entre le corps tremblant de sa jeune épouse et le sien, et n'avait pas anéanti Trachimbrod. Mais quand il atteignit le fond rocheux du canyon, quand les sept secondes de bombardement prirent fin et que sa tête se reposa sur l'oreiller mouillé des larmes de Zosha et trempé de sa semence, il comprit qu'il n'était pas mort, mais amoureux.

Méticulosité de la mémoire, 1941

De même que le premier orgasme de mon grand-père n'était pas destiné à Zosha, les bombes qui l'inspirèrent n'étaient pas destinées à Trachimbrod mais à un site des collines de Rivne. Il faudrait encore neuf mois – le jour de Trachim, pas moins – avant que le shtetl soit lui-même la cible des nazis. Mais les eaux de la Brod roulèrent sur ses berges cette nuit-là avec la même ferveur que si ç'avait été la guerre, le vent se déchaîna dans le sillage des explosions avec la même résonance et les gens du shtetl tremblèrent comme si les cibles du bombardement étaient tatouées à même leur corps. De cet instant – neuf heures vingt-huit du soir, le 18 juin 1941 – tout changea.

Les Volutes d'Ardisht retournèrent leur cigarette, arrondissant la bouche autour de l'extrémité allumée pour éviter de se faire repérer à distance.

Les gitans dans leur hameau démontèrent leurs tentes et démolirent leurs chaumines pour vivre à découvert, accrochés à la terre comme une mousse humaine.

Trachimbrod lui-même fut saisi d'une étrange inertie. Les citoyens, qui avaient autrefois tripoté tant de choses qu'il était impossible de savoir ce qui était naturel, s'assirent désormais sur leurs mains. L'activité fut remplacée par la pensée. Par la mémoire. Tout rappelait quelque chose à tous, ce qui parut nostalgique au début – quand des anniversaires d'enfance étaient évoqués par l'odeur d'une allumette éteinte, ou la sensation d'un premier baiser par la moiteur des paumes

– mais devint vite débilitant. Le souvenir engendrait le souvenir qui engendrait le souvenir. Les villageois devinrent l'incarnation de cette légende qu'on leur avait racontée si souvent, celle de Sofiowka le fou, entortillé de ficelles blanches, se servant de la mémoire pour se rappeler la mémoire, prisonnier d'un ordre du souvenir, luttant en vain pour se rappeler un début ou une fin.

Les hommes dressèrent des graphiques (qui étaient eux-mêmes des souvenirs d'arbres généalogiques) pour tenter d'ordonner leurs souvenirs. Ils essayèrent de remonter le fil, comme Thésée pour sortir du labyrinthe, mais ne parvinrent qu'à s'enfoncer, plus profond, plus loin.

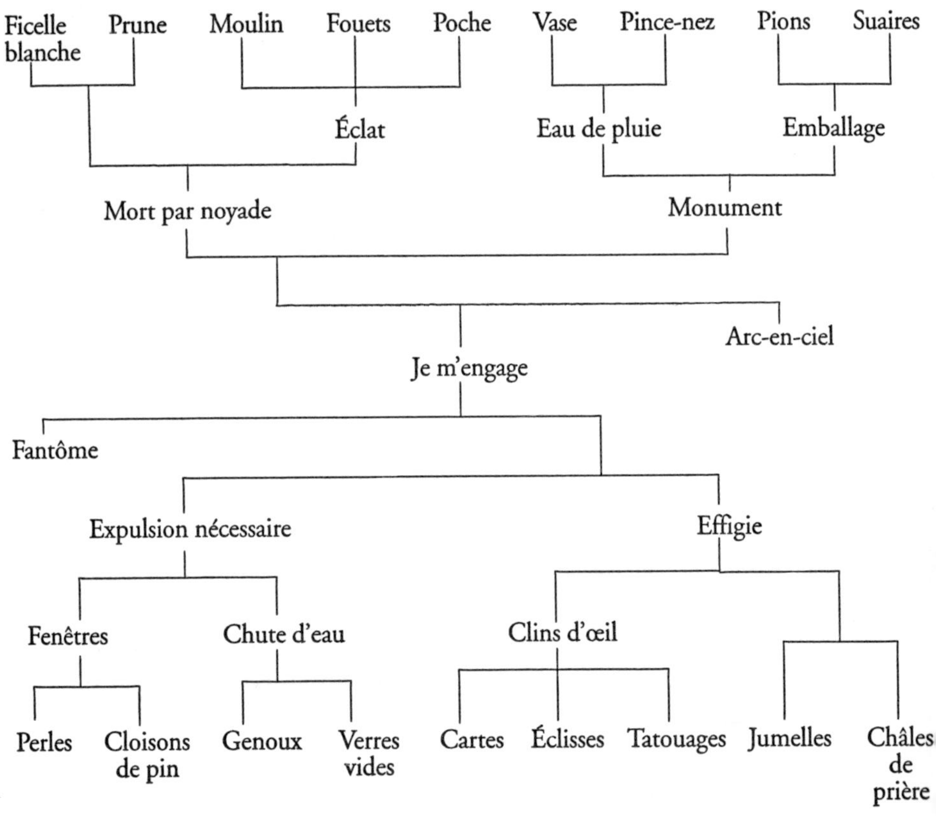

Pour les femmes, c'était pire. Ne pouvant partager leurs picotements de mémoire à la synagogue ou sur leur lieu de travail, elles étaient contraintes de souffrir devant la lessive ou la poêle à frire, seules. Nul ne les aidait dans leurs recherches des origines, elles ne pouvaient demander à personne ce que la texture râpeuse des framboises écrasées pouvait avoir à faire avec une brûlure par vapeur, ni pourquoi le bruit des enfants qui jouaient dans la Brod leur faisait sortir le cœur de la poitrine, d'où il tombait par terre. Le souvenir était censé remplir le temps mais faisait du temps un trou à remplir. Chaque seconde représentait deux cents mètres à parcourir, en rampant. On ne distinguait pas l'heure suivante tant elle était éloignée. Demain était par-delà l'horizon, il faudrait une journée entière pour l'atteindre.

Mais les enfants étaient les plus mal lotis de tous car, s'ils étaient en apparence ceux qui avaient le moins de souvenirs pour les hanter, leur démangeaison de mémoire était aussi forte que celle des anciens du shtetl. Leurs ficelles n'étaient même pas les leurs, ils en étaient entortillés par les parents et les grands-parents – c'étaient des ficelles attachées à rien, qui pendaient, lâches, dans le noir.

Une seule chose est plus douloureuse que d'être actif et oublieux, c'est de se rappeler et d'être inerte. Couché dans son lit, Safran tentait de relier les événements de ses dix-sept ans en un récit cohérent, quelque chose de compréhensible, doté d'une imagerie ordonnée, de l'intelligibilité du symbolisme. Où étaient les symétries ? Les failles ? Quelle était la signification de ce qui s'était produit ? Il était né avec des dents et c'était pourquoi sa mère avait cessé de le nourrir au sein, et c'était pourquoi son bras était mort, et c'était pourquoi les femmes l'aimaient, et c'était pourquoi il faisait ce qu'il faisait, et c'était pourquoi il était qui il était. Mais pourquoi était-il né avec des dents ? Et pourquoi sa mère n'avait-elle pas tout simplement exprimé son lait dans un biberon ? Et pourquoi un bras était-il mort plutôt qu'une jambe ? Et pourquoi quiconque s'aviserait-il d'aimer un membre mort ? Et pourquoi faisait-il ce qu'il faisait ? Pourquoi était-il qui il était ?

Il n'arrivait pas à se concentrer. Son amour s'était emparé de lui de l'intérieur, comme une maladie. Il devint terriblement constipé, nauséeux et faible. Dans le reflet de l'eau des nouvelles toilettes de porcelaine, il vit un visage qu'il ne reconnaissait pas : joues affaissées, hérissées de poils blancs, poches sous les yeux (qui devaient, raisonna-t-il, contenir toutes les larmes de joie qu'il ne pleurait pas), lèvres gercées, fendues, épaissies.

Mais ce n'était pas la même reconnaissance que le matin précédent, quand il avait vu son visage dans les yeux de verre du Cadran. Son vieillissement ne participait pas d'un processus naturel, mais résultait du fait qu'il était victime de son amour, lequel n'était lui-même vieux que d'un jour. Il était encore un gamin, mais n'était plus un gamin. Un homme, mais pas encore un homme. Il était immobilisé quelque part entre le dernier baiser de sa mère et le premier baiser qu'il donnerait à son enfant, entre la guerre qui existait et celle qui existerait.

Une réunion du shtetl se tint au théâtre le matin qui suivit le bombardement – la première depuis le débat sur l'éclairage électrique, qui datait de plusieurs années – pour discuter des implications de la guerre dont le chemin semblait passer directement par Trachimbrod.

RAV D

(Tenant une feuille de papier au-dessus de sa tête.)
J'ai lu dans une lettre de mon fils, qui combat courageusement sur le front polonais, que les nazis commettent des atrocités innommables et que Trachimbrod devrait se préparer au pire. Il dit que nous devrions *(il regarde la feuille, mime la lecture)* « Faire tout et n'importe quoi immédiatement ».

ARI F

Qu'est-ce que tu racontes ? Nous devrions passer du côté des nazis ! *(Vociférant, agitant un doigt au-dessus de la tête.)* Ce sont les Ukrainiens qui nous tueront ! Tu es au courant de ce qu'ils ont fait à

Lvov ! (Cela me rappelle ma naissance [je suis né sur le plancher du rabbin, vous savez (mon nez se rappelle encore ce mélange de placenta et de judaïsme [il avait des chandeliers magnifiques (d'Autriche [si je ne me trompe (ou d'Allemagne)])])])...

RAV D

(Perplexe, mimant la perplexité.) Qu'est-ce que tu racontes ?

ARI F

(Très sincèrement perplexe.) Je ne me rappelle pas. Les Ukrainiens. Ma naissance. Des bougies. Je sais que je voulais en venir quelque part. Où ai-je commencé ?

Il en allait de même chaque fois que quiconque tentait de parler : son esprit s'empêtrait dans les réminiscences. Les mots se muaient en marées de pensées sans début ni fin, et noyaient celui qui parlait avant qu'il ait pu atteindre le canot de sauvetage de ce qu'il tentait d'exprimer. Impossible de se rappeler ce qu'on avait voulu dire, ce qu'était, après ce flot de mots, l'intention initiale.

Au début, ils étaient terrifiés. Le shtetl se réunissait tous les jours, les bulletins d'information (8200 VICTIMES DES NAZIS À LA FRONTIÈRE UKRAINIENNE) étaient étudiés avec minutie, on élaborait des plans d'action, qu'on froissait ensuite, on étalait sur les tables de grandes cartes semblables à des patients attendant le scalpel. Puis les réunions eurent lieu un jour sur deux, puis tous les quatre jours, puis devinrent hebdomadaires, servant plus à réunir les célibataires qu'à dresser des plans. Au bout de deux mois seulement, aucun nouveau bombardement n'étant venu les stimuler, la plupart des Trachimbrodiens avaient extrait toutes les échardes de terreur dont ils avaient été criblés cette nuit-là.

Ils n'avaient pas oublié, mais s'étaient adaptés. Le souvenir remplaça la terreur. Dans leur effort pour se rappeler ce que c'était au juste qu'ils cherchaient si fort à se rappeler, leur pensée put finalement enjamber la peur de la guerre. Les souvenirs de naissance, d'enfance et d'adolescence résonnaient plus bruyamment encore que le vacarme des explosions.

Rien ne fut donc fait. Aucune décision ne fut prise. Nul ne boucla ses malles ou ne vida sa maison. On ne creusa pas de tranchées, on ne fortifia pas de bâtiments. Rien. Ils attendirent comme des imbéciles, assis sur leurs mains comme des imbéciles, parlant comme des imbéciles du jour où Simon D avait fait quelque chose d'hilarant avec une prune, dont tous pouvaient rire pendant des heures mais que nul ne se rappelait précisément. Ils attendaient la mort, et comment le leur reprocher, nous qui aurions fait la même chose, nous qui faisons bel et bien la même chose. Ils riaient et plaisantaient. Ils pensaient à des bougies d'anniversaire et attendaient la mort, et nous devons les pardonner. Ils emballaient les truites géantes de Menachem dans du papier journal (LES NAZIS AUX PORTES DE LUTSK) et emportaient du rosbif froid dans des paniers d'osier pour piqueniquer sous les hautes frondaisons près des petites chutes.

Cloué au lit depuis son orgasme, mon grand-père ne put assister à la première réunion du shtetl. Zosha réagit au sien avec plus de dignité, peut-être parce qu'elle n'en avait pas eu du tout, ou peut-être parce que, tout en adorant être une femme mariée, en adorant toucher ce bras inerte, elle n'était pas encore tombée amoureuse. Elle changea les draps amidonnés de semence, prépara pour son jeune époux un petit déjeuner de pain grillé et de café, et lui porta une assiette de poulet froid restant de la noce en guise de déjeuner.

Qu'y a-t-il? demanda-t-elle, s'asseyant au bout du lit. *J'ai fait quelque chose de mal? Es-tu malheureux avec moi?* Mon grand-père se rappela que ce n'était qu'une enfant: quinze ans, et jeune pour son âge. Elle n'avait rien connu, comparé à lui. Elle n'avait rien éprouvé.

Je suis heureux, dit-il.

Je peux me faire une queue-de-cheval, si tu penses que cela me rendrait plus jolie.

Tu es jolie comme tu es. Je t'assure.

Et hier soir. Je t'ai donné du plaisir? J'apprendrai. Je suis sûre que j'apprendrai.

Tu étais merveilleuse, dit-il. *Je ne me sens pas bien, voilà tout. Ça n'a rien à voir avec toi. Tout, en toi, est merveilleux.*

Elle l'embrassa sur les lèvres et dit, *Je suis ton épouse*, comme pour réaffirmer ses vœux, ou se le rappeler, ou le lui rappeler.

Ce soir-là, quand il eut retrouvé assez de forces pour se laver et s'habiller, il retourna au Cadran pour la seconde fois en deux jours. La scène avait bien changé. Nue, vide. Personne ne jodlait plus. La place du shtetl était encore couverte de farine blanche mais une pluie l'avait emportée dans les interstices entre les pavés, remplaçant la toile par une résille compliquée. La plupart des bannières des festivités de la veille avaient été décrochées mais il en restait quelques-unes drapées sur le rebord de hautes fenêtres.

Arrière-arrière-arrière-grand-père, dit-il en se laissant (à grand peine) tomber sur les genoux, *j'ai l'impression de demander bien peu.*

Dans la mesure où tu ne viens jamais me parler, dit le Cadran (les lèvres immobiles comme un ventriloque), *ce que tu dis est vrai. Tu n'écris jamais, jamais tu ne...*

Je n'ai jamais voulu t'embarrasser.

C'est moi qui n'ai jamais voulu t'embarrasser toi.

Mais tu l'as fait, arrière-arrière-arrière-grand-père. Je t'assure. Regarde mon visage, tout affaissé et flasque. Je fais quatre fois mon âge. J'ai ce bras inerte, cette guerre, ces difficultés nées de la mémoire. Et maintenant, je suis amoureux.

Qu'est-ce qui te fait croire que j'y suis pour quelque chose ?

Je suis une dupe de la chance.

La jeune gitane. Où est-elle passée ? Elle était gentille.

Quoi ?

La jeune gitane. Celle que tu aimais.

Ce n'est pas elle que j'aime. C'est ma fille. Ma fille à moi.

Ah, dit le Cadran, laissant son *ah* tomber sur les pavés et rejoindre la farine dans les interstices avant de poursuivre. *Tu aimes le bébé qui est dans le ventre de Zosha. Les autres sont tirés en arrière et toi tu es aspiré en avant.*

Dans les deux directions ! dit-il, voyant les épaves du chariot, les mots sur le corps de Brod, les pogroms, les noces, les suicides, les berceaux de fortune, les défilés, et voyant aussi ses avenirs possibles : la vie avec la jeune gitane, la vie solitaire, la vie avec Zosha et l'enfant qui le comblerait, la fin de la vie. Les images de ses passés infinis et de ses avenirs infinis se déversèrent sur lui tandis qu'il attendait, paralysé, dans le présent. Lui, Safran, marquait la frontière entre ce qui fut et ce qui serait.

Et que veux-tu de moi ? demanda le Cadran.

Donne-lui la santé. Accorde-lui de naître sans maladie, sans cécité, sans faiblesse cardiaque, sans membre mort. Fais qu'elle soit parfaite.

Silence, puis : Safran vomit le pain grillé du matin et l'arlequin de midi sur les pieds rigides du Cadran en une flaque grumeleuse de jaunes et de bruns.

Au moins, je n'ai pas marché dedans, dit le Cadran.

Tu vois ! plaida Safran, tout juste capable de soutenir son corps agenouillé. *Voilà ce que c'est !*

Ce que c'est que quoi ?

L'amour.

Quoi ?

L'amour, dit Safran. *Voilà ce que c'est.*

Sais-tu qu'après mon accident ton arrière-arrière-arrière-grand-mère venait dans ma chambre la nuit ?

Quoi ?

Elle se couchait avec moi, Dieu la bénisse, sachant que je l'agresserais. Nous étions censés faire chambre à part mais chaque nuit elle me rejoignait pour être avec moi.

Je ne comprends pas.

Tous les matins, elle me nettoyait de mes excréments, me baignait, m'habillait et veillait à ce que mes cheveux soient coiffés comme ceux d'un homme sain d'esprit, même si cela signifiait un coup de coude dans le nez, ou une côte cassée. Elle astiquait la lame de scie. Elle portait la marque de mes dents sur son corps comme d'autres épouses porteraient des bijoux. Le trou ne comptait pas. Nous n'y faisions pas attention. Nous partagions une chambre. Elle était avec moi. Elle fit toutes ces choses et tant d'autres, des choses que je ne dirais jamais à personne, et elle ne m'aimait même pas, jamais. Ça, c'est de l'amour.

Je vais te raconter une histoire, poursuivit le Cadran. *La maison dans laquelle nous nous installâmes, ton arrière-arrière-arrière-grand-mère et moi, sitôt après notre mariage, donnait sur les petites chutes, au bout de la ligne de fracture Juif/Humain. Elle avait des planchers de bois, de longues fenêtres, et était assez vaste pour une famille nombreuse. C'était une belle maison. Une bonne maison.*

Mais l'eau, dit ton arrière-arrière-arrière-grand-mère, je ne m'entends pas penser.

Le temps, l'admonestai-je. Laisse faire le temps.

Et j'aime autant te dire que, si la maison était excessivement humide, la pelouse perpétuellement boueuse à cause de toute cette écume, s'il fallait changer les papiers peints tous les six mois, et que des éclats de peinture tombaient du plafond comme neige en toute saison, il n'empêche que ce qu'on dit des gens qui vivent près des chutes d'eau est vrai.

Quoi, demanda mon grand-père, *que dit-on ?*

On dit que les gens qui vivent près des chutes d'eau n'entendent pas l'eau.

On le dit ?

On le dit. Évidemment, ton arrière-arrière-arrière-grand-mère avait raison. C'était terrible au début. Nous ne supportions pas d'être à la maison plus de quelques heures à la suite. Les deux premières semaines furent pleines de nuits de sommeil intermittent et de disputes pour le plaisir de se faire entendre par-dessus le bruit de l'eau. Nous nous disputions tant uniquement pour nous rappeler qu'entre nous c'était de l'amour, pas de la haine.

Mais les semaines suivantes, il y eut une petite amélioration. Il devint possible de dormir quelques bonnes heures chaque nuit et de prendre les repas dans un inconfort seulement relatif. Ton arrière-arrière-arrière-grand-mère maudissait encore l'eau (dont la personnification s'était anatomiquement affinée), mais moins fréquemment, et avec moins de fureur. Ses attaques contre moi se calmèrent aussi. C'est ta faute, disait-elle. C'est toi qui as voulu habiter ici.

La vie continua, comme la vie continue, et le temps passa, comme le temps passe, et au bout d'un peu plus de deux mois : Tu entends ? lui demandai-je un des rares matins où nous étions assis à table ensemble. T'entends ? Posant mon café, je me levai de ma chaise. Tu entends ça ?

Quoi ? demanda-t-elle.

C'est ça ! dis-je, et je sortis en courant pour brandir le poing contre la chute d'eau. Tu vois, c'est ça !

Nous dansâmes, projetant de l'eau en l'air par poignées, n'entendant rien du tout. Nous alternions les étreintes pour nous demander pardon et les cris d'un triomphe bien humain contre l'eau. Qui a gagné ? Qui a gagné, chute d'eau ? C'est nous ! C'est nous !

Et voilà ce que c'est que de vivre près d'une chute d'eau, Safran. Toutes les veuves s'éveillent un matin, après des années peut-être de pur chagrin et de deuil sans relâche, pour se rendre compte qu'elles ont bien dormi, toute la nuit, et qu'elles pourront prendre le petit déjeuner, sans entendre le fantôme de leur époux tout le temps, mais une partie du temps seulement. Le chagrin, le deuil sont remplacés par une tristesse utile. Tous les parents qui perdent un enfant trouvent une façon de rire de nouveau. Le timbre commence à s'estomper. Le tranchant s'émousse, la douleur diminue. Tout amour est gravé, taillé dans une perte. Le mien l'était. Le tien l'est. Celui de tes arrière-arrière-arrière-petits-enfants le sera. Mais nous apprenons à vivre dans cet amour.

Mon grand-père approuva de la tête, comme s'il comprenait.

Mais l'histoire ne finit pas là, poursuivit le Cadran. *Je m'en rendis compte la première fois que je voulus chuchoter un secret sans y arriver. Ou siffloter un air sans instiller la peur dans tous les cœurs à cent mètres à la ronde, quand mes collègues au moulin m'implorèrent de baisser la voix parce que, On ne s'entend plus penser quand tu hurles comme ça ! À quoi je demandai, C'EST VRAI, JE HURLE ?*

Silence, puis : le ciel s'obscurcit, les rideaux de nuage s'ouvrent, le tonnerre applaudit de ses mains innombrables. Et l'univers se déverse en un bombardement de vomi céleste.

Ceux qui étaient encore dehors, éveillés, coururent se mettre à l'abri. Le journaliste itinérant Shakel R mit le *Quotidien de Lvov*

(LES NAZIS FONT MOUVEMENT VERS L'EST) sur sa tête. Le célèbre dramaturge en visite Bunim W, dont la version tragi-comique de l'histoire de Trachim – *Trachim !* – fut accueillie par l'enthousiasme populaire et l'indifférence de la critique, sauta dans la Brod pour éviter d'être atteint. Le torrent divin se déversa du firmament d'abord en fractions de la taille d'un nourrisson, puis en rideaux, détrempant Trachimbrod jusqu'à ses fondations, faisant virer à l'orange les eaux de la Brod, emplissant à ras bord la fontaine désaffectée de la sirène couchée, comblant les fentes du portique croulant de la synagogue, vernissant les peupliers, noyant les petits insectes, enivrant de plaisir les rats et les vautours sur les berges.

LE COMMENCEMENT DU MONDE ARRIVE SOUVENT, 1942-1791

Un dais de fines ficelles blanches recouvrait les étroites artères pavées de Trachimbrod cet après-midi du 18 mars 1942, comme tous les jours de Trachim depuis cent cinquante ans. C'était une idée du bon marchand de carpes farcies Bitzl Bitzl R pour commémorer le premier rebut du chariot qui était remonté à la surface. Une extrémité de ficelle blanche enroulée autour du bouton de volume d'une radio (LES NAZIS ENTRENT EN UKRAINE ET AVANCENT RAPIDEMENT VERS L'EST) posée sur la bibliothèque chancelante de la cabane de Benjamin T, l'autre autour d'un chandelier d'argent vide sur la table de salle à manger de la maison de brique du Rabbin Plus-ou-Moins-Respecté de l'autre côté de la boueuse rue Shelister ; fine ficelle blanche tendue comme une corde à linge entre le projecteur sur pied appartenant au premier et unique photographe de Trachimbrod et le marteau central, le *do*, du plus bel instrument de Zeinvel Z, le marchand de pianos, de l'autre côté de la rue Malkner ; ficelle blanche reliant un journaliste pigiste (LES ALLEMANDS ACCENTUENT LEUR OFFENSIVE, PRESSENTANT UNE VICTOIRE IMMINENTE) à un électricien, par-dessus les frondaisons tranquilles, et figées dans l'attente, de la Brod ; ficelle blanche du monument à Pinchas T (taillé, avec un réalisme parfait, dans le marbre) à un roman (d'amour) de Trachimbrod à une vitrine de serpents errants de ficelle blanche (maintenue à température constante dans le musée du vrai folklore), formant un triangle scalène, reflété dans les yeux de verre du Cadran au milieu de la place du shtetl.

Mon grand-père et sa très enceinte épouse, installés sur une couverture de pique-nique sur leur pelouse, assistaient au début du défilé des chars. En tête, suivant la tradition, venait le char de Rivne : étriqué, des papillons jaunes fanés couvrant impudiquement l'effigie de pin fendillé d'un travailleur des champs, qui n'avait pas grande allure l'année précédente et avait encore empiré. (On voyait les carcasses par les trous entre les ailes.) Des orchestres klezmer précédaient le char de Kolki, qui vacillait sur les épaules d'hommes mûrs, les jeunes étant au front et les chevaux ayant été réquisitionnés pour une mine de charbon voisine afin de soutenir l'effort de guerre.

OH ! gloussa Zosha, incapable de maîtriser sa voix. *IL VIENT DE ME DONNER UN COUP DE PIED !*

Mon grand-père appliqua l'oreille contre son ventre et reçut un grand coup dans la tête qui le souleva du sol et le renversa, l'envoyant atterrir un ou deux mètres plus loin.

CET ENFANT EST EXTRAORDINAIRE !

Il y avait moins de beaux hommes rassemblés le long de la berge qu'aucune année depuis la première, où tout avait commencé, quand Trachim avait ou n'avait pas été coincé sous son chariot. Les beaux hommes étaient partis à la guerre, une guerre dont nul n'avait encore eu à comprendre les ramifications, que nul ne comprendrait, ni ne comprendra jamais. La plupart de ceux qui restaient pour participer au concours étaient les infirmes, et les lâches qui s'étaient mutilés – cassé une main, brûlé un œil, ou qui feignaient la surdité, la cécité – pour échapper à la conscription. C'était un concours d'infirmes et de lâches qui allaient plonger pour un sac d'or qui n'était qu'un sac d'illusions. Ils s'efforçaient de croire que la vie continuait, saine, que la tradition pouvait colmater les brèches, que la joie était encore possible.

Les chars et les participants au défilé allèrent de la rivière aux étals de joujoux et de pâtisseries installés près de la plaque commémorative rouillée à l'endroit où le chariot avait ou n'avait pas versé et coulé :

CETTE PLAQUE MARQUE L'ENDROIT
(OU UN ENDROIT PROCHE DE L'ENDROIT)
OÙ LE CHARIOT D'UN CERTAIN
TRACHIM B
(CROYONS-NOUS)
EST TOMBÉ À L'EAU
Proclamation du shtetl, 1791

Comme les premiers chars passaient devant la fenêtre du Rabbin Plus-ou-Moins-Respecté (d'où il donnait sa nécessaire approbation d'une inclinaison de tête), des hommes en uniforme gris-vert se faisaient tuer dans des tranchées peu profondes. Loutsk, Sarny, Kovel. Leurs chars étaient ornés de milliers de papillons et faisaient allusion à divers aspects de l'histoire de Trachim. Le chariot, les jumelles, les baleines de parapluie et les clés, le manuscrit rouge sang : *Je m'engage... je m'engage...* En un autre lieu, leurs fils se faisaient tuer entre leurs propres barbelés, tuer par des bombes qui avaient fait long feu tandis qu'ils grouillaient dans le bourbier comme des bêtes, tuer par leur propre artillerie, tuer parfois sans savoir qu'ils allaient mourir – une balle dans la tête tandis qu'ils blaguaient avec un camarade en riant.

Lvov, Pinsk, Kivertsy. Leurs chars défilaient le long de la Brod, ornés de papillons violets, bruns et rouges, montrant leurs carcasses comme de hideuses vérités. (Et ici, il devient de plus en plus difficile de ne pas crier : *ALLEZ-VOUS-EN ! FUYEZ PENDANT QU'IL EN EST ENCORE TEMPS, IMBÉCILES ! SAUVEZ-VOUS !)* Les orchestres beuglaient, trompettes et violons, trompinettes et altos, mirlitons improvisés avec du papier de soie.

ENCORE UN COUP DE PIED ! Zosha riait. *ENCORE UN !*

Et de nouveau mon grand-père appliqua son oreille contre son ventre (il devait s'agenouiller pour en atteindre tout juste le sommet), et de nouveau il fut jeté en arrière.

BRAVO MON BÉBÉ ! vociféra-t-il, son œil droit absorbant le choc comme une éponge.

Le char de Trachimbrod était couvert de papillons noirs et bleus. La fille de l'électricien Berl G trônait sur une plate-forme surélevée au milieu du char, coiffée d'une tiare de néon bleu dont le cordon de plusieurs centaines de mètres était branché sur la prise au-dessus de son lit. (Elle avait prévu de le renrouler en retournant chez elle après le défilé.) La Reine du Char était entourée des jeunes princesses du shtetl vêtues de dentelle bleue qui faisaient onduler leurs bras comme des vagues. Un quatuor de violoneux jouait des chants nationaux polonais sur une estrade à l'avant du char, et un autre des airs traditionnels ukrainiens à l'arrière.

Sur les berges, des hommes assis sur des chaises de bois se rappelaient vaguement d'anciennes amours, des filles jamais embrassées, des livres jamais lus ni écrits, le jour où Machin avait fait cette chose rigolote avec la comment-dit-on-déjà, des outrages, des dîners, la façon dont ils auraient lavé les cheveux de femmes qu'ils n'avaient jamais rencontrées, des excuses et le fait que Trachim avait ou n'avait pas été coincé sous son chariot en définitive.

La Terre se retourna dans le ciel.

Yankel se retourna dans la terre.

La fourmi préhistorique au pouce de Yankel, qui s'était tenue immobile dans la pierre couleur de miel depuis la curieuse naissance de Brod, se détourna du ciel pour cacher sa tête entre ses nombreuses pattes, honteuse.

Mon grand-père et sa jeune épouse prodigieusement enceinte marchèrent jusqu'à la berge pour assister au plongeon. (Ici, il est presque impossible de continuer, parce que nous savons ce qui arrive et que nous nous demandons s'ils l'ignorent. Ou c'est impossible parce que nous craignons qu'ils le sachent.)

Quand le char de Trachimbrod arriva aux étals de joujoux et de pâtisseries, la Reine du Char reçut du rabbin le signal de lancer les sacs dans l'eau. Les bouches s'ouvrirent. Les mains se séparèrent – première moitié d'un applaudissement. Le sang coulait dans les corps. C'était presque comme au bon vieux temps. C'était une célébration que n'entamait nulle mort imminente. C'était une mort

imminente que n'entamait nulle célébration. Elle les lança haut dans les airs..
....
....
.... Ils restèrent là..
....
....
....
....
....
....
....
....
....
.... Suspendus comme par des ficelles..................
....
....
....
....
....
....
....
.... Le Cadran traversa sur la pointe des pieds les pavés de la place comme une pièce d'échecs et se cacha sous les seins de la sirène couchée...
....
....
....
....
....
....
....
....
.... Il est encore temps.....................................

....

....

....

....

....

....

....

....

....

....

....

....

Quand le bombardement fut terminé, les nazis envahirent le shtetl. Ils alignèrent tous ceux qui ne s'étaient pas noyés dans la rivière. Ils déroulèrent une Torah devant eux. « Crache », disaient-ils. « Crache, sinon. » Puis ils mirent tous les juifs dans la synagogue. (C'était la même chose dans tous les shtetls. C'est arrivé des centaines de fois. C'était arrivé à Kovel quelques heures plus tôt seulement, cela arriverait à Kolki quelques heures plus tard seulement.) Un jeune soldat jeta les neuf volumes du *Livre des rêves récurrents* sur le bûcher de juifs, sans remarquer, dans sa hâte de saisir pour détruire encore, qu'une des pages se détacha d'un des volumes et vint se poser comme un suaire sur le visage brûlé d'un enfant :

> 9 :613 – *Le rêve de la fin du monde.* les bombes se déversaient du ciel explosant à travers trachimbrod en jaillissements de lumière et de chaleur ceux qui assistaient aux festivités poussèrent des hurlements se mirent à courir comme des fous sautèrent dans l'eau bouillonnante parmi les bulles et les gerbes d'éclaboussures pas pour chercher le sac d'or mais le salut ils restaient dessous aussi longtemps qu'ils pouvaient refaisaient surface pour aspirer de l'air et chercher ceux qu'ils

aimaient mon safran prit sa femme dans ses bras et l'emporta comme une jeune mariée dans l'eau qui semblait parmi les arbres qui s'abattaient et le grondement le crépitement des explosions l'endroit le plus sûr des centaines de corps se déversaient dans la brod cette rivière qui porte mon nom je les accueillais à bras ouverts venez à moi venez je voulais les sauver tous les sauver les uns des autres les bombes pleuvaient du ciel et ce n'étaient pas les explosions ni la dispersion des éclats de shrapnel qui seraient notre mort ni les cendres brûlantes ni les débris ricanants mais tous ces corps ces corps qui agitaient frénétiquement les bras et s'agrippaient les uns aux autres ces corps cherchant à quoi s'accrocher mon safran perdit de vue son épouse emportée plus profond en moi par les corps qui l'entraînaient l'aspiraient les cris silencieux remontèrent à la surface dans des bulles qui éclataient PITIÉ PITIÉ PITIÉ PITIÉ les coups de pied dans le ventre de zosha devinrent de plus en plus nombreux PITIÉ PITIÉ le bébé refusait de mourir ainsi PITIÉ les bombes tombaient en caquetant fulminantes et mon safran put s'arracher à la masse humaine et se laisser porter par le courant franchissant les petites chutes jusqu'à des eaux plus claires zosha fut entraînée vers le bas PITIÉ et le bébé refusant de mourir ainsi fut aspiré vers le haut et hors de son corps rougissant l'eau autour d'elle elle fit surface comme une bulle à la lumière à l'oxygène à la vie à la vie OUAOUAOUAOUAOUAOUA elle cria elle était en parfaite santé et elle aurait vécu sans le cordon ombilical qui l'entraîna de nouveau sous l'eau vers sa mère qui était à peine consciente mais consciente du cordon qu'elle tenta de rompre avec ses mains puis de trancher avec ses dents mais elle ne put y arriver il refusa de se rompre et elle mourut avec son bébé sans nom en parfaite santé dans les bras elle le tint contre sa poitrine la foule s'absorbait en elle-même longtemps après la fin du bombardement la masse désespérée terrifiée perdue de bébés d'enfants d'adolescents d'adultes de vieux s'accrochaient tous les uns aux autres pour survivre mais s'entraînaient les uns les autres en moi se noyaient les uns les autres se tuaient les uns les autres les corps commencèrent à remonter l'un après l'autre jusqu'à ce que je cesse d'être visible à travers tous ces corps peau bleue yeux blancs grands ouverts j'étais invisible sous eux j'étais la carcasse ils étaient les papillons yeux blancs peau bleue voilà ce que nous avons fait nous avons tué nos bébés pour les sauver

22 janvier 1998

Cher Jonathan,

Si tu lis ceci, c'est que Sacha l'a trouvé et traduit pour toi. Cela signifie que je suis mort, et que Sacha est vivant.

Je ne sais pas si Sacha te dira ce qui est arrivé ici ce soir et ce qui arrivera bientôt. C'est important que tu saches quel genre d'homme il est, alors je vais te le dire ici.

Voici ce qui est arrivé. Il a dit à son père qu'il pouvait prendre soin de sa mère et de Mini-Igor. Il fallait qu'il le dise pour le rendre vrai. Enfin, il était prêt. Son père ne pouvait croire cette chose. Quoi ? demandait-il. Quoi ? Et Sacha lui dit encore qu'il prendrait soin de la famille, qu'il comprendrait si son père devait partir pour ne jamais retourner et que cela ne ferait même pas de lui un moindre père. Il dit à son père qu'il le pardonnerait. Oh, son père devint si courroucé, si plein de colère, et il dit à Sacha qu'il le tuerait, et Sacha dit à son père qu'il le tuerait, et ils marchèrent l'un sur l'autre avec violence et son père dit, Dis-le-moi en face, pas au plancher, et Sacha dit, Tu n'es pas mon père.

Son père se leva et retira un sac du placard sous l'évier. Il emplit le sac de choses de la cuisine, de pain, de bouteilles de vodka, de fromage. Tiens, dit Sacha, et il prit dans la boîte à biscuits deux poignées d'argent. Son père demanda d'où venait l'argent et Sacha lui dit de le prendre et de ne jamais retourner. Son père dit, Je n'ai pas besoin de ton argent. Sacha dit, Ce n'est pas un cadeau. C'est le paiement de tout ce que tu vas laisser. Prends-le et ne retourne jamais.

Dis-le dans mes yeux et je te promets de le faire.

Prends-le, dit Sacha, et ne retourne jamais.

Sa mère et Iggy étaient très bouleversés. Iggy dit à Sacha qu'il était idiot, qu'il avait tout gâché. Il pleura toute la nuit, et sais-tu ce que c'est d'entendre Iggy pleurer toute la nuit? Mais il est très jeune. J'espère qu'il sera un jour capable de comprendre ce que Sacha a fait et de le pardonner, et aussi de le remercier.

J'ai parlé avec Sacha ce soir, après que son père est parti, et je lui ai dit que j'étais fier de lui. Je lui ai dit que je n'avais jamais été aussi fier, ni si certain de qui il était.

Mais papa est ton fils, dit-il. Et c'est mon père.

Je dis, Tu es un homme bien et tu as fait la chose bien.

J'ai mis ma main sur sa joue et me suis rappelé quand ma joue était comme sa joue. J'ai dit son nom, Alex, qui a aussi été mon nom pendant quarante ans.

Je besognerai à Heritage Touring, dit-il. Je remplirai l'absence de mon père.

Non, lui dis-je.

C'est un bon emploi, dit-il, et je peux gagner assez d'argent pour prendre soin de maman, de Mini-Igor et de toi.

Non, dis-je. Fais ta propre vie. C'est ainsi que tu pourras le mieux prendre soin de nous.

Je l'ai mis au lit, ce que je n'ai pas fait pour lui depuis qu'il était enfant. Je l'ai couvert dans les couvertures et j'ai coiffé ses cheveux avec ma main.

Essaye de vivre en sorte de pouvoir toujours dire la vérité, dis-je.

Je vais le faire, dit-il, et je crus en lui et c'était suffisant.

Puis je suis allé dans la chambre d'Iggy et il dormait déjà, mais je l'ai embrassé sur le front et j'ai dit une bénédiction pour lui. J'ai prié en silence pour qu'il soit fort, et connaisse le bien, et ne connaisse jamais le mal, et ne connaisse jamais la guerre.

Et puis je suis venu ici, dans la salle de télévision, pour t'écrire cette lettre.

Tout est pour Sacha et Iggy, Jonathan, comprends-tu ? Je donnerais tout pour qu'ils vivent sans violence. La paix. C'est tout ce que je souhaite pour eux. Ni l'argent, ni même l'amour. C'est encore possible. Je sais cela maintenant, et c'est la cause de tellement de bonheur en moi. Ils doivent recommencer. Ils doivent couper tous les fils, oui ? Avec toi (Sacha m'a dit que vous ne vous écrirez plus), avec leur père (qui est maintenant parti pour toujours), avec tout ce qu'ils ont connu. Sacha a commencé, et maintenant je dois finir.

Tout le monde dans la maison est couché sauf moi. J'écris ceci dans la luminescence de la télévision et je regrette beaucoup si ceci est maintenant difficile à lire, Sacha, mais ma main tremble beaucoup, et ce n'est pas par faiblesse que j'irai à la salle de bains quand je serai sûr que tu dors et ce n'est pas parce que je ne puis endurer. Comprends-tu ? Je suis complet de bonheur, et c'est ce que je dois faire, et je le ferai. Me comprends-tu ? Je marcherai sans bruit, et j'ouvrirai la porte dans le noir, et je le ferai

RÉALISATION : PAO ÉDITIONS DU SEUIL
IMPRESSION : S. N. FIRMIN-DIDOT AU MESNIL-SUR-L'ESTRÉE
DÉPÔT LÉGAL : FÉVRIER 2003. N° 311 (62248)